U0895784

陕西出版传媒集团
陕西人民出版社

图书在版编目（CIP）数据

罪玉 / 张继英著. —西安：陕西人民出版社，2013
ISBN 978-7-224-10472-1

Ⅰ. ①罪… Ⅱ. ①张… Ⅲ. ①侦探小说－中国－当代 Ⅳ. ①I247.5

中国版本图书馆CIP数据核字（2013）第009277号

罪　玉

作　　者 张继英
出版发行 陕西出版传媒集团　陕西人民出版社
（西安北大街 147 号　邮编：710003）
发货联系电话（传真）：（010）88203378

印　　刷 北京兴鹏印刷有限公司
开　　本 710mm×1000mm　16 开　19.25 印张
字　　数 296 千字
版　　次 2013 年 3 月第 1 版　2013 年 3 月第 1 次印刷
书　　号 ISBN 978-7-224-10472-1
定　　价 38.00 元

生活中充满虚假

小说里真实无处不在

——张继英

目　录

引　子

一定留下了什么

下颌正受到外力的挤压，令她喘不过气来。刹那间，她仿佛看到一团红色的光，突然升腾而起，而她，则像是一粒浮尘，轻轻地、轻轻地飘向空中，飘向那光团。

“我要死了。”

她明白，此刻的自己，正受到致命的压迫，一条貌似柔软其实硬似横木的手臂，紧紧压住下颌，像巨大的塌方山石，横亘在交通枢纽的关键部位，将要阻断她的呼吸，让她很快窒息而去。

瞬间，那些最亲最爱的人，从脑海深处飘浮而来。

那是大年三十，父亲风尘仆仆地走进家门，从怀里摸出一个小包，一层一层地掀开皱褶的塑料纸，像变戏法似的，变出一沓钱，递给了母亲。很快，又变出个奥特曼，托在手心里向弟弟炫耀，弟弟摇晃着大脑袋，一窜一蹦地想要抢到手。不忍他的焦急，父亲弯下腰时，弟弟一把抓住了奥特曼。

最后，父亲变出一件红色的毛衣，“娟，穿上，看合适不？”女儿急不可待地穿上了毛衣，“好，真好看。”一手拄着拐，一手捧着钱的母亲在一旁啧啧赞叹。

挤压的力量越来越大，胸腔里膨胀的气体仿佛有千斤重力，全身的血液都冲向头颅，那张美丽的面庞变成了酱紫色，像肉案上的一堆猪肝。

1 分钟前，她还处在一片温柔中，“哥给你暖暖身子。”那胸怀似乎真的很温暖。情势的突然转变，让她腹背受敌，被死死地夹住。她想快速理清思路，快速找到退路。

然而，呼喊、反抗，似乎都已经来不及了。喉咙里的软骨在外力的压迫下，向纵深退让，抵住了气管、食管、血管……一切通道一点儿空隙也没有了，正慢慢地被勒紧、勒紧。她已经完全不能发出声了。

她仿佛又看到拄着拐的妈妈，拉扯着似木偶般摇摆的弟弟，因为营养不良，弟弟头大身子小，走起路总是摇摇晃晃的。每天，妈妈都带着弟弟，在一个又一个垃圾箱里捡废品，然后捧着一大把钱，一分一分地数给售货员，给家里买回米和菜。

“我不能死。”

求生的欲望像烈焰般燃烧。她开始调动一切力量，每个器官、细胞，甚至细胞核深处潜在的微量元素……聚集了全部的能量，“一、二、三!”骤然间迸发出全身的力气，进行最后的抗争。

她使出全身的力气去掰压在脖子上比横木还要硬的手臂。指甲发出哔剥哔剥断裂的声音，一定是严重的撕裂。不止一处，有多处裂痕。她要拼出全力，把指痕留下。

“不……我不能死……”

“嘭!”的一声，她的脚踹到了一处似有弹性的东西，一种突然向上的爆发力把她的肢体弹起，瞬间，她竟然失去了支撑……

一定留下了什么。一处痕迹？会成为确认谋杀的有力证据。

倏地，她感觉自己像一片云似的飘浮起来，飘浮在空中……像是听到了风的声音，飕飕的在耳边旋转，又像是被一股巨大的气流裹挟着快速坠落……生命在于抗争！一种潜意识突地让她挥动手臂，她仿佛重新跃到半空之上，化作一团烈焰，扑向那团红色的光，又倏地与它分开，变成两团愤怒的火球，火球里射出两条火柱，带着无比的愤恨，射向他。

第 1 章

凋谢的白花蝴蝶兰

1.

睁开双眼时，看到昏暗的光，她感到胸口发闷，于是伸直了双腿，伸直了全身，长长地舒了一口气，嘘！

窗外隐约传来汽车的鸣笛声，天亮了。

昨晚发生了什么？艾美丽心想，那种恐惧的感觉挥之不去。

一个梦魇频扰之夜。她试着回想昨晚都做了什么梦，那种恐惧感是从什么时候开始的。“砰”的一声响，像是楼上的人把什么东西掉在了地板上。这让她想起昨晚的事情。

那老头在天刚黑时走上楼来，在他伸手敲响对面的那扇门时，楼道里的声控灯亮了。

他回头看了一眼，目光正看向艾美丽这边。

“不会看到我了吧？”正从猫眼里往对面看的艾美丽，下意识地往旁边闪了闪身子。等她再次从猫眼里向外看时，对面的门已经开了。

开门的是那女孩。一片艳丽的色彩映入艾美丽的眼帘，她身后的一缕光十分抢眼，衬着粉红色的衣服，即使对面门洞里的光线有些暗，也掩不住她的光彩。很快，粉红色就被那老头的身影遮挡住了。那老头穿了件灰黑色的夹克，一踏进门便反手把门关上了。

“老色鬼。”艾美丽咕哝着走进屋里，打开了电视，那个关于家庭婆媳矛盾的韩剧已经开始了。

艾美丽虽然眼睛看着电视的画面，但心里不免又想起那个老头。那张脸很像一个人，特别是偶尔露出的眼神。

他曾来过几次，开着黑色的越野车，看样子是个老板，有六十多岁了，个子不高，身体很结实，脸上黑黢黢的。前几次他来都在白天，大包小包地拎着，把女孩送到家里，个把小时就走了。艾美丽最初以为那老头是女孩她爹呢，从牙缝里挤出一串音符：这糟老头怎么会有这么美的女儿。

艾美丽家住在二楼，一天到晚没事时，她总扒着窗口朝下张望，门洞里来来往往的各式人她都看在眼里。有一次，她无意间瞥见了那个老头的眼神，他走出汽车时看女孩的眼神，让她想起多年前的那个眼神。

“唉！……”艾美丽叹了口气，心里不免为女孩惋惜。

电视里的那个婆婆正在对着媳妇唠叨，艾美丽不由得自言自语：“现在的年轻人，真是不知说什么好。”

后来有种声音从对面邻居家传来，“啪!”的一声。

艾美丽急忙拿起手里的电视遥控器，把声音调小，竖起耳朵听。

“砰！砰!”又是一阵响声，似乎那动静还不小。好像还有女孩的喊叫声：“啊——”

她站起身走到墙边，把耳朵贴在墙上仔细听，却又没有声音了。后来过了很长时间，那女孩家一点儿声音也没有了。

她朝对面的墙上看了一眼，墙上的挂钟指向九点十分。

直到把那个电视剧看完，艾美丽才洗脚上床睡觉。躺在床上却怎么也睡不着，刚才的声音激起她的回忆。

她还记得许多年前那个可怕的夜晚，“啪！砰!”的声音，那是玻璃杯、餐具被砸碎在地上，还有男人的哀号、女人的嘶喊……痛苦的思绪像黑色的蝙蝠在艾美丽的心房里撞击。

她在床上不停地翻身，脑袋像要爆炸了。只得从床上爬起，吃下两片安眠药，之后才渐渐睡着。

“我这是怎么了？总是跟自己过不去。”终于熬过了一夜，艾美丽看向窗外的晨光想，“今天天气不错，我该去晨练了，那几个老姐妹还等着我呢。”

走出家门时，她特意朝对面的门看了一眼，奇怪，那扇门好像虚掩着，她睁大了眼睛再看一眼，没错，那扇门的确没有关紧。

“真是瞎操心。”她心里念叨着走下楼去。

艾美丽和几个老姐妹围着城墙边转悠了一阵儿，一路上伸伸胳膊踢踢腿，不知不觉过了快1小时。回家的路上又在路边的地摊上买了一棵大白菜。

她提着菜慢慢走上楼，不由自主地朝对门望去，那扇门依然虚掩着。

犹豫片刻后，她决定过去看看，“咚！咚！”她敲了两下门，门在她手下轻轻地移动了，比刚才开得更大了。

“余姑娘”，她喊了一声，不见动静，接着又喊了一声，还是不见动静，她轻轻地把门又推开一些，朝里迈了两三步……

“妈呀！”她一个急转身迅速往回跑，手里的大白菜掉在了地上，她回身弯腰提起装白菜的塑料袋接着跑。

她跨进自家大门，随手“砰！”的一声将门关上，接着靠在门框上捂住了胸口，过了一会儿，她感觉心脏的跳动开始平缓了，这才转过身小心谨慎地顺着门上的猫眼朝外边张望。

透过猫眼她看到对面的门刚才被自己撞开了，她急忙回到房间，拿起放在桌上的小灵通，拨通了110……

一辆警车开过来了，停在单元门前，趴在窗边的艾美丽看到车上跳下几个警察。紧跟着又一辆小型的警车也急速驶来，车里走出一个女孩，没穿警服，胸前敞开的短外套里，是一件高领白毛衣，紧身牛仔裤和高筒皮靴衬出修长匀称的双腿，一头齐肩黑亮的秀发，她步伐矫健地紧跟着几个警察走进单元门。“这女孩长得像……”艾美丽心里正嘀咕着，听到了敲门声。

警察已经站在门口了："是你报的案？"

"是我。"她用手指了指对面的门，胆怯地站在门里。

举着闪光灯背着勘察包的几个警察小心谨慎地相继走进门。

"笃、笃、笃……"随着清脆急促的皮靴声，那个干练的女孩站在了艾美丽的面前，"是您报案说有个女孩被害了？"

近距离地看见这个从警车里走出的女孩，艾美丽突然一怔。

女孩亮出警官证。"我是刑警队的，我叫霍妍，他叫丁萌。"她指了指身后一个帅气的小伙子。

艾美丽依然怔怔地看着她：这女孩长了一双眸子清澈明亮，闪耀着智慧的光芒，高高的鼻梁和整齐的皓齿，给人一种干练明快的印象。那气质似乎比她的年龄更为成熟、稳重。她声音不高不低，十分谦和：

"说说您看到了什么？"霍妍一脸严肃。

艾美丽喃喃自语："太像了。"

"大妈，您说什么？"霍妍疑惑地眨了眨眼。

"嗯？"艾美丽回过神来，"昨天下午，天刚黑时，那老头走进了对门家……"

"大约几点钟？"

"七点左右吧？就是那个婆媳闹矛盾的韩剧刚开始。"

霍妍身后的丁萌拿着本子和笔开始记录。

"屋里坐吧。"艾美丽反过身走进屋里，一间简陋的客厅正对着大门。

"这么说，你看见那老头进去了，但没有看见他是什么时候出去的？"霍妍和丁萌站在门口没动。

"是呀。姑娘，坐下说。"艾美丽指着一张陈旧的似乎从来也没有清洗过的布艺沙发。

"哦，你是什么时候发现女孩被害的？"霍妍看着沙发犹豫片刻，坐在了沙发旁的一个小板凳上。

"今天早上，我像平常一样去晨练，看见对面的门没关紧……"艾美丽把早上见到的情景讲述了一遍。

"你进门后看见了什么？"

“看见地上摔碎的玻璃杯……地上的血迹……里面床上乱七八糟的。”

“你看见女孩的尸体在什么地方？”

“尸体？不，我没有看见尸体。可是家里没有人，连人的影子也不见。”

霍妍和丁萌四目相视，同时露出吃惊的表情。

“一定是那老头干的，他害死了余姑娘，然后把尸体藏起来了。你们看看柜子里，也许就在里面。”

霍妍默默地凝视着对面的这位充满“幻觉”的老人，怀疑她是否有心理问题。

“你是怀疑那老头把女孩害死了？”霍妍特意加重了“怀疑”的语气。

“昨晚我听到了很大的动静，‘啪！砰！……’还有女孩的喊叫声，害得我一晚上都没有睡好。”

“你是说你根本没有看见尸体，只是猜测可能在柜子里？”霍妍为了确认，加重了“猜测”两字的发音。

“不！我可不是胡猜的。昨晚我听到喊叫了，好像是‘救命——’”艾美丽的口气和神态同样坚定。

“嗯……那边的技术勘验应该结束了，很快就明白了。”霍妍像是在对艾美丽说，又像是自语。

“有可能两人一起出去，忘了关门？”坐在沙发上的丁萌发出低沉的声音。

“忘了关门？怎么可能？你从你家出去不关门吗？那地上有血迹。”艾美丽竟然听清了丁萌低沉的音符，“椅子也推倒了，乱七八糟的一片。”

“你昨天晚上是几点睡觉的？”霍妍接着详细询问了艾美丽每天早上什么时候起床、生活是否有规律等细节问题，想通过这些询问了解这个女人的状态是否正常。

“每天晚上不到十点我就准时上床了，早上六点起床。昨晚心里闹得慌，我吃了安眠药，今早起来得晚些。”艾美丽的举止看上去似乎没有异样。

“你知道他们是什么时候走的吗？”丁萌忍不住插问。

“不知道。睡得太死了。”艾美丽如实地回答。她显然对“他们是什么时候走的”反应迟钝，心想：“我要是知道了还要你们警察干什么？”

“您多大年纪了？家里还有什么人？”霍妍需要进一步确认艾美丽的身份，她看上去有七十多岁了，白发苍苍，但那双满是皱褶的眼睛依稀存留着年轻时的美丽。从她的表情和言谈举止上看，不像是精神有问题。

“六十九岁了。女儿出嫁了，现在就我一个人。”

“哦，您在猫眼里看见那老头，是偶然吗？还是听到了什么动静，比如汽车的声音？”

“那时，我刚从外面回到家里。”艾美丽说她关上门时突然听到楼梯上的脚步声，结果在猫眼里看见了那老头。等他进去后，这才想，怎么没有听见汽车的响声？于是就趴着窗口朝下看，但没看见汽车。

“噢！这么说，他昨天来没有开车？”霍妍急切地问。

“也许是吧。”

“不会是有什么急事，他们一起出去，忘了关门吧？”霍妍再一次提出这个问题时，仔细观察着对面的老女人。

“不会吧。”这回艾美丽的声调似乎不够坚定。

“老头长得什么样？知道他叫什么名字吗？干什么的？家住哪里？”霍妍扫视了房内的家具和摆设。

艾美丽先是摇了摇头，又说：“那老头长得挺黑，看上去身体很好，大概有六十岁吧，开始我还以为是女孩她爸呢。至于他是干什么的，搞不清楚。不过看样子像是个老板，自己开着车。”

“那个女孩呢？”霍妍想知道艾美丽对那个女孩有多少了解，是否知道她叫什么名字，年龄多大，干什么的，从哪儿来的……

“嗯，最多二十岁，外地来的，租的房子。叫什么我不知道，就知道姓余，我叫她余姑娘。从什么地方来的，在什么地方打工，我都不知道。现在的年轻人不太答理人，我也不好问。”艾美丽突然想起什么，“你还是问房东老石家吧，我这儿有房东的电话，我们是老邻居了，他曾留过话，有什么事让跟他联系。”

霍妍从艾美丽手中接过字条，递给丁萌，说：“快联系，让房东尽快赶过来。”转身又继续问：“那个余姑娘什么时候搬到这里住的？平常都有什么人来找她？”

“刚到夏天时搬来的，好像是5月。那个老头来找过她几次。”

“还有别的人来找过这女孩吗？”

“没见过。”

霍妍说：“谢谢您！以后有什么情况可以跟我联系。”

她在艾美丽刚才拿出的纸上写下了自己的电话和名字，又走到窗前朝楼下看了看，艾美丽就是整天在这里朝下观望的。

单元门外，不知何时，已经聚集了一些围观的人，霍妍知道，在这个没有围墙的居民小区里，还实行着旧式的管理，几乎是放羊式的管理。这里居住人口复杂，外来流动人口多，因此，这里也是案件高发区，是公安重点关注的小区之一。

霍妍对丁萌说：“请大妈看完笔录后签字。”便向现场走去。

2.

站在客厅门口，可以看见整套房间的布局。右手边的侧门里是卧室，床上凌乱不堪，霍妍一边职业地吸了一下鼻子一边揣测，这个位置，应当是艾美丽清晨闯进来时所在的位置。

这是一套简陋的居室。进门便是客厅，沙发、茶几、方桌和两把椅子，其中一把椅子被推倒了，都是陈旧的木质，20 世纪 80 年代的颜色，单一的暗红色。

地板是瓷砖的，有几片污渍，看样子是从那只破碎的玻璃杯里流出来的，水？酒？或是红色液体掺和在一起？有些混浊，一时难以分辨。可以肯定不是血迹。

茶几上的瓷花瓶被推倒了，花瓶里的水从桌面流淌到地上。一束美丽的蝴蝶兰躺在茶几上，白色花瓣中央点缀着淡淡的紫色花蕊，花瓣有些发蔫，许是因为失去水分的养护。在霍妍看来，它依然是整个房间里最抢眼而富有活力的，透出几分高雅几分神秘。

现场的技术勘验已经临近尾声。

“莫名其妙。”负责记录的警察在笔录上写下时间：10 月 27 日，十时，一边合上笔录一边自言自语。

“有尸体吗？”

"没有。"

霍妍蹙了蹙眉头，"大衣柜里有什么？"

"几件衣服。"

"有什么疑点吗？"

"床单上有少量的血迹和污渍。床下有一只摔成三瓣的玉石手镯，一件粉色丝质睡衣被扯坏了。提取了毛发、皮屑，还有纤维。"

血迹、污渍……该不会又是一个令人生厌的故事吧。

霍妍转身走进卧室，感觉到的第一印象是色彩，紫色的窗帘，紫色的床单、被罩，刚进门时闻到的薰衣草的气味，还有客厅里那只白色的蝴蝶兰……

色彩是潜意识的母语。

霍妍陷入沉思，这是她从警四年始终坚持的一个习惯，在犯罪现场，通过一切物证，揣摩和推测案件当事人的爱好、兴趣、习惯、个性以及性格等心理特征。

这里曾经发生了什么？如果不是这些血迹、污渍，还有破碎的器物，这套简陋的居室里，还是充满清雅和温馨，紫色的空间，意味着神秘和迷人，一个小女人的情调，几分浪漫，几分迷离。

而此时，这儿却充满了空灵、寂寞、悲凉、恐惧。

卧室狭小拥挤，一侧床头柜上的玉石台灯吸引了霍妍的目光，有种熟悉的感觉，好像在什么地方见过，长袖宫女跪姿托灯，仿古灯应该是蓝田玉的。

走到另一个床头柜边，霍妍拿起倒在床边的小闹钟，时针指向八点五十八分。

八点五十八分——霍妍怔怔地看着，这个时间意味着什么？

"头儿，我看有些蹊跷。"丁萌跟在她身后说。

"说说看。"霍妍边说边返回客厅，蹲在地上查看痕迹。

"现场虽然凌乱，但似乎没有杀人的痕迹。这客厅地板上破碎的玻璃杯和污渍，应该是酒水。"丁萌跟在她身后，肯定地说，"是红酒。"

"还有香水的混合味道。"其实霍妍刚一进门时就已经在分辨这些气味了。她站起身走到茶几前，从下层拿出一些 CD 唱片、DVD 影碟片，又拿起几本时尚的杂志。

“看样子，是被老板包养的小女人。”丁萌也翻起杂志。

“这女孩，还喜欢古玩？”霍妍放下《瑞丽》杂志，拿起一本《古玩鉴赏》。

“还有古玉鉴赏的碟呢。”丁萌撇了撇嘲讽的嘴，“不会是一场猎艳游戏吧？”

“也就是说，报案人的想象丰富？”霍妍自我否定地摇了摇头。

“你刚才不是也说，有可能他们一起出去，忘了关门？或者，他们之间发生了不愉快，分别跑出去了？”丁萌转身朝门口走去。

霍妍不置可否，查看了卫生间和厨房，她没有忘记在卫生间里浏览那些化妆品，随后朝门外走去。她轻声对身边的丁萌说：“以此为圆心，方圆两公里内寻找是否有尸体，特别注意护城河、垃圾堆。”

只见丁萌突然举手指向大门口。

房东来了，正站在门口。

顺着丁萌手指的方向，她看见了站在大门里一位略显惊恐的老头。

“您是房东？谢谢您及时赶来。”霍妍走上前去。

“接到你们的电话，我就打的来了。发生什么事了？”老人眼里透出疑惑。

“现在还无法确定。”霍妍要求老人提供有关房客的情况，“是通过中介租的房子吗？”

老人说这房子是他儿子租出去的，可能是通过中介公司介绍的，不过他儿子今天不在家，“接到电话我就来了。”老人的声音里透出胆怯。

“住你房子的人长什么样？”

“没见过。只知道是个女孩。我把租房合同带来了，有什么问题吗？”

打开合同，霍妍首先看到了附在合同上的女孩的身份证复印件。她愣住了。

“余蓓蓓，现年二十一岁，发证机关四川省仪陇县……”丁萌接过身份证复印件念着。

“什么？她叫什么？”霍妍瞪大双眼。

“余蓓蓓。探长你怎么了？你不是看过吗？”丁萌不解。

霍妍又夺过身份证复印件，仔细看了几遍，边摇头边喃喃自语：“那女孩姓金？是呀。”转身问房东：“身份证上的照片和她本人是一模一样吗？”

“我不知道，要问我儿子。”房东摇着头，越发胆怯了。

“等等。”霍妍快步走向门外，走到艾美丽身边。

“大妈，你说的余姑娘是这个人吗？”

艾美丽接过身份证复印件看了看，“是她，没错。”

“你再看看。”霍妍仍有疑惑。

“是她。”艾美丽肯定地点着头。又抬起头，“余姑娘长得像你，就是头发比你长。刚才你一上楼来，我都愣住了。”

“我刚上楼时，你自言自语，是说‘太像了’，是吗？你能肯定余姑娘长得像我？你没有看错吧？”

“没错。”艾美丽怔怔地看着她。

“那就怪了。”霍妍转身离开，陷入了沉思。

四年前的记忆，快速闪现于脑海中。

3.

告别校园的最后一游，也是他们定情后的第一次浪漫之旅，霍妍随柏松去了他的老家巴山。

他们是在川大图书馆认识的。那时柏松已经在这里看了两年书了，他是学经济的，还是本硕连读，比霍妍早到学校两年。

本来，他只是每周固定的四个晚上躲在图书馆的一个角落里看书，自从霍妍出现在他的桌子对面后，他每天晚上都来图书馆，为的是想摸清霍妍来图书馆的具体时间。

霍妍是学法律的，可她性格却不像法律那样死板。就拿到图书馆看书这件事来说吧，她也只不过是凭兴趣而已，有时三五天才来一次，有时一连三天都从早到晚闷在图书馆不出门。

所以在很长一段时间里，柏松都搞不清霍妍来图书馆的规律。

直到霍妍大学二年级的某一天，是个寒冷的冬夜，她从图书馆出来，迎面一股寒风吹来，冻得她直哆嗦，从早上走进图书馆直到晚上闭馆，她不过吃了块面包喝了瓶矿泉水而已，身上的热量早已消耗尽了。她夹紧课本缩着头快步走着，只听到身后沙沙的脚步声急促地逼近。

不一会儿，脚步声到了身旁，霍妍警觉地看了一眼周围的地形，用眼角的余光观察着路灯下随声而至的人影。

“别怕，我是经济系的。”他似乎看出了女生的顾虑，快速地把一件羽绒服塞到霍妍的怀里就快速地离去了。

“嘿！怎么还你呀？”霍妍冲着他的背影喊道。

“你穿着吧。”他头也没有回。

“这个书呆子，也竟然有这样的细心。”霍妍看着他的背影一边咕哝着，一边借着路灯翻看了羽绒服，“还算干净。”又抖了抖才放心地穿上。同寝室的女生都知道，霍妍有点儿小洁癖，个人卫生异常讲究，最不喜欢别人坐她的床，更不与别的女生换穿衣服。

第二天，霍妍专程到图书馆还他衣服时说了声谢谢。

“别客气。”柏松接过衣服时显得不好意思，很快又低头看书。其实那阵子他什么书也没看进去。

霍妍心里想笑，觉得现如今竟然还有这么古板的人，这男生大概性格古怪吧？

“听口音，你是四川人？”

“嗯，巴山的。”

“哦？阆中古城也在巴山吧？”

“你去过？”

“还没有。不过会去的。”她莞尔一笑。

霍妍喜欢旅游，每逢假期总要提前安排，在网上选好路线，有时连双休日也不放过。就这样，在川大上学的四年，她从没让自己的假期闲置，川渝境内好玩儿的风景胜地一概不落，被同学们称为“独行大侠”。

此时，霍妍见男生不再说话，便坐到他对面的座位上，也开始看书。

从那以后，霍妍每次去图书馆，不知怎么搞的，总能碰到柏松，而且又总是不自觉地就走到那个角落里，坐在了他的对面，面对面地在一张桌子上看了三年书。

三年，真是不可置信。他们每次见面，竟然除了简短的问候，其他什么事情也没有发生。直到霍妍说她毕业要回陕西了，他才鼓起勇气说：“我陪你去陕西，行吗？”

霍妍先是瞪大了眼睛，随后默默地笑了。

离开四川前，柏松提议：“陪我回趟家吧，到了陕西，回家的机会就少了。”

“哇！可以游巴山呀？”霍妍立刻来了兴致，一说到旅游她就两眼放光，满脸的喜悦。

“只要你喜欢。顺便陪我看看阆中古城吧，我还没有去过呢。”

柏松的性格是好静不好动的。他的老家距离阆中不远，其实每次回家都可以顺便一游的，可是上了六年的大学，回了几次家，他愣是没想过要去阆中古城。得知霍妍喜欢旅游，他就故意这样安排了。

“真是书呆子。要是我，早就不知道去过多少回了。”

阆中现为县级市，是中国四大古县城之一，距今有两千三百多年的历史。这回，柏松事先特意在网上查阅了相关资料。

汽车飞驰在通往巴山的公路上。

霍妍一路上指着窗外的风景，不停地说着，伏羲故里、巴国别都、阆苑仙境，阆中地处大巴山脉、剑门山脉与嘉陵江水系交汇处，山、水、城融为一体，是个风水宝地……

看着窗外的风吹着她的秀发，还有那侃侃而谈的样子，柏松只是嘿嘿地笑着说：“你什么都知道。”

霍妍得意地仰着头，“知道袁天罡和李淳风吗？一个是唐朝宫廷鼻祖级风水大师，另一个是民间风水大师，他们竟然不约而同地来到这里。一个因仰慕阆中绝佳风水，辞别京都长安，定居阆中天宫乡，另一个追寻风水宝地，也遁入阆中，定居天宫乡。二人合建了天宫院，死后都葬在天宫乡，两座墓穴遥遥相望，在中国风水史上传为千古奇事。因此阆中有了‘风水古城’的美誉。”

“看来，还是我们阆中的风水好，咱们别去陕西了。”

“那可不行。”霍妍知道柏松不过说说而已，还知道柏松对她从来是百依百顺，更知道这回柏松想来阆中的另一层意思，“其实我知道，你到阆中也就是想看看，我还知道你最想看什么。”

“是吗？你知道我想看什么？”

“我要是说对了，你得送给我一件礼物。”

“当然。你想要什么？”

“那就看你了，看你在阆中能选什么。”霍妍故作严肃，“其实，你最想看的不是风景而是状元府。阆中也称‘状元之乡’，唐朝……”

“唐朝的尹枢、尹极兄弟状元的府邸，当时被称为‘梧桐双凤’。”这回柏松接上话，“还有宋朝的陈尧叟、陈尧咨兄弟都中过状元。今有本状元前去拜访。”他一边说着一边拱起手，“本状元前来拜访前辈。”

“哈哈！真像个老学究。”逗得霍妍放声笑起来。

从状元府出来，柏松拉着霍妍要进一家玉石店，说：“听说玉石能成就好姻缘，看看去。”

霍妍跟着他走进玉石店，迎面看见一个女孩。

“哥哥姐姐想看啥子？”柜台里的女孩冲着柏松微笑，眼里透出清纯。她看上去只有十几岁，一口绵绵的四川口音。

霍妍知道柏松很招女孩喜欢，尤其是他在硬朗的鼻子上架着眼镜，一看就是成熟男人。

霍妍只顾低头看柜台里的玉石摆件，一心想找一件小物件送给柏松。“柏松，你来看这个。”霍妍抬头，见柏松站在那个女孩的对面，眼睛直直的。

“哦。”柏松应承着走过来，还不时地回看着女孩。

霍妍指着柜台里的一个玉石挂件，“柏松，我看这个适合你戴。”她顺便看了一眼那个女孩，感到有些面熟。

“有什么适合女孩戴的？”柏松是在问那女孩。

女孩走过来，取出霍妍指向的玉件，笑吟吟地放在柜台上。

“姐姐好眼力。”

霍妍拿起玉件在柏松胸前比画着。

“这是一块仿古的枣皮红玉系璧，制作时利用了它天然的材质，皮色好，是籽玉，价钱相对合适，造型是仿古的，玉质也不错。”

听女孩这么一说，霍妍转过头去看她，感觉似乎在什么地方见过这个女孩。

女孩又说："传说玉有灵性，还会选择主人，戴上它，不但显示了身份，还体现了精神追求。璧圆象天，天如父，地如母。这璧从古代以来就是礼器，它古朴沉稳，最适合给哥哥这样有学问又撇脱（四川方言，即洒脱、干净利落）的人戴。"

霍妍回头细细看了女孩一眼，"我看你倒是挺有学问的，不但懂得这么多的玉石知识，还能一眼看出他有学问，是不是看他戴着眼镜？"又转向柏松戏谑："看来我也应该戴副眼镜。"

柏松在一旁痴笑："我看你们像是姐妹俩。你姓什么？"他把目光投向女孩，"真像，我进来一直在看。"

女孩腼腆微笑，"我姓金。姐姐也姓金吗？"

柏松摇头，"她不姓金，不过……"

"不过什么？你是想说我妈是不是把我妹妹送给别人了？"霍妍自己也觉得好笑，不由得认真看了女孩一眼，那双眼睛黑亮黑亮的，"怪不得我觉得面熟。你多大了？"

"我十七岁。"女孩把玉系璧放在柜台上，"姐姐先看着。"便转身去应酬新来的顾客了。

"她真的像我吗？"霍妍仍有怀疑，"这女孩够水灵，也很淳朴，你是不是喜欢上她了？"

柏松搂住霍妍的脖子，"你不会吃人家小女孩的醋吧？其实你们真的长得很像。特别是她那双眼睛，像你，温存明亮，似鹿的眼。"正说着，他眼睛看向柜台里的一只玉坠，"你看，这个玉坠你喜欢吗？"

"我怎么会吃醋呢？人家还是未成年人。是这个绿色的玉坠吗？"霍妍心里却在想：那女孩的一双眼睛，像是有许多的故事。

女孩送走顾客返身过来，取出柏松要的玉坠，"这是宝石绿，也叫祖母绿，你看颜色多纯正，价钱也比较适中，这种玉，越戴越亮。姐姐选中的这两件都是好东西。男戴红、女戴绿，真是绝美，可以作为姐姐和哥哥互相赠送的定情物。"

"小妹真是会说话，看来一定得买下了。"柏松一手握着玉系璧，一手握着玉坠，看了又看。

霍妍心里喜欢，嘴上却说："价钱太贵了。"

女孩说："今天遇上姐姐算是有缘，我一会儿请示老板，给你们多优惠些。"

柏松用四川方言对女孩说："看在你们姐妹的面子上，多优惠些。"他拉住霍妍的手，"别看妹妹你年纪小，懂得可不少，说起玉石还一套一套的。"

"谢谢哥哥夸奖。我们老板要求不但要学习一般的玉器知识，还要学习古玉知识。"女孩说着拨通了电话。

女孩打电话时，霍妍不经意地看到她耳朵上的一颗黑痣。

女孩转过身笑着说，老板同意优惠了。

霍妍下意识地要掏钱，柏松一手拉住她的手，一手把准备好的钱递给女孩。

"咱们不是说好的吗，我给你送件礼物。这个玉坠你喜欢吗？"柏松问霍妍。

"嗯，还行。"

"是什么还行？是不是不太满意？要是不太满意再重选一个。"

"满意，满意。就是它了，不过，那个玉系璧应该我付钱，算是我送给你的。"

"我领情了，但钱还是我来付吧。以后咱家的财权全部上缴给你，完全由你决定。"看着霍妍飘然得意的神情，柏松感觉像是找到了向心力。

汽车驶离阆中古城时，霍妍和柏松不由得一起回头望了一眼，她说："古城的风水给咱们带来了好运，真让人流连忘返。"

柏松说："那就下次再来。这儿不是还有你妹妹吗？"

"哟，还依依不舍的。不是想把小妹也一起带走吧？"

"不至于吧？"柏松搂住霍妍的腰，"那首歌不是唱'带上你的嫁妆，带上你的妹妹……'"

"美的你。"

说归说，那时候，霍妍真没想到以后还会再遇上这个女孩。

回到西安后，柏松到证券公司做了高级理财师，整天与数字、图像打交道。他们的小日子过得十分惬意。

霍妍考进了公安局，干上了她喜爱的刑侦工作。办案的忙碌让她渐渐忘记了阆中，忘记了那个长得与她十分相像的女孩。

那只宝石绿的玉坠在霍妍的脖子上挂了一段时间，后来因为经常要出现场，她便不再喜欢戴项链了，就连白金的、钻石的项链也很少戴了。

柏松便把那块枣皮红玉系璧锁进了柜子里，说是压箱底，好让财运多多。

随着时光的消逝，古城一游，已成为一段尘封的记忆。

一次偶遇本来早就从记忆里消失了，不料想在这种特殊的场合，又唤起了霍妍的回忆。

“不会这么巧吧？”霍妍重新接过身份证复印件，又仔细端详了一遍。

“请四川警方协查，查清这个女孩的身份。”霍妍一边走出楼道，一边对丁萌说。

“同时注意全市的案情通报，看是否能从中发现异情……”由于现在还很难作出判断，霍妍把“女尸”的话吞了回去，改为“异情”。那是她不愿意看见的。

第 2 章

轰然的黑暗

1.

他感到额头一蹦一蹦的疼，耳朵里嗡嗡作响。努力想睁开双眼，前方一片黑暗。他用劲挥动手臂，想要拨开胸前的压抑。一阵剧烈的疼痛和眩晕突然袭来，眼前仿佛弥漫着一层灰色的雾霾。又过了好一会儿，他才看到那灰色的雾霾慢慢散去，有白色的光渐渐浮现于视野。

“怎么回事？我好像趴在什么地方？”

汤新生费力地转动身体，脊背突然像针扎似的刺痛。“哦！原来我真的是趴在什么地方，这是哪里？”

他试图伸展麻木的胳膊，却被什么阻挡住了。像是一堵墙，他的脸正对着它。熟悉的红木，原来是沙发靠背。

“我怎么会趴在沙发上？昨天晚上没有在床上睡？”

“布谷，布谷……”熟悉的钟声，唤起记忆，他终于意识到，是他家那只布谷鸣钟，每到整点叫一次。

还是要翻个身。他再次转动身体，针刺的感觉再次袭击了他的背部。这一回，他总算忍着痛，完成了转身动作，终于侧过身来。

“怎么搞的？昨晚我做了什么？”

汤新生慢慢想起一些，此前，他曾做了一个噩梦。他陷入流沙中，流沙已经埋过前胸，快要到颈部了，他只能闭上双眼静静地等待死神的降临。

“啥子事情嘛？娃儿，小心你的脑壳……”

来自穹宇的声音让他睁开双眼——是汤姆叔叔？

他的脸有些模糊，只见汤姆叔叔像上帝似的踩在半空的浮云上，他手里似乎托着什么，一个尖顶的东西。

“自从那个洋人神甫斯蒂文给叔叔起了个外国名字，他就开始信奉上帝了。莫非，叔叔是代表上帝来召唤自己的？”

“小心你的脑壳……”

随着声音的渐渐远去，汤姆叔叔突然又消失了。

“梦见自己的叔叔，不知是什么兆头？”他在心里嘀咕。“还有叔叔手里托的那个尖尖的东西，像是教堂屋顶，这意味着什么？”

算了，还是不要去想那些个不愉快的事情，汤新生重新回到现实中来。再一次抬起头，试着坐起来。

他慢慢地抬起自己的上身，确信肢体还听指挥，便缓慢地坐直了身体，靠在沙发背上。“我竟然在沙发里度过了整个夜晚？”

脖子在沙发上崴疼了，汤新生用手捋了捋，抬头看了看挂钟，已经过了上午九点了。

随后他站起身，缓慢地走向卫生间。

在卫生间里，迎面看见了镜子，镜子里的那人神情疲惫，显得苍老。

汤新生盯着镜子看，“这是我吗？怎么突然变得这么狼狈了？”再用手摸摸头发，搓搓脸，胡子也不长，胡子……突然，有种异样的感觉，让他想起一件事，“我曾在这面镜子前刮胡须。”

没错。他渐渐想起来了，是昨天下午，临出门时，对着镜子认真洗漱了一番。

“之后，我去了哪里？”汤新生一边洗漱，一边还在想。

“看来我真是老了。”

“丁零零……”手机的响声打断了思绪。他从裤兜里摸出手机。

“柳阳，啥子事？”

“姑父，你在家里？今天上午的捐赠大会你还去吗？要不要我开车过去接你？”对方的口气十分恭敬。

“差点儿忘了。”汤新生这才想起今天是爱心慈善日，收藏协会在积香茗苑组织爱心捐赠活动。对于这种积德行善的事情，汤新生是一定要做的。不光是为了面子、形象、名声……那些个招牌，也为了自己心里的一份安逸。

“等一会儿我叫你。”他想了想，应该让柳阳把汽车开到哪儿去。

说到汽车，汤新生这才想起来，昨天下午，惠玉要回咸阳娘家，他让柳阳开车把她送回去了。

他和惠玉算得上是青梅竹马。那年汤新生十九岁，父亲遭遇大难突然离去，是父亲生前的好友柳庶全救助了汤新生和新生妈。后来柳庶全就成了汤新生的岳父。

柳庶全的女儿柳惠玉比汤新生大两岁。刚到柳家时，汤新生叫她姐姐，后来就叫媳妇了。

世交、有恩……汤新生不会忘记这比海还要深的深情，也常在儿子面前提起念叨。

可是，这些跟男人的出轨完全是两码事。那天中午吃饭时，汤新生对柳惠玉说：“你哥打来电话，说你爸有些不舒服，你看要不要回咸阳看看？”

柳惠玉当时就有些着急地说：“怎么搞的，电话打给你？是不是爸的病重了……”

“不会有什么的。是我先给哥打的电话，随便问候一下，他才说爸有些不舒服。你回去看看也好。”

其时，柳惠玉怎么知道，汤新生是故意找借口，想要把她支回咸阳。而把惠玉支回咸阳，汤新生是为了去找余蓓蓓。

“余蓓蓓。”

这时，恍惚的记忆慢慢被唤醒了，汤新生想起昨天在卫生间洗漱、刮了胡子，后来还喷了少许香水……

他的眼睛重新看向镜子里的人，仿佛完全不像自己。不过是昨天的事嘛，这人的变化怎么就这么大?

“蓓蓓，她现在在哪里？”汤新生咕哝了一句，“我又是怎么回到家里的？”

想不明白，还是打个电话吧。他来到书房，坐在书桌旁的椅子上，拨了手机。

“您所拨打的电话已关机……”

“难道我真的老了？竟然老到失去记忆了吗？”他在心里这样自问，随之又摇头，“还是不要过早地下这种结论。可是，今天的自己确实不太对劲儿。以前怎么没有感觉到？”

往常，蓓蓓是不关机的，因为业务需要。她是汤新生公司的营销策划经理，还主管所有公关事务。

余蓓蓓到公司里来，是今年春天的事。之前，她在成都的一家古玩拍卖公司当业务员，在一次拍卖会上，汤新生一眼就看中了她，不仅仅因为她的姿色，后来经过考察，汤新生发现她对古玉有独特的悟性，公司的业务发展需要这样的人才，于是他决定把她挖过来。

“蓓蓓怎么关机了，是因为昨天我对她有什么过分的举动？还是……昨天的事情怎么一点儿也回忆不起来了？”

汤新生有些懊恼，抬起头，看见立柜上的那只鹰，一双凌厉的眼睛正怒视着。那是他从西藏搞回来的风干鹰，活灵活现的，尤其是那双凌厉的鹰眼，简直就是锐利无比，那眼神让他想起什么——蓓蓓的眼睛。“蓓蓓生气了，那眼神挺可怕。她为什么生气了？”

汤新生站起身走到多宝阁前，把上面的玉石摆件看了一遍，他每天都要这样欣赏一番，看着那些个宝物，就会心情舒畅。可是，今天他在书房里转了一圈后，心情仍然是沉闷的。

是什么让他打不起精神来呢？一缕红色的光射进他的眼帘，他眨了眨眼，顺着那光看去，是书柜里的那只玉璧。

“奇怪，这玉璧是清白玉，怎么会发出红色的光？”于是，他走上前，细细地端详，那红色的光又不见了。“也许是眼神出了问题，都是让那些个乱七八糟的事情闹的。刚才在想什么来着？是蓓蓓。不行，我得去看看。”他倏地站起身来，抓起手提包，走出门去。

在小区门外的街道上，他抬起手拦住了一辆出租车。

2.

车门“嘭”的一声刚关住，汽车已经蹿出了四五米。汤新生看了一眼司机，是个留着板寸的小伙子，这性格估计像他的头一样有棱有角的。

“到西后地。知道吧？”

“知道。”

出租车开得飞快，汤新生的身子被惯性地闪了一下，背靠在后座时又被什么东西硌了一下，脊背上突然像针扎般的痛。

这痛让他似乎想起什么，是一件什么事呢？也不知是因为费了脑子还是怎么的，脑壳也突然一阵痛，痛得直钻心。他用手摸了摸，“莫不是昨晚上凉到了？”

“娃儿，小心脑壳……”

“汤姆叔叔怎么知道我脑壳痛？看来上帝真的是先知先觉。”

汽车又颠簸了一下，他下意识地抓住了前座的靠背。要是平时，他一定会说：“慢点儿。”可是今天他的心情跟这车一样着急，也就不再去计较了。

车在环城路走了一段，向南穿进一条狭窄的巷子，巷子两边商铺林立，凉皮店、包子铺、美发厅、洗脚屋、牛肉面馆、饺子馆、羊肉泡馍店、报刊亭……一一闪过。

汽车在这样的环境里穿梭，摇摆得很厉害，司机大概是想走条近道，没想到却不好走，这能怨谁？汤新生无意看路边的商铺，陷在出租车的后排座里恍惚着，脑子里依然想着蓓蓓发怒的眼神。

“她怎么会用那样的眼神看我？”汤新生有种不祥的念头……

“师傅，只能到这里了，车开不过去。”司机回头望着他说。

“嗯。”他猛地回过神来，掏出十元钱扔给司机，便一头冲下车去。

走进小区的大门，绕过前排几栋楼，在那座熟悉的楼前，汤新生远远就看到单元门外围观的人群，他下意识地放慢了脚步，内心的猜测像潮水般拥堵在闸口。

两个老年妇女，手里提着塑料袋，袋子里装着菜，像是刚从超市回来的。“楼上出什么事儿了？”其中一人用手指向二楼说。

“谁知道。警察都来了，肯定没好事。”另一个老妇人说：“好像是二楼的，不会是艾美丽家吧？”

“怎么回事？”汤新生走到人群后面，站在那老妇人身边，像是自语，其实是说给老妇人听的。

“不知道。”老妇人果然搭了话。

“那你们看什么呢？”

“警车，来了好几辆警车。大概是上了二楼。”

这时从人堆里挤出一个中年男子，一边走一边说：“没什么看的，走吧。”

“楼上是啥子事吗？”汤新生拦住他。

“那二楼出租房里好像发生了什么案子，警察来了。”中年男子没有回头，边走边说。

汤新生有些不相信自己的耳朵，踮起脚尖朝前看。

有人依旧往里挤，也有人朝外走。从单元门里走出一个中年妇女，穿过了人群。

汤新生连忙凑到那女人身边问：“那个楼上啥子事吗？”又急忙改用陕西话问：“咻楼上咋回事吗？”他平时在家说四川话，从小受父亲的影响颇深。出来了也能说陕西话。

女人说：“好像那二楼住的女孩出事了。”

“出事了？”

“被人杀了？哎呀，我可不敢胡说。警察在她屋里，说不清。”说着还快速地看了他一眼。

他躲闪不及，正遇上了她的眼光，与她对视的那一刻，他心跳加剧。

她说完急忙走了，走得有些匆忙。汤新生缓了一口气。

很快，那种不祥之感骤然笼罩在他的周围。“是蓓蓓出事了吗？‘被人杀了’，又‘说不清’，这话里好像是很矛盾嘛。我是该继续看看，还是赶快走开？显然，这里不是久留之地，会被牵扯进去的。我昨天来找过蓓蓓，可是，我是怎么离开的？我真的失忆了？”

容不得迟疑，他迅速转身离开。边走边拨通了手机：“柳阳，尽快把我的车开到积香茗苑。”

汤新生合上手机时，感觉自己的心脏在突突乱跳，“怎么回事？蓓蓓死了？”一时间他理不出头绪。

他走出小区，招手拦住了一辆出租车，上了车，他沉默无语，“我做了什么？”他使劲儿在回忆……茫然中听到司机问：“师傅，去啥地方？”

“顺城巷积香茗苑。”汤新生闭上眼靠在后座里。

汤新生感觉到黑暗中闪现出两个亮晶晶的东西，是他的瞳孔，瞳孔忽地变大了，又忽地缩小了，又忽地变成了一双愤怒的眼睛，跟那只鹰眼一样凌厉……轰然的黑暗……汽车突然颠簸了一下，他脊背上一阵刺痛……

“师傅，积香茗苑到了。”

3.

清幽雅致的积香茗苑，青石砖瓦为主色调，烫金门匾。地处威严高大的城墙边，那条街道叫顺城巷，闹中取静。

汤新生走进茶苑。

他下意识地放慢了脚步，朝前厅的南侧望去，厅堂里名人字画高悬，满眼的古香古色令人心生崇敬，红木雕花的仿古家具，多宝格里陈列着一些古玩——青铜石刻、古玉印章。

再向院里走，院子里大花盆、大鱼缸、瓷秀墩、时令盆花，还有石雕、木雕、砖刻随处可见……

院子里已经站了不少人，看上去都是有身份的。汤新生一边与身边的熟人点头打招呼，一边往里走。

后院厢房前的台阶上放了几个条案，条案上摆满了各类现代艺术品。

汤新生远远就看到了那只现代白玉透雕圆屏，那是他前一天专程送来的，那天他双手捧着白玉透雕圆屏，将它放到任会长面前时，心里多少有些不舍。那可是他老岳父的手艺，在圈里堪称绝活。

那只白玉透雕圆屏正摆在那里，汤新生心里一阵荡漾，别看条案上东西不少，可都不及他送的那件闪亮，似乎只有它才让这里蓬荜生辉。

“汤总快来。”这时，站在台阶上的收藏协会会长任换之向汤新生招手。他身穿一件紫色的中式唐装，手腕上带着一串栗子黄的貔貅手链，显得贵气十足。

“任会长，不好意思，来晚了。”汤新生歉意地上前与他握了握手。

“来得正好。郁副会长正准备开场。”任换之向站在另一边的郁昊挥了挥手。

汤新生也向郁昊点了点头，表示了问候。还有郁昊身边那个腆着肚子浑身溜圆的文化局干部周若愚、张口“哦们陕北”的煤老板段建辉，汤新生也分别向他们点头，表示了问候。

“请大家安静，安静。”郁昊副会长清了清嗓子说，“由收藏协会组织的爱心慈善捐赠会现在开始，首先请任换之会长讲话。”他的声音富有磁性。

掌声过后，任换之开始讲话：

“……我们中华民族自古就有慈心为人、善举济世的传统美德，开展慈善活动，正是我们展示爱心，营造互帮互助良好社会环境，提高公民慈善公德意识的有效载体，也是促进社会文化发展的重要途径……众人拾柴火焰高，滴水会聚成江海，慈善事业需要全社会共同参与，这是我们弘扬传统美德，促进精神文明建设的生动实践，也将是我们留给社会的一笔厚重的精神财富……”

之后郁昊副会长对这次捐献活动作了补充说明。他说，今天捐献的这批艺术品，将由收藏协会委托拍卖，拍卖所得全部支援灾区。随后宣布了捐献清单：

周若愚先生捐献的白玉雕刻——雄鹰展翅，高三十三公分，宽二十四公分。

李×先生捐献的丝绸书画——贵妃出浴……

王××先生捐献的丝绸书画康熙福字……

汤新生先生捐献的现代白玉透雕圆屏……

段建辉先生捐献的……

……

听到宣读了自己捐献的白玉透雕圆屏之后，汤新生悄悄退出了会场，走到了茶苑的前台。

“还有包间吗？”汤新生问。

“有。”服务生笑脸相迎。

“来一壶苦丁茶，要浓。”走进包间，汤新生像是回到了自己家，一屁股坐在躺椅上。

“还想要点儿什么？”服务生欠了欠身子问。

他靠在躺椅里闭上了眼，似乎是在用身体语言告诉服务生：他需要在这里独自静思。比起外面的嘈杂声，包间里显得很清静，他之所以到这里来，是为了让自己清醒清醒。

这一切发生得太突然、太不可思议了。

“请稍等。”服务生知趣地向后退去。

他挥了挥手，继续闭着眼。

服务生退出去后，汤新生又睁开眼。他突然想起了什么，好像是喝茶的事，似曾与什么人有过约会？对，他确实有过约会，要在南二环的一家茶楼谈一件重要的事。没错，是在昨天，约了一个女人……

这时，手机响起，是柳阳。

“姑父，我一直等你的电话——”

“啊，我忘了叫你。我已经到积香茗苑了，会也开完了，在这儿喝口茶。你把车开过来吧。”

关上手机，汤新生疲倦地闭上双眼，再想回到刚才的回忆中，却怎么也回不去了。不一会儿，他竟昏昏地睡着了。

“啊，在这儿躲清闲呢？”

他猛地睁开眼，只见郁昊副会长走进包间来，一副拥抱天下的笑容。后面跟着柳阳，一个帅气的小伙。

柳阳向着汤新生做了个手势，意思是说他在外面等着，便知趣地退出门去。

汤新生揉了揉眼睛，强打起精神说：“我想在你这儿喝口茶，不知怎么搞的，就迷糊着了。还是你这地方太迷人了。”

这茶苑是郁昊开的，富有文人气息，不仅因为那些个名人字画、仿古家具、青铜石刻、古玉印章，而且平时还有古乐潺潺，十分优雅，这里也是收藏协会会员常常聚会的地方。会员们都说，在这儿喝茶听音乐，就一个字——爽。这儿实在是个雅俗共赏、清心舒适的鉴宝和交流收藏的上选场地。

“好哇！难得你汤总在我这儿多坐一会儿，我刚进了上等云南普洱，味道不错，一定要品品。”郁昊说着拍了几下巴掌。

“不要不要，”汤新生连忙制止，“我已经泡了一壶，这苦丁茶能清火。”

“哦，那也是我专门从你们四川进的，青城山的云雾苦丁茶。”郁昊正说话时，服务员进来了，郁昊接着说，“还是再来一杯普洱吧。”

“不不不。”汤新生向服务员连连摆手。直到郁昊扬了一下头，服务员才退出门去。

“任会长他们走了？”汤新生想起刚才的大会。

“还没走，”郁昊说，“任会长跟周若愚他们几个在后面商量着写个发言稿，准备到灾区时用。我送客人出门，看见柳阳了，才知道你躲在这儿。”

“哎呀，我也该走了。不能在这儿给你们添乱。”汤新生催促郁昊快去跟任会长他们商量大事。“要写发言稿就一定是你郁副会长执笔了，谁都知道郁副会长是大文豪。”

“哪里哪里，我不过是执笔，也是执行任会长的授意。”郁昊说了句谦虚的话，正要起身离开。

只见汤新生的嘴不由已地打了个哈欠，又下意识地把张开的嘴合拢些，似乎不愿让对方看出疲倦感突然袭来时不佳的精神状态，连忙说：“今天怎么搞的，我这脑壳不对付，一阵一阵地发紧。”

“汤总大概是有些累了，多喝几口茶，茶这玩意儿，真是个好东西，怡情、消愁、解闷、安神养气，越喝越年轻。”郁昊说起喝茶真是一套一套的，什么心情好时，喝出个陶冶性情、高雅享受，郁闷时喝，消除烦恼、清心怡神之类的。

“是啊哈。”汤新生也不知自己都说了什么，只是抑制不住地哈欠连连。

“谁在这里躲清闲呢？”这时任换之和他的声音一起进来了，带着一股贵气，“什么好事情把郁副会长都吸引来了？”

“肯定是汤总又带来宝贝了。”煤老板段建辉也跟着进来了，“最近又淘到宝了？让咱们也开开眼嘛。”

“哎哟，把任会长、段总都惊动了，真是不好意思。是郁会长这地方有魅力，我也就是在这儿喝口茶，你们也一块儿品品？”汤新生尽量压住内心的烦躁，堆出一副笑脸。

谈起这次捐献活动，任换之显得兴高采烈，他说这次活动非常圆满，还说这次段总不但捐献是个大头，还派人派车地出了不少力。

“应该应该。”段建辉咧着大嘴，一副不以为然的样子。

听到这话，汤新生突然心生厌恶：这个煤老板段建辉越是没文化越想往文化堆里挤，还喜欢四处张扬显摆，凭借自己手中雄厚的资本，跻身古玩圈，其实他骨子里都是黑的。于是说：“人家段总财大气粗咱可不能比。”

任会长仍然不管不顾地说这次谁谁都捐献了什么，似乎是有意说给汤新生听的，就这样絮絮叨叨又说了不少。

好不容易听到郁昊让服务员把柳阳叫来，汤新生这才意识到任会长这些人终于要走了。

“姑父，”见众人离去，柳阳进来了，“要走吗？”

“是这样，我想开车出去几天，你姑姑还在咸阳，让刘师傅开车去接她。公司里的事就交给你了，要认真经管。”

“放心吧。”

“还有，余蓓蓓家里有事，请假回去了。她那一摊子，你先照应着。还有……”

汤新生认为现在只能说蓓蓓回家去了。虽然他一时还没有搞清楚事情究竟是如何发展的，但是，毕竟警察已经介入了，很快就会找到他这里。最令人担忧的似乎还不是这个女孩的去向，而是“拔出萝卜带出泥”，牵扯他的其他事情。他必须快速想出防御的对策。

反复斟酌，对自己临时想到的理由还算满意，无论谁来问起那个女孩，柳阳都要这样回答。

“要是有人问到你……”柳阳问。

“嗯。不管啥子人来找我，先问清他有啥子事情，问清他的来历，然后告诉我。对了，以后跟我联系，用那个电话，就是那个专用电话，你知道的。你也要用专用电话，记住了？”如同许多老板一样，手头或秘书手里都是有几部电话的。

柳阳似乎听出了问题的严重性，脸上的神经不由得绷紧了。

走到积香茗苑的前厅，才有了种豁然开朗的感觉，汤新生下意识地朝南侧的多宝阁看了一眼，他总是对曾经属于自己的那只白玉透雕圆屏依依不舍。这回却看到一只玉璧，不经意间看到的玉璧，又让他想起了什么。

“是什么呢？”汤新生一边往外走，一边竭力回想。

他手里捏着钥匙走到越野车边，突然被车外的反光镜刺了一下眼，定睛看去，那团红色的光再次闪现在他的眼前。

第 3 章

渭河浮尸

1.

站在渭河边，这河滩的开阔地带可以看得更远。霍妍拉起风衣的衣领，把头缩进竖起的衣领里，秀发在风中轻舞。她把视线收回，看向距离不远的地面。

有几个技术勘验的警察正从河里的芦苇丛中返回岸上。

一具女尸已经被先到达的人从河里捞上来了，摆在不远处的沙滩上。法医正蹲在尸体的旁边。

霍妍实在不忍去面对。在西后地现场时，她不认为女孩已经死了，因为现场的证据不支持。可是，毕竟那个女孩失踪了，还是让人揪心。

得知发现尸体的那一刻，她脑子里的那根弦立刻绷紧了。时间相隔不过一天，从艾美丽报案到发现尸体，即使一个平常人也会产生联想。哪怕一丝一毫的嫌疑都是不能轻易放过的，虽然抛尸的地点有些远，但也符合现代交通工具发达的特征。

等到了渭河现场，进一步知道是一具女尸，她更想立即看个究竟。

正值法医在履行检查，霍妍站在法医身后看向那张脸。

尸体已经被水泡涨了，很难分辨。

“探长，你不是说几年前见过那女孩吗？能辨识吗？”丁萌不知何时已经站在身边，突然冒出一句来。

“嗯，被水泡涨了，可不比放大镜啊。”即使没有被水泡涨，就能一眼认出吗？谁知道那女孩现在是什么样子，大概很时尚吧？能跟那老头在一起，恐怕没有多少清纯了。霍妍脑海里浮现出几年前玉器店里那个清纯女孩的样子。

“这女孩好像挺时尚的嘛，看她的衣服。”丁萌围着尸体转了一圈，“身上似乎也没有外伤，没有血迹。”

“不要在这里妄加评论了，还是先见见证人吧。”霍妍朝法医身后努了努嘴，转过身去。

河边站着一个男人，看上去三十多岁。

“你是什么时候发现的？”霍妍走到他身边问。

“有一个多小时了。我到河里捞鱼，看到在那个河湾处芦苇丛中有一堆东西，我很好奇，想把它钩过来，开始够不着，我捡了一节树枝，还是够不着，我就往河里走。”男人脚上高筒雨靴之上的裤子湿漉漉的。

顺着他手指的方向，霍妍向河湾处看了一眼，芦苇丛生，远看去，一片平静。里面要是隐藏了什么，在外面确实看不见。

霍妍拿出手机，看了一下时间，正是上午十一点零七分。

“你走近芦苇丛时，看到了什么？”

“一具尸体。吓了我一跳。”男人脸上挂着惊恐未消的表情。

“你当时做了什么？”

“我拔腿就往回跑，一直跑上岸，跑出去很远了，想起我那些捞鱼的工具，又返回去收拾了我的东西，再次跑到公路边，越想越不对劲儿，就停下拨了110。”

“难为你了，谢谢你及时报案。”

"应该的。"

"你常在这里捞鱼吗？这儿鱼多吗？"她又望了一眼河湾处，那儿似乎是鱼儿的避风港。

"常来，一上午能捞一桶。"他身边放着一只铁桶和渔网。

"每天都是上午来？还是其他时间也来？"

"不是每天都来，两三天来一次，一般是上午，有时下午也来。今天就是上午来的。"

"还有其他什么人也来这里？"

"这地方有些背，很少有人来，上个月发现这儿鱼多，我没告诉别人。"

"晚上来过吗？"

"没有。"男人哆嗦了一下。

"快回去换衣服吧。"霍妍看着男人离去，重新回到法医身旁。

"你是才调来的吗？没见过。"

"医学院毕业考试进来的。"小伙子正脱下胶皮手套。

"欢迎你！"霍妍点了点头，"能判断死亡性质吗？"

"应该是溺死。"法医有些犹豫，"死者的衣服是完好的，不像受到过性侵犯。从外表大致看，好像也没有外伤，还需要进一步尸检确定。"

"是溺死？"丁萌忍不住插问，"能确定吗？"

"应该是这样的。死者口鼻部有蕈状泡沫，眼结合膜有细微的出血点。"年轻法医语速缓慢，大概在力求表达严谨。

"是自杀还是……"丁萌依然不解。

"现在还不能做出结论。在仔细观察头部时，发现有钝器打击的痕迹……目前还不能判断。"年轻法医显然对自己的推测没有把握。

"钝器打击？那应该是机械性死亡，与溺死有矛盾啊！"丁萌又说。

"头部的痕迹不清晰，还要进一步解剖才能最后下结论。"

"那么，死亡时间呢？现在可以确定吗？"丁萌紧追不舍。

"死亡时间大概距现在十五个小时。"

"探长，你看还有什么要问的？"丁萌转身看着霍妍。

"有什么可以证明死者身份的物证吗？"霍妍看向另一个专门收集物证的技术人员。

“只有一张小卡片，在上衣口袋里发现的，一时无法辨识。”技术人员把手里的物证袋举起后，又放进了物证箱里。

“入水地点好像不在这里。”霍妍迅速扫视了河边的景物。

“在西边，往上走就能看到。”技术人员已经开始收拾东西准备离开了。

“我们去看看。”霍妍一边对丁萌说，一边向上游走去。

丁萌抢先走到了前面，在发现尸体不远处的上游河边站住，“头儿，你看这儿有汽车的轮胎印。”

河边的沙地有模糊的汽车轮胎印，还有重物在地上的拖痕。

“这痕迹，好像是拖动尸体留下的痕迹。这些证据应该符合他杀的情况。”丁萌好像在自言自语，其实是故意说出来的。他试探地看了一眼蹲在地上的霍妍，只见她专注地看着地上的轮胎印。

“这像是越野车的。”霍妍站起身。

丁萌走过去也蹲下，一边仔细观察，一边点头说：“嗯，要是能看出来是丰田还是路虎那就神了。”

“那就看你了，我是没那个本事。”霍妍边说边向汽车走去。

“头儿，你不是说没有想象力就不是好警探吗？”丁萌拔腿跟过来。

“是吗？你的想象力足以证明你是个神探了。”

“谢谢鼓励。难道头儿也有这个想法？”丁萌嘴角咧了咧。

“我可不能跟你比。我只是想到某一车型的轮胎没准跟我们买衣服一样，是均码的。我是个懒人，只想等着人家物证人员做出鉴定。”霍妍钻进汽车，准备发动。

“嘿嘿，还是头儿有见地，电脑比人脑更有科学性和准确性。”丁萌一缩脖子，坐在了副驾驶位。

“也未必。是丰田、路虎还是别的什么越野车，这些都留给技术鉴定吧。现在，我只是在想……凶手是谁？”

“是啊，凶手是谁呢？一定是那个老头了。可是，那个老头又是干什么的？现在在什么地方呢？”丁萌晃了晃脑袋，“艾美丽说像个老板，现如今这大大小小的老板多如牛毛。头儿，你说说看，会是什么老板？”

“真行！徒弟考起师傅来了。”霍妍把车开上了公路。

“嘿嘿，要不，还是徒弟先说吧？”丁萌肯定地点了点头，便开始分析案情："艾美丽不是说那老头六十岁左右，个子不高，腿短粗，脸黑长，鼻子有点儿塌，眼睛也不大，身体很结实，脸上黑黢黢的，开越野车吗？我看依据这些，完全可以技术画像，在全市排查，这样就可以缩小范围了。"

"还是在古玩商里查吧。也可以再缩小范围，可以先查大唐西市国际古玩城和书院门的古玩商。"霍妍开着车突然冒出一句话。

丁萌有些吃惊，他说："头儿，你是根据什么把嫌疑人范围缩小在古玩商里的？技术画像？听说头儿也喜欢画画？难道画像也能看出人的职业？再说了，西安古城里到处都是古玩店，为什么不是小东门、南二环或者其他地方？你是依据什么缩小范围的？"他说着满眼狐疑地看向霍妍。

"技术画像我可不会。不过是学生时代画画芭比娃娃而已。但是，我的推测也绝不是凭空想象……找死呀。"突然有人横穿马路，霍妍来了个急刹车。

"没事。"丁萌见那人已经跑远了，又说："在警校时，老师曾讲过，嫌疑人身份和居住地的排查是案件的关键，同时也是一项非常艰苦的工作，要在成千上万的人里找出那一个，需要计算机的配合，还要有全面完整的数据库资料。咱们还没有用计算机呢，头儿就确定是大唐西市和书院门吗？"其实他之所以不厌其烦地问着同一个问题，是想搞清楚霍妍的思路。

霍妍猜出了丁萌的意图，故意卖关子说要想找到捷径就要交学费，还说："你知道吗？一个警察的直觉有时比计算机更快。这直觉可是时间和经验的结晶啊。"

丁萌半信半疑地说："可是，直觉有时会把案件引入歧途的。"

"警察的直觉不仅仅是经验，还有现场留下的一切。懂吗？"霍妍微微撇了撇嘴，故作神秘，却在心里窃笑。

2.

她轻轻地把钥匙插入门锁，轻轻地转动钥匙，随后蹑手蹑脚地走进门去。

灯光刷地一下照亮了门廊，她眨巴眨巴眼，瞳孔在瞬间闭合张开，难以适应黑暗中的突然闪亮。

“回来了？”柏松站在客厅门口，深情地望着她。

“还没睡？我以为你已经睡了。”霍妍在门内换上了拖鞋，伸出双臂搂住柏松的脖子，嗔怪说：“老公，我不是在电话里让你先睡吗？刚出差回来，一定累了。”

“不累。我还给你准备了好吃的呢。”柏松揽住霍妍的腰说，“下午才买了手工饺子，你不是说喜欢吃羊肉的吗？”

“真的？还是老公心疼我，知道我要加班，特意准备了夜宵。”

“又要加班？”一片阴云飘到柏松脸上。

“太好了。我都快饿死了。”霍妍在柏松的拥揽中走进厨房，“老公真好，早想到了准备夜宵。”

柏松无奈地说：“还是领导有方哟。快去洗手，我给你下饺子。”不一会儿，热腾腾的饺子端上桌来。柏松坐在霍妍身边默默地看着她吃。

“还记得你妹妹吗？”霍妍嘴里塞满了饺子，含混不清地说。

“什么？我妹妹？”

“是呀，那年在阆中，你不是认了个妹妹吗？”霍妍忍住笑。

“嘿，是那个长得特像你的女孩吗？怎么突然想起她了？”

“哟，看来那女孩让你记忆深刻啊，不会是常常想着她吧？”

“又吃醋了。要不是你提起她，我怎么能想起哟。哎，你怎么突然想起她了？”

“一起案件涉及她了。”

“案件？是你办的？是那个玉石店里的女孩吗？她怎么会到西安来？”

“这世界并不大，交通又如此方便，我能去四川，人家怎么就不能来西安？”

“可是，你办的都是刑事案件哟。”

“是呀。真可怜，那具女尸有可能是她。”霍妍的声音变得很沉闷。

“女尸？在什么地方发现的？”

“渭河里。已经泡涨了，很难识别。”霍妍像是对柏松说，又像是自言自语，虽说死亡时间与西后地失踪的那个女孩十分吻合，年龄、身高都很相似。可是……那个失踪的女孩叫余蓓蓓。也许不是阆中那女孩，也许，只是长得像而已。但愿不是。霍妍轻轻地摇了摇头，抽出纸巾擦了擦嘴。

柏松疑惑地看着她问："说什么呢？我怎么听不明白？"

"是这样，有人报案，西后地一个女孩失踪了，身份证是四川的，上面的照片很像一个人，她让我想起那年在阆中的你'妹妹'。证人也说她长得像我。不过，名字不对。她叫余蓓蓓。"霍妍突然烦躁起来，"哎呀，说不清楚。老公，我要加班了，辛苦你洗洗碗喽。"

"去吧去吧。"柏松开始收拾碗筷，"我记得那女孩姓金，十七岁，很清纯的。"

"是呀，年龄符合，现在也正好二十一岁了。不过，已经不清纯了，好像……给一个老板当小秘，也许是二奶，那男人都六十多岁了。"

"是吗？'好白菜被猪拱了'，这些女孩呀！"

"不过，目前还不好说，等法医鉴定出来才能确定。即使确定死者与西后地失踪的女孩是同一个人，也不能确定就是阆中的那个女孩。你先不要着急哟。"霍妍挤一下眼睛，转身走开。

"我着什么急？"柏松放开了水龙头，独自咕哝着，"是你办案着急吧？"

霍妍已经走进书房了。

一股热流迎面扑来，小巧的书房被白天的热气蒸热了。

两面通天的书柜里敦敦实实挤满了各种书籍，还有音像影碟。

她走到窗前，轻轻地推开窗户，一股清凉的空气乘机闯入，她深深地吸了一口，让气流沁入心肺，她需要新鲜空气驱赶倦意。

站在窗前眺望远处，无尽的苍穹在黑暗中涌动，黑云似妖怪般在空中翻滚。远处的南山无法看清，如果在白天，应该能看到山的轮廓。她似乎闻到田野里的枝叶与晚间露水混合发出的馨香，路灯在街头道上闪烁，偶尔驶过的汽车划破夜的寂静。

浓浓的乌云裹着巨大的雾霾，在夜空中弥漫。

当初买这套房子时，她坚持要高层，因为她喜欢登高望远，极目天舒的感觉。

这是她和柏松共同开辟的两人世界——一个温馨的家。

"老婆，别太辛苦了，冲个澡吧。"柏松站在书房门口。

"你刚出差回来，是该洗洗。"霍妍一边从提包里取出一摞音像碟片，一边对柏松说。

“你不是要加班吗？”柏松疑惑地看着她。

“是呀。这些个音像碟片是从西后地小区余蓓蓓居室拿来的，要查看一下。”经过技术勘验提取指纹后，霍妍把那些曾经堆放在案发现场的电视柜边的CD唱片和DVD影碟片全部带回来了，需要检查其中的内容。

柏松走到书桌边，看见霍妍在扒拉着那些碟片。

《爱上女主播》、《达子的春天》、《死神来了》……

“这么多，都要看一遍吗？”柏松看向霍妍。

“大致看看。嘿，你怎么还不去洗澡？”她说着把柏松推出书房。

这个工作真的有些枯燥，没有她喜欢看的。霍妍拿出MP4，正要把耳麦塞进耳朵里，只听到“啪！啪！”的两声响。

声音似乎是从浴室方向传来的，响声清脆，犹豫片刻后，她大步走向浴室，边走边问：“柏松，你没事吧？”

“没事。”柏松赤裸着站在花洒下，哗哗的水柱冲刷着他的身躯，他以为她会像往常那样走进来，问一声：“需要搓背吗？”却听到她渐渐远去的脚步声。

“工作狂。”他在心里抱怨，“一工作起来就把老公忘得一干二净。”

重新回到书房，霍妍开始找唱片，在自己的音乐CD中寻找：西域男孩、嘻哈……那是柏松喜欢的曲子，飞儿乐团的《波斯猫》、《十面埋伏》、《欧美杂锦合集》、《唐古拉》……

她一张一张地快速翻过，最终拿起那张绿色森林——大提琴曲，那里面有苏永康的《一个人的星光》、《无法开口》，是她喜欢的乐曲。随着悠扬的乐曲她摆动起身躯。

她喜欢音乐，她需要音乐。

压力、沮丧，紧张的工作，天天目击惨烈的现场和扭曲的心灵、人性，她觉得自己比平常人更需要欢娱、音乐……

“在家里何必戴耳麦？”柏松站在门口，头发湿漉漉的，正望着她。见她完全没有听见，于是大声喊：“霍妍！”

她回头看见他，取下耳麦说：“你是叫我吗？”

“我说在家里就尽情享受音乐的动感，不必戴耳麦。”柏松关爱地说。

“怕吵着你。”

“没关系，你听吧，我去睡了。”他刚要转身时，霍妍走过来抱住他，在他脸上匆忙亲了一口，又匆忙转身离去。柏松伸手摸了摸脸，无奈地转身离去。

书房里响起融融的乐曲。

如果你等得太久，请相信我不曾停过。

想装上翅膀，飞到你身边。

爱很浓，心很空，

该怎么停在你心中。

这深藏已久的寂寞，时间带不走……

一张张 DVD 碟片，在“快进”按钮下，匆匆闪过。

霍妍拿出那张《玉石鉴赏》的 DVD，打开封页时，一张照片掉在地上。她弯腰捡起照片，细细端详。

是一块形制奇特的古玉。

只见古玉圆如璧，又不是完整的圆，边缘部带有三个刻齿，古玉表面上刻有七个圆点，呈七星之象，玉面上堆塑着一条蜿蜒爬行的动物，那动物像是蜥蜴类的。把照片翻过来，背后写着四个字——璇玑玉璧。

“这时尚女孩竟然也喜欢古玉？莫非，她真的就是阆中那个古玩店的女孩？”霍妍自言自语。

第 4 章

那女人

1.

从积香茗苑出来后，他驾驶着自己的黑色越野车驶向公路，先向西南方，再向南驶去。

整整一天，他脑袋里乱得像一锅粥。不过是昨天才发生的事，就像过了一年，过了一世，他已经很多年未经历如此激烈的冲击了。

喝茶的时候，他曾经试图镇定神志，理清头绪。

自从动荡年代过去后，生活越来越安逸，安逸得让人感到平淡无味，忍不住想寻求一些刺激。可是，谁料到会是这样的结局？过头了。“我这是怎么了？‘三十六计走为上’，在搞不清情况时，不如先避一下。”

他把右手从方向盘上松开，举到眼前，懊悔地朝手心里唾了两口，然后挥了挥手：“呸呸！”他是想把晦气唾走。

路边的指示牌一闪而过——汉中 160 公里。

汽车钻进一个又一个山洞，已经行走了一半的路。有了高速公路真好，连绵的秦岭在他的脚下变得一路平坦。

人生，却没有这样平坦。

“蓓蓓死了？围观的人也不过是猜测。可是，警察和警车都来了。怎么搞的？我究竟做了什么？发生的这一切，都还没来得及跟惠玉解释，哪怕是当面跟她道一声别。她一定会担忧的，还会不停地数落责怪。本该是颐养天年的岁数了，却有一颗不安分的心，能怪谁呢？也许是承袭了父亲的血脉。”虽然开车时需要精力集中，但汤新生此时却不能平静，止不住地胡思乱想。

汤新生的祖籍在成都，1940 年，他的爷爷汤保山已经是成都街面上有名的玉器古玩商了，他是靠着英国传教士斯蒂文发财起家的。

汤新生从来没有见过他的爷爷，小时候，他父亲给他讲过家史。

爷爷汤保山自幼家境贫寒，只读过两年私塾。十五岁时，到一家古玩铺当学徒。靠着头脑灵活悟性好，他渐渐学会了辨识古玩，颇得店主的赏识。

几年后，店主就让他出去走乡串户地收集古玩。一次，他在乡下收回两件青铜器，是从白马寺附近出土的一批青铜器，他私自将其中一件青铜器藏了起来。

汤保山找到了曾经与店主做过生意的英国传教士斯蒂文，把他私自藏匿的青铜器拿给斯蒂文看。

见到那件器物，斯蒂文眼里放出蓝色的光，像宝石般闪烁，“形制奇异，与中原风格完全不同。”斯蒂文连连赞叹。

汤保山趁机要了个好价，赚了一大笔钱。

从此，他开始为自己走乡串户收购古玩，还与斯蒂文成了长期的生意伙伴。

汤保山的二儿子汤世钦出世后，认斯蒂文为教父，从小在教会学校接受教育。为此，洋教父给他的异国教子起了个洋人名字——汤姆。

“我竟然还在梦中见到了汤姆叔叔，真是奇怪了。汤姆叔叔跟我说‘小心脑壳！’那是什么意思？是他给我托梦吗？”

新中国成立前夕，汤保山的大儿子汤世贤到陕西办一批货，要把在陕西咸阳柳庶全家仿制的玉器运回成都，再加工后销往国外，不料正赶上解放军解放了西安，即时挺进四川。

当解放军的隆隆炮声在成都郊外响起时，汤保山如坐针毡，他为全家人都订好了飞往香港的机票，唯有到陕西打理生意的大儿子汤世贤不能按期赶回来。

那时，汤世贤在西安娶的偏房裴絮儿即将临盆。

在汤世贤五十八岁时，他从成都来到西安办一批货，在保吉巷的窑子里遇见了裴絮儿。裴絮儿那时才十八岁，粉红的脸上鲜嫩得能掐出水，汤世贤当即决定把她娶为偏房。

当汤宝山带着全家人起程飞往香港时，汤世贤的儿子汤新生正降生在刚解放的西安城里。

汤家的直系亲属大多去了香港或海外，新中国成立后，汤世贤与那些亲属几乎都失去了联系。身为受管制的资本家，汤世贤也不敢与海外的亲属联系，在“文革”中抱憾死去。

虽说汤新生的爷爷是古玩生意的大亨，可是汤新生做古玩生意的时间并不长，他做这行是得益于改革开放。汤姆叔叔回到大陆，找到了汤新生，还找到了汤新生同父异母的两个姐姐，她们仍住在成都。

随后，汤姆叔叔的儿子汤泓也来到大陆了，他是香港泛亚文化发展公司的总经理，负责开发大陆市场的有关事宜。

从那时起，汤新生开始进入了古玩圈。

像大多数暴富的人一样，他也算得上是经济建设大潮里的弄潮儿，伴随着城镇化建设，修公路，建水库、电站，石油、煤炭的开发，地质勘探……上亿件文物从地下挖出，从明里暗里的各种渠道流向社会，流入古玩商的手中，也成就了一批古玩商。

汽车突然颠簸起来，高速公路上设了一些障碍，看样子是在修路。这条路其实刚开通不久，从一开通起，就开始修理了，真不知道是公路的质量差还是路上的车太多。颠簸中，汤新生觉得脊背上一阵刺痛，那刺痛穿过胸腔，刺向心脏……他突然感到心脏很不舒服。

汽车缓缓停在一个错车弯道里，汤新生从包里掏出一个小药瓶，这瓶救心药是惠玉特意为他准备的，也许已经过期了。他顾不上仔细看，倒出几粒药，放进口中，拿起放在副驾驶位上的一瓶矿泉水，把药冲进了食管。

汤新生常年在野外奔波，无论什么地方“开工了”，得到信息便立即前往。自以为身体健壮，可是惠玉一定要把药放在他的包里，为的是“不怕一万就怕万一”。汤新生对她说：“什么时候用上这救心药，也就该停止奔波了。”

此时，他吞下了救心药，靠在椅背上休息，偏偏那些让人揪心的思绪不停地在大脑里翻腾，让他不能平静。

要不是惠玉给他备了救心药，不知他能不能走出这陕川公路。

“还是老婆好。”他不由得感慨。

要说起汤、柳两家，不得不说起他们的世交。

柳庶全是咸阳有名的玉石雕刻师，汤家从汤新生的父亲汤世贤来到西安做生意时，就开始与柳家打交道了，后来柳庶全专门为汤家雕刻玉石工艺品。

那个动乱的年代，汤家遭遇了劫难。

汤新生还记得，那情景一片狼藉……父亲僵直地坐在地上，茫然地望着院子里的一切……破碎的家业，破碎的心灵，一切都被砸得粉碎。曾经的奇石玉盏、书画墨迹，被那些戴红袖章的年轻人彻底摧毁，震耳的口号声，疯狂的振臂高呼，把父亲绝望的哀号湮没……

天空突然掠过几道刺目的光焰，大雨像瀑布般倾泻。父亲无声地坐在地上，任凭着暴雨的冲刷，汤新生和母亲哭喊着，想要把父亲拖进屋里。

父亲像一尊石像，岿然不动。

整整一夜，汤新生和母亲撑着两把雨伞，陪伴着父亲。直到第二天清晨，夜色和暴雨一齐退去时，父亲突然倒在地上，倒下时，他捂着胸口。母亲把他的手挪开，触到胸口的硬物，从棉衣里取出的，竟是一块玉璧。

事后有人说，这是“怀璧其罪，因财得祸。”

西安城里再也没有他们的安身之地了。汤新生拉着架子车，车上是父亲的尸体，母亲跟在一旁。他们去了咸阳。

父亲被埋在柳家的地里了。是柳家收留了这对孤儿寡母。

后来很长时间，母亲都不允许汤新生再碰古玩。

可是不知怎么搞的，汤新生的生活里又偏偏总是离不开古玩，尤其是那让人心动神怡的古玉。

汽车驶入汉中时，他把车开进了一家高级宾馆，想睡一觉，好好休息一下。

前台服务员不冷不热她说："请出示身份证登记。"

他慢慢地从皮夹里取出身份证，不知为什么，心里闪过一丝疑虑。

服务员接过证件，在登记簿的姓名一栏填上——汤新生。

"请留下通信电话。"

他迟疑地报上了手机号码。迟疑中他故意错报了手机号码的四个数。

走进客房，汤新生一头倒在床上，疲劳袭来，他渐渐合上了眼。

一阵电话声吵醒了汤新生，他躺在床上抓起话机。

"先生，需要按摩吗？"嗲嗲的粤语声。

"都什么时候了，谁还有心情按摩？""啪"的一声，他扣了电话。扣了电话，汤新生似乎觉得那声音有些耳熟，他的耳边忽然响起了另一个女人的声音："您是汤新生先生吗？"尤其是"先生"两字，粤语的音调是上扬的。

"啊，那天我是接了一个年轻女人的电话，也是这样软绵绵的粤语。"

汤新生猛地从床上坐起来，他突然想起，出事前的那天上午，他正跟余蓓蓓在一起吃饭，有电话打进来，是个操着广东普通话的女人，还说她是香港泛亚文化发展公司驻深圳办事处的。那天，他决定与那个女人见面，是因为"那件东西"。

"可是，后来又怎么样了？"

汤新生突然感到脑壳发痛，他把身子靠在床头，努力想要继续思考，可是脑壳一阵一阵地抽痛着。他只得眯上眼睛，试图让自己镇定下来。

"要是'那件东西'出了纰漏，问题可就大了。不行，我得赶快离开这里。"

汤新生从怀里掏出手机，想了想，又放下，他一把抓起提包，摸出另一个手机，拨出了号码——

"谢林，你在啥子地方？"

2.

汤新生把汽车开进了农家小院。

“舅舅，一路辛苦了！”谢林早已在门口候着，“房子都打扫干净了，刘妈也做了饭，先洗洗吃饭吧。”

“啊，回到老家了，我还真是觉得饿了。谢林，这院子好像又扩大了，是吗？”汤新生扫视了整个院子。

“是呀。后院加盖了两间房，其中一间就是专门留给你住的，里外全新的。”谢林这个小伙子个子不算高，长得很精干，是汤新生同父异母的二姐的儿子。人说外甥像舅嘛，尤其是那双眼睛，跟汤新生一样有神。

谢林也是做古玩的，他在成都有店面，还在农村开了加工厂。这个小院实际上就是他的加工厂。小院地处四川彭州农村，周围有高大的树木，十分僻静。

接到汤新生的电话后，谢林特意作了安排。

他们走进一间偏房，餐桌上已经摆好了饭菜，谢林说：“乡下的饭做得简单，舅舅随便吃点吧，明天再去城里馆子吃。”

“你也一起吃吧。”汤新生说着已经吃起来，他觉得来到了这里就有了安全感，肚子也突然饿得咕噜咕噜的。

“我已经吃过了。”谢林在一边看着，“你打电话时，我也正准备往这里走，今天有一批货要出彩了。”

“是吗？”汤新生关注地看了他一眼。

“就在偏院里。舅舅要是想看，我让他们等一会儿。”

汤新生很快吃了饭，跟着谢林来到偏院。

院子里点上了灯，那灯光很暗，在一棵大树下，两个农民工模样的人正从土里挖出一具狗的尸体，已经高度腐烂了，阵阵的臭气飘散开来。汤新生站在灯光下，没有靠近民工，他心里很清楚那是怎么回事。

古玩圈里的人都知道，高仿玉器的工艺是十分复杂的，尤其是那些仿真度极高的玉器。最初，工人先是将玉精心雕琢成型，经过打磨、抛光、做旧，再涂上泥，放到不同时代的墓穴里……而眼前的这些玉器，则是先放在火里烧，然后趁热放入狗腹中，将狗埋到地下，一年后挖出，就形成了枣皮红的血沁，更深色的是酱瓣紫。要是把玉放进活羊腿里，把伤口缝好，几年后取出来，那红色的血沁不知有多么迷人呢！

工艺归工艺，也要分做得是否精细。眼前，工人正在取出的这几件还不知会是个什么样子。

腐烂的狗尸被平摊在地上，有股难闻的气味。工人从里面取出一件血污的东西，用布仔细地擦拭后，摆在旁边。又取出一件……不一会儿，地上摆了七八件。

月光照在院子里，与灯光交错地折射在地面上，也折射在地面上那些原本是血污的东西上，发出闪闪的亮光。

汤新生忍不住走过去，蹲下身子，看向那亮闪闪的东西，忽地眼睛被刺了一下，他眯起眼再次朝那亮光看去，七八件精美的玉器散发出晶莹剔透的灵气。他拿起一件佩蝉，对着灯光端详，只见赤红的蝉身上有着丝丝的血沁，细密似粟，美不胜收。

“啊！这工艺实在是绝了！谢林呀，谁能说这是赝品？分明是洁净无瑕如出水的芙蓉，是一项顶级艺术品嘛。”

“谁说不是呢！舅舅，咱不能让古人的技术失传呀。”谢林脸上露出自豪。

汤新生又拿起一个玉璧，对着亮光仔细观赏，虽说天色已晚，那玉璧却闪着暗红的光，一丝一丝的，细密无比。看着看着，那暗红的光开始在他眼前跳跃，忽地变成了一片血色，似雾一样蒙住了他的双眼。

汤新生脑海里浮现出另一幅画面，那是五年前的一个晚上，就在那个晚上，他得到了“那件东西”。

“那件东西”又让他想起那个操着广东普通话的女人，不由得咕哝了一句：“那女人。”

“舅舅，你怎么了？”

“哦，没什么。”

“你刚才说‘那女人’。”

“是吗？我说出来了吗？”

“好像是，我也没听清楚。你大概累了，不如去后院休息吧。”

谢林带着汤新生来到后院，进屋后走到床边，拉开了被子，对汤新生说："舅舅，这被子都是新的。"

"你刚才听到我说'那女人'了吗？"汤新生不放心地追问。

"好像是。"谢林迷茫地看了他一眼。

"真是年龄不饶人啊，我曾经接过一个女人的电话，可是，怎么也想不起来跟她说了什么。好像是一单生意，又记不清是什么。不过，就在刚才，我好像是想起了什么。"

"舅舅的事情太多了，每天要操那么多心，是不是该配个秘书，替你把琐碎的事情应酬了，你好腾出时间去干大事？"

"秘书？别提了。"汤新生刚欲发几句牢骚，又停止了，余蓓蓓的事情还没有搞清楚，还是知道的人越少越好，即使谢林是自家人，又很靠得住，但是，知道太多了也不好。

"舅舅，你快休息吧，我先走了。"谢林说着就往外走去。

"也好，我也实在累了。"汤新生很快躺在了床上，可闭上眼睛却睡不着，不由得又想起那个女人的电话。

那天，他走进川菜馆时，余蓓蓓已经等候在那里了。见汤新生走来，立即站起身说："汤总，这家川菜做得很地道，麻得够味，咱们好久没吃家乡菜了，今天我请你啊！"

"到底是老乡哟，我都快'饿'昏了。"汤新生话里有话地说着，还淫邪地看了她一眼。

也不知蓓蓓是否听出话里有话，反正她没有任何反应，搞得他很没趣，感觉说了跟没有说一样。

"汤总吃惯了师母做的陕西饭，我想，也可以换换口味，尝尝咱们四川老家的菜。今天我没请示，就直接点了菜。"

"是啊，还是蓓蓓知我心，只要是你点的，就一定好吃，我都爱吃。"

"那就好。"余蓓蓓抿嘴一笑。趁菜还没上来，她拿出一样东西，先是捏在手心里，然后把手张开，伸到汤新生面前说："我刚才淘了一件小玩意儿，汤总你看看。"

汤新生定睛一看，是一件小小的玉饰。他没吭声，笑了笑。

余蓓蓓反手把玉饰放在餐桌上说："我看是件老的。"

汤新生笑着问：“知道是什么东西吗？”

余蓓蓓说：“让我先说说吧，你听听我说的对不对——清朝官员帽子上有花翎，那插花翎的管子，就是这个翎管。”

汤新生笑着点头：“蓓蓓的业务能力，我是不怀疑的，不愧是拍卖公司一流的业务员。希望以后能给咱们公司带来更大的利润啊！”

“谢谢汤总的信任。我想，以后还要多学习，跟着汤总多实践。菜都上来了，汤总快吃吧。”

汤新生把翎管放到蓓蓓桌前说：“收好了。”又夹起一些菜送到嘴里，啧啧地品尝着，意犹未尽地说：“这菜真是对味。”

见他高兴，蓓蓓放下心来，试探地说：“把它上交公司吧？”

汤新生笑了笑说：“这小玩意儿，你自己收着吧。咱们这么大的公司，可不是靠从古玩市场淘点小东西过活儿的。”

这时手机响起来。

汤新生打开手机，听到对方说：“您是汤新生先生吗？”听上去是个年轻女人，绵绵的广东普通话。

“你是哪位？”汤新生慵懒地靠在椅背上。

“我叫闵彤，是香港泛亚文化发展公司驻深圳办事处的。”女人吐字清晰。汤新生蓦地警觉起来。

“找我什么事？”他的脑神经突然绷紧。

“关于一件东西——”

“什么东西？”汤新生看了一眼蓓蓓，“我不认识你。对不起，你找错人了。”说完关上手机。

只见余蓓蓓故意把眼光看向旁边，做出一副不关心或回避的样子。

汤新生把手机甩在餐桌上，默默地思索起来：“这女人来得似乎有些突然，不过，她提到了香港泛亚公司，香港泛亚公司这个名称对于我来说太熟悉了，已经沉寂五年了，这时突然有人打着公司的名义来找我，会是一种什么情况呢？毕竟有些突如其来的意外，这意外难免让人心生疑窦。我怎么能随便相信她呢？该不会是警察的诱饵吧？”

余蓓蓓给他夹了菜，漫不经心地说：“汤总，文化局的周若愚要给咱们介绍一单生意，对方是个煤老板，我去吗？”

“我知道，他什么时候叫你，你就去。把咱们的宣传画册多带些去。”

这时手机再次响起来，汤新生朝手机的方向看了一眼，接还是不接？他有些迟疑。

手机却是不管不顾地响着。

余蓓蓓说：“汤总，如果你有什么不方便的，我能帮什么忙吗？”她说话时盯着手机。

“还是我来吧。”汤新生迟疑片刻，终于下了决心，他拿起手机，确认还是刚才的号码，于是，不等对方说话，他抢先说：“你是什么人？请不要骚扰我。”

“我是香港泛亚文化发展公司驻深圳办事处的，我叫——”

“什么香港什么公司的，我跟他们没有关系。”汤新生打断对方的话。

“汤先生，我知道冒昧地打扰您，的确有些唐突，但请听我一句话。”对方语速加快，“我有一件重要的事情想告诉您，是关于您的堂弟汤泓的，玄机不可泄露。”

汤新生心里咯噔了一下，准确地说是咯噔了两下。先是听到了堂弟的名字，关于堂弟会有什么事情呢？不免让他疑虑。再是听到了那句话：玄机不可泄露。这更像是一句暗语，让他越发警觉起来。

“汤泓在五年前已经死了。”

“是呀，可是您知道他是怎么死的吗？”

“交通事故。”汤新生脱口而出。

“您大概还不知道，那次交通事故是有人策划的。”对方也许信心十足，认为这个信息就像一枚炸弹，会让汤新生惊讶不已。

“什么？交通事故……是有人策划的？”汤新生果然备感惊讶。

“您可能没有想到吧？”

“听说香港警方已经介入调查，一直没有结果。但是……”他没有想到会是“有人策划”。他脑海里闪回五年前的往事，汤泓突遇车祸死亡，对他来说，是个很沉重的打击。要说车祸，一般来说，肯定是意料之外的事情，可是事情发生的实在不是时候。那时汤新生刚收到几件东西，照往常的速度，这批货三天就可以到达香港，然后可以快速回收一大笔钱。却不料汤泓出事了，泛亚公司随后也歇业了。那场意外夺走了汤泓的生命，也砍断了他经营多年的链条。

看来，汤泓的死，并不仅仅是场意外，竟然是暗藏玄机的。五年后的现在，突然有人找上门来，不但提到了“那件东西”，还爆出一个令人震惊的消息——汤泓死亡的秘密。真像是一块烫手的山芋，抓住怕被烫着，不抓又恐失去机会。

“你怎么知道的？有证据吗？”汤新生谨慎地追问。

“我们还是面谈吧。”

“面谈？”

“难道汤总有什么不方便？”

电话里出现静默。一端在等待，另一端则在思考。

“好吧。”汤新生想到这毕竟是一次难得的机会，是一次解开密秘的机会。想到这里，他当即决定，不但要见这个女人，还要立即就见，于是问：“你现在在哪里？”

“东方宾馆 308 房间。”

“东方宾馆 308 房间？”汤新生犹豫片刻才说，“我看，还是请你出来吧。就在你住的宾馆旁边，那家茶楼，现在是下午两点，一个小时后见。”

“好的。”对方很快又强调说，“别忘了那件东西……”

“知道。”放下电话，汤新生耳朵里仍回响着那绵绵的声音，声音里仿佛还藏着尖利的刺，扎得耳朵生疼。

“汤总，你要走吗？饭也没怎么吃。”余蓓蓓露出关切的神情。

“哦，蓓蓓，你也听到了，是关于我堂弟的事情，我得去见见那个女人。”汤新生意识到余蓓蓓可能都听到了，也就没有必要对她隐瞒了。

“汤总，看来这个女人对你很重要哟。”余蓓蓓开了个很拙劣的玩笑。

汤新生正想着心事，“是吗？你听出来了？”他心里有些莫名其妙的感觉。

余蓓蓓又说：“汤总，还从来没见你这么焦虑过。我不过是想调节一下气氛，你见什么女人跟我有什么关系呢？今天本是请你吃饭的，这饭也没吃好。那就再吃点儿饭吧，开车过去也不过二十多分钟。”

“是吗？刚才我很焦虑吗？啊！有人关心的感觉真好啊。要不，你也一起去吧？”

汤新生还记得他说完那句话时，余蓓蓓瞟了他一眼，那眼神有些异样，不像是轻佻的，也不像是责怪。是什么？他说不清。

跟余蓓蓓分手后，汤新生先回了趟家，是为了“那件东西”。从家里出来后才去了茶楼。可是，等了大约半个小时，始终不见那女人露面。他回拨了对方的电话，只听到“嘟嘟嘟……”无人接听的声音。他猜测那是宾馆客房里的电话。

“真是奇怪，明明约好的时间和地点，莫非……这女人临时变卦，改变主意了？改变主意就改呗，总该打个招呼，实在没礼貌，害得别人白白在这儿等了这么长时间。”汤新生心里有些不甘，他想要知道关于汤泓的消息，看来是无法知道了。可是这件事却把他的心搅乱了，像是被悬在半空里没了着落。

汤新生隐约记得当时他好像是接了一个电话，然后就离开了茶楼。不管怎么说，这一段过程总算是对自己有个交代了，那么后来呢？后来余蓓蓓又是怎么回事？

远处传来猛烈的狗叫声，汤新生忽地从床上坐起来，一把抓住衣服快速地穿在身上。

狗叫声又停下了。已经走到窗前的汤新生掀开窗帘的一角向外张望了一会儿，只见银色的月光透过斑驳的树叶星星点点地撒在地上，院子里寂静无声。

汤新生重新回到床上，努力想回到刚才的回忆里，从乱麻似的思绪里找出头绪。

“汤总，还从来没见你这么焦虑过……”余蓓蓓的话在他耳边响起。

“那女孩是在关心我还是在关心那件事情？”汤新生此时疑虑未消，回想起一个细节：在他打电话时，无意中看到余蓓蓓把脸扭向一边，一副漠不关心或者是有意回避的样子。可是她却把一切都听进耳朵里了，要不然，她怎么会说“开车过去也不过二十多分钟”？她不但听到了事情的原委，还听到了他要去的地点、时间。

“唔！怎么就没有想到，她虽然把脸扭向一边，耳朵正伸向自己这边。也就是说，这样更有利于她听到我与对方的谈话。是这样吗？是呀。开车到茶秀也不过二十多分钟。我之所以把时间拉长到1小时，应该是为了‘那件东西’。后来却没有见到那个女人，我是带着‘那件东西’去了余蓓蓓那里的。东西呢？落在余蓓蓓那里了？”

汤新生的心脏突然抽紧，很快，他又感觉脑壳“嗡”的一下膨胀起来，胀得快要炸开了。

胀痛的感觉从汤新生的头顶向下发散，他感到胀痛正变成电流，顺着背部的督脉迅速蔓延向腹部、四肢……

与此同时，他的意识落入了黑沉沉的旋涡里。

第 5 章

奇异古玉璧

1.

新落成的技术中心大楼的设计很现代，自从开始使用以来，霍妍一次还没去过呢！她给畅文越法医打了电话，约好下午一上班就去见他。等她走到门口时，发现自己来早了，离上班还差一刻钟。

明亮的法医办公室开着门，却没有人。办公室里添置了一些新的设备：激光体液检测仪、生物指纹鉴定仪……还有一些霍妍叫不上名称的仪器。从楼道走进来时，她曾看到工具痕迹和枪械实验室……设备的更新，为精确的技术鉴定提供了良好的基础条件。

“畅老师？”霍妍伸着脖子冲着里面一间屋子轻轻喊了一声，那扇门虚掩着，她猜想大门既然开着，人就不会走远。

空旷的室内只有她清脆的声音。她走上前，轻轻推开了里间的门，内

读者反馈卡

尊敬的读者：

非常感谢您购买本书。为能继续提供更符合您要求的优质图书，恳请不吝赐教。抽出点滴时间填写以下调查表，并尽量以电子邮件形式寄回我公司（直接注明书名、问题序号和选项对应的字母即可），您将自动成为我公司读书会会员，可长期以非常优惠的价格购买本公司其他书籍，免费邮寄，并可定期获赠精美礼品。

北京博闻春秋图书有限责任公司

电子邮箱：bwcq@163.com

通讯地址：北京市复兴路甲 38 号嘉德公寓 722 室

邮政编码：100039

公司博客：http://blog.sina.com.cn/bwcq

官方微博：http://weibo.com/bowenchunqiu

1．您了解《罪玉》是通过

A 书店　B 网络　C 熟人推荐　D 报刊

2．您购得本书是在

A 新华书店　B 书城　C 民营书店　D 书摊

E 网络　F 超市　G 其他________

3．您目前的职业是

A 公司职员　B 个体经营者　C 公务员　D 学生

E 农民　F 自由职业者　G 其他_______

4．您决定购买一本书的因素包括

A 内容　B 封面　C 书名　D 朋友推荐

E 媒体推荐　F 作者　G 其他_______

5．您决定购买本书是因为

A 对题材感兴趣　B 送给孩子　C 偶然购买

D 为了收藏　E 朋友推荐　F 其他_______

6．您购买图书最感兴趣的是

A 写作风格　B 封面包装　C 作者观点　D 作者声望

E 媒体推荐　F 书籍内容　G 其他________

7．您会购买同一系列中的其他图书吗？

A 会　B 不会　C 偶尔会　D 看看再决定

E 其他________

8．了解本书之后，您对本公司的其他图书有购买可能吗？

A 会　B 不会　C 偶尔会　D 看看再决定

E 其他________

9．平常读书时，从行文风格上说，您更喜欢

A 严肃深刻　B 轻松幽默　C 故事性强　D 史料性强

E 文学性强　F 图文并茂　G 系统性强　H 通俗易懂

I 观点独特　J 其他________

10．您觉得本书的优点有（可多选）

A 文笔好　B 选题好　C 封面漂亮　D 排版舒服

E 价格合理　F 手感好　G 其他________

11．您觉得本书有何不足之处，您有何意见和建议？

____

____

12．有没有您想读但市面上却没有的书？请谈谈您的设想。

____

____

您的姓名________　性别________　年龄________　职业________

邮政地址______________________________________

邮政编码______________________________________

E-MAIL______________________________________

MSN 或 QQ______________________________________

室正中摆着操作台，操作台上用白布盖着，白布下似乎有物体，像是人体。也许是具尸体。

“畅老师到哪儿去了？”霍妍思考着这个性格古怪的老法医。

去年夏天，市局开颁奖大会，技术中心主任特意叮嘱畅法医，今天他要上台领奖，一定要按时到会。临出发时，全技术中心的人都到齐了，一起乘汽车上市局开会，唯独不见畅法医，主任急了，亲自跑到办公室去叫。

走到法医办，却不见人，主任在里面转了一圈，准备关上门，这时却听到轻轻的鼾声。主任回头再仔细看，室内依然没有人。

人在哪儿？他顺着鼾声走到里间操作台边，只见操作台被一块巨大的白布盖着，白布下面有一具尸体。平时见惯了这种情况，主任并不在意，此刻却听到鼾声竟来自操作台——那块白布盖着的尸体。

鼾声时有时无，主任惊出了一身汗。

他轻轻地走上前，掀开白布的一角，突然哈哈大笑起来……

畅文越正躺在操作台上打鼾。在他平时解剖尸体的那个操作台上！

就在此前，他连续工作了一整夜，已经疲惫不堪。畅法医后来对别人说，他就是不想去开会，才给自己盖了块大白布，没想到很快就睡着了。

“莫非……莫非畅老师今天在午休？”霍妍想到了此时正是中午，而且自己来得早……她好奇地轻轻走向操作台，想亲眼看一看畅老师是否真的躺在那个操作台上，那可是整天解剖尸体的操作台啊。在她心里，那是件令人十分作呕、不可思议的事情。

她从办公桌上拿起一支笔，用笔轻轻地挑起白布。

“啊！”霍妍大叫了一声，惊恐地跳起来，她不知道自己是怎样逃离开的。

那张操作台上——摆着一具令人恐惧的尸体。

虽说在现场见过许多尸体，其中也有很惨烈的状况，却无法与眼前的这种境况相比，尸体被解剖了，面部也被掀开了……而且还是在这样空旷无人、寂静异常的地方。

她想立即退出法医室，在慌慌张张逃到门口时，却意外地看见了畅文越。

“畅老师？”霍妍像见到了鬼魂，暗自镇定了一下自己的情绪，“那里面……”她不知该说什么好，用手指着里面的操作台，“里面有尸体。”

畅文越皱着眉头说：“拉肚子，我中午加班，谁知道突然肚子痛。”那副高度近视的眼镜闪着一个又一个圆圈。

“哎呀，该不会感染细菌了吧？”霍妍想到了畅老师曾经边解剖尸体，边吃肉夹馍，因为有时解剖一具尸体，需要十多个小时。

“到医院看看吧？”

“不碍事，我这儿有药。”畅文越走到桌子边，从抽屉里拿出一小瓶药，取出两粒送入口中。

霍妍急忙把桌子上的口杯递上去，那里面有多半杯水。

畅文越吃了药，从抽屉里取出卷宗，对霍妍说：“两个现场的鉴定都在这里，坐下慢慢看，原准备今天让人给你送去，看来你是等不及了。”

霍妍笑了笑，接过卷宗，认真看了两份鉴定，她抬起头看着畅文越，说：“我想向您请教几个问题，可是您里面的解剖正在……”她向里面的操作台偏了一下头。

“没关系。已经解剖完了，只是没来得及缝合上。有什么就说吧。”畅文越拉过椅子坐下。

“两个鉴定，我想还是一个一个地说。”

“你说吧。”畅文越神情疲惫。

霍妍翻开第一份鉴定书：北郊渭河死者，女性，二十五岁。血型 A 型。头部有钝器伤。死者体表没有发现外出血，死者生前也未受到性侵害。死亡时间 10 月 26 日 20 时左右，直接死亡原因——溺死。

见霍妍放下鉴定书，畅文越问：“有什么问题吗？”

霍妍说：“畅老师，我理解的溺死与头部有钝器伤之间的关系，是指死者生前虽然头部遭受过钝器打击，但是并没有死亡，真正造成直接死亡的原因是溺死。是这样吗？”

“嗯，没错。”畅文越点头，接着说，“死者口鼻里有泡沫，眼角膜有出血点，气管、支气管内有溺液，重要的还有水性肺气肿，在肺叶上发现 Paltauf 斑（注：即溺死斑）……这些特征均证明是溺死。可以确定，被害人先被人用钝器打击了头部，造成昏迷，之后被扔进河里。”

“也就是说，如果仅仅从溺死这一点分析，一般存在两种可能，即他杀或者自杀。但是，本案的死亡性质之所以能确定是他杀，所依据的是头部有钝器伤，即头部的钝器伤从另一面证明死者曾受到外力打击，是吗？”霍妍想要进一步确认。

“嗯。有因果关系。”

霍妍说：“根据这份鉴定，是不是可以这样推理：二十时，也就是说，晚上八点左右，天刚黑。一个女人在什么地方，或者正行走在路上，意外遭到了袭击……可是，一个女人在天黑的时候独自会去什么地方呢？”

“女人被袭击的时间也许不是晚上八点。”畅文越提醒。

“那就还有第一现场，头部被打击的地方。”霍妍迟疑片刻，“案发地虽然在渭河，但死者首次被击倒是在什么地方？是在汽车里还是车外？”

“从头部被打击的力度和方向来看，有可能是发生在车里。”畅文越边说边点头。

“这么说，这女人先是被劫持或被骗到了汽车里，之后受到了突然的袭击。也许是一辆汽车开来，车上的人跳下来，突然袭击了这女人，又快速将她拖进车里。”霍妍说，“在渭河现场还发现一处痕迹，距离发现尸体的河上游三百米处，有模糊的人的足印和模糊的越野车轮胎印迹。从足迹上看，似乎是一个人，地上有拖动重物的痕迹。这些证据明确地告诉我们，死者应该不是自己跳河的，而是被人打昏后又被抛入河里的，在抛入河里后才淹死。之后被河水冲向下游，在那个河湾处被挡住。可以说，这些现场证据和死者身体死亡特征形成的证据链，都可以证明是他杀。”

“应该是这样。”畅文越总是这样精练。

“还有，现场发现死者上衣兜里有一张卡片，我们已经进行了排查。”霍妍说着拿起了第二份鉴定书。

“卡片的排查有结果了吗？”

“初步确定是宾馆里用于开门的门卡。”

霍妍翻开了第二份鉴定书，仔细阅读后抬起头，“畅老师，您对西后地现场的鉴定也许能证实我曾经的判断。”

“很好。如果不仔细分析，有可能被某些现象所迷惑。”畅文越若有所思地说。

“真是绝妙的巧合。您看，在西后地小区提取的物证：微量血系 A 型，现场提取的微量皮屑也是 A 型血。还有，渭河死者也是 A 型血。”

“嗬，要在过去可就麻烦了，好在现在有 DNA，可以进一步细分了。”

“即使没有 DNA，不是还有指纹吗？现场提取的指纹，与渭河死者显然不是同一人。”霍妍似乎有种豁然开朗的感觉。

“还有一点需要注意，渭河死者体表没有外出血。”畅文越一副肯定的表情。

霍妍一边合上案卷一边喃喃自语：“我本应该想到啊，不同的人，可以有同样的 A 型血嘛。”

2.

“渭河死者的指纹与西后地小区提取的指纹不是同一个人？这是怎么回事？”丁萌原本够大的眼睛瞪得像灯泡似的。

第一次参加这种专门研究案件的会议，丁萌心里有些紧张，自从警校毕业分到刑警队后，干了三个来月了，一直是协助处理日常事务，打打下手。他这个小伙子手勤、腿勤、眼勤，什么事情都抢着干，尤其是给队长办公室打扫卫生什么的，跑得比谁都快。何长军看他挺机灵，觉得一线办案人手少，把个大小伙子放在这里，太浪费人力，于是便让他给霍妍当助手。

“这有什么奇怪的。”说话的是刑警队的何长军队长，这里是队长办公室。他嘴里一边吐出烟圈，一边说：“还是霍妍来解释吧。”

“没错。法医鉴定证明，虽然西后地小区提取的微量血和皮屑都是 A 型血，渭河死者也是 A 型血，如果仅仅从血型上看，似乎两起案件有相同之处。但是不能排除巧合。”霍妍略加停顿，又说，“幸好还有指纹，渭河死者的指纹与西后地小区提取的指纹完全不同，应该是三个人的指纹。因为有指纹佐证，所以，暂时来看，A 型血并非同一个人。随后还有 DNA 进一步证实。”

“渭河死者不是余蓓蓓？这么说两起案件风马牛不相干？”丁萌自嘲

地笑了。

“似乎是这样。”霍妍看向何长军，“队长，你不是说四川警方的回函来了？”

“是的。”何长军从抽屉里取出一份材料递给霍妍。

霍妍看后没有说话，将材料递给了丁萌，低头在案卷里翻找着什么。

室内寂静，能听到霍妍翻动纸张的声音。

“真是邪门了。”丁萌急促的嗓音打破了静默，手里举着材料，“余蓓蓓竟然已是身怀六甲？”

“没想到吧？”何长军点着头，看来案情更加扑朔迷离了。四川警方通过户籍档案，在仪陇县找到了余蓓蓓，人家就要成娃他妈了。

“不会是重名重姓或者双胞胎吧？”丁萌蹙起眉头。

“公民身份证号码、住址、出生年月、发证机关，人家四川警方的回函写得很明确。”何长军的眼光转向一直不出声的霍妍，“你是在看那张身份证复印件上的照片？”

霍妍正翻开了案卷盯着看。

“也许是冒用他人姓名？”丁萌显得按捺不住，也把眼光投向霍妍。

“根本就是两个人，照片完全不同，你们看。”霍妍把案卷和四川警方的回函一起放在何长军的桌子上。

丁萌从桌子对面绕过来，站在何长军的身后，看了照片当即惊呼道：“两个余蓓蓓！其中肯定有一个人伪造了身份证。”

“从四川警方的回函来看，四川的那个余蓓蓓才是真的。”何长军的语气十分肯定。

“哟？这个西后地失踪的女孩又是谁呢？她为什么要伪造身份？该不会真是探长曾经见过的那个女孩吧？探长，你那天在现场时说她姓什么来着？”丁萌再次把目光投向霍妍。“对了，艾美丽还说长得像你。”

“去。”霍妍瞪了他一眼。

“你有什么想法？说说吧。”何长军正认真注视着霍妍。

“从现有证据来看，西后地失踪的女孩有可能冒用了余蓓蓓的名字，伪造了身份。至于她是不是我曾见过的那个姓金的女孩，目前也还不能确定，虽然证人艾美丽说她长得像我。”霍妍停顿了片刻，又说，“队长，我们应当尽快查出相关的嫌疑人。”

“嫌疑人？你们的排查进行得怎么样了？”何长军脸上露出些许不悦。

“已经有了目标，让丁萌说吧。”霍妍向丁萌做了个手势。

何长军朝丁萌翘了翘下巴，“丁萌，你快说吧。”

“是这样，按照探长的意思，主要在大唐西市国际古玩城和书院门所在的派出所辖区内，请他们协助对所有商户进行了排查，有个叫汤新生的人符合我们要找的嫌疑人的特征。探长的判断真是准，一下子就缩小了范围。”

“哦！”何长军赞许地看了一眼霍妍。

丁萌接着宣读了汤新生个人和家庭的有关信息资料：

汤新生，现年六十岁，祖籍四川成都。玉晟商贸公司的老总，下属玉晟工艺品商店分别在书院门和大唐西市国际古玩城开有两家分店，主要经营玉石、古玩、工艺品等，他本人是收藏协会的会员，常年在外经营业务。据反映，该公司里曾经有一个年轻女孩任部门经理，符合余蓓蓓的特征。

汤新生的妻子叫柳惠玉，现年六十二岁，祖籍陕西咸阳，主要经管大唐西市的分店，负责公司日常经营事务。他们有一个儿子，目前在国外。

柳惠玉还有一个侄子叫柳阳，任玉晟商贸公司副经理。

丁萌一口气念完了，做了个深呼吸。

“队长，我要求尽快调取和监控汤新生的手机和交通工具。”霍妍声音急切，“也许已经有些晚了，但亡羊补牢的事情也还是需要的。”

“放心吧。”何长军抓起电话，拨了一串数字，“小赵，立刻过来，有任务。”原来队长已经有了想法。

“是。”对方的声音洪亮。

放下电话时，何长军看了霍妍一眼，意思好像在说：这样的事情我还能疏忽吗？他在纸上写了几个字。

小赵已经推门走进来。

“立即监控这几个人的手机，查找车辆。”何长军把写好的字条交给了小赵。小赵点点头走出去。

“还有……”霍妍正想说话，却被何长军打断。

“我已经安排了，在全市清查是否有近期失踪的女人，或者突然失踪的旅客。渭河女尸也许另有其人。”

“我也是这样想的，在渭河死者的上衣兜里发现的那张卡片，有可能是宾馆里用于开门的门卡。没想到，队长早已经安排了排查。”霍妍迟疑地说，“只是……”

“只是余蓓蓓的案件也还有可疑之处，”不等霍妍说出来，何长军抢先说，“一是失踪的人为何盗用他人姓名仍然值得怀疑，二是现场发现的那张奇怪的照片上面是块古玉，案件如果能成立，也许是涉及财产或者文物犯罪的。所以我已经与文物侦查队和有关部门交换了信息，希望搞清那东西是否属于失窃或者有记载的被盗掘的出土文物。”何长军显然早已有条不紊地进行了相关部署。

在一旁的霍妍对何长军的果断暗自敬佩，她稍稍松了一口气。

“目前，比较棘手的就是这个余蓓蓓了。”何长军大脑里的弦似乎仍在紧绷着，“也不知她现在是死是活？”

“队长，我有个想法。”霍妍有些迟疑。

“什么想法，说说看。”

“在西后地现场时，当时认为没有发生凶杀行为。第一，因为现场没有发现杀人的血迹。虽然在床上发现了微量血，但是从血迹的形状观察，我认为似乎是摩擦留下的体表血迹，也许是经血或者鼻血。第二，一个六十来岁的老人是否能扛着尸体走到外面去打车？因为那天他没有开车。这一点，证人艾美丽有证词。”

“有道理。”何长军点头。

“不过，看了法医鉴定后，我怀疑自己之前的看法有误。那个渭河女尸身上不是也没有血迹吗？她是先被钝器打昏之后，投入河里的，造成死亡的直接原因是溺死。”

“嗯。”何长军偶尔发出的声音表示他在认真听着。

“还有，从晚上天刚黑到半夜，有很长一段时间，假设嫌疑人是汤新生，如果他确实去了余蓓蓓住处，那么，即使当时他没有开车，后来也是有时间出去开车，然后再返回的。”

“你是说，从时间上不能排除往返的可能？”

“目前只是假设。”霍妍停顿了一下，“毕竟渭河女尸还没有确定身份。那个冒名余蓓蓓的女孩也没有踪影，需要立即找到嫌疑人，也许，嫌疑人的手机信息能给我们提供点儿什么。”

“这些都交给小赵去办。不过，对嫌疑人进行讯问也需要事先掌握一些信息。”何长军一边说，一手同时在移动着鼠标，在电脑里搜索。

“那女孩为什么要冒名余蓓蓓？”丁萌在一旁冷不丁地冒出一句来。

“是呀。这个问题问得好，顺着这个思路，准能找到当事人。”何长军的眼光从电脑移向丁萌，“你想说什么？”

“啊，我也没有想好，突然冒出一个想法来。”

“以后还是想好了再说。”何长军继续看向电脑。

“我想说……”

“想说什么就说。”何长军不再看丁萌。

“那个渭河女尸的案件……”

“怎么？你到底想说什么？”

“两起案件，‘风马牛不相干’。我们是不是先集中精力，重点排查渭河女尸的案件？至于那个余蓓蓓和那个老头嘛，也许根本就够不上立案。我的意思是……先把已经发生的案件了结……探长，你说是不是？”丁萌看看霍妍，又看看队长，小心地观察着两人的表情。

“你呢？什么意见？”何长军看向霍妍。

“毫不相干？我想，这样的结论暂时还不能下。不过嘛，需要排查的量的确很大，要是队长大力支持，能增加人手，当然是求之不得呀。”霍妍一副诡异的表情。

“哪儿还有人？”何长军故意把目光转向电脑，“你们先办着吧，需要的时候，全队都是你们的后备军。”他点击了“中国玉石网”的网页。

这时桌上的电话铃声响起，何长军抓起话机。

“是的。嗯……什么？……知道了……”

见队长放下电话，霍妍凝视着他，她隐隐感觉到这个电话与眼前的案件有关。队长的表情变化虽然很模糊，但正是在这模糊中，她看到了队长一贯的做派。

“不出所料。”何长军意味深长地看向霍妍，“古桥街派出所报告，东方宾馆有一个年轻的女性旅客失踪了。”

3.

何长军放下电话的那一刻，霍妍已经向门口走去。“还是去东方宾馆看看吧。”她知道这不需要等何长军回话了。

当时丁萌正傻愣着，见霍妍走到了门口，他看一眼何长军，拔腿跟上去。

“这是住宿登记，姓名：闵彤，1984 年出生。发证机关是广东省陆丰县。她在住宿登记上留下的手机号码，我们拨了多次，总是关机状态。”前台经理把登记簿交给霍妍。

“她是 25 日入住的？”霍妍看着登记簿问经理。

“是的。26 日下午外出后一直没有回来。”经理又说，“她住 308 房间，预交了两天的住宿费，第三天应该续交费或者结账的时候，我们才发现人不见了。”

“旅客的行李呢？也拿走了吗？”

“哦，还有一些行李留在客房里。一会儿你们可以去看看。”

“有录像吗？”

“有的，我们已经把 25 日、26 日的录像调出来了。”

“先看看录像资料吧。”霍妍对经理说。

经理开始在电脑里搜索，他们已经事先调集了有关资料。

“刚才经理说闵彤 26 日下午外出的，这个时间段比较吻合。”丁萌在一旁小声提醒霍妍，又像是含混不清地独自咕哝，“不会真的跟余蓓蓓有什么关系吧？”他也不知道自己怎么会突然产生出这个奇怪的念头来。

霍妍没吭声，眼睛盯着经理办公桌上的电脑。

只见电脑的屏幕已经打开了，“这是宾馆的录像资料，在那女人入住期间，除了服务人员，没有外人进过她的房间。”经理在一旁讲解。

电脑显示屏里出现了宾馆的走廊，一个女人走出 308 房间，行色匆匆。

定格。女人的图像被放大。

“是她。”站在一旁的宾馆服务员用手指着录像镜头，“就是她。她刚进来时我见过，年轻靓丽，穿着运动衣，好像是来旅游的。”

霍妍和丁萌俯身在屏幕前观看。

“这女人离开宾馆的时间是 10 月 26 日下午二时三十分，此后再没回来过。”

显示屏上闪现出宾馆空深的走廊……

霍妍的目光看向经理，对他说：“我想去客房看看。”

经理立即拿起电话，对楼层服务员说：“把 308 房间打开。”

宾馆女服务员开了门便站在门口，丁萌也站在一边。

霍妍走进了 308 房间，在房间和卫生间看了一圈，只见床上、桌上、卫生间里都干净整洁。

“刚打扫过的？”霍妍在床上仔细查看。

“是的。上午打扫了。”女服务员依然谨慎地站在门口。

“打扫得真干净。”想要找到毛发或者指纹似乎是不可能了。霍妍拉开了衣柜。

衣柜里，挂着两套时尚的女式衣裙，还有一只旅行小皮箱。霍妍轻轻拉开旅行小皮箱检查，箱内是女人的内衣内裤、化妆品等。

小皮箱边上还有一个手提包。

“客人连手提包都没有带走，看来走得很匆忙。”霍妍边说着边拉开提包的拉链。

“是呀，一般女人出门总是要带上提包的，不然那些钱包、钥匙什么的，放在哪里？”丁萌已经走进室内随声附和着。

霍妍把提包里的东西全部倒在桌上，“哗啦啦”，钱包和钥匙等物品被摊开在桌面上。又拉开提包的另一侧，从中取出了一个信封。

打开信封，一张照片掉在桌上，霍妍低头看照片。

丁萌也凑到霍妍身边，向桌上的照片望去，这时他惊讶地瞪大了双眼。

霍妍轻轻地拿起桌上的照片——一只形制奇异的古玉璧。

第 6 章

痂痕

1.

蓦地醒来，阳光透过窗帘的缝隙已经照到床上，有种恍如隔世的感觉。汤新生转动眼球朝周围看了一圈，这才想起自己是在四川彭州的农村。

门窗的缝隙飘进清新的乡土气息，感觉脑壳似乎也轻松了许多。不知昨晚什么时候入睡的，也许是到凌晨时才被疲劳所困迷迷糊糊地睡着了的。

他从床上爬起来，穿了衣服，拉开了门。

只见谢林正走进院门，朝这里走来。

“舅舅，起来了？昨天休息得怎么样？”

“还好。”

“今天阳光不错，吃了饭可以出去走走。”

“好哇。我觉得睡了一觉，身上轻松多了。”

吃饭时谢林说：“今天我要回成都去，舅舅你是在乡下住呢？还是跟我一起去成都？”

汤新生迟疑了一会儿，说：“昨天以前，我好像都生活在虚幻的世界里，对自己在前两天做了什么都搞不清了。我一直在回忆，是什么让我突然失忆了。可是，怎么想也想不清楚。即使想起了一些片段，也想不清全部。”

“舅舅现在想清了吧？”

“今天阳光很好，我的心情也好起来了。”

谢林说：“不如跟我去成都，在乡下虽然清静，也太孤独，何况舅舅跟他们这些工人也没话说。”

汤新生点点头说：“照今天这样，我觉得心情好些了，也许能想起什么来。我总觉得有件重要的事情，需要想清楚。”

“还是去成都吧。”谢林边站起身边说，“毕竟对成都更熟悉些，在那些熟悉的地方，没准能触景生情，突然让你想起什么来。再说了，成都吃饭、休闲、娱乐什么的都很方便，我家那条街新开了一个洗浴中心，你也可以去放松放松。”

就这样，汤新生决定去成都。

临出门时，谢林问：“舅舅是坐我的车？还是……”

这时汤新生犹豫了，他想起余蓓蓓的楼下那些围观的人，他们说警察在二楼，正是在余蓓蓓的住所，还说那女孩可能死了。真是搞不懂，她怎么会死了呢？虽然目前还搞不清与自己有多大的关系，可是还有那个广东来的女人呢，突如其来地出现，又莫名其妙地消失……他内心的纠结，像是马牧河里的小旋涡，隐隐翻动。

这辆车，或许会把警察招来。

想到车，总是无比的亲切，像他的兄弟，陪伴他走遍祖国的山山水水。他的行囊里备足了水、食物、衣被、工具，曾无数次为他充饥、解渴、抗寒、避暑、救险……

见汤新生在犹豫，谢林就说：“舅舅身体不太好，还是坐我的车吧。”

“好吧。”其实，汤新生正想说“就乘你的车”呢。

谢林开的是面包车，他常往返于成都和彭州两地，顺便拉些东西。

汽车开出了农村，汤新生回头望向远处，丘陵、小山、茂密的林木渐行渐远。

“最近高古玉的市场价平平，你看这些东西什么时候能出手？”谢林一边手握方向盘，目视前方，一边问汤新生。

“不要着急。”汤新生显得信心十足，“会有机会的。”

“现在的市场，瓷器正火。”

“眼下明清官窑瓷器在国际市场的热度和价格几乎已经到了阶段性的顶峰，未来的几年会逐渐降温，追逐的市场热点将换成汉代以前的玉器、青铜器，还有其他高古的那些玩意儿。”汤新生说起古玩顿时提起了精神。

谢林回头看了他一眼，“舅舅，你这会儿好像又恢复正常了。”

“什么？这会儿恢复正常了？难道我一直不正常吗？”

“从昨天见到你，就觉得你情绪不太好，跟你说什么都心不在焉的，今天见到你就不一样了，精神好多了。”谢林的另一句话想说却又咽下了：只要提起古玉，舅舅的思维顿时就无比清晰了。

“其实，昨晚前半夜也睡不着，到了天快亮的时候，倒是睡着了，还睡得很沉。”汤新生看着路边的标志说。汽车渐渐开进了高楼林立的成都市。

“快到琴台路了吧？”

“是呀。”

“我想在这里下车。”

“舅舅在这里有什么事情吗？”

“也没什么事情，随便走走。”

“也行。你自己走走，晚上一起吃饭。”

“吃饭就不要等我了，我还有些事情要办。”

汽车停在路边，谢林看着汤新生下车，“有事电话联系。”

汤新生走进商业街，阳光反射在商店的玻璃门上，有些刺眼，他眨了眨眼，继续前行。

那个拍卖公司就在前面的一条街上，余蓓蓓曾经在那儿上班。他想去看看，或许她……又回到那里了。

汤新生还记得，第一次见到蓓蓓时，也是这样的阳光。

春光明媚，高雅的拍卖大厅，礼仪小姐笑容可掬，缎面绣花旗袍衬出她们窈窕的身姿，她们微笑着迎接着每一位来宾。

成都诺成拍卖公司准备已久的 2009 年春拍终于开幕了。吸引了来自全国各地的收藏家和商家，特别是那些古玉的爱好者们，即使不买，也要来长长眼界。

汤新生特意从西安赶来，有一件高古白玉谷纹系璧让他思恋很久了。

走进大厅，一个女孩迎面过来，“先生，欢迎您。我是诺成公司的业务员，很高兴认识您。”

女孩身穿白色无袖连衣裙，肩上有美丽的蕾丝花边，像是明星参加盛宴的晚礼服。

汤新生眼前一亮，“你好！”一边打招呼一边特意多看了一眼，她与那些礼仪小姐不一样。对于那些礼仪小姐的招呼，他习以为常，只当是路边的一个摆设。

女孩微欠腰身，颔首微笑，双手递上飘香的名片。旋即转动身体，用手势引领他到前排的座位上。

她扭动腰身的瞬间，腰和臀部有种动态的曲线。他的心“咯噔”的一下，像是有根弦被人拨动了，那玲珑身形突兀处更加淋漓，让他想起家中收藏的那块舞女玉佩，挥舞起长袖，婀娜翩跹。

汤新生选了一个靠边的座位，戴上眼镜仔细看起名片——成都诺成拍卖公司业务员：余蓓蓓

宾客们陆续走进拍卖厅，拍卖即将开始。

“今天第一件拍品是现代红珊瑚瓶花摆件，高三十二厘米，宽十二厘米。”拍卖师年轻帅气，磁性的男中音富有感染力。

他挥手指向展台，电视投影仪也映出放大的摆件——蜡烛红色彩，通体一色，主干粗壮，十分难得，雕工技艺脱尽珊瑚原料枝杈繁复的弊端，构图以花瓶和牡丹花卉为主体，配以玲珑雀鸟，显得生机盎然，那些枝干、花瓣、叶片，均在细处见功夫，阴阳向背，层次井然，耐人寻味。在墨绿色瓶托的扶衬下，见其可贵。

这是件上好的现代工艺品，但汤新生想要的却不是这一件。还是再等

等看。他把头转向那女孩，她正站在大厅的一侧，亭亭玉立，楚楚动人。比起那件拍卖品，更要生动、灵艳。

汤新生开始刻意观察着，她身高看上去有一米六五，二十岁左右，皮肤白皙，如出水的芙蓉，在灯光下发出瓷器般的光泽。典型的鸭蛋脸，大眼睛上有条弯弯的眉。飘逸的长发，瀑布般披在肩上。那张嘴很性感，厚厚的唇，涂着紫红唇膏，唇角微微上翘，朦胧的挑逗，长长的睫毛，眨动时让人心神荡漾。有种眼饧骨酥的感觉。

拍卖师左手举着红木槌，右手不时做着一些随心所欲的手势，一本正经地吆喝着这件瓶花的价格，他的声音从低到高，“五十六万元、五十六万五千元、五十七万元……”

大厅里的人精神高度集中，每次举牌几乎都是以五千元以上的差价在上涨。

拍卖师的声音像是舞台上的表演，富有戏剧性：“六十八万元。”他用眼睛扫视着人群，“还有吗？”停顿的空隙如同冲锋前的寂静战场。拍卖人慢慢举高了手槌……

“六十八万元一次……六十八万元——第二次……六十八万元——”“砰”的一声手槌落下，“六十八万元人民币成交。”紧张的场内开始松弛，议论声起……

汤新生把目光再次转向旁边，女孩的目光在瞬间与他相遇，那眼神似鹿一般明亮温顺。她落落大方地露出微笑，又很不经意地把头转向另一边。

这不经意的微笑却让他十分在意，那眼神在瞬间有种穿透力。

“这件拍卖品是现代透雕白玉圆屏，直径五点五厘米……”

拍卖行里就是这样，一般的、优秀的，低劣的、珍贵的，甚至假的……鱼龙混杂，汤新生鄙夷地看着那圆屏，甚至连他店里摆放的一件工艺品都不如。

他再次把追逐的目光转向那个女孩。这会儿他在思考，是该请她吃饭呢还是先上前聊天？这种场合是容不得拖延时间的，拍卖一散场，人们很快就拥出大厅，工作人员自然也会忙起来，必须果断。

“最后特别推出的是：战国时代白玉谷纹系璧，起价二百万元。”拍卖师话音落下，会场里鸦雀无声。

终于等到了。这块高古玉系璧，是汤新生密切关注的。他坐在角落里，侧身观察会场，只见所有人的表情都异常严肃，还透着凝重。

近来古玉市场价格偏低，甚至新玉价格好像要比古玉升值更快，主要原因是赝品太多，风险大。另一方面，高风险意味着高估值，毕竟古玉的资源是有限的。此时的低价，意味着未来的升值空间大，因此，真正的收藏家不愿错过任何一次机会。

眼前这个战国白玉谷纹系璧是从海外回流的，消息在坊间传出，不少人前来观赏，却没有人能确定真伪。拍卖公司也是不保真的。

会场里没有人举牌，都在犹豫中观望。

汤新生事先仔细观察过这个白玉谷纹系璧，纹饰线条流畅，谷纹突起，立体感完美，生动逼真，白中自然偏黄的玉质，尤其是经过多年的盘摸，油油润润，一层宝光，异常的美。是用“减地突雕法”制作的，这属于一种高难度的工艺。先大致凸显谷纹形状，再将周围地子减低，然后把谷纹发芽弯曲的尾部细细磨琢，使每条尾巴没有断痕，达到完美无缺的境地。前些年汤新生的岳父就做过这玩意儿，通过他堂弟汤泓的香港公司卖到了海外。

眼下这种人工雕技几乎失传了，也只有他的岳父柳庶全还掌握这种技艺，经他手雕出的活儿足可以假乱真。

汤新生此时迫切地渴望有人举牌，有人抬价，因为这意味着市场看好。

拍卖师又问了几声，还是无人举牌，只听他突然宣布：“二百万元成交。”手起槌落，震得会场一片哗然。

谁买走了？好一个神秘人物。人们议论纷纷，百般猜测。

以起价成交的买主究竟是谁？汤新生在心里嘀咕。

管他是谁，拍卖结束时，他毅然走向女孩。

“你好！”汤新生彬彬有礼。

余蓓蓓回敬了他：“您好！有什么需要我帮助吗？”

“有些业务上的事情，想跟你谈谈。现在你正忙，下午六点，我请你吃饭，到时在门口接你。”他的目光是诚恳和企盼的。

余蓓蓓似有犹豫：“嗯……吃饭就不必了吧，有什么事可以到公司去说。”

“有的业务，是不能到公司去说的……”他知道拍卖公司的业务员一定会紧紧抓住像他这样的大客户的。

“嗯……那好吧。”余蓓蓓迟疑了片刻，“先生您贵姓？在哪里做事？”

“鄙人姓汤名新生，祖籍成都人，现在西安做生意。”他觉得好像气氛有些沉闷，“就叫我老汤吧，老鸭汤的汤，嘿嘿！”他拿出自己的名片双手递上去。

“汤总真风趣。”她看着名片，心里暗自想笑。

女孩微笑，那神色像是接受了对方的邀请，又有些矜持。

“一言为定。下午六点，我在门口接你。”汤新生笑容灿烂。

“啊，不用接了。您确定了地方，电话告诉我。”她微微一笑，转身离去。

他痴迷地望着她，她扭动腰身的瞬间，让他有种快感。

汤新生提前找了家高级饭店，拨通了女孩的手机，说道：“蓓蓓小姐，我在锦怡居 205 包间等你。”又看了菜单，还一一询问了菜的做法，同时在心里琢磨：这样的女孩喜欢吃什么？鹅肝、鸭掌……他心里琢磨，第一印象很重要。要让女孩知道自己的大气，不是那种鸡贼老男，猥琐、抠门，上不了台面的。

女孩走进包间时，汤新生胸腔里狂乱了一阵。

“不知你的口味是什么，我自作主张点了菜。”他估计，女孩是个有品位的人，第一次吃饭，一定要让她高兴。

余蓓蓓看上去从容淡定，“汤总，不必客气，吃饭不重要，重要的是谈事情。是吧？”听上去很实在。

汤新生坚持要了五粮液，他说：“从西安回到老家了，跟小老乡吃饭一定要有酒。”

“汤总一定是有什么东西要委托我们公司拍卖吧？以后有什么业务就交给我。”余蓓蓓端起桌上的茶壶给汤新生的杯子里添了些茶水。

纤柔的手臂像瓷器般的洁白光滑，汤新生心头微微一震，顺着手臂看到了女孩凸起的胸部，刹那间，他感到体内有种东西在沸腾。

“美女就是聪明，业务上的事情一定会交给你的。今天就为了认你这个老乡，摆摆龙门阵。”汤新生真想一把抓住女孩的手，但是他忍住了。

“不能把她吓着了”，来自大脑的另一种声音在压制他。经验告诉他，这女孩不是那种给钱就能上的，可是，没钱也是万万不能靠近的，需要耐心和小小的手段。

冲动暂时被抑制。

汤新生突然想到一个由头，于是压低声音说：“敢问今天那个战国白玉谷纹系璧的买主是什么人？”

“汤总，这可是商业秘密啊。再说了，我也真的不知道。我到这个公司的时间不长。”

“两百万元买下战国白玉谷纹系璧。”汤新生轻轻地摇头。

余蓓蓓不明白他的意思，问道：“这价钱是贵了还是贱了？”

“不在于贵贱，而在于你们的拍卖师。那个拍卖师叫什么？”

“胡铭戈。怎么了？”余蓓蓓有些好奇。

“没什么。有机会很想认识认识，一定是个很优秀的拍卖师吧？”

“不错，是很优秀的。可是，我始终也没有搞明白，现场似乎没有人举牌，莫非，那个神秘人物是通过电话……”余蓓蓓的表情不像是装出来的。

“看来你真的不知道啊。怎么？到拍卖公司多长时间了？”汤新生微笑着问。

“时间不长。汤总，还请您多指教。”她的语气是诚恳的。

看着那双明亮的眼睛，还有眼神里透出的虔诚，汤新生心里突然一阵颤动，这样清纯的女孩如今真是少见了，何不帮她一把？于是说：“那我可就不谦虚了，你刚才说现场没有人举牌，也许通过电话，是吧？其实，这些都不重要。”

“为什么？你是说还有其他方式？”

“没错。你看那拍卖师一副镇定自若的样子。”汤新生对女孩关注自己很是得意。

余蓓蓓说：“是呀，拍卖师不就应该这样吗？”

于是他又说：“拍卖师一定会是镇定自若的，这叫作波澜不惊，人们看到的只是平静湖面，却看不见水下的波澜。就这样在平静中忽悠了所有的人。可能你不相信，或者你心里明白却故意装作不明白。”

余蓓蓓还是没听明白，她说："我到拍卖公司的时间不长，有些事情真的不知道，也绝不可能忽悠顾客。汤总你可别误会我哟。"

汤新生轻轻在余蓓蓓肩膀上拍了拍，做出一副认真的样子说："给你讲个故事吧。曾经有过这样的一个拍卖会，当一件宝物亮相在众人面前时，现场鸦雀无声，也没有人举牌。拍卖师吆喝了三次价仍无人举牌，就在第三次吆喝之后，拍卖师'啪'的一声，手起槌落，说成交了。会场里的人都惊讶万分——没人举牌呀。"

"是呀，怎么回事？"余蓓蓓关切地问。

"听我慢慢讲呀。"看见女孩关切的样子，汤新生十分得意，"其实吧，那个拍卖师事先与买主达成了默契。买主就在现场，只是不动声色，场子里好像没人举牌，其实只要一个动作，翻开一本书或者一个其他的暗示，拍卖师理解了就成。"汤新生说着诡秘一笑。"古今中外的拍卖场里都有各种花样哟。"

"啊！还有这些花样。"女孩端起酒杯，"谢谢汤总让我长了知识。"突然想起什么来，她又放下酒杯，"汤总是怀疑我们公司拍卖有猫腻？不可能的。"

"美女，还挺维护公司的嘛。我可没说今天的拍卖有猫腻，只是给你讲个故事。没人举牌并不等于没人要，买主也许不愿露面。不说他们了，来，喝酒，为我们今后的合作干杯。"

余蓓蓓举起酒杯说："汤总，以后请多关照！"声音和姿态极优雅，她手臂线条的柔和，像一幅淡淡的水粉画，驻留在汤新生的瞳人里。

他再一次盯住了那手臂，那是比玉石还要温润的肌肤，忽地两腿间勃勃欲起。

汤新生禁不住开始在心里盘算，要想办法把这女孩搞到手。现在的女孩都讲实惠，只要有钱，还怕什么？追女人和追古玩一样，要一鼓作气。

汤新生正兀自站在拍卖公司的门外发呆，猛地看见几个人从公司里走出来。汤新生朝那几个人看去，其中一个年轻帅气的小伙子十分眼熟。

是胡铭戈。

汤新生立即就认出了他，曾经让余蓓蓓牵线搭桥请这个胡铭戈一起吃过饭，事后他还给自己帮过一个忙。只见拍卖师与他人道别后，行色匆匆地走向停车场。

停住脚步的瞬间，汤新生突然产生了一个想法，要是能跟他摆会儿龙门阵，也许……能获得什么……

来不及细想，他招手拦了辆出租，钻进车里，对司机说："跟上前面那辆白色的宝马。"

2.

巨大的水晶灯火树银花般怒放着，四周墙上的现代壁画含蓄传神。此时，汤新生正坐在金沙浴宫的大厅里，仰望着富丽堂皇的拱顶，一股清香飘过他的身旁，是来自四周摆放的鲜花。这里的一切让他渐渐放松。

看见胡铭戈走进浴宫后，他也紧跟着走了进来，但转眼间胡铭戈人却不见了。

这时汤新生感觉自己的皮肤似乎有些腻涩，已经多日没泡澡了，何不借此机会松松筋骨？也许能在泡澡的时候见到胡铭戈呢！

服务生把一双拖鞋放在他脚下，拿走了他的旅游鞋，引导他走向浴室，之后把浴衣和钥匙交给他，转身离去。

脱掉外衣，脱掉裤子、羊绒衫、背心……赤条条的，他走进浴室，打开喷头，让温热的水倾泻全身……

随后他又四处转了转，始终不见那个帅气小伙的身影。索性放心投入地洗浴。

在木屋里，几瓢水泼在黑色的热蒸石上，雾气顿时弥漫开来，汤新生躺在木椅上，享受着蒸汽的浸润，记忆随着水汽慢慢上升，一双愤怒的眼睛隐在雾气中，朦朦胧胧，他恍似看见了一个戴着面罩的女妖。

"我这是怎么了？"汤新生无力地想。

擦去淋漓大汗，他走出蒸汽室，见一服务生，问道："小师傅，你们这里有单间吧？"

"有，您需要吗？"

"不，改日再说吧。"汤新生心里想，胡铭戈肯定是进了单间，那就很难找到了。

“先生，要搓背吗？”服务生笑容可掬地站在他身边。

“搓背？”汤新生想了想，“那就搓搓吧。这两天总觉得脊背上痒痒。”

服务生拿着毛巾走到他身后，“哎呀，先生，你这背上——”声音里带着惊讶。

汤新生回过头问：“怎么了？”

“你这背上……有伤……”

“有伤？啥子伤？”

“倒是不太严重，有几条细细的血痕，已经开始结痂了。”

“结痂了？是吗？怪不得总觉得痒痒的。”

“还是不要搓了，搞不好会感染的。”

“要得，要得。”

“您要有什么需要请随时叫我。”服务生扫兴离去。

见服务生走开，汤新生把双手伸向后背，却怎么也摸不着。又把手从肩膀上伸向后背，还是摸不着。

他披上浴巾，走到镜子前，见四周无人，转身背对镜子，回头向镜子望去。

几条清晰的指痕。

再细看，好像已经开始结痂了。

汤新生暗自嘀咕：“前两天还有些痛，这是怎么回事？”

他裹着浴巾躺到床上，开始回想：

“脊背上的指痕像是抠出来的，是谁抠的？一定是光着身子时被人抠的，我什么时候光着身子？只能是在浴室吧。

“上一次洗浴是什么时候？好像是在甘肃？对了，那次在甘肃时曾让服务生搓了背，记得那天没有发现异常。

“还有一种可能，就是在床上。

“许多日不跟惠玉做爱了，已经分床睡了。惠玉嫌我打呼噜，吵得她睡不好。

“人生像一条经久不息流淌的大河，那些经年沉淀下来的泥沙，会把人的想象、激情、浪漫和冲动消磨得如同自己头顶稀疏的毛发，令人的思维固守着规矩的流淌渠道，变得又细又窄。即使身边的女人，也跟随着自己一起变老，渐渐干涸。剩下的，是僵化、冷漠、疲惫不堪和死水一潭。

“自从见到了蓓蓓，便唤起了旧日的激情，她清纯如玉，栗色的长发，晶莹的双眸，蕾丝花边的裙衫衬着凝脂白玉般的手臂，还有裙下的圆润玉腿。想象、梦幻与现实几乎都分辨不清了，只觉得被一股强大的魅力紧紧吸引着，如同一剂回春的药，重新点燃了体内勃勃欲动的激情。”

美女和美玉，是他内心不了的情结。

要说最近以来，他最想做的一件事情就是把余蓓蓓哄上床。

上床？一个镜头在汤新生脑海里闪过，他曾看到余蓓蓓穿着真丝睡衣，是粉红色的，这让他似乎有了一些记忆，按照一般的情况判断，只有到了女孩住的房间里，只有要和女孩上床前，才可能看见女孩穿着睡衣，否则是不可能的。

那个镜头在汤新生的大脑里渐渐清晰起来，是的，他不但看到了女孩的睡衣，还几乎感受到女孩温润的肌肤。

没错，他很快就坚定了自己的想法，最近的一次，是在陕北。他想起来了，那天他很快就要成功了。回味那感觉，像是正欲品尝一碟鲜嫩的竹笋。

那天，包工头老弁打来电话，说是在陕西靖边挖出了东西。

汤新生放下电话就准备出发，在给汽车加油时，他给余蓓蓓打了电话：“蓓蓓，有一批业务，咱们要到陕北去，你准备一下，我马上去接你。”

成都拍卖会结束后，汤新生集中精力策划了一件事情，他很快就筹集了几件古玩，直接交给余蓓蓓拍卖，又同时找到那个姓段的煤老板，从余蓓蓓手里买下了那批古玩，一下子就提升了余蓓蓓在拍卖公司的业绩，直接让余蓓蓓赚了一笔。

事成之后，汤新生向余蓓蓓提出要高薪聘请她到西安来做经理，开始余蓓蓓还有些犹豫，之后不知怎么搞的，又突然同意了。

这是余蓓蓓到西安来后第一次外出办业务，在开往陕北的路上，汤新生讲了几个黄段子，不料他在前边讲，余蓓蓓竟在后座睡着了。

“醒醒吧，真能睡。”汤新生叫醒了余蓓蓓。

“到什么地方了？我好像觉得回四川了。”余蓓蓓睡眼蒙眬的。

“刚离开家就想了？这儿是靖边，不是四川，是陕西的靖边。为什么叫靖边知道吗？做古玩的，就要了解更多的历史知识。靖边这个地方，是取绥靖边疆之意，在清朝雍正九年，也就是1731年，那时正式设的靖边县。”

“汤总，你记性可真好，年代怎么记得这么准确啊？”

“哈哈！这算什么。要让我讲古玩的故事，那才精彩呢。”汤新生放慢了车速，“你看，老弁正等着咱们呢。”

汽车停在一片黄沙翻腾的工地上，一个满脸沟壑的中年男人正站在车门外迎候。

“汤总，路上辛苦了。”他身后还站着两个年轻小伙。

“老弁，让你久等了。”汤新生与老弁握了手，转过身介绍说，“这是我公司新来的业务经理余蓓蓓。”

老弁伸出热情的双手，紧紧握住余蓓蓓纤弱的手，笑嘻嘻地说：“汤总，你是把仙女带到咱们这圪梁梁上了。”从面容看上去，他比汤新生老，实际却只有四十多岁，是个包工头。

余蓓蓓大概对陕北方言似懂非懂，微笑着说：“就叫我蓓蓓吧。”

“先洗洗吧，咱们这儿条件差。”老弁领着他们走进一个昏暗的工棚。

两个年轻人中有一个先一步走进屋里，另一个开了门站在一旁。

“你们这是在修路？”汤新生关切地问。

“我们修的这条路听说叫中太银铁路。”老弁的手指向墙角。

墙角有一个凳子，凳子上有脸盆，先进到屋里的那个年轻人正忙着往脸盆里倒水。

汤新生走过去，瞟了一眼年轻人手里的脸盆，见四周沾满了污垢，忙说：“不洗了，你们别忙活了。老弁，咱们就不在这里多停留了，快把事情办了到县上吃饭去。”

“我说你们一路上跑得辛苦，先喝点儿水，再——”

“蓓蓓也不是外人，还是先说正事吧。”不等老弁说完，汤新生接过话头，“先看看东西。”

“那好。”老弁压低了声音，“东西有几件，都给你准备好了，就等你来呢。”说着给两个年轻人递了个眼色。

两个年轻人动手搬开堆积在墙角的工具，露出几个大木箱，又从木箱里小心谨慎地搬出几件古董，一一放在地上，有瓦罐、瓷器、青铜器……

见年轻人把东西放稳妥了，老弁朝他们摆了摆头，年轻人便走出屋去。

“汤总，你看看。”老弁声音低沉，“前些天文物局通知不让施工了，可这工期不等人，这么多民工要吃要喝，谁给他们发工钱？”

汤新生围着地上的东西仔细看了一圈问：“文物局的人来了？”

“可不是嘛，还来了个专家呢。不过，这些东西在他们来之前，我们就藏起来了。”老弁脸上露出几分神秘，“文物局的人带走了一些，说是汉朝的。还说这地方叫什么来着……老坟梁汉墓群。”

“嗯。靖边这个地方虽然属边疆地区，”汤新生转向余蓓蓓，“老坟梁汉墓群大部分地处毛乌素沙漠，总占地达三万多平方米，有大小古墓一万多座。这个地方从战国晚期到秦、汉发展时间跨度长达数百年。由于汉武帝、汉宣帝时期对匈奴的沉重打击，政局稳定，生产发展，人口众多，当地人民生活相对富裕。”

余蓓蓓只是微微点头，认真听着。

“是呀，人家专家也是这么说的。别看这些个墓地都是平民的，陪葬品却多得很。”老弁谨慎地朝门外看了一眼，“原来这墓群规模这么大，我都不知道，还有上万座墓葬，难怪附近的古玩店越开越多了。”

“这下可有你发财的了。”汤新生拍了拍老弁的肩膀。

“嘿，一起发财，一起发财。”

“还是说说你这几件东西吧。这陶羊、青铜坊，还有这两个瓦罐，都是不错的东西。”汤新生坐在椅子里，看看老弁，又看向旁边说，“那几件东西就卖不上价了，那陶罐的边都破了……”

“汤总，你就看着给吧，咱们这关系又不是一天两天的了。”

汤新生伸出一巴掌说：“看在咱们老关系上，另外多给你三千信息费。以后要继续提供信息加强合作。”

“再加些吧，还有外边两个呢……”

“那就再加两千吧。”

见两人在讨价还价，余蓓蓓蹲下身，专注地看着那些古玩。

随后，老弁把两个年轻人叫了进来，让他们把东西装进了箱子，抬进汽车后备箱。三人又一起上了车。

汤新生驱车离开了工地，来到县城的一家四川火锅店。

老弁要了西凤酒，第一杯敬了汤新生，第二杯端起来走到余蓓蓓身边说：“给咱的仙女也敬一杯，第一次到咱陕北来吧？”

余蓓蓓连忙站起身应答：“嗯，第一次来。不过，我可不会喝酒。弁工，请允许我以茶代酒吧。”

“你是看不起咱凡人……那句话怎么说来着？凡人俗子？”

“是凡夫俗子。”汤新生在一旁纠正。

“是的是的。你这仙女来我们人世间也不容易，这杯酒不喝可是不行的。”老弁说着一手抓起余蓓蓓面前的酒杯，举到她嘴边。

余蓓蓓往后闪了一下身子，搪塞道：“我真的不会喝酒。”但还是不得已地伸手接过酒杯。

“蓓蓓，到陕北来了，咱就入乡随俗吧，难得高兴一回。”汤新生坐在一边眯着眼笑。

“是嘛，还是汤总说得好，入乡随俗嘛。”老弁的手向余蓓蓓端酒杯的手逼近。

“既然汤总说话了，我就少喝一点儿。”

余蓓蓓低头在酒杯边抿了一小口，抬起头，这时老弁的手已经捂住了她端杯的手，硬往她嘴里送去。

不得已，余蓓蓓仰脖喝下了酒，放下酒杯时，满面桃花。

“哎？”老弁突然盯住余蓓蓓的脸看，“仙女，我好像在哪儿见过你？”

汤新生见状心有不悦地说：“老弁，有你这样盯着人家女孩看的吗？你不会是看蓓蓓像哪个电影明星吧？”

“嘿，我第一眼见她时，就觉得长得太美了，刚才站在人家仙女旁边，突然觉得好像是在什么地方见过。”老弁回到他的座位，心里仍在思忖。

老弁身边的一个年轻人站起身给余蓓蓓敬酒。

只听手机响起，余蓓蓓打开接听。

“蓓蓓，你在哪儿？想你了。”在一旁的汤新生隐隐听到了手机里男人的声音，他猜可能是胡铭戈。

“在跟客户谈事情呢。”余蓓蓓有结束对话的意思，“有事吗？”

“在酒吧还是饭店？什么客户？是男人吧？”

“等会儿我给你打过去，我先挂了。”余蓓蓓扫了一眼周围，见大家都静静地在听，“好了，先这样吧。”

“蓓蓓，真的想你了，什么时候回来？我接你。”

“好啊，到时候联系。”余蓓蓓关了手机转身应酬来敬酒的年轻人，“我不能喝了。”

年轻人不依不饶地举着酒杯。

汤新生连忙解围说：“咱们摇骰子吧，谁输了谁喝。”

老弁拍手赞成，便叫来了服务员，吩咐去拿骰子。

汤新生与老弁第一回合过后，轮到余蓓蓓。

“我不会，你们玩吧。”

“好学，就是猜点子……”汤新生耐心地给余蓓蓓讲了一番，鼓励她试试。

拗不过众人的热乎劲儿，余蓓蓓只好参与其中。不一会儿，蓓蓓的眼皮开始发涩，长长的睫毛一眨一眨的。

汤新生斜眼瞥向她，一边心里暗自高兴，一边说：“老弁，来一段你们那儿的酸曲儿。”

老弁正在兴头上，毫不推辞，扯着嗓子吼起了陕北的酸曲——

> 拉手手，亲口口，
> 哥哥带妹妹往旮旯旯里走……

“酸曲儿？这……真有意思……”余蓓蓓呢喃着身子歪了一下，汤新生趁机伸出手臂扶住她的腰，淫狎地睃一眼。

“我没事。”余蓓蓓把沉重的身子稍微挪了挪，似乎是想摆脱他，“老弁唱的是什么呀？”

老弁停止了吼叫，对身边的一个年轻人说：“我老了，唱不好，还是让小李唱吧。”

那个小李于是站直了身子，也算得上挺拔，他清了清嗓子，唱起来——

> 妹在家里头，我心跟着哥哥走。
> 我这辈子的泪蛋蛋，只为哥哥流。

……

只听到嘹亮悠长的男高音在包间里回荡起，小李边唱边端着酒杯走到余蓓蓓的身边，还自编了歌词：“哥要走西口，妹妹你泪莫流……”

余蓓蓓连忙站起身时，突然一个趔趄，这时小李眼疾手快地用手托住了她的肘腕。

“我应该敬你，唱得真好。”余蓓蓓眨着眼，露出妩媚的笑。

“谢谢！我先干。”小李一仰脖子喝干了杯中酒。

也许是被这年轻男人的豪情所感染，余蓓蓓也仰起头，一口气喝干了杯中的酒。

这时，她却有些站不稳了。小李见状伸手扶住她，她下意识地靠住小李。

汤新生看到机会来了，立即上前拨开小李，搀住蓓蓓，心想：“酒后的女人容易失态，失态的女人才有可能成为男人的猎物。”

“老弁，不能再喝了，时候也不早了，明天我们还得赶回去。”汤新生做出关心状。

“没事，女人有天生的酒量。汤总你还没喝好呢。”

“好了好了。”汤新生搀着余蓓蓓向外走去。

那时余蓓蓓浑身发软，不由自主地靠在了汤新生身上。

突然感受到了肢体的柔软，汤新生体内一阵发烫。走到汽车边时，余蓓蓓忍不住呕吐了，不知是老弁还是其中一个年轻人递上了卫生纸，汤新生为她擦了擦。

扶她上车时，余蓓蓓几次抬起腿都没能上去，汤新生突然双手托起了蓓蓓，把她抱进了车里。连他自己也没想到，怎么会有这么大的劲儿。抱起蓓蓓时，他的嘴顺势在她脸蛋上蹭了一下。

汽车开进酒店时，余蓓蓓靠在后背垫上，一副沉醉的模样。

把余蓓蓓扶进酒店的房间时，只听她喃喃地醉语，“……不用管我……”

“那怎么行？”

汤新生把余蓓蓓放到床上，站直了身子，细细看向她，只见她双眸轻闭似弯弯的月牙，面颊粉红如盛开的桃花，细腻的皮肤在灯光下润泽如精制的瓷器。只是微微上翘的嘴角上，挂着些许呕吐后残留的污垢。

汤新生忍不住轻声地笑了，他走到卫生间拿了毛巾，轻轻地为她擦拭，又替她脱去鞋，重新站在她身边，看着她沉睡的模样，觉得很美，于是俯下身，在她脸上亲了一口。见女孩嘴里咕哝了一下，又恢复了平静，他忍不住又亲了一下，随后便疯狂地抱住她亲吻起来。

“×哥……”只听到余蓓蓓嘴里发出含混不清的声音。

“宝贝，叫哥呢？”

听到她呢喃不清的声音，汤新生先是愣了片刻，旋即又扑上去，紧紧地抱住她温润的身体。

狂吻一阵后，汤新生感到自己的下半身硬起来了，他抬起身子，解开了蓓蓓的外衣，再动手去解衬衣时，手有些不听指挥。蓓蓓穿了件白色镂空绣花衬衣，质地是棉麻的，衣扣像是手工缝制的，十分精致，让他颇费工夫。这里，她在睡梦中突然翻了个身，汤新生无法继续解开她的衣扣。

她白皙的手臂在灯光下泛着润泽的光，隆起的胸部随着呼吸轻轻地起伏，这肌肤是那么细腻而富有弹性，青春的身体散发着诱人的气息，与汤新生以往见过的任何女人都不一样。他以前交往的女人多是为了满足一时的冲动，快速发泄之后，便没了兴趣。可是蓓蓓不同，从第一眼见到她时，汤新生就感受到她异样的神韵，就像是欣赏一件让人心醉的玉器，让人爱不释手。

“美！”他发自内心地赞叹，“真是美轮美奂！”

他想要继续解开她的衣扣，触到她手臂时，忽地一下，他感到了一种通体麻痹的感觉。他扑到蓓蓓身上，再一次狂吻起来。

颤抖中，汤新生迫不及待地解开自己的裤带，胡乱地把裤子褪到大腿上。他想把蓓蓓的裤子扯开，扯了半天，那件紧身的牛仔裤怎么也脱不下来，“女人怎么会穿这种紧身衣裤？”汤新生抱怨着。

突然蓓蓓蠕动起来，汤新生停下手抬头看去，见她双颊泛起两抹红晕，性感的双唇正微微吹出甜甜的呼吸，他忍不住把嘴凑上去，对准她的嘴，想要用舌头冲开她的双唇，瞬间，一股电流从舌尖到头顶到下身，整个人都被麻痹了。

突然，蓓蓓鼻腔里喷出灼热的气息，身体痉挛般地抽动起来。

“宝贝别动……好安逸哟……安逸……”

汤新生的呼吸急促起来，他来不及撕拉蓓蓓的裤子，挪动臀部把坚挺起来的阳具朝她下身顶去。

“啊！啊——”

余蓓蓓突然大声喊起来，她被弄醒了，脸上露出极度恐惧的表情，她奋力用双手推开身上的重物，可是却推不开。

“宝贝，安静安静。”

汤新生停止了动作，抬起头，俯视着她。

蓓蓓也静下来，当目光与他相遇时，美丽的双眸突然射出两道电光，倏忽间让他觉得浑身无力，他似乎被电着了。

室内静得可怕，余蓓蓓突然伸出双臂用力地推向汤新生。

汤新生不知自己是怎么掉到床下的，也不知余蓓蓓是怎么快速从床上跳起身的，这一切来得太突然，以至于让汤新生完全没有想到，蓓蓓突然间会有这种举动，他完全蒙了。

“蓓蓓，我是喜欢你的。”

倒在地上的他声音显得十分无力。

“汤总，你走吧。我可不喜欢这样，把人家灌醉了，乘人之危，这也叫喜欢？”

“不是的，送你回来……我就，就，忍不住……”他慢慢地从地上站起身。

“别说了。都这把年纪了。”她牙缝里挤出轻蔑，睥睨他的下半身，“看看你那玩意儿。”那眼神像是钢针般锋利。

汤新生低头慌乱地想拉起裤子，却见自己的阳具像一只奄奄一息的老鸟儿，软软地耷拉着。他急忙把裤子拉起，心头忽地涌出颓丧、焦灼、懊恼、愤懑……令他不知所措。

“滚！快滚。”余蓓蓓厉声呵斥。

说不清缘由，反正汤新生听话地退出了余蓓蓓的房间。“砰”的一声房门被关上，很快，浴室里传出哗哗的水声。许多复杂的感觉一股脑儿奔涌出来，令汤新生头上冒出了汗……

汤新生真是没想到，在陕北那天竟然败走麦城。

不知怎么搞的，他突然联想起陕西人说的那个黄段子：当年牙好的时候没锅盔（即烙饼——陕西方言），现在有锅盔了没牙；当年那玩意儿硬的时候，政策比咱还硬，如今政策软了，那玩意儿又比政策还软。

“多好的一次机会呀，就是没能扒开她的衣裤。否则，一定会畅快淋漓地进入她的身体。怎么搞的，反被她嘲讽了一顿。”

后来，因为那场突然的变故，汤新生竟很长时间不能雄起。

服务生走过来，给茶杯里添了茶水又走开了。

汤新生躺在浴室的藤椅上，斜眼看着服务生抬起胳膊倒茶，不经意间看到了服务生衣服下摆处有几个小洞，大概是被烟烧的。他先是想到这服务生许是个烟鬼，看着他的后背，那白色上衣下摆处的几个小洞渐渐变成了镂空的白色绣衣。

“啊，那天蓓蓓穿的是白色的镂空绣花衬衣。”他独自咕哝着，“应该不会有错呀，在陕北的那个晚上，蓓蓓是穿着白色的衬衣，质地像是棉麻的，并没有穿真丝睡衣呀。

“那么，我是什么时候在什么地方，看见她穿着粉红色的真丝睡衣了？

“莫非另有一次？

“另一次？那就是两天前吧。”

他觉得眼睛像是被什么扎了一下，再一次让他想起那钢针般的锋利眼神。

那眼神、那做派、那态度、那……回想起那一刻，他突然感觉余蓓蓓表现得不像是个简单的女孩，倒像是成熟的女人。她竟然临阵不乱，竟然从牙缝里挤出轻蔑，竟然睥睨着汤新生的下半身，说了一句听似轻柔实则刻薄甚至恶毒的话：“看看你那玩意儿。”

“她究竟是个怎样的女人？”汤新生想着想着，突然张大了嘴，一副错愕的表情。

第 7 章

追踪

1.

迈出娘家大门的那一刻，柳惠玉心情沉重，突然涌出许多的酸楚。最让她不放心的就是老父亲了。

她回头朝院子里望了一眼，老父亲像块石雕似的独自坐在院子里，茫然地面对着一堆石头。那是他挚爱的玉石料，从昆仑山里采来的，看上去不起眼，实际上都是上好的原石。老父亲整天这样呆呆地坐在这堆石头面前，手里还不停地雕琢。偶尔会给石头上浇些水，像是在培育花朵。

昨天惠玉从西安回到老家时，一进门就看见老父亲这样坐着，表情僵硬，甚至不认得走进大门来的女儿。

老父亲呆呆地看着她，就像看着那一堆石头，脸上没有一丝表情。

只有丑丑摇着尾巴默默地跑过来，亲昵地在她的裤脚上蹭了几下。它是柳家一条忠实的黑狗被一只退役的警犬征服后生的，面容长得十分凶猛，像它的父亲。有生人进来就不吭不哈地扑上去撕咬，见了熟人便沉默寡言地摇尾巴，欢快地跳跃。柳家人说它面丑心善。因为有丑丑整日陪伴着老父亲，才让她稍有些放心。

“爸爸病了吗？”她轻轻拍着丑丑的头，丑丑在她面前跳跃着，把嘴伸到她手心里拱。她走到父亲身边，一股腥臭的味道冲入鼻子。父亲头上所剩无几的毛发被汗水黏成一绺一绺的，衣服前襟上饭痂子老厚了，最让人不忍看的是老爷子的裤裆，白色的尿渍一圈一圈地印在黑裤子上。显然，已经多日没有洗澡、换洗衣服了。要不是家里打电话，自己整天忙着店里的生意，完全不知道父亲的情况，她在心里自责，鼻子酸酸的，泪水几乎涌出眼眶。

“爸，你怎么了？”

她走到父亲身边用手摸了摸他的头，这会儿头上倒是不烧，再看身上，似乎也没什么。即使没什么，惠玉也自责地觉得自己也该回来看看老父亲了。惠玉觉得最可气的是她的两个弟弟，只顾自己，不管老人。

想当年，别说方圆几百里，就是在全陕西，柳庶全都是享有盛名的玉石雕刻师，有许多古玩商抢着要雇用他。自从两年前的那个夜晚之后，老爷子虽死里逃生保住了一条命，却突然间完全变了一个人，时而糊涂时而清醒，本来就很少说话的他，更难得与旁人说一句话，整天闷着头坐在院子里。最让人难以置信的是，人虽痴痴呆呆的，手里却仍不停地雕刻玉石。

老爷子八十九岁了，两个儿子和他们的媳妇各自带着儿孙另起炉灶，剩下他自己守着空空的大院和那堆石头。过去两个媳妇轮流给老爷子送饭，孙子孙女们也过来玩耍，老爷子清醒时，守着他的宝贝，谁也拿不走，糊涂时儿孙们便一件一件地拿去变卖，渐渐地，家里只剩下老爷子和那堆没人要的石头了。现在，柳家又添了几个重孙，儿子、媳妇们随着家业越来越大也越来越老，孙辈们又都忙着各家的事，越来越无力照顾老爷子了。

“爸，我是惠玉呀，你清醒清醒。听说你有病了，我回来看看，你到底怎么了？”

“呜……玉……”父亲呆呆地看着她，如同在看那堆石头。

她立即把家里弄得暖和了，烧了水，清洗了浴桶，把他拉进去：“爸，你身上都发霉了，好好洗洗。”

她手握丝瓜瓤在老父亲的背上轻轻搓着。

“姐，你怎么突然回来了？”大弟惠民送来晚饭，看见惠玉在给老爸洗澡，惠民声音低得像是自语，“本来娃他妈也准备这两天给爸洗个澡的。”

“啊，有心也行啊。是你给你姐夫打电话说爸病了？”

“没有。”

“没有？是二弟打的？”

“不可能，爸好好的，根本没病。”

“那老汤怎么说爸病了……”她把后半句话含在了嘴里，“你回去吧，这儿有我在呢。”

给老父亲洗了澡后，又看着他吃了饭，直到老父亲睡到床上。

等惠玉爬上床时，才感到了腰酸背痛。“唉!”她轻轻地叹了口气，毕竟也是六十多岁的人了，做起家务来也有些力不从心了。

这时她又想来：“‘老爷子病了，你不回去看看？’两个弟弟都没有打电话呀？老汤是怎么回事？”想着想着，便睡着了。

惠玉早上起床后就忙着收拾家里的卫生。中午刚吃了饭，手机响起来了。

是老汤打来电话，只听电话那头问：“爸怎么样？”

“爸没病。你听谁说的？”

“哦，没病就好。我要出去几天，有点儿急事。有人找我就说一时联系不上。”

“你又要去哪儿？整天往外跑，也不看看你都什么岁数了，什么时候回来呀？”

“说不来。没事了就早早回来。哦，公司那个女娃余蓓蓓请假回家了，公司里的事情交给柳阳，你放心吧。”

“什么？余蓓蓓什么时候请的假？”柳惠玉心里有些不踏实。

“今天早上。她家里有事，大概是她妈病了。”

“你是跟她一起去四川吗？”柳惠玉不想把疑虑闷在心里。

“不是，她早就走了。都老夫老妻的了，你别乱想。好了，有事我会跟你联系。”

对方先挂了电话。柳惠玉呆呆地坐着，她心头突然掠过一丝疑惑和不安。

“老汤为什么说父亲病了？昨天还特意让柳阳开车把自己送回家，还说过两天来接。这还不到两天，他又突然说要外出，也不说去什么地方。还有那个余蓓蓓也突然请假回家，不会是他们两人一起潇洒去了？”是女人的直觉还是过分的猜疑？柳惠玉决定回西安后再追问柳阳，也许能破解疑团。

临走时，她叫来了两个弟弟：“你们要是顾不上管爸，过些日子我把他接走。连那堆石头一起搬走。”以前她几次试图把父亲接走，可是他人虽糊涂了，就是守着石头寸步不离，没有人能把他和他的石头分开。

“姐你就放心吧。我们会照顾好老爸的。”两个弟弟态度都很坚决。

柳惠玉仍不放心，“我随时会回来看爸的。”

走进自家大门时，她觉得精神好多了。她沏了一杯淡淡的清茶，坐在沙发上稍事休息，然后拨通了汤新生的手机，话筒里传来：“机主已经关机”。

一连几天都是关机。柳惠玉快要气疯了。

这时门铃响起，拉开门时，她满脸诧异。

一男一女两个年轻警察站在门外。

“你是柳惠玉吧？”小伙子浓眉大眼，眉宇间露出英气。

“是呀，你们是……”

“我们是公安局的，我叫丁萌。”小伙子一手举着警官证，一手向身后指了指，“这是我们探长霍妍。”说着侧了侧身让出身后的女孩。

“你们是警察？找我干什么？”柳惠玉站在半开的门里，没有让他们进去的意思。

“有些问题向你调查，请让我们进去说。”霍妍上前一步，声音和蔼却态度强硬。

柳惠玉这才退后一步拉开门，把他们让进门去，“往里走，客厅坐吧。”

霍妍和丁萌走过玄关，玄关上那幅精雕的钟馗皮影正冲着他们张牙舞爪。他们在客厅的沙发上坐下，霍妍扫视了房内的摆设，清一色的红木家具，靠墙的多宝阁上摆着一些古玩，红木茶几下铺着黄色的羊毛地毯，整个客厅雍容富贵。

柳惠玉一直没开口，只是默默地看着他们。

“你丈夫叫汤新生？”霍妍的目光看向她时，她把脸转向一旁。

“是的。”柳惠玉似有抵触情绪。

“他现在在什么地方？”

“到外地了。”她惜字如金。

“请你说得具体些。他什么时候走的？现在在什么地方？”霍妍声音平静。

“我也不知道。你们找他有什么事？”柳惠玉没好气地问。

“你丈夫在什么地方你怎么会不知道？”丁萌显然生气了。

“小伙子，你说话怎么这么冲？”柳惠玉说，“我家老汤外出了，我真的不知道他去哪里了。手机也关机了，我还正着急呢！”

“我们有几件事需要跟汤新生核实一下。”霍妍的脸上露出不容置疑的神情，“要不，请你现在给他打个电话。”

“他一直关机，我也跟他联系不上。”柳惠玉显得有些迟疑。

“还是打一下。”

“你们要是不信，我就试试。”柳惠玉打开手机，拨出号码，话筒里传来：“Sorry！……你所拨打的电话已关机。”她举着手机，“不信你们听嘛。”

“抱歉！”霍妍一脸严肃，“我们会找到他的。”

“到底什么事情？我能转告吗？”柳惠玉说出这句话又有些后悔，刚才还说无法联系老汤呢。

“是这样，你丈夫涉嫌一起案件，你能代替他说清楚吗？”霍妍逼视着。

“案件？什么案件？我家老汤可是守法的商人。”柳惠玉脸上一副茫然。

“既然是守法商人，更应当配合司法机关。”

“这……”

“还是请你先回答几个问题。”

“我？跟我能有什么关系？你们不会搞错吧？”

“10 月 26 日下午至 27 日，你在什么地方？”霍妍并不在意柳惠玉的态度。

柳惠玉想了想说："那天我回咸阳娘家了，26 日下午回去的，第二天就回来了。"

"你娘家有什么事？"霍妍一直在观察对面的女人。

"我父亲病了，回去看看。"说起父亲的老毛病，柳惠玉突然露出伤感，心里不免来了气，在心里抱怨着，"老汤他怎么在这个节骨眼儿上出了事？竟然还把我骗回家去！"

"26 日那天，你丈夫汤新生在家里吗？"霍妍把这个问题抛给柳惠玉，心里却在想，"既然是老毛病，为什么一定要 26 日回去？"

"在家里。"柳惠玉越发警觉起来。

"汤新生什么时候外出的？"

"第二天，我在咸阳接到他的电话，他中午打来的，说是要到外地去几天，我想到要照顾家里、店里，就回来了。"

"也就是说，他外出很突然，前一天你并不知道他要出去。"

"他经常这样，说走就走。"

"他一般出去做什么？"

"他常出去联系货，做生意很辛苦的，什么地方有信息，得到消息立马就走。"柳惠玉似乎想要解释清楚。

"他现在在什么地方？怎么与他联系？"

"都几天了，我也一直联系不上，我也不知道他现在在什么地方。"柳惠玉心里发怯。她有意隐瞒了重要情节，汤新生在汉中时，曾经给她打过一个电话，说是要到山里去，也许要换个手机号。

"也就是说，以前他到什么地方都与你联系，这一次出去却没告诉你他在什么地方？"霍妍平静的声音里隐含着咄咄逼人。

"也不一定，忙起来也不联系。"柳惠玉在为前一句话遮掩。

霍妍不再提问，客厅里静得让人心寒。她觉得面前的这个老女人是富贵而孤独的。

"你父亲病好了吗？这么快就回来了？"霍妍边问边看到沙发正对面的墙角，那里摆着一尊黄玉精雕的佛像，正咧着嘴冲他们笑。

"老毛病了，老年痴呆，有时清醒，有时糊涂。"柳惠玉边回答边在心里嘀咕，"父亲的病本是老毛病，可为什么老汤他要编瞎话让我回咸阳？究竟出了什么事？”

“平时多长时间回去一次？”霍妍见她似有沉思，似乎没听见自己的问话，于是提高了声音重复一遍：“平常回咸阳多长时间一次？”

“啊……”柳惠玉从沉思中惊醒“……平常，平常只要有时间就回去。”

“一般要多少天回去一次？”

“没准儿，有空了就多回去，忙了就回去少，一周或者十天。”

“上次回去是什么时候？”

“一个星期前。”柳惠玉越发显得不安，“到底有什么事？跟我回家有关系吗？”她想转被动为主动，以她六十多年岁月累积的经验，眼前这两人来者不善。

“过去每次你回咸阳要住几天？”霍妍坚持问话。

“不一定，三两天，有时一天。”柳惠玉特意加上一句，她已经十分警觉了。

“你是乘车回咸阳的吗？”

“哦，是老汤让司机把我送回咸阳的。”

“你认识一个叫闵彤的女人吗？”霍妍突然转变了话题。

“什么女人？没听说过。”

“是个年轻女孩，广东人，叫闵彤。”霍妍观察着对方的表情。

“不认识。”

“你所说的话都将作为证言记录在案，请你想清楚。”丁萌在一旁特意加重了语气。

“真的不认识。”柳惠玉终于忍不住问，“你们说的女孩跟老汤有什么关系？”

“既然你不认识，也没有必要问了。”

说实在的，法医鉴定出来后，霍妍几乎已经确定渭河女尸的案件与汤新生没有关系。是因为那张照片的再一次出现，让她不得不重新梳理思路。

在东方宾馆时，霍妍和丁萌从闵彤的遗物里发现了一张照片，上面有一只形制奇异的古玉璧。

“我说，这照片好像跟你上次发现的照片一样啊。”丁萌看向霍妍。

“没错，完全一样。”

只见古玉圆如璧，又不是完整的圆，边缘部带有三个刻齿，古玉表面上刻有七个圆点，呈七星之象，玉面上堆塑着一条蜿蜒爬行的动物，那动物像是蜥蜴类的。把照片翻过来，背后写着四个字：“璇玑玉璧”。

霍妍从提包里拿出另一张照片放在桌上。

两张照片完全一样。

“晕。这是个什么宝贝玩意儿？竟然让两个女人都与它有关？一个女人死亡，一个女人失踪。”丁萌故作神秘地说，“头儿，女人可得小心点哟。”

“该小心的是你这么帅气的男孩。”霍妍收拾了照片，已经朝外走去。

“你不会是说女鬼吧？”丁萌在后面做了个鬼脸。

还是何长军沉着老练，看完照片，肯定地说：“看来两起案件都与这个古玩有关系，这不是普通的案件，而是涉及财产的凶杀案。”

很快，通过电信部门协查，确定了闵彤到西安后，与汤新生通过电话。26 日下午二时二十分，闵彤是用客房里的电话与外界联系的，而汤新生的手机上就有这个电话号码。另外还有一部公用电话也给 308 室打过电话。这个坐机电话显然是案件至关重要的环节，因为闵彤出门的时间正好是放下电话的两分钟之后，也就是说，她是在接到电话后匆匆走出去的。而就在当天晚上，她被人抛入了渭河。法医报告确认了闵彤的死亡时间是晚上十点左右。

闵彤和余蓓蓓分别持有同样的古玉照片，成为确认两起案件同一性的关键证据。

“你应该认识余蓓蓓吧？”霍妍锐利的目光投向柳惠玉。

“是那个四川来的女孩？”这回柳惠玉改用试探的口气，然后肯定，“在我们公司做部门经理。”

“对，她人呢？”霍妍盯住柳惠玉。

“请假回家了。”

“什么时候走的？”

“二十六七日吧，我从咸阳回来她已经走了。”

“余蓓蓓向谁请的假？”

“向老汤呀。”

“你确定她是请假回家了吗？”

“我是听老汤说的。”

“也就是说，你不能确定余蓓蓓是什么时候走的？是跟谁一起走的？”

“跟谁一起走的？”柳惠玉的脸色快速闪过一丝阴郁，很快又恢复平静，“没听说她跟谁走呀。”

“余蓓蓓是和你丈夫汤新生一起走的吗？”霍妍凝视着柳惠玉，那张写满沧桑的脸，背后将隐藏着怎样的复杂心态？没有女人不忌妒丈夫外边的女人，只是表演的技巧不同罢了。不过，霍妍也曾见过这样一个女人，说起丈夫外遇时，满口的赞叹她老公就是有魅力，那些女孩都心甘情愿地献身。其实她老公不过是个十足的诈骗犯，骗钱骗色坏事做绝。那女人就是靠着丈夫骗来的钱才过上安逸的生活的。这世界真是什么样的女人都有。

面前的这个女人又会怎样表演呢？也会像一些女人那样，在诸多矛盾的权衡中，选择护佑自己的丈夫吗？

“不知道，如果有业务需要的话。”柳惠玉的话似乎很大度，似乎对余蓓蓓这个女孩并不在乎。

“余蓓蓓的老家在四川什么地方？她原来在什么地方做事？是怎么到你们公司的？她还有其他名字吗？”霍妍接连问了好几个问题。

柳惠玉不急不忙地说：“余蓓蓓家可能在四川，具体什么地方我也忘了，好像是哪个县城的，记得她刚来时，我认真盘问过，现在只记得她原来在四川成都的一个拍卖公司，是业务员，是老汤把她招来的。没听说过她有其他名字。”

“余蓓蓓有男朋友吗？她在西安还有什么朋友吗？”霍妍的问题一个接一个。

柳惠玉只是摇头说不知道，还说人家女孩子家，跟她这老太婆没什么说的，“我看那女孩还不错，人也很能干。到底出了什么事情？”柳惠玉表现出烦躁，声音也提高了。

“什么事情？你丈夫回来就知道了。”丁萌的声音有些威慑力。

“这样吧，请尽快与你丈夫联系。”霍妍从沙发里站起身，“还请及时告诉我们。”

丁萌给柳惠玉留了电话。

霍妍走到客厅的多宝阁前问：“哦，你丈夫主要收藏玉石？”问话听上去很随意。

“我们家是做玉石生意的，老汤他喜欢玉石，有时也收藏一些瓷器什么的。”柳惠玉似乎已经无心搭话。

“一定还有高古玉璧吧？”霍妍的眼光依旧停在那些玉石上。

“高古玉璧？”柳惠玉满怀疑问地看着对方。

“确切说是璇玑玉璧。”霍妍看向丁萌，丁萌立即会意，拿出照片递给柳惠玉。

“请你看看，这照片上的玉璧，你见过吗？”霍妍紧盯着柳惠玉的脸。

柳惠玉脸上闪过一丝捉摸不透的表情，她迟疑了片刻，抬起头，把照片还给了丁萌说：“老汤的那些收藏，我也记不清，我平时很少过问他的事情。”

“你不是说汤新生外出了，你就回来招呼店里的事情吗？”霍妍明显意识到对方在说谎，“你不会连自己家里的东西也记不清了吧？”

“这……我真的不关心老汤的那些东西，其实，店里的事情我也很少管的。”

“既然你不愿意说，还是等汤新生回来说吧。”霍妍向丁萌示意，“我们走。”

柳惠玉不再接话，只是默默地拉开大门，礼貌地等待他们离开。霍妍和丁萌向门外走去。走出大门时，霍妍回头对柳惠玉说：“已经有人被杀了，应该跟这个玉石有关。请你好好考虑，有什么要说的，及时与我们联系。”

柳惠玉瞪大了眼睛，“什么人被杀了？”不免在心里惊叹：“跟玉石有关？”

“一个女孩被害了，她在死前与汤新生有过联系。如果你有什么要说的，可以随时与我们联系。”

霍妍说完转身走去。她之所以这样说，是因为有些情况暂时还不能告诉柳惠玉，以防她与汤新生串通，所以故意留下了悬念。

“一个女孩被害了？”柳惠玉望着空旷的楼道喃喃自语，瞬间，一种不祥的感觉忽地涌上心头。

2.

清晨，艾美丽像往常一样出去晨练，拉开大门，见一个男人正扒在对面的门上，使劲儿朝门镜里张望。

她站在自家门里看着，见男人十分投入，完全没有发现身后的自己。于是，艾美丽故意弄出些响动，“砰”的一声把大门关住。

男人回过身，是个帅气的小伙。

“你找谁？”艾美丽忍不住先开了口。

“有个叫余蓓蓓的女孩是住这儿吗？”帅小伙和颜悦色地问。

艾美丽警惕地盯住他：“你是干什么的？你是她什么人？”

“我是她朋友，从四川来的，顺便看看她。看来，她就住这儿了。知道她去哪里了吗？”帅小伙又回头朝门镜望了一眼。

“她不在，走了几天了，你是她朋友？你没跟她电话联系吗？”艾美丽想要搞清楚这个人的来历。

“大妈，蓓蓓她是几号走的？还能记得吗？”帅小伙露出一脸焦虑。

“嗯，好像是26日晚上……反正，第二天早上一开门我才发现她已经走了。”艾美丽说出话又有些后悔，她本想从对方口里问出点儿什么，不料想反倒是自己说出了当天的实情，这人老了真是不中用了。

“哦，你是说，你27日早上知道她走了，实际上，她在26日晚上就走了？”

“你到底是她什么人呀？”艾美丽突然不耐烦起来，她害怕自己再说漏了嘴。

“我是蓓蓓的好朋友。大妈你知道她到什么地方去了吗？是跟别人一起走的吗？”

“不知道。”艾美丽想起那个女警察特意叮嘱过，案子还没有搞清，不要随便跟其他人说。“要不，你留下名字和电话，等余姑娘回来我让她跟你联系。”

这时帅小伙的手机响起，他向艾美丽摆了摆手，接听电话，“喂……是樊总……好的……”

艾美丽站在他身后，一副疑惑的神情。

帅小伙边听电话边走下楼去。

见他下楼了，艾美丽急忙开了自家大门，跑到窗口朝下望。只见帅小伙走进一辆白色的轿车，她匆忙找出一张废报纸，在上面记下了车号，忽地想起没看清是什么牌子的轿车，又走到窗前朝楼下张望，早已是车去院空了。于是她急忙从抽屉里找到写有霍妍电话的纸片，拿出小灵通开始拨号……

霍妍急匆匆地赶来了。“大妈，什么人来找余蓓蓓？”

“一个帅小伙来找余姑娘，说是她的好朋友，还说是从四川来的，顺便看看她……”艾美丽突然想起什么，“那老家伙抓住了吗？”一副急切的样子。

“没有。”霍妍冷静地说，“还需要你的帮助。那个帅小伙还问了什么？”

“他问余姑娘什么时候走的，我说大概是 26 日晚上，我是 27 日早上才知道的。他还问余姑娘到什么地方去了？是跟别人一起走的吗？”艾美丽回想着，“哦，对了，他叫她蓓蓓，看样子挺亲热的。说是从四川来的，哎呀，还说是蓓蓓的好朋友，没准是男朋友？”艾美丽这时不断在心里谴责自己，怎么这么不中用，应该问一句是不是男朋友。

“帅小伙，管她叫蓓蓓？好朋友？”霍妍边重复边思考着，“是从四川来的……这么说……”

“是呀。我猜想，没准是余姑娘的男朋友。”艾美丽一副认真的表情。

霍妍心里纠结，她原本想到的是余蓓蓓也许回四川去了。

“那帅小伙多大年纪？长得什么样子？”

“有二十五六岁吧，长得像电影明星，可帅了。”

“像电影明星？像哪个明星？”

“演什么电影的？我想不起来了，反正可帅了。我说，那老家伙抓住了吗？”艾美丽似乎对那老家伙耿耿于怀。要是这小伙真的是余姑娘的男朋友，那岂不是……

霍妍说：“大妈，我们一定会查清楚的。请您放心，谢谢您的支持。

不过，关于那天晚上的经过，您还有什么要说的吗？”说出这句话，霍妍有些犹豫，她担心艾美丽的证词有出入，倒不是怀疑她故意做伪证，而是证人的证词往往随着自己的想象而出现偏差。因为现场勘察的情况与艾美丽的陈述之间的确存在矛盾，这让她内心纠结着。

那个清纯的女孩，最近，霍妍脑海里不时浮现出四年前那个女孩的身影，她姓金。她真的会是这起案件里的余蓓蓓吗？她为什么要冒用别人的名字？她的生活里发生了什么？两个女孩之间的差距太大了。

可是，这个女孩究竟是谁？她现在是生还是死？她和汤新生之间，一对年龄相差甚远的男女，是什么让他们腻在一起？她，似乎是那种超时尚的女孩，因为金钱？因为那个几乎可以做她父亲的男人有车，也很富有？……无论如何，从现场证据看，不像发生了严重的凶杀，倒像是一场猎艳的游戏。霍妍从内心里是多么希望这个余蓓蓓不是她曾经见过的那个姓金的清纯女孩。

“怎么？还有什么问题？”艾美丽并没有明白霍妍的意思，可是她一双眼睛里闪着极度的认真。

霍妍歉意一笑，说：“是这样，有些情况需要再核实一下，请把您看到的情况再说一遍。”

“是那天晚上吗？从那老头来的时候说起？”艾美丽边说边陷入回忆之中。

“那天晚上，你是怎么看见那老头走进对面房子的？”霍妍耐心地等待着。

“那天晚上，天蒙蒙黑，我看见那老头走进余姑娘家。后来就听见‘砰砰’的玻璃杯摔在地上的声音，还有女人的尖叫声……搞得我一夜睡不踏实。”艾美丽重新描述了当时的情况。

“别急，那老头走进对门时，你还看见余蓓蓓在门里给他开门了？”霍妍似乎觉得艾美丽的陈述比第一次听到时更为情感化，似乎添加了渲染和想象的因素。

“我看见了，余姑娘站在门里。”

“她穿的什么衣服？还记得吗？”

“粉红色的睡衣。”

现场的确有一件粉红色的真丝睡衣。

“您刚才说，那天晚上，天蒙蒙黑，您能看清那女孩穿的衣服是粉红色的？”霍妍轻声细语，为的是不打乱艾美丽的思路。

“楼道里有些黑，可是余姑娘家里开着灯，她身后有光，是粉红色的，很好看的。”

“看清睡衣是什么料子的了吗？”

“那就看不清了。好像是很光亮的，看上去有些富贵。”

“还有一点，您说听见‘砰砰’的玻璃杯摔在地上的声音，还有女人的尖叫声……可是，我们询问了楼上楼下的邻居，他们都没人听到动静。”霍妍正是对此存有疑虑。

“怎么可能？”艾美丽像受了委屈。

“您再好好想想。”霍妍严肃起来。

“嗯……你们一定是问了一楼的陈妈吧？”

“是的。”

“陈妈八十多岁了，比我大十多岁，耳朵不好使，每天晚上早早就睡了，她邻居的房子租出去了，人家当库房，没有人住。二楼就是我了。再往上的三楼住的都是年轻人，没准儿，他们看电视，听不到。”艾美丽扳着指头边想边说。

她说得也有道理。在地板上摔东西的声音，应该是楼下听得最清楚，可楼下的陈妈大概听不到。

霍妍想到了细节，问：“大妈，你当时听到了几次声音？每一次声音大概是什么时候，是怎样响的？”

“他来的时候，天蒙蒙黑，我记得是他进去后很长时间，听到‘砰’的一声，又过了好一阵，大概是八九点，听到女人的声音，声音还挺大，是喊的声音，‘啊’……好像是在喊救命。”艾美丽张圆了嘴模仿着喊了一声。

这时窗外传来一声鸣笛声，霍妍注意到白天在房间里能听到室外的嘈杂声，能听到街上来往的车流声。晚上八点左右，应该是电视节目黄金时段，三楼住的年轻人，如果专注于电视，有可能听不见楼下的声音。但是，霍妍又想到了新的问题：

“你平时几点睡觉？”

“一般不到10点就上床了，躺在床上听广播，也睡不着。”

“那天晚上有一辆汽车停在单元门外，你知道吗？”

“没注意。”

“你常趴在窗户上向外看吗？”

“白天天气好了就在楼下坐坐，到外面走走。天气不好时，下雨了，只能趴在窗户上向外看，要不我一个人也没事做。”

“除了那老头，还有什么人找过她？”

“还有刚才那个帅小伙，再没见过什么人。”

“你再想想，或者有人在外面叫她。”霍妍扫视着室内，墙上斑驳的涂料像抽象画似的恣意延伸，这间房子跟她一样老态。

“……她刚搬来不久，我想起来了，有个男人来过。”艾美丽声音里有几分神秘，“有个男人四十多岁，中等个子，人很壮实，脸上有横肉。站在楼下朝余姑娘家窗户上看，还打着手机，那是夏天，我们几个老太太在楼下坐着乘凉，只见那男人看了一阵，大概发现我们看他，就走了，看样子不是好人，这儿常有小偷什么的。”

“你喜欢余姑娘？”霍研想到艾美丽对这个邻居似乎特别关心。

“余姑娘不但人长得让人心疼，还心地善良。”艾美丽接着说，“有一次我买了一袋面，提得太累，就在街道口休息，那女孩走过来说要帮我，不顾我的阻拦，一把提起面袋就走。现在的女孩在公交上都不让座，还跟你抢位子呢。”艾美丽说话时脸上浮起幸福感。

“看来真是个不错的女孩!”霍妍自然联想起那个玉石店里的女孩。再看眼前这位大妈，一双大而无神的眼睛，尽管眼皮松弛了，却还能想象出她年轻时的美丽，“你年轻时很漂亮也很勾人吧？”霍妍笑着开了一句玩笑。

“唉！女人美了是祸不是福。”艾美丽两眼发直，似乎想起往事。多年以前的经历，如同压在箱底的一件旧衣服，重新取出来时，往事历历在目，她满眼的忧伤和哀怨。

霍妍伸手拉住了老人的手，一双冰凉而布满老跗的手，说：“我说的话让你伤心了。”停了一会儿，又说，“说出来也许好受些。”

“姑娘，别笑话我，我同情余姑娘，因为我就被人欺负过，年轻时不懂事啊。”艾美丽两眼发红。

“能跟我讲讲吗？”霍妍希望了解证人心理，包括她的经历，这样才能更加准确地判断证词的可靠性。

“我家里穷，出来给人当保姆。那是个军代表，他老婆常年在病床上，那时我才十八岁……”一行老泪从艾美丽眼中涌出。

“后来呢？”

艾美丽叹了口气：“唉——我怀孕了，被他赶出来了，我没脸见人呀，跑到城河边，我想跳下去，被一个捡破烂的老婆婆救了。后来，我就住在城墙边的破木屋里，我们相依为命，1970 年改造旧房，我才分到这里。”

“老婆婆呢？”

“老婆婆还算有福气，住了一年新房就走了，她比我亲妈还亲。”艾美丽说那天晚上，听到邻居家“砰”的一声，她就想起曾经被那个军代表和她老婆赶出家门时，砸碎的他家几个碗发出的“砰、砰、砰”的声音……

看着艾美丽，霍妍想到了心理学上所说的这种感觉，是一种心理定势。在案件当事人中，特别是在证人心理中，这种心理定势，可能导致很大的误差。

走出艾美丽家，霍研似乎也听到“砰、砰”的破碎声，那是心的悸动。一个青春期遭受如此凌辱的女人，恐惧的阴影会伴随她的终生，令她时常噩梦再现。也许，听到一点儿动静，便会产生联想或者产生夸大式的想象。也许，这就是证人艾美丽的心理定势。

3.

她站在树下，望着远处走来的胖男人，心里默默揣测：他也许能提供信息？

男人腆着肚子，迈着八字脚，两条胳膊前后晃动，像只摇摇摆摆的鸭子从远处走过来。“美女，是你找我吗？”人还没过来，声音已经传来。他看上去不到四十岁，左手手心里把玩着一只精美的玉器，大概是为了显摆自己的身份。

“你叫周若愚？”霍妍表情平淡，她从心里不太喜欢这种男人。

“是的，他们都叫我周哥。美女是？”周若愚似乎并不在乎别人对他的态度。

“警察。有件事情要向你调查。”霍妍举起警官证。

“哦！美女警察，厉害。”周若愚竖起大拇指，“找我什么事？”他一屁股坐在树下的石墩上。

“26日下午四点多，你与汤新生通过电话？”霍妍继续站着。

“26日……我想想。”周若愚扳着手指头，“是上周三？周四？嗯，是通过电话。”

“因为什么事情？”

“人家汤总是古玩商，找他能有什么事，也就是生意上的事情呗。”周若愚说话的腔调跟他的身体一样圆滑。

“请你说得具体些。”霍妍一边提醒他，一边在心里想，“这胖子也许不简单。千万不能被他的臃肿所迷惑，那堆积的脂肪足以滋养一颗智慧的大脑。”

她事先对周若愚进行了大致了解：在文化局下属一个部门挂了个虚职，却整天不去上班，混在江湖，实际上是个古玩猎头，专为富商或政界要员寻找具有收藏价值的古玩、艺术品，从中提取高额佣金。眼下正是收藏的黄金季节，上至官员大款，下至平民百姓都在搞收藏，这个周若愚的生意别提多火了。

“介绍了一笔生意，有人要买汤总的玉器。”周若愚一副漫不经心的样子。

当霍妍问到买家是什么人时，周若愚敷衍着说是他的一个朋友。他不愿意把那个朋友说出来，自有他的道理，朋友是省政府一个领导的秘书，让周若愚找几件古玉器，为的是送给京城的高官，因为眼下正是调整班子的时候。

霍妍知道对付周若愚这样的人不是那么容易的，他既然不肯说出买家是谁，就一定是有不能见光的原因，暂时可以不去追问，毕竟眼下关键点是确认汤新生是否有作案时间。为此，搞清楚周若愚和汤新生见面的时间和具体买了什么玉器等等细节，还是十分必要的。于是霍妍要求周若愚回答与汤新生联系时，汤具体在什么地方、几点到达、买东西总共多长时间、什么时间分手的……

周若愚说："打电话时汤总他好像说在什么茶秀里，具体在什么地方没有细问。"周若愚眯起眼睛像是在回想，"什么地方？其实我也是后来才知道他在茶秀里。"

"汤总你在哪儿？"周若愚当时在煤老板段建辉的办公室里。

"哎，怎么是你？"汤新生的口气带着扫兴。

"怎么就不能是我？不会是打搅了你跟美女的好事吧？不要以为只有美女能让人销魂啊，还有美玉……"周若愚故意卖了个关子。

"快说吧，有什么事情？"汤新生显然不想放过任何一个机会。

"是这样，有人想要几件玉器，我就多了句嘴，说你最近新收来几件老货。"

"什么时候要？"

"现在，行吗？"

汤新生犹豫了片刻，说："好吧，一会儿在书院门商店见面。"

"快点儿啊。"

周若愚离开段建辉的办公室到达书院门商店时，汤新生已经先到了。他选了几件所谓"新收来的老货"拿给了周若愚。说是老货，其实都是高仿的，汤新生和周若愚之间都是心知肚明的，因为他们知道，那些高官拿了这些个高仿品也不过是为了"勾兑"，即搞关系。

生意成交后，周若愚说："汤总，今天你赚了钱，得请客喝酒。"

汤新生心里正纠结着，于是轻轻地拍拍周若愚的肩膀，说："老弟，还是改天吧。改天一定请你喝酒，今天还有事。"

"汤总，是把你刚才的好事耽误了？"周若愚开玩笑。

"没有。我刚才在茶秀里等人来着。没事没事，领导以后有什么需要随时告诉我好了。"

"这么说，你不知道汤新生具体在哪个茶秀？"霍妍终于听明白了。

"不知道。"

"你们到书院门商店用了多长时间？"

“也不过二十分钟。”

“也就是说，汤新生比你早到。”

“是的。”

“什么时候离开的？”

“大概晚上六点吧。”

“之后再跟汤新生联系过吗？”

“没有。”周若愚转动眼球，“你们是要找汤新生？还是有什么事情？”他还是想搞清楚究竟发生了什么。

“你认识余蓓蓓吗？”霍妍没有直接回答，反而突然提出新的问题。

周若愚愣了一下，说：“不就是汤总手下的那个美女吗？”

霍妍看着他，没有做声。

“长得有些像你啊。”周若愚坏坏地笑。

“是吗？”霍妍心里涌出些许反感。

“我发现一个秘密，许多美女都长得很像啊，你看红楼梦里的十二金钗，那些美女，真是让你分不清。”周若愚笑着调侃。

“你是怎么认识余蓓蓓的？你对她印象如何？”霍妍没时间听他调侃。

“到汤总公司去，自然就认识了。”周若愚说起那女孩似乎来了精神，“她人虽在职场，却不那么世故，有同情心，人很聪明，业务能力也很强，正如汤总常夸她的那样，那女孩对玉石有独特的悟性。”

“不世故，有同情心？聪明？业务能力也很强？这是你对余蓓蓓的评价吗？”霍妍此时迫切想要了解这个女孩，“那就说说你所了解的余蓓蓓吧。”

“哦，这么说，你们是想了解那女孩吧？”周若愚仍在间接地试探，“她有什么事？”

“为了不让你带有偏见，你先不要问什么事，请配合。”霍妍心想也得跟这胖子斗斗心眼。

“要说那女孩，还真是非常不错的女孩。”周若愚习惯性地眯起双眼。

周若愚第一天见到余蓓蓓是在汤新生的公司，汤新生把她叫过来，介绍说：“蓓蓓，这是周哥。”

余蓓蓓微笑着欠了欠身，礼貌地说："周哥，你好。"

汤新生又指着余蓓蓓，说："给你介绍一下，这是我公司新来的销售经理余蓓蓓。"

"唔，好一个美女经理。"周若愚笑眼眯成一条线，盯着欣赏了好一会儿。

直到汤新生说让蓓蓓跟他去见段总，周若愚才回过神来。

临出门前俯在汤新生耳边说："汤总真有眼力，这美女嫩得直滴水，准能给你揽来大生意。"

然后大声说："汤总，我可把美女带走了。"

汤新生摆摆手，大声说："我们美女经理对玉石可有独特的鉴别力呢！"

随后在煤老板段建辉的办公室里，周若愚果真见识了余蓓蓓的能力。

煤老板先是带着余蓓蓓参观了公司的艺术馆，展厅里摆放着许多精美的瓷器、陶罐之类的古玩，琳琅满目。

见到美女，煤老板禁不住炫耀，他说："我这一屋子古玩和字画，价值两三个亿。就看这两只乾隆粉彩仕女瓶，还是从纽约拍回来的，成交价折合人民币一千八百万，做工精细，胎质坚密，上釉肥润。可惜的是那些官窑器，都是宫廷画师所为，思维定式刻板，画出来的东西千人一面，难得有民间物件那般洒脱自如、热情奔放。"

周若愚也在一旁帮腔，说："段总非常重视企业文化，有高雅的艺术欣赏力，既能经商，又知古今，真是了不起。"

余蓓蓓只是微笑着，她把目光投向煤老板手里握着的一只玉坠。

"美女看段总的这个玉坠怎么样？"周若愚扭过头正看到余蓓蓓看着那玉坠，心想何不借机考考她，汤新生说她业务能力了得，没准儿是个花瓶。

煤老板把手伸到余蓓蓓眼前，说："让美女鉴赏鉴赏，这是买大件时给搭了一件小的，翡翠玉坠，别看这东西小，是康熙时期的，翠色纯正，玻璃地水头足。"

余蓓蓓低头仔细看了看玉坠，抬起头却没吭声。

"怎么样？是老的吧？"煤老板心想："一个女孩子家，能鉴赏什么啊？"

余蓓蓓依然笑而不语。

“没得说。”煤老板得意地朝周若愚撇了撇嘴。

“是吗？要不让美女给拍个好价？人家可是从拍卖公司出来的。”周若愚想逼着余蓓蓓发表意见。

“好哇，美女先给估个价。”煤老板伸着手。

“要说这玉坠嘛，的确不错，可要是拍卖估价……”余蓓蓓正犹豫。

“能估个好价？”其实周若愚心里早已有谱了。

“这玉坠的料是上好的碧玉，不是翡翠，请周哥再给看看。”

“哈哈！”煤老板不以为然。

“美女说是上好的碧玉，根据是什么？”周若愚故意反问。

“仔细看这里面的黑点。”余蓓蓓指着煤老板手中的玉坠。

“就是翡翠也可能有黑点的。”煤老板不服，把手对着灯光高高举起。

余蓓蓓微笑着说：“是的，也有一些翡翠带有黑点，可是那些黑点一般是圆形点状，而碧玉的黑点呈不规则的锥形，嵌在玉中，好似色带一样。”又说，“段总，要是拍卖，翡翠和碧玉的价钱就大不一样了。何况……也不是康熙时期的，是高仿的。您可不要生气啊，我说得也许不对，不过，你可以让专家或者让周哥再给看看。”

“OK！不愧受到汤总的夸奖，专业水平了得。”周若愚在一旁竖起了大拇指。

“什么汤总的夸奖？”煤老板眨着迷惑的双眼。

“段总，我刚才没吭气，也就是想让美女露一手。不服不行，以后的业务就放心交给她了。”周若愚说着从口袋里摸出一件小玩意儿，说，“美女再看看我这件。”

余蓓蓓微微一笑，从周若愚手里拿起小玩意儿，看了看说：“这叫刚卯，古人辟邪的宝贝。别看这物件小，一件方柱形的玉佩饰，长不过寸，中间有通心穿过，在它的柱形上要刻三十二个字，可不是一般的刀工，‘正月刚卯，灵殳四方，赤青白黄，四色是当……’我记不全了，意思是说雕刻时要看时辰，正月初卯时动刀，时辰一过，就要停止。这器型是四方，分别用四种颜色代表，用殳书、汉隶或是小篆刻上。佩挂此物，就能挡住来自各方的牛鬼蛇神，挡住各种疾病。”

周若愚晃着脑袋说："我这可是典型的汉八刀，这上面有土沁，四面刻的铭文清晰可辨。"

"汉八刀和游丝毛雕都是汉代特有的雕工，反映了一种简洁明快的技法。不过嘛……"余蓓蓓不紧不慢地说，"刚卯的字体一般为殳书，减笔假借，非常难认，也有用隶书或者小篆的。正是因为这上面的字清晰可辨，才是后仿的，是用现代机器微雕的。"说着把刚卯放到周若愚手心里。

"不服不成啊。"周若愚对余蓓蓓赞不绝口，"美女果真厉害！"

余蓓蓓谦虚地笑笑，说："比起周哥还差得远呢！"

从煤老板的办公室出来，她又谨慎地问道："段总那一屋子的古玩好像还有不少赝品吧？"

"那些煤老板懂什么收藏？不过是作秀而已。"周若愚一副轻蔑的口气，"收藏古董跟他们炒股、炒房没什么区别，摆几件所谓的文物，一来附庸风雅，装装企业门面；二来为了送人、搞公关，弄批文或者批项目；三来为了避税，其实避税的目的性也许更重要。"

"送人？搞公关？"余蓓蓓不解，"人家当官的收到假货，还能给办事吗？"

"假货？只要有真的凭证。"周若愚满不在乎，"看到段总那儿的一对乾隆粉彩仕女瓶了吧？那可是从纽约拍回来的，成交价折合人民币一千八百万。"

"是呀，还有鉴定证书呢。"

"别以为洋人的鉴定就没问题。其实，那不过是人家江西老板的现代杰作，人家的高仿品拍遍全世界。"

"是吗？可要是找到瓷器的鉴定专家……"

"我的美女，亏你还在拍卖公司干过，这古玩界可没有清纯啊。"周若愚拍着蓓蓓的肩，"有'封口费'就搞定了。"

"封口费？"

"比方有人找我来鉴定古玉的真伪，"周若愚把嘴凑近余蓓蓓的耳边，也不知是为了表示神秘还是故意想靠近女孩，"有人来找我鉴定的话，我就先问他在什么地方买的，要是和我有关系的卖家，我就说是真的，然后再找到卖家，说你这东西是我们做的鉴定，对方肯定'出血'，这就叫'封口费’。”段建辉后来也摸到窍道了，以后就直接从江西提货，一件也不过二十万元。”

“啊！周哥，要不是你说，我还真不知道这其中的猫腻。不过，我也见过许多官员，他们也没有什么古玩知识的。”余蓓蓓连连点头。

“你以为呢？政府不是也在造假吗？在原来的遗址上造假文物，把宋代的古寺穿越到唐代，还美其名曰为了招商引资发展旅游。那些当官的也不是什么好鸟，他们手中的权力既不是自身的能力，又不是祖宗的遗产，不过是运气好，拍马屁或者就是花钱搞到手的！大家都在忽悠，咱们也就跟着玩玩罢了。”周若愚说话时摇头晃脑，一副漠然的表情。

“可怜的是老百姓呀！”余蓓蓓说着露出伤感之情，“老百姓被忽悠来忽悠去的，跟着瞎跑，有砸锅卖铁换来一堆假古玩的，还有把命都搭上的。”

“哈哈！咱美女还挺有同情心啊！你敢保证在拍卖公司没卖过假货？你敢保证你们老板汤新生不卖假？”

“唉！我也只能是看见那些可怜的人提醒他们要小心。”她失神的目光看向远方。

4.

“看到广东的回函了？”何长军放下手中的案卷，看着刚走进门来的霍妍。

“看到了。”霍妍边说边轻轻推开窗户，一股清新的空气迎面扑进来，“队长，瞧你办公室烟雾腾腾的，连气都快喘不过来了。”

“啊！只顾了思考了。”何长军忙把手里的烟掐灭。

“队长这是让思绪在烟雾中遨游，享受慢性自杀的快乐。”霍妍笑着调侃。

“你这话倒是有些耐人寻味。”何长军琢磨着，突然醒悟道，“你把窗户打开，岂不是更加延长了自杀的过程，还嫌这个过程不够慢吧？哈哈！”

“又有自杀案了？”刚走进办公室的丁萌冷不丁地接上话。

“哈哈！”两人同时笑起来。

“还是言归正传，说说案子的进展，你们谁先说？”何长军的目光在丁萌和霍妍间游离。

“我先说，探长补充。”丁萌手里捧着案卷发表了自己的看法：

“渭河无名女尸的身份已经确认，死者叫闵彤，现年二十六岁，是香港泛亚文化发展公司驻深圳办事处的工作人员。到西安来办理业务，10月25日住进东方宾馆，26日下午两点多匆忙离开宾馆，之后消失。发现尸体的时间是28日。

“根据广东公安方面相关情报，香港泛亚文化发展公司专门做古玩生意，文化交流、展览等。该公司的董事长叫汤泓，是汤新生的堂弟。五年前，突然遭遇车祸死亡。香港警方怀疑，汤泓死得蹊跷，有可能是黑帮内部火拼，目前此案仍在调查中。闵彤到西安来的具体业务大概是收集古玩。”

丁萌这句话似乎是结束语。

“大概？是广东警方的意见还是你们查证的结果？要说准确。”何长军话里明显带着不满。

“这怎么查证？去趟广东或者香港？”丁萌微微撇了一下嘴。

“还想去香港？你等着吧。”何长军把头转向霍妍。

霍妍接着说：“汤泓的案子是香港方面在查，即使广东警方也需要等待香港警方的调查结果。我们还是来分析一下闵彤来西安的目的，虽然我们暂时还不清楚，不过，她来后就与汤新生进行了联系，而且她所在的公司又与汤新生有亲属关系，从这些方面推断，应该是专门来找汤新生的。”

“照你这么说，既然汤新生和闵彤有这么密切的关系，闵彤又是专门来找他的，他为什么要杀她呢？”何长军表情严肃。

“这的确是一个值得推敲的问题。”霍妍点头。

“问题是闵彤到西安后都见过什么人。”何长军说道。

霍妍说：“闵彤的手机记录显示她没有与西安的什么人联系过，就连她与汤新生的联系也是通过客房里的座机，所以她见过什么人很难排查。但是周若愚提供的一个线索，从侧面证明汤新生在下午四点之前在茶秀里等人，也许是在东方宾馆旁的那个茶秀里等闵彤。至于两人是否见到，目前还说不清。还有……”

“那古玉照片应该能说明一些问题。”何长军打断了霍妍的话。

霍妍点头说："是的。古玉照片成为衔接两起案件的关键环节，似乎也告诉我们，这两起案件的性质是财产性杀人。队长不是早有预测吗？"

"追查汤新生，才是本案的关键。要快。"何长军果断地做了一个手势。

霍妍说："我想去四川，丁萌留下继续调查。我怀疑汤新生逃往四川了。像汤新生这样的嫌疑人，有可能在自己熟悉的地方活动。还有，汤新生在 26 日当天，曾多次跟余蓓蓓手机通话，下午三点左右也有通话记录。只有找到汤新生，才能进一步找到余蓓蓓，这个女孩的处境可能有危险，无论是活着还是……"霍妍省略了后半句话，她似乎有种不好的预感。

"还有一个情况。"霍妍很快又说，"余蓓蓓 26 日当天数次与成都一部手机通话。据艾美丽反映，有一个帅小伙来找过余蓓蓓，说是四川来的。"

"要我看，余蓓蓓有可能跟汤新生一起跑了，他们是同伙。"丁萌冷不丁地冒出一句话来，惹得何长军似笑非笑，打着哈哈说："现在有异议了。"这时丁萌声音小得似在嗡嗡，说："我也不过是有点儿猜想。"何长军则努了努嘴说："有异议是正常的嘛。如果没有异议，也许调查就一条道走到黑了。还是说说你的具体想法吧，分析案件就是要畅所欲言。"

丁萌于是调整了情绪，说："从余蓓蓓住地的现场证据来看，她可能没有死。霍妍后来重新询问了艾美丽，艾美丽的证言有想象成分，典型的'罗生门'……"

见霍妍在一旁点头，丁萌便清了清嗓子，说出了想法：

"第一，汤新生与闵彤之间一定有关系。周若愚的证言证明他下午四点之前在一家茶秀，那么他跟谁一起在茶秀呢？目前我们还不知道。但是此前，汤新生曾打电话到闵彤的住处，这一点可以确认。所以汤新生目前是闵彤死亡案的唯一嫌疑人。

"第二，余蓓蓓的去向一直不明，她会不会跟汤新生在一起呢？不得而知。我们为什么不可以推测她跟汤新生在一起？也许，艾美丽傍晚时见到汤新生走进余蓓蓓的家，那不过是他们掩人耳目的一个小动作，之后又悄悄地开车，把闵彤的尸体抛到渭河去。"

"这么说，丁萌认为是汤新生杀死了闵彤？"何长军看向霍妍，"你也是这样想的？"

霍妍沉思片刻说："有一个证据值得重视，汤新生去余蓓蓓住处时没有开车，而是让他的手下柳阳开车送柳惠玉回咸阳去了。柳阳也证明，直到第二天，汤新生才开走了车。而渭河现场发现的越野车轮胎痕迹应该是头一天晚上留下的。如果这些都是他们故意做出的不在场的证据，那……我们的对手显然是个高手了。不过……”

“唔，还有什么要说的？”何长军看着霍妍。

霍妍挠了挠头说：“闵彤到西安来，应该是直接找汤新生来了。那么，汤新生为什么要杀她？动机是什么？而余蓓蓓和汤新生之间究竟又是怎样的关系？这些都还是个谜，还不能妄下判断。”

丁萌在一旁不服气地说：“反正那个璇玑玉璧把汤新生、余蓓蓓和闵彤他们都联系在一起了。”

晚上霍妍回到家里，已是半夜十一点了。柏松已经上床准备睡觉了。

霍妍在卫生间认真洗过，才轻轻钻进被窝。

柏松咕哝：“都这么晚了，你就不能简单洗洗，害得我在被窝里等你半天，都快睡着了。”

霍妍拍拍他的胳膊，说：“谁让你等了？你先睡嘛。”

柏松搂住她说：“亲热亲热嘛。总不能一天到晚都是办案，也该有张有弛，别把我老婆累垮喽。”

“还是老公知道心疼人。”霍妍感到一阵温暖。

“还在忙那个女孩的案子吗？”柏松说着打了一个哈欠。

“啊，想你妹妹了？男人怎么都这样？搂着一个还想着另一个。”霍妍装作生气，故意转过身去。

“没有，没有，人家不过随便问问你的案子。”柏松扳着她的肩，俯在她耳边说，“女人怎么都这么小心眼儿？”

“谁小心眼儿了，你平时从来不过问案子的，怎么就对这女孩这么关心？”

“那不是认识她嘛，要不是你跟我说起那女孩，我怎么会想起她呀？你呀，准是心里有解不开的疙瘩，拿我撒气。”柏松说着抚摩她的身体，故意抓了一下她腋下。

霍妍倏地感觉痒痒，翻转身去挠柏松的痒痒，两人滚在一起。

“本来人家都要睡着了，让你搞得没了睡意。”闹过之后，柏松说，“快睡吧。”

这时霍妍还真的没了睡意，说：“我这些天总在想一个问题。”

“这会儿什么都别想了，快睡吧。”柏松“啪”的一声关了灯。只听客厅里的挂钟响了一下。

“我在想那只小闹钟。”

“什么……”柏松已经困得闭了眼。

“床头柜上的闹钟是个很大的疑点，时针指向八点五十八分。”霍妍猛地从床上直起身，打开灯，“我疏忽了一个问题。从一般常识来看，八点五十八分是案件发生的时刻。”

柏松一个激灵，斜她一眼，“是啊，那些小说里不都是这样写的吗？”

“那只是一般常识。因为闹钟没有在它应该在的床头柜上，而是在床上躺倒着。”

“你想说明什么？”柏松不解。

霍妍认真地说：“事实上，时针指向八点五十八分或许有多种可能：第一，闹钟被作为工具使用，无意中停在了八点五十八分；第二，是有人故意设置的道具，把时针拨到了八点五十八分；第三，这只闹钟早就停了。不过，这第三点有些牵强，若是早就停了，应该放在床头柜上，而不是在床上，或许上面还应该有尘土，但是却没有。”

“还是我老婆聪明，竟然想到这么多可能。”柏松拉住她的手，“躺下说吧？你认为本案可能是哪一种？”

霍妍仍靠在床头，说：“八点五十八分，在这个季节显然还是人来人往的时候。如果发生了凶杀，那个老头是不可能扛着尸体下楼而不被人发现的。我当时是这样想的，所以认为没有发生凶杀。”

“你现在改变看法了吗？”

“目前还没有改变这个论点。现场的各种证据也支持这个论点。但是……”

“我知道你的‘但是’，如果案件节外生枝，出现异常，就有必要考虑其他可能。是这样吧？我的老婆，当侦探可真累人。”柏松把霍妍拉进被窝，又想到一个问题，“怎么证明就是那个姓金的女孩？你又没见到人。”

“不愧是侦探的老公哇，考虑问题更全面了。”霍妍笑讽他，“房东拿来了女孩的身份证复印件，我看了照片。那个证人艾美丽也非常肯定，还说跟我长得很像。唯一对不上号的是名字，她身份证上的名字叫余蓓蓓。可是，人家四川警方已经回函了，证实余蓓蓓另有其人。”

“另有其人？也就是说不是重名重姓了？难道，姓金的女孩在假冒余蓓蓓？那又是为什么？”

“是呀。正因为她的姓名才让我感到这是个问题。”

“真够复杂的。”

“重要的是目前这女孩去向不明。”

“但愿女孩没事。”

“但愿吧。”

“抓住那老头了吗？”柏松在被窝里搂住霍妍。

“会抓住的。”霍妍喃喃自语说，“我现在更相信假余蓓蓓就是阆中那个姓金的女孩。她怎么从四川到西安来了？又是怎么跟现在的老板汤新生混在一起的呢？”

忽地听到柏松发出轻轻的鼾声，霍妍便关了台灯，闭上双眼，只觉得有一团黑糊糊的东西冲入她的脑海，那东西由远而近，挟着黑暗旋转而来，到达她的头上时，忽然发出一团光，那团东西在闪光中魔术般地旋转着，渐渐变成了一只玉石手镯。

竟是西后地现场那只摔成三瓣的玉石手镯。

第 8 章

工地璇玑之谜

1.

汤新生从裤兜里摸出手机，看了一眼，放回去了。他又从另一侧的裤兜里摸出一部手机，这是谢林给他的，为了防止不测——警察会通过手机信息追踪到他。

离开西安已经几天了，一直没有来得及跟惠玉联系，也不知那边情况怎样了。要说往日他匆忙离开家这种事也是常有的，惠玉应该已经适应了。可是这一次不一样。问题出在余蓓蓓那儿，她怎么会突然发生意外了？她一旦发生了什么，有可能拔出萝卜带出泥，汤新生更担心的是“那件东西”。

他要用谢林给的手机和惠玉通话。这会儿，她应该正在大唐西市的店里。

汤新生事先想好了一遍台词，就拨通了隔壁商店的电话：“喂，麻烦找一下玉缘店老板娘柳惠玉，有点儿急事。他们的电话可能有问题了，一直打不通。”不能把电话直接打到店里，他担心警方已经监视了店里的电话。

似乎等了很长时间，他的一只手不停地搓着裤子，电话里终于传来熟悉的声音：

“喂，谁呀？”

“惠玉，是我。”

“啊！你在哪儿？”她的声音有些颤抖。

“惠玉，你说话方便吗？要不，换个公用电话再给我打过来？我的新手机号是135××××××××。”

“好吧，你等着。”

对方挂了电话，汤新生握着手机思索：“听惠玉的声音，似乎很谨慎，要是平常，她会说‘你怎么把电话打到这儿来了。’今天她却先发出了一声惊叹……”

他焦急地等待着，感到情况似乎有些不妙。

终于，手机先是振动，随后发出响声，他迅速打开。

“老汤，是你吗？”

“是我。惠玉，这两天你还好吧？”

“好什……”那个“么”字她没敢说出来，便很快转了话题，“警察到家里来了，怎么回事呀？”

“警察到家里去了？都说什么了？”

“先是问我二十六七日在什么地方，父亲得了什么病，问得挺仔细。”

“唔！后来呢？”

“问了余蓓蓓的情况，还问她去哪里了？我说她请假回四川了。还问了另一个女人，叫什么闵童（彤）。我说不认识。他们拿着那个古玉璧的照片，说有一个女人因为它已经死了。”

“一个女人死了？是谁呀？”汤新生快速在大脑里分析着这些信息。

“没说清，也许我没有听明白，我当时都蒙了。”

“那张照片上，是‘那件东西’吗？”

“是呀，我很奇怪，他们怎么会有那照片？”

“关于‘那件东西’，他们还问了什么？”

“问咱家有没有收藏。我说不清楚，老汤的东西我不太过问。”

“你说得对。那个余蓓蓓，他们是问她去哪里了吗？”汤新生想要进一步确认。

“是的。”

“这么说，余蓓蓓也许没有死。不然，他们不会这样问的。”

“也许吧。你现在怎么样？”

“我很好，你放心，没什么大问题，你多保重。”

……

关上手机时，汤新生发现自己出了一身的汗，衬衣都湿透了。

终于藏不住了。余蓓蓓会去哪里？一个女人死了，究竟是不是余蓓蓓？还有“那件东西”……他觉得自己浑身发软，一点劲儿也没有了。他感到自己快撑不住了，便靠在床上，闭紧双眼。

黑暗中，仿佛看到一片红色的光，那光在眼前跳跃着，渐渐模糊，接着又变成一团雾，扩散开，又忽地变成一片血帘，细密的血帘……

2.

“内热风寒，虚火攻心……”

朦胧中他听到断断续续的说话声，似乎还有一片白色，模糊的视野让他无法辨识，不知是谁握着自己的手腕。

有人扒开了他的衣服，他感到胸部突然被什么蜇了一下，有些刺痛，大概出血了。

“看，血是黑的。”

“这下好了，再吃几服药，不会有大问题了。”

“看来，我是病了？”汤新生朦胧的意识渐渐有些清醒，那片白色也渐渐清晰，是穿白大褂的医生，刚才的刺痛，原来是给他扎了一针。

“是胸部正中的位置，叫璇玑穴吧？”他曾查阅过医书，纯粹是对璇玑的好奇，特意找寻了所有相关资料，“古人真是令人感叹，给这个致命的部位，起了个如此悬秘的名号。”其实，是因为先有了“那件东西”，才让他产生联想的。

医生走了。

汤新生虚弱地躺在竹床上。费劲儿地翻了一个身，又迷迷糊糊睡着了。

……浩瀚神秘的宇宙里，星光闪耀，一张美丽的面容在黑暗的星空里飘浮……飘浮……那如玉般温润的肌肤，他伸出颤抖的手臂，紧紧地抱住她……宝贝。

被推醒时，刘妈捧着一碗熬好的药。

他屏住呼吸灌下药，倒头又继续沉睡。不知刘妈给他喂了几次药，他喝了就睡，醒了之后没多久又睡，睡得昏天黑地。

他感到体内有团燃烧的火，跳跃着、冲击着……终于穿透皮肤，冲出重围。

他头上出汗了，身上也出汗了，大汗淋漓。

再次睁开眼时，他对刘妈说："我饿。"

这真像是一次涅槃，他感觉自己的身体渐渐轻松起来，思绪也愈发清晰。

"亏了那医生，你病成那样，真吓死我了。"刘妈总算松了一口气。

"我睡了几天？"汤新生有气无力。

"三天了。谢林来过，在这儿守了你一天，见你烧退了才走的，他说你醒了立刻给他电话。"

"唔，知道了。"

夕阳斜洒，沐浴着他和竹椅。

秋末的太阳何其珍贵。汤新生靠在竹椅上，在院子里闭目养神。他已经很久没有这样悠闲地晒太阳了。

悠闲不过是表面现象，他大脑里一刻也没有闲过。

此时，他就在拼命地回想那天的情景……

篱笆围墙的间隙能看到远处的田野，田野上的树木花草在阳光下反射出五颜六色，橙黄、嫣红、姹紫……

紫色的光，他隐隐记得，令他头痛和眩晕。

汤新生慢慢地睁开眼，满目蒙眬，眼前仿佛弥漫着一层灰色的雾霾。他奋力睁大双眼，竭力想冲破迷雾。

“我在哪儿？紫色的光，是蓓蓓喜欢的颜色。”

他突然感觉自己的记忆在瞬间恢复了，是紫色的光，柔和的色彩，让他想起那美丽的面容，温润的肌肤……

“我曾经就要得到她了，却在转眼间又失去了她。人生中唯一快乐的时光，为什么这么短暂？恍如一颗匆匆滑过的流星，一个快速消失的闪电，令人总是抓不住它。”汤新生在夕阳中孤独地回忆着……

走出宾馆旁的茶秀时，蓓蓓打来电话问：“汤总，我想请几天假回家看看。”

“你怎么突然要回家？”他不能放走蓓蓓，“你有什么事，等我一会儿，我很快就过去。”

周若愚的电话接着打进来了，把他的事情办完后，汤新生就往蓓蓓的住处赶。

护城河边的林荫小道被众多健身的人挤占，早已失去往日的静谧。他从这里穿过，是想走条捷径。

黄昏中一抹暗淡的光，撩拨着他的心。有情侣躲在树丛里亲热，勾起他的想象，仿佛蓓蓓就陪伴在身旁。她亭亭玉立，翡翠般迷人，芳香玉体，散发出淡淡的清香，像他手中常常把玩的那块羊脂玉。他多想把她紧紧握在手心里，与之精气对流，合而为一。

许多时候，他几乎分不清那圆滑温润的感觉是女人的香体还是他手中常常把玩的羊脂玉，浓浓的令人心跳加剧又让人疯狂的温润。

玉如美女，美女如玉。美玉和美女，实在是一对天造地设的尤物。

古人说食色性也。为好女人花钱是值得的。在汤新生看来，时下最贵的，除了收藏，就是消费美女了。他喜欢的女人就像收藏的古玉，纯天然的——璞玉浑金，透出温润，能够让人回味无穷……

瞬间，蓓蓓轻柔的呼吸和沁人心脾的芳香令他心醉，令他脉搏加快，手心出汗，仿佛摩挲到起伏的前胸，圆润的臀部……温香的体液，潮润如玉的肌肤……

想象的力量竟然如此巨大。

他出汗了，解开外衣的扣子，伸手摸了一下提包，那里藏着“那件东西”。他小心地抚摸了一下，有种暖暖的感觉，顿时放下心来，有了自信。此刻，他要竭力振奋，坚守自信。

他快步走进小区，走进他熟悉的单元，举手在门上轻轻地敲了三下，那一刻，他感到胸腔内情不自禁地“怦、怦”跳动，他快速地回头扫视，对面门上的那只猫眼里似乎闪过一丝亮光。

“该不会是一只窥视的眼睛吧？”来不及证实自己的猜测，他已经听到了轻盈的脚步声。

随着门被拉开，蓓蓓站在门廊里，她妩媚娇嫩、楚楚动人、轻盈如风。他跨步冲进门内，左手翻转关住门，右手顺势将她揽入怀中，拥着她走进客厅，倒在沙发里。

她用力扭动身体，拉开那双肆意摩挲在胸前的手，然后冷冷地站起身，撅起嘴。

“别生气，蓓蓓，给你看一件东西。”他慢慢从挎包里掏出一个黄色缎面包装的锦盒，轻轻掀开。

“啊！什么东西呀？包装还挺讲究。”她看上去满不在乎。

“打开看。”

余蓓蓓打开精致的包装，里面有一个缎面的小锦盒，她看着礼盒犹豫了一会儿，又挑起眼睛看向他，像是在问：“这是什么？”

“打开看，你一定会喜欢的。”那天他很有耐性。

盒子被打开了，是一只翡翠玉镯，白色玉镯上点缀着一点黄色和绿色，看上去做工精细。

“这是只翡翠玉镯，”余蓓蓓似乎没有惊喜，只是淡淡一笑，“看样子，价值不菲。”

“没多少钱，一个小玩意儿。”汤新生轻描淡写，像是很随意。

“黄金有价玉无价，说它值钱，是因为翡翠的价值如今不断走高。汤总，你看我说得对吗？”

汤新生只是笑着。

她拿起玉镯看了一会儿，用眼角睨视着汤新生说：“这只玉镯是细白地，有一分水，上有绿色的翠和黄色的翡，是只三色翡翠玉镯。只是有点儿小小的遗憾，这翠色不够正，有些阴。否则的话，价钱最少也得十万元左右。”余蓓蓓这时像个鉴赏师。

“不愧是拍卖公司的优秀业务员，慧眼识玉。”汤新生其实早就领教过余蓓蓓对玉的鉴赏能力，“喜欢吗？”

“还行。”

“戴上吧。”汤新生伸手抓住她的手，轻轻地把玉镯套进她的手腕，“多美！玉指和玉镯一样的温润可人。”

余蓓蓓抽出手，翻动手腕上下左右不停地看，然后对汤新生说：“汤总，这么贵的东西……我可不敢要哇。”说着欲把手镯褪下。

“好了，好了，就算是给你发的奖金吧。”

“那就谢谢了，希望汤总以后经常发大红包！”

真可惜！那手镯后来被摔坏了。其实，手镯似乎并没有引起蓓蓓多大的兴趣，汤新生也总是不能靠近她的身体。直到他拿出那个高古玉璧，蓓蓓突然眼前一亮：“汤总，这是？”她俯下身想要看个仔细。

“知道是什么吗？”汤新生捧起那东西，在余蓓蓓眼前晃动。

“是什么呀？汤总，不要太神秘啊。”

“见过吗？”

“没见过。”

“听说过吗？”

“没有。汤总，你就别给我打哑谜了，先给我看看。”

“好吧。看完了，可要说出点儿什么来。”他抓住蓓蓓的手，把那东西轻轻地放在她手心里。

余蓓蓓双手捧起那东西，认真看了看，说：“汤总，这是玉璧吗？似乎又不像。”

“哦？怎么不像？”汤新生故作神秘地看着她。

蓓蓓端详着：“说它是玉璧吧，可又不是圆的，璧的边缘有三个刻齿，璧上还有七个点，呈北斗七星的排列形状，尤其是这玉面上，堆塑着一条蜿蜒爬行的动物，这动物像是蜥蜴类的。是七星玉璧？”她说着又摇了摇头。

“能看出来是什么年代的吗？”他故意反问。

余蓓蓓仔细端详着玉，说：“要说这玉的材料嘛，看上去有年头了，不像现代玉器那么透亮温润。是高古玉吧？啊，莫非，就是传说中的玉迷宫？”

“唔，你还知道玉迷宫？知道的还不少哇。”

“汤总，你是表扬还是批评啊？别让我猜了，你快说吧。”

“好，我说。”汤新生伸出一只手拖住了余蓓蓓的手，另一只手揽住了她的腰，将她揽在怀里说：“这叫璇玑玉璧，也叫七星玉璧，也就是你说的玉迷宫。”

“果然是玉迷宫啊！”她扭了扭身子，想要从他怀里挣出，只觉得他的手臂揽得更紧了。

“知道为什么叫它玉迷宫吗？”

“不知道。”

“拿好了。”他把手从她的手上挪开，指着玉璧，几分得意，“像这样的高古玉璧你就是在拍卖行里也几乎是见不到的。你看它形制奇特，边缘有刻齿，璧面上有几个圆点，乃玉器中千古难解之谜，可是稀世珍宝啊。我的这只玉璧与过去出土的那些璇玑玉璧又不同，它不但是异形的，还有七星图，尤其是那爬行的动物，更是个谜。我暂时把它归为璇玑玉璧。但是，它的价值会更高。”

“稀世珍宝？还是玉迷宫，是出土的？”

没有注意到蓓蓓的表情，汤新生只顾得意，他说：“之所以称为玉迷宫，第一谜是它的形状，不是纯圆的，与一般的玉璧在形状上有区别。你看圆的边缘有刻齿，与山东发现的龙山文化的三牙玉璧又不相同，这玉璧的面上还有七个圆点，呈北斗七星的排列形状，是异形玉璧的另类，也可称为七星玉璧。这第二谜嘛，就在于它的作用，至今也搞不清是干什么的。尤其是这儿，你看这蜿蜒爬行的动物，这动物像蜥蜴类的，它代表了什么？实在是个谜。第三谜嘛，它应该是三星堆的玉器。从玉材上看，是透闪石玉料，产地大概是成都平原西北部的汶川山区一带。三星堆，知道吗？本身就是个谜。第四谜，它蕴涵着深厚的历史，表明古蜀工匠们已掌握了多种加工技巧，并达到了相当精湛的程度。多么迷人啊！”

“啊！真是够谜人的。”她双手捧着玉璧，想动却动不了，因为正被汤新生按住了肩，“什么时间，在什么地方出土的？”

“川西彭州，有些年了。”

“彭州？哪一年呀？是在建筑工地上发现的吗？”她声音里夹着不易察觉的颤抖。

“你怎么知道是在工地上发现的？”汤新生突然有些紧张。

“嗯，不是像上次陕北那样吗？我也是乱猜的。这么说，是在工地上了？快告诉我，什么时候？三年？五年？”

“嘿！不说这些了。”他很快掩饰了些许的尴尬，“知道这玉是怎么开采的吗？”他故作神秘地问。

“是五年。汤总你不说就是承认我猜对了。是吧？”余蓓蓓仍在坚持。

“有五年了，是在彭州的工地。好了，不说这些了。刚才我说什么来着？”

“五年了。”余蓓蓓像是回答，又像是自语，“整整五年了。那个工地。是8月？”

“是8月。你怎么知道的？”

“我瞎猜的，原来真是8月啊。”

“别说了，我是问你知道这玉是怎么开采的吗？”

“嗯，是说玉石开采吧。在工地上找到的，都五年了。”余蓓蓓脸色有些异样。

“我是说玉的原石，知道是怎么采来的吗？”

“河里捞出来的，山上采回来的呗。这玉璧不也是工地上挖出来的吗？”她的注意力仍停留在五年前的工地上。

“《天工开物》里有记载：河水多聚玉，其俗以女赤身没水而取。”他想按照自己的想法去表达。

“赤身没水？是当时的习俗吗？你怎么知道的？”

“女人光着身子下河摸玉，是史书的记载，还有一段传奇的故事，你想听吗？”

“故事？”蓓蓓轻笑，“凡是古玉都有故事。可这故事，不会是汤总编的吧？”她想把玉璧放在茶几上，许是想借机脱身离开他。

他又重新抓住她的手说：“我编的？谢谢蓓蓓的表扬，这可是四千多年前的故事，经过考古的发现，那时候，在远古的成都平原上……”汤新生开始沉浸于故事，“那时候森林茂密，大象、群鹿与山民生活在一起。

有一个美丽的女王，叫鱼凫，她年轻睿智，许多部落都臣服于她的恩泽……”

“女王的故事？鱼凫？”余蓓蓓脸上露出疑问。她轻轻地把玉璧放在茶几上。

汤新生把玉璧重新拿起，重新放进她手里，并用手托住她的手，神秘地说：“捧好了，要带着虔诚之心听故事啊。”

他继续说：“女王常在玉石堆积的鸭子河沐浴，阳光照在清澈的河水上，河水里的玉石闪着亮光，闪亮的玉石衬着女王滋润的肌肤，周围还有一些赤裸的女仆，突然，女王发现河里有块美丽的东西，‘啊，这是什么？’女仆们闻声聚过来，她们在河里摸到一块精美的玉石，闪闪发光。”

“后来就做成这块玉璧？”蓓蓓边捧着玉璧边想着如何才能脱身。

汤新生一边用手臂揽紧了余蓓蓓的肩一边说：“女王有个总管家大巫师大宰，已经六十多岁了，他总是站在河岸上护佑女王。那天，他照常在河边，听到女人欢快的叫声，就顺着声音望去，他也被那玉石闪亮的光吸引了，只见女王捧着玉石朝他走来，他看着发呆。赤裸的女王和精美的玉石顿时让他沉醉，啊！他伸出双臂，紧紧地抱住了女王和玉石。”

“啊！汤总，你……”她扭动着身体。

“你就是我的女王，玉是有灵气的，别动！”他把玉璧拿起，贴在她的前胸，“让它吸取你的体温，它会把灵气回报给你，这叫精气对流，合而为一。”他紧紧地抱住她，似乎在感受对流的气体。

“汤总，这么好的宝贝，真该庆贺一番呀，我这儿有红酒，我去倒酒。”她把玉璧推进他怀里，趁势站起身来。

“宝贝，都是宝贝啊。”他看着她的后背感叹。

她转身的那一刻，流动的线条，透过粉色的真丝轻纱，似起伏的山峦，如彩云追月般徜徉，朦朦胧胧，欲醉欲仙。

那情景让他想到家中珍藏的一尊裸体玉女像。他曾经无数次地想象那尊远古玉女在她面前身披轻纱，慢慢起舞。舞着舞着，轻纱落地，独留胴体。

美女如玉！美女胜玉！

他把玉璧放到茶几上，然后就像一只蓄势待发的老猫，在扑猎食物前静静地流连在熟悉的小径上。

是的，他把“那件东西”是放到茶几上了。

她端着两杯红酒回到沙发前，站在那里，似乎在等待着，等待着他们相拥相吻，融为一体。

热血涌动，涌起两腿间放肆的冲动……他从沙发上站起来，用双手揽住她的腰，把嘴伸向她红红的唇，却被她端起的酒杯挡住。

“汤总，你今天带这玉璧过来，不会是给我的吧？”

“哦？”他愣了片刻，显然在犹豫，“当然，周幽王为求褒姒一笑，敢把江山给她。我可没……”后面的话还没出口，只听余蓓蓓说：“那真是该好好谢谢汤总了。我给汤总敬酒。”她说话时，脸上飘着神秘的笑容。

“这酒是好东西。”汤新生顾不上更多地去想，伸手接过她手里的酒杯，一仰头，吞下了红酒，随手把酒杯放在茶几上，没放好，“啪！”的一声掉在地上，他回头看了一眼，很快攥住了她另一只手，把她手里的杯酒揣到她唇边。不容分说，他几乎是把酒灌进了她嘴里的。

“唔……”她发不出声来。

他抢过酒杯，“啪”的一声甩在了茶几上。紧接着发出“哐当”的声音。

“我的花瓶！”余蓓蓓大喊了一声，从他怀里挣脱出来。

只见茶几上的瓷花瓶被碰倒了，花瓶里那束白色的蝴蝶兰随之倒在茶几上。

余蓓蓓从他怀里挣出，伸手去扶花瓶。

……

“舅舅，你快过来看看，这活儿做得可以吗？”谢林的喊声打断了他的思绪。

汤新生从竹椅里站起，走进屋去。

“你把这活儿做成啥子样了？”谢林对一个工人喊着。

“谢林，有话好好说，生啥子气嘛。”汤新生慢悠悠地说。

“舅舅，你看，他把这柳叶剑做成啥样了！”谢林把一枚玉质器物递给汤新生。

汤新生接过看了看说："已经这样了，好好做旧，放到地摊上去。"

他把谢林拉到后院，小声对他说："这只能怨你自己。搞我们这行的，要不断丰富自己的知识，柳叶剑是巴蜀最具代表性的器物，你知道巴式剑和蜀式剑的根本区别是什么吗？"

谢林摇摇头，说："照着图片上的样子做就是了。"

汤新生气愤地说："做了这么多年，你就是不长脑子，我们做的是仿古？是高仿古！是知识含量高的技术活，要求我们首先具备一定的知识和技能，你看我岳父做活，那是把每一个细小的部位都琢磨透了的。就比如这巴剑的中脊，剑身宽广，斜肩，扁茎无首。蜀式剑虽然大体相似，但甚短，狭而厚重，扁茎与剑身几不可分。'细节决定成败'知道吗？"

谢林不住地点头："知道了，以后要多学习。"

汤新生坐进竹椅，挥挥手，说："去忙你的活儿吧。"

谢林转身向前院走去。

汤新生望着远处的山，想要继续先前的回忆，可是，脑海里的思绪像是断了线的风筝，怎么也抓不住了。

夕阳露出紫色的光，令他头痛和眩晕。紫色的光，象征着怎样的记忆？

"紫色的窗幔，紫色的沙发，紫色花蕊的蝴蝶兰……蓓蓓在成都时，和那个舞女住在一起，整个房间都是紫色的，充满浪漫和神秘。也许应该再去找找她，她一定知道蓓蓓的消息。"

一想到那女人，他心里就有些怯。

那女人比蓓蓓大几岁，睿智而直白，比蓓蓓更成熟世故。她有一双犀利的眼睛，猛看过去，眼光有些狐媚，看得人心里直发痒。不知什么时候，又变得十分犀利，仿佛两根钢针，一下子就扎到人的心里。

这种女人，即使作为快餐果腹，偶尔品尝一下，也是不可以的，搞不好会被刺扎着。

其实，那天从金沙浴宫出来，汤新生去过琴台路，在蓓蓓曾经住过的那栋楼下，他本来是想进去，敲开她的门的。正在犹豫时，却看见那女人从大门里走出来了，她像往常一样傲慢地抬着头。不知为什么，在看见她后，他就慌乱地转过身，钻进小区的树丛了。

也许是本能地躲开了，他潜意识里有些惧怕这女人。

汤新生还记得，第一次见到她时，她正慵懒地靠在紫色的沙发里看电视，穿了件白色的吊带短裙，短裙短得刚到大腿根，看见长长的白腿，他忽地觉得体内有种东西在沸腾。

“花瓶放这儿了。”那天，汤新生把送给蓓蓓的玉石花瓶放在茶几上时，忍不住朝女人的大腿内侧看了一眼。

女人转过身，凝视着他。刹那间，他感到了那眼神的穿透力。

“这女人太厉了。”汤新生在心里惊呼。

第 9 章

春熙路酒吧

1.

发动机轰鸣的声音在脑后渐渐远去，她走出双流国际机场。

“霍妍！”一个瘦高个儿的男人远远就向她招手。

“陈翔？怎么是你？”霍妍露出意外的神情。

“没想到吧？”陈翔嘴角上跳动着傲慢。

“真是没想到，刚下飞机就遇见老同学，巧了！”

“这叫缘。毕业时乱哄哄的，你连招呼也不打，就悄悄地溜了，啷个怕见我哟？”

“你呀，还是老样子。还是那个……”霍妍咧嘴一笑，止住了后面的话，后面的话她本想说“还是那个好色的阿良”可就在咧嘴一笑的瞬间，却脱口道，“还是老样子。”

“谢谢！是说我年轻还是说我没长进？要说年轻其实倒也年轻，要说没什么长进……”陈翔眼一斜嘴一咧摆出神秘的笑，“这回，你可别想不打招呼又悄悄溜了。”

“什么叫悄悄溜了？等我回到学校早就不见你人影了。”说话时，霍妍的眼睛向机场迎接的人群里张望。

“失望呀。你跟着硕士旅游去了，我这本科生怎么也追不上，是吧？”陈翔见她在张望，“怎么，还有什么人来接你？”

“哦，可能不会来了。刑警队说派人来接我。还是我去找他们吧。”离开西安时与四川警方取得联系，说是有人在机场举牌迎接。霍妍一直在张望举牌的人。

“郁闷啊。来接你的人就在眼前，你还张望什么？”陈翔微翘的嘴角再次浮现出一丝傲慢。

这熟悉的傲慢，让霍妍想起学校时的他——将近一米八的个头，长得算不上英武，白白净净的，面容冷峻，是女孩子们说的那种冷面小生。自视清高，嘴角微微上翘，像是跳动着傲慢，让一些女孩不敢亲近，甚至产生误解“有什么呀？傲里吧唧的。”实际上稍微熟悉了，又觉得他完全是另外一种人，活泼可爱中略带嬉皮风格，开口说话总有些诙谐，跟女生在一起常露出一副坏坏的笑。不知哪个女生送他外号“好色的阿良”。陈翔似乎对自己的外号并不反感，甚至还很得意，那个喜欢枪和美女的阿良，就是红极一时的寒羽良啊（注：寒羽良是日本动漫《城市猎人》中的男主角）。

霍妍和陈翔是川大法律系的同班同学，那时陈翔曾猛烈地追过霍妍一阵。不过那时霍妍也说不清自己的感觉，只是觉得这个男生太嬉皮，不像柏松那么稳重。要说是一般朋友，倒也看得过去，要是做恋人，霍妍还真是不怎么喜欢他这一类型的。

“嘿！原来你就是刑警队派来接我的人？难怪没看见举牌迎接的。”霍妍这才放下心来，“真是太好了。没想到咱们还是同行，该不会还派你跟我一起查案吧？”

“没错。这回我是全陪，协助你在川查案。这一回，绝不会让你不打招呼就又溜了。”陈翔拉起霍妍的行李箱朝机场外走去。

“哈哈……真是太好了。不过，别说得那么难听，谁溜了？准确说是你溜了。”霍妍坐进汽车，“这回有同学帮助，一定成功。”

“一定会成功的，多好的机会哟，是吧？”他话里显然有另一层意思。

只听霍妍说了句：“别逗了，说说你那位。”

“哪位呀？”陈翔耸了耸肩说，“咱们班同学可能就我这个‘必胜（剩）客’了。”

霍妍说：“怎么会呢？这么帅的小伙还能单挑？”

只听陈翔一句“悲哀哟”，便转了话题，“不说这些了，还是说说你的任务吧。”

“真让你协助我呀？你的工作忙吗？”霍妍还是有些不相信。

“咱们干刑警的，能不忙吗？”陈翔露出异常的兴奋，说是霍妍没来之前，他正为一起杀人案纠结，案发五年了，原来的老刑警都退休了，案子曾经移交给陈翔，陈翔又移交给其他人了。新案子一个接一个，让人不得撇脱，“这不，又接受了新的任务，全陪。好在是给美女全陪，不然，真要郁闷死了。”他说话时车也开得飞快。

“都一样。不过，既然是老同学，我就不客套了，这回把你绑定了。”

说起来四川的任务，临来时，霍妍多少有些担心，何长军队长指示，一是要求四川警方协助捉拿被通缉的汤新生，二是查找假余蓓蓓的真实身份和去向。她曾经向领导打了包票的。这么大的工作量，让她一个人来，显然势单力薄，幸好遇见了陈翔。

“涉案的嫌疑人叫汤新生，是古玩商人，祖籍是成都，现在在西安经商。目前大概在成都附近躲藏着……”霍妍在车里就迫不及待地向陈翔叙述了主要案情。

“古玩商？一定涉及文物吧？”陈翔问道。

“目前还不好说，如今搞古玩的不涉及文物的已经很少了。可是能抓住的也不多，暗箱操作，猫腻太多。”

“可不，当年我办理的那件积案，也可能涉及文物，只是没抓住之前，不能确定罢了。”陈翔把车速放慢，说先给霍妍安顿住下，明天再开始工作。霍妍听了直摇头，说：“咱们还是赶快工作吧。”

于是陈翔服从了她的指挥，马不停蹄地驱车赶往第一站。

夜里刚下过一场小雨，街道的低洼处有残留的水迹。打开车窗，清爽的空气扑进来。“我有预感，今天会有收获。”陈翔吸了一下鼻子，“这空气让人心情好。”

“哇！靠嗅觉办案，够灵敏的。”霍妍悄悄笑着看了他一眼。

“对于刑警来说，算得上是夸奖了。”陈翔把车停在一栋写字楼前，只见门边挂着“诺成拍卖公司”的牌子。

推开公司大门，首先听到了嘈杂声，像是有人在吵架。

前台无人接洽，循着声音往里走，来到总经理办公室外。一群人在里面吵得像炸开了锅，一个伸着脖子骂架的人正被几个人用力地往外拽。办公桌后的中年人看上去文质彬彬的却满脸通红，因愤怒而面部肌肉严重扭曲，正含混不清地说着什么。

霍妍和陈翔站在一边听了几句，看情形大概是商业纠纷。

“诈骗犯！你们不得好死……”那个斗鸡似的人物甩开了周围拽他的人，冲到办公桌前要打桌后的人。

这时陈翔大步跨上前，一把钳住了他挥动的手臂，说：“有话好好说，不要动武。”

“你是干啥子的？少管闲事。”对方顺势推了陈翔一把。

“警察。”陈翔亮出警官证，“有理说理，不要打架。”

“警察来了，好好好！我正要报案哩。这些诈骗犯早该枪毙了。”斗鸡人物像是看见了救星，迫不及待地开始讲述……

斗鸡人物是个小老板，在地摊捡了漏，花三千元买了个瓷瓶，拿到诺成拍卖公司。业务员杨娜接待了他。杨娜说：“你这瓷瓶能拍二百万元，你就放心把瓷瓶放在我们公司，我们这儿有最好的鉴定师，保证给你拍个好价钱。”小老板心里一惊：“真是天上掉元宝了。”于是给公司交了鉴定费，托管费等一万一千八百元。公司鉴定专家将瓷瓶鉴定为南宋龙泉精品，估价五百万元。可是左等右等，就是不见公司拍卖，几次来公司找，杨娜总是诚恳地告诉他，要找个好机会，本来有人要的，一直没来……时间长了，小老板放不下心来，于是他坚持把东西拿走，到北京请专家鉴定。北京的鉴定专家给出具了盖红戳的意见书：现代仿品。这一下可不得了，小老板气愤至极，这才跑到公司大喊大叫，气愤地想要打那个经理。

霍妍心里着急，自己调查的案子受阻，却碰上了本不该自己管的事。于是上前劝阻小老板说：“你还是到法院去打官司，在这儿吵架也吵不回你的钱。”

在霍妍和陈翔的极力劝阻下，小老板心有不甘地走了，一边往外走还一边骂着：“狗×的等着……”

经理见霍妍他们帮自己解了围，立即堆出笑脸请霍妍和陈翔入座看茶，堆出的笑容极不自然。听到陈翔说要“诚实经商”之类教训的话也连连点头，又很快转开话题，问霍妍他们来公司有什么事。得知霍妍要了解余蓓蓓，经理似乎再度紧张起来。

“余蓓蓓呀，她已经走了，不在我们公司了。”大概担心业务员再惹了麻烦或难缠的事，他才这么说。

“是这个人吗？”霍妍把余蓓蓓的身份证复印件递给经理。

经理看了点头，说：“今年春天就辞职了，她走时说是要去西安。这女孩在公司时的表现很不错，业务能力也很强。”

经理又犹豫而谨慎地小声问：“不知你们想了解哪方面的情况？与我们公司有什么关系？”

霍妍微微一笑说：“你放心，跟你们公司没关系，不过是涉及西安那边的一些事情，因为余蓓蓓找不到了，我们想通过她过去的熟人了解一下余蓓蓓可能去了什么地方。”

“是这样啊。”经理像是放下心来，“余蓓蓓也不过在公司里干了一年多时间就走了，要说跟她关系好的，也许杨娜知道一些。”那话里似乎仍有些疑惑。

“你们公司有个叫胡铭戈的人吗？”霍妍事先进行了摸底调查，26 日晚余蓓蓓在西安失踪后，她的手机曾多次与四川的一部手机通过话，经查机主叫胡铭戈。

“胡铭戈？”经理再度露出惊讶，说，“胡铭戈今天请假了，请了两天假。他最近好像外面的事情很忙。不过嘛，后天公司要开会，他一定会赶回来的。”

见霍妍不置可否地看着自己，经理心里似乎有些毛，说：“要不，我现在先跟他联系一下？”见霍妍没有反对，他便拨通了胡铭戈的手机。

“……有事吗？”手机里传出男人的声音，应该是胡铭戈。经理按下了电话免提，整个办公室里都能听到对方的声音。

听到经理让他早些赶回来，胡铭戈说正在高速公路开车，明后天就可以回去。

之后，霍妍进一步了解了胡铭戈的情况。

胡铭戈是公司的拍卖师，人长得很帅。一个他，一个余蓓蓓，被公司的年轻人捧为金童玉女。说起余蓓蓓的走，经理好像有些不舍，他觉得余蓓蓓是那种才貌双全的女孩，人长得出众，工作也很出色。有这样的女孩在公司里，是很能吸引客户的。

“公司里还有什么人跟余蓓蓓关系好或者了解的情况多？”霍妍见经理说话谨慎，就想通过其他人更多地了解情况。

经理说：“你们可以跟杨娜谈谈，她们女孩在一起可能了解得多。”

杨娜，一个时尚的女孩。就在刚才那个小老板大闹办公室的时候，她躲在一间屋里不敢出来。这会儿见到霍妍和陈翔倒是一副泰然自若的神情。

“给我们介绍一下余蓓蓓的情况。”霍妍开门见山地提出了几个问题，“余蓓蓓在拍卖公司时跟谁关系比较好？为什么要去西安？到西安后具体做什么？”

“余蓓蓓本来想跟胡铭戈好，可人家胡铭戈是什么人呀，身边女孩多了。结果蓓蓓跟那个老巴子走了，太可惜了。就凭余蓓蓓的脸蛋，在公司里不知能拉多少客户呢，也能挣不少钱。”霍妍不知杨娜是直爽还是羡慕、嫉妒、恨，只听她说，“反正人往高处走嘛，谁给得钱多就跟谁干呗。那个西安的老板人长得黑黢黢的，可是出手大方，他给余蓓蓓多少钱谁也不知道，不过嘛，谁都能想得出来，数字不会少。人家蓓蓓在公司时就拿不少钱的。要是不比公司拿得多，估计也不会大老远的跑西安去。更何况，蓓蓓又那么漂亮。漂亮，可是无法用金钱衡量的，就像玉石一样无价。如今只要是漂亮女孩，少不了有老板出大价聘用的嘛。”杨娜说话时眉头一挑一挑的，似笑非笑。

“余蓓蓓在西安公司具体做什么？跟你联系过吗？”霍妍看出杨娜有些嫉妒。

“那还用问吗？社会不就这样吗？大概是女秘书吧，听上去比小三好些。”

不料杨娜竟如此直白，霍妍故意问：“你是说，余蓓蓓和汤新生之间的关系比工作更亲密？或者说，他们之间有那种男女关系？最近见过余蓓蓓吗？”

“这个嘛，我就说不清了，不过，公司里的女孩都挺羡慕的，说蓓蓓找了个大主家。她离开成都后就再没见过。她到底出什么事了？”杨娜突然关切地问。

“也没什么，是他们老板有些事，顺便了解了解。余蓓蓓还有什么好朋友吗？她在成都时住在哪里？”

“她跟一个舞女住在一起，她们合租的房子，好像她们关系很好。”说到舞女两个字时，杨娜加重了语气，声音里似乎透出鄙夷。

“跟舞女住在一起？她叫什么？”霍妍心想，这也许是个很有价值的信息。

“她叫莫莉。”

2.

知音夜总会，据说是当地年轻人喜欢去的地方，迪斯科跳得很疯狂，还有那种很前卫 sexy 的爵士舞和钢管舞压轴。

霍妍目中无人地走进去时，其实心里有些怯怯的。

天色还有些早，客人不满，三三两两地分散在客座上，侧面有个小舞台，离舞台最近的客座上已坐满了人，看上去是些财大气粗的家伙，她找了一个靠边僻静的座位，坐定，立即有服务员走过来问：“喝点什么？”

“一杯可乐。”霍妍向大厅里看去。一张桌子边有几个年纪稍大些的人，即使穿着 T 恤也能露出公务员的派头，显然是有人为他们埋单，抱着“猎奇”心来的，还有几个女孩在一旁陪酒。

霍妍忽地感到有一双眼睛在偷偷望自己。转过头去，一个精干的小伙微微向她点头，遇到她的眼光，竟向她走过来，

“一个人吗？”

“不，朋友还没来。”霍妍不喜欢这个男人，想让他尽快离开。

“哦？等你的朋友来了，我立即走。”他声音轻柔，竟坐下来。

霍妍把头扭过去，不想答理他，心想：“要是陈翔在这里就好了。”

从拍卖公司出来，陈翔接了一个电话，放下电话后对霍妍说：“队里晚上开会，不能陪你了。你刚到成都就马不停蹄地奔走，这会儿天也快黑了，回去好好休息吧。”

“你去忙吧。真是不好意思，让你这么辛苦，白天陪我调查，晚上还要加班。”霍妍压根儿没提晚上到夜总会找莫莉的事。

“咳，咱们还客气什么。今天你好好休息，明天我来找你。”陈翔摆摆手，匆匆离去。

望着陈翔的背影，她觉得独自去见莫莉，谈话也许更方便些。可是眼前，却遇上了麻烦。

“第一次来？”男人不惧她的冷漠。

霍妍回头看着他，说：“看来你常来这里。”

“没错。”男人微笑。

“陪酒郎？”

男人眯起眼笑。

霍妍心里觉得厌恶。转念又想：“何不趁机向他打听点儿什么？”

她把服务员招过来，问那男人：“你喝点儿什么？”

“一瓶蓝带吧，谢谢你。”

等服务员离开，霍妍问道：“向你打听个人，莫莉小姐是在这儿跳舞吗？”

“哈哈，你是来找莫莉姐吗？今晚她在这里演出，不过，要到很晚才会来，她赶场子，挺红的。”

“是压轴戏吗？”霍妍觉得他对莫莉好像很了解。

“是的，跳完就走。你是怎么知道的？专门来看她跳舞吗？那种 sexy 的。看不出来，你喜欢她？不过，看你的身材不错，也喜欢跳舞？”男人是个话篓子，也许这才符合陪酒职业。

“她跳什么舞？”霍妍一脸无知。

“真的不知道吗？”男人故作惊讶。

“只听说她很火。她人怎么样？”

“哈哈！你大概是明知故问吧？不然也不会专门来这里，你朋友怎么还没来？”男人大概猜到她是一个人来的，故意问她，“是遇上什么烦心事，偶然听说这里有钢管舞，来消愁的吧？我猜得对吧？”

霍妍轻轻一笑，对他说：“倒是很会猜，你还没回答我，她人怎么样？”

“莫莉吗？这女人很酷，人长得酷，一米七五。舞也跳得酷，一会儿你看就是了。还是个大学生，气质好，挺高雅的。在夜总会这种地方，大学生多了，可她是艳压群芳的。”男人似乎是发自内心的赞美。

“她有男朋友吗？”

“没有固定的。看到前排几个阔佬吗？那边正中间的桌子边，是专门来给莫莉捧场的。”男人用下巴指着前方。

“你跟她熟吗？”霍妍眼睛望着前边。

“有过几次接触，对我还客气，别人都说莫莉傲着呢，一般人看不起，可她每次见到我还是打招呼的。”

“想泡她？”霍妍回过头，直视他。

“嘿，想归想……人家身边的人多了，进不了那个圈。”

“你倒是有些自知之明。还是去招呼别的客人吧，我想自己在这儿坐一会儿，谢谢你。”霍妍心想，他大概把她当作独自来这里消愁的了。

男人眼见没有油水，使借着霍妍的话头起身离去说：“需要的话招招手。”

独自消磨了近一个晚上，终于等到一群人簇拥着几个高挑艳丽的女人匆匆穿过大厅，走向舞台后面。

之后，全场本来就不太亮的灯光全部暗了下来，只有舞台上一束射灯的光集中在一根钢管上。

先是一个女舞者穿着暴露的三点式在场子里跳了一阵，接着又出来一个高挑的女人，台下的巴掌声和口哨声异常热烈地响起。

她看上去足够高，魔鬼身材，是那种冷艳的女人。她开始跳钢管舞，大胆放肆的肢体动作既有异类美感，又富挑逗性，令人目眩神迷，尤其是男性，巴掌和口哨、呼声此起彼伏。

霍妍悄悄退出喧哗的舞场，走到通往后台的过道里。

她蹲坐在台阶上，双手抱住头，闭目静思，那些喧嚣的噪声被隔离在墙的另一边。她只想这样独自静一会儿。

……

演出结束了，霍妍立即冲进后台。

保安想要阻拦，问："你找谁？"

"莫莉。"没等保安反应过来，她已经冲进去了。

"莫莉女士，对不起，有些事跟你谈谈。"她突然出现在莫莉的身后。这是一间只有两平方米，连身都转不过来的更衣室。莫莉穿一件红色大褂，还没来得及卸妆。

"你是干什么的？"莫莉冷冷地对着镜子，霍妍正站在她的身后，面对着镜子。

"警察。"霍妍一手举起证件。

这时保安赶过来，一把拉住霍妍的胳膊，厉声说："谁让你闯进来的？出去！"

"是来找我的。"莫莉回头冲着保安摆头，保安知趣地走开了。

"你是警察？"莫莉身子微微后撤，用眼角瞟一眼说："对不起，我没时间。"然后转身继续卸妆。

"请配合支持我们的工作。"霍妍靠在门框上，看着镜子里的莫莉，她虽口气轻柔，态度却很强硬，"关于余蓓蓓，想向你了解一些情况，她曾经跟你住在一起。她现在突然失踪了。因为你了解她，所以我们需要你提供信息。"

"蓓蓓？她早就去西安了。"莫莉听到"失踪了"几个字时，回头看了霍妍一眼，"你们干吗来找我？要你们警察干什么？还不快去找人。我没什么可谈的，你一定会失望的。"莫莉似乎有些不情愿，扭过头去精心地卸妆。

"有人说你们是好朋友，怎么就这样漠不关心？"霍妍冷冷地看着她，"毕竟余蓓蓓曾跟你一起住过。"

莫莉似乎心动了，她抬起眼皮看了一眼说："是的。我们一起住了将近两年。怎么？她有什么事让你们感兴趣？想问什么？"莫莉说着又把头凑到镜子前，用一把睫毛刷精心地整理着睫毛。

“最近见过她吗？”

“没有。”

“有她的消息吗？”

“没有。”

“知道她去什么地方了，或者还有别的什么人来找过她？”

也许是对霍妍的纠缠烦躁了，莫莉叹了口气说：“最近找蓓蓓的人还真不少啊。蓓蓓要知道有这么多人关心，不知该怎么想，到底有什么事？”

“是吗？在我之前，还有什么人来找过她？”霍妍这时心里像点了一把火。

“那个奶油小生、小白脸……”莫莉像是在思忖着什么，又像是故意拖延。

“奶油小生、小白脸？他叫什么？”

“蓓蓓他们公司的拍卖师，叫胡铭戈。”莫莉说，“有几天了。那天一大早我还没起床，有人敲我的门，我懒得答理，可外面的人使劲儿敲。我只好穿了睡衣，开个门缝，见是胡铭戈。我心想这一大早就敲门，挺奇怪的，我说‘你什么事呀？烦死人了。’结果胡铭戈开口就问‘蓓蓓回来了吗？’我没好气地反问‘她在哪儿？她什么时候回来了？’”

“我当时真是觉得挺突然的。只见胡铭戈焦急地追问了一句‘她真的没回来吗？’说完扭头就走了，人都下楼梯了才匆匆地说了声‘对不起，打扰了。’兴许真是有什么急事。”

“之后他再来过吗？”霍妍心想，看来这个胡铭戈还是个关键人物。

“没有。蓓蓓到底出什么事了？”

“请你好好想想，那天是几号？”

“是几号……我想想。”莫莉从提包里翻出一个小本子，“这是我演出场次的记录，记得那天是在春熙路一家酒吧演出，第二天是 27 日。对，是这天。”莫莉凝视着镜子里霍妍的眼睛。

“唔。”霍妍站在莫莉的身后，盯着镜子发呆。27 日，正是艾美丽报案的日子，也是发现余蓓蓓失踪的日子。

“到底怎么回事呀？”莫莉盯住了镜子里的霍妍。

“嗯？”霍妍这才缓过神来，“余蓓蓓失踪了，我们担心她的安全，一个年轻女孩失踪了，你想想，刚才你说最近找她的人不少，还有什么人来找过她？”

“那个大叔，老巴子。蓓蓓在西安的老板。那天我出去，在院子里明明看见他了，当时我猜想，他没准儿也是来找蓓蓓的，可他看见我，却躲着我，转身钻进大树后面了。我觉得挺怪的。”

“你说的大叔，是——？”

“他叫汤新生。”

“汤新生果然在成都。”霍妍脱口而出，又突然止住了。她对自己的准确预测暗自欣喜，汤新生果然逃往成都。可是，他竟然出现在余蓓蓓曾经住过的地方，这又让她有些意外。这个线索，不得不仔细琢磨。

“你们是在找他吗？”莫莉正看着镜子里的霍妍。

“你没看错吧？”霍妍也看向她。

“没错。那老家伙想躲开我，就他那两条短腿，我一眼就看出来了。”莫莉继续卸妆。

“两条短腿？”霍妍想笑，看来莫莉不但眼睛很毒，还善于浓缩，一句话便概括了一个人的形象，“你是哪一天看见他的？据我们了解，汤新生前一段是在西安的。”

“10 月下旬，或者 11 月初的时候。你先告诉我，蓓蓓怎么会失踪了？到底出了什么事？”

“我们也在找蓓蓓，同时也在找汤新生，汤新生他涉嫌一起案件。”霍妍不便多说，继续提出新的问题，“那个汤新生，你对他很熟？你说他两条短腿，是在概括他的形象吗？”

“我看人历来很准的。”

“是吗？你看余蓓蓓跟汤新生之间的关系怎样？我是说除了表面上的老板和雇员……”霍妍估计对方已经明白了自己的意思。

莫莉点头说：“这世界上没有无缘无故的爱，也绝不会有无缘无故的为人奉献。”莫莉似乎很哲理，“现代人越来越功利了，如果说克洛德副主教还会在灵与肉、理智与本能之间进行抗争的话，现在的人已经不需要抗争了。也许是距离地球毁灭的时间越来越近，不需要把过程拖延得太长……市场就是交换。对汤新生这种人谈情感，犹如精神自残。他对女人和古玉的爱，都是缘于生理亢奋，或者说生理惯性。”

“你的理论太高深了。”霍妍无奈地耸耸肩，话语里明显带着嘲讽，“还是暂且不要去谈他们之间是感情还是交换吧，我只想知道，余蓓蓓跟汤新生有那种关系吗？”

“你是在办案还是想猎奇？”莫莉回敬以嘲讽，明确地说，“对不起，我没办法回答你。因为我没看见，我也不过是个旁观者而已。”那话里显然有种抵触的情绪。

霍妍意识到面前这个女人的确很有个性，于是改变了口气，说：“既然你不想谈那个老头，还是谈谈胡铭戈吧，之所以找到你，就是想听听你这个旁观者，或者非常亲近的姐妹的意见。你认为胡铭戈跟余蓓蓓是什么关系？他又怎么会知道余蓓蓓那天要回来呢？”

“胡铭戈吗？风流不羁的唐璜。”莫莉的口气缓和下来。

“哦？余蓓蓓呢？跟他是什么关系？”

“和他比，蓓蓓不过是个痴情的小女生。”莫莉已经卸妆完毕，“不好意思，让你站在这里，这样吧，我请你喝酒，离这儿不远有个酒吧。”她不容分说径自走出去。

她们来到一个酒吧，莫莉要了红酒，要给霍妍倒一杯。

“谢谢！我不喝酒。来一杯咖啡吧。”霍妍冷峻地望着这个女人，她动作优雅，不愧是练舞蹈的，“看来，蓓蓓和你，是那种无话不说的朋友。”

莫莉淡淡一笑，拿出烟说：“每个人都有自己的隐私，即使我也不可能把心窝子掏给任何人。但是，我敢说，除了我，没有人与她更贴近，也没有人能像我这样深刻了解她。来一支？”

“谢谢!”霍妍摆了摆手，“你们在一起住了不到两年？”

莫莉张开嘴，优雅地喷出烟圈，说：“不在于时间长短，而在于心的沟通。”

实在有些想象不来，她们是怎么成为好朋友的。霍妍脑海里总闪现着四年前那个清纯的小女孩。而眼前这个女人却是成熟和世故的。

“你是觉得我们的职业差距大吧？”莫莉自斟自饮。

霍妍默默地看着她。

“我们是在中介公司认识的。”莫莉说起了她们的相识，“那天和余蓓蓓一起去看房，是中介公司带着去的，结果我们同时看中了那套房。我说‘要不，咱们合租吧？’蓓蓓点头，她觉得这样可以节省很多钱。她当时的动机纯粹是为了省钱。就这样，我们住在一起了。我喜欢蓓蓓，她看上去清纯，是那种人见人爱，花见花开的女孩。”

“听说胡铭戈很帅，一定是那种让女人着迷的男人吧？”霍妍很快引入正题。

“是很迷人。蓓蓓说，第一次看见他，就被那双眼睛电着了，瞳人里闪着琥珀般的光。”莫莉轻轻地抿了一口酒，“要我说，蓓蓓真是没见过情场高手。”

“这么说，他身边有不少女孩？余蓓蓓跟你讲过第一次见到胡铭戈的情景吗？”

“讲过。那天胡铭戈站在拍卖台前，口若悬河地精彩表演……”

春季拍卖会隆重开幕，胡铭戈作为拍卖师左手举着红木槌，右手不时做着一些随心所欲的手势，像充满自信的乐队指挥。

“今天第一件拍品是一件翡翠龙女牧羊，现代工艺品，高二十三点五厘米，宽十八点五厘米。”

他挥手指向展台，电视投影仪也映出放大的摆件，他优雅地介绍：“这件工艺品巧借翡翠之色泽，施以适宜之雕琢，人物栩栩如生……”

拍卖台上的他光彩夺目，魅力四射，抒情而带有磁性的男中音极具感染力。

台下的余蓓蓓不由得心旌摇荡。

“起拍价二百万元！二百万元！”他话音未落，马上有人应价：“二百五十万元！”

“三百万元！……五百万元！”

“五百万元。”他从容淡定，用眼睛扫视着人群，“还有吗？”停顿的空隙如同冲锋前的寂静战场。他慢慢举高了樱桃小槌……“五百万元一次，五百万元——第二次，五百万元——”

“砰”的一声手槌落地，“五百万元人民币成交！”紧张的场内开始松弛，议论声起……

拍卖刚结束，公司里的女孩蜂拥而上，像粉丝追逐明星般的对他说着：“胡哥，真酷……”“胡哥，帅呆了……”

余蓓蓓只是安静地站在一旁，用心地观看，正巧胡铭戈转过头，朝她看了一眼，那瞳人亮晶晶的，闪着琥珀般的亮光。

突然像被电着了似的，余蓓蓓躲开那眼光，她低下头，又忍不住想再看一眼。抬起头时，见胡铭戈甩开那些女孩，朝她走来。

“你是新来的？只是听说公司来了个美女，一看见你，不用介绍就是了。”

“你的拍卖真精彩！”余蓓蓓觉得自己脸上发热了，许是被那眼神灼的。

“谢谢！我叫胡铭戈。你叫什么？”

“余蓓蓓，蓓蕾的蕾。”

“是蓓蕾的蓓，”他不经意地纠正，让她很尴尬，“多好听的名字，跟你人一样，含苞待放。”

余蓓蓓更加不好意思。

“下班我请你吃饭吧。”

“不行，我还有事，我……”余蓓蓓没想到说出这种心口不一的话。她不是故意要拒绝的，只是觉得太突然了，他们像是在大街上遇到的陌生人。也难怪，这个社会，年轻、美丽是市场追逐的热点。因此，说出拒绝也就习以为常。

胡铭戈显然已经不再是陌生男人了，可是……余蓓蓓朝他身后那些女孩望了一眼，一个个妒火中烧的，她新来乍到，又人生地不熟，不能太出众了，冒犯了什么人，树立个对立面就不好了。

“我真的有事，改天吧。谢谢你。”余蓓蓓尽量用最亲和诚恳的语调说。

之后，胡铭戈的死缠烂磨让余蓓蓓有些招架不住了。

一天，余蓓蓓回到寝室发泄心中的郁闷。她大摔东西，把茶杯、靠垫……一些不值钱的东西，摔了一地。

莫莉回来后毫不在意，无动于衷地躺在沙发里欣赏音乐。

余蓓蓓不好意思了，默默无声地收拾残渣碎片。正想转身回自己屋里时被莫莉叫住了：“唉！碰上狼了？”

“你怎么知道？”余蓓蓓坐到她对面。

“职场女性遇到的最大问题，如果是纯技术、纯业务上的问题，一般难不倒你。只有遇上好色的上司或者……自己不喜欢又不得不面对的男人。”

“不完全是。莫莉姐，那男人太有魅力了，我该怎么办？”余蓓蓓把事情原委说了一遍，“他一再请我喝酒。”

“喜欢就去呗，还真淑女呀！”

“可是……我担心他不是真心的。公司里的杨娜，跟他好了一阵，很快就被甩了。”

杨娜虽长得一般，却会发嗲，见了胡铭戈就嗲，像块软糖，恨不得黏在胡铭戈的牙上。几次下班时，胡铭戈带着杨娜招摇过市，从大家身边走过时，杨娜故意挽起胡铭戈的手臂，腰扭得像麻花。没多久，胡铭戈就开始疏远杨娜了。

“遇上情场高手了，喜欢你就跟他耍。”

“我不行。你是女强人，川大艺术系的名花，有那么多男人围着你转，我做不到。”余蓓蓓嗫嚅着。

“你说错了，你还没有充分认识自己，发挥自己。”莫莉开始大讲“美女宝典”——

“首先要充分认识自身价值，你天生美丽（sexy），有足够的魅力吸引男人，因此要自信（self），要相信自己，还要有智慧（smart）。这叫‘美女宝典 3S’。

“其次，做美女要懂得风情万种，搔得男人心痒痒，肯为她一掷千金，却总也得不到，这才显出她不是肤浅的女人，显出她的高贵光彩。

“第三，成熟的女人，应该懂得什么是需要回应的挑逗，什么是不用理睬的无聊。这是做女人的艺术。胡铭戈的软肋是多情好色，咱的长处是天生美女，微微一笑就倾城。

“知道海伦·格雷·布朗吗？一个美国女人，家境贫寒，长得也不漂亮，可她很成功。她的格言是：不管我们多么贫穷，多么没有吸引力，必须把自身资产价值最大化，充分利用自身优势，用自己的身体去摆平老板，去找我们想要的。她主持的 *Cosmopolitan* 杂志是全球销量最大的五家杂志之一。”

“可是，你也许忽略了一个重要问题，”霍妍耐心地听着莫莉的“美女宝典”，终于还是忍不住打断她，“不是所有的女人都能像你这样把握时局的，这种游戏玩得过头了，受伤害的总是女人。把一个清纯的女孩变成一个野心勃勃的女人，这就是你的‘美女宝典’？”

“这也是问题？”莫莉不由得提高了声音，“这要看你怎么理解了。自主地决定自己想要什么，自主地支配自己的身体，靠自己的能力去摆平老板、政客，总比被他们欺骗、利用、出卖要好，这难道不是女性的觉醒吗？即使她脱了，付出了，内心却是守着的。咱们现在是平等的对话，不需要嘲讽，对吗？”莫莉说着敏感地扬起眉毛。

“谈不上嘲讽。”霍妍回以浅浅的笑，“也许是另一种恭维，你不觉得吗？”

“社会就像是沸腾的钢炉，你不能不历练。”莫莉也笑了，笑得有些无奈。

“那是场危险的游戏。”霍妍挥了一下手，“言归正传，余蓓蓓和胡铭戈，他们之间的关系究竟怎样？你能说清楚吗？”

“蓓蓓不听我的，跟他好上了。要我看，蓓蓓是真的喜欢胡铭戈，胡铭戈嘛，就很难说了。”

“据我们了解，余蓓蓓26日晚在西安失踪后，她的手机曾多次与四川的一部手机通过话，经查是胡铭戈的手机。”

“是吗？照你所说，27日胡铭戈一大早来找蓓蓓，是他们约好的了？”

“可是你并没有见到余蓓蓓？”

“我真的没见到蓓蓓。也许……他们走岔了？或者，蓓蓓根本就不想见他？”

“如果是余蓓蓓不想见胡铭戈，又会是什么原因呢？”霍妍此时急切地想要知道真实的情况，只有透彻了解余、胡的关系，才有可能准确作出判断。

莫莉叹了口气说：“有一段时间，蓓蓓情绪很坏，她不跟我说，我也不问。可是有一天，蓓蓓突然莫名其妙地问我，男人都看重女人的第一次吗？我说，中国男人往往有种通病，放纵自己却要求自己的女人守身如玉。蓓蓓还说，有人说，男人在床上和床下完全是两样的。我说，你不会是以为在床上投入的男人也会在情感中一样地投入吧？蓓蓓连忙敷衍说，不是她，她说的是别人。可我能猜出来，蓓蓓和胡铭戈之间有问题了。她说话时有些伤感。”

“你猜他们之间出了什么问题？”

“蓓蓓是对胡铭戈失去信心了，才决定去西安的。却不料……”莫莉突然止住。

“你的意思是说，余蓓蓓被胡铭戈甩了，在十分失意的时候去了西安，却又落入了汤新生的虎口？”霍妍此时有些着急，不自觉地抢了莫莉的话。

“不是不是。”莫莉说，“蓓蓓去西安纯粹是为了钱，汤新生给的钱多。当然，老家伙一直对蓓蓓怀有不轨之心，这个岁数的老男人，年轻时的黄金时代失去得太多，所以要紧紧抓住最后的时光。出来混，免不了遇见这种老巴子。”

“余蓓蓓为了钱去西安？汤新生能给她多少钱？”

“好个美女警察，有钱人为美女花钱还有数吗？只要他喜欢。”莫莉撇着嘴角嘲笑。

“会不会还为了古玩？为了得到汤新生的古玩？”霍妍没在乎她的表情，这时只想着案件里的那个玉璧，所有问题的发生，总是围绕着它。

“蓓蓓开始并不想去西安的。”莫莉似乎从鼻腔里发出一股气流，“古玩商给美女送几件东西大概是小意思吧，何况现在的任何一件古玩也换不来十五座城池呀。”

“十五座城池？是那个历史典故吧？余蓓蓓为什么不想去西安？后来为什么又去了？”

“要去一个陌生的地方，任何人都会有顾虑的。”莫莉回忆着当时的情景，“蓓蓓曾经征求过我的意见，去西安怎么样？我说要看值不值，如今一切都是用金钱衡量的。蓓蓓说钱是比在四川多的，还能得到些有价值的古玩，就是那个老板有些色。我跟蓓蓓开玩笑说，要是‘价值连城’，作出点儿牺牲也是值得的。”

“余蓓蓓怎么说呢？”霍妍追问。

“她说什么叫‘价值连城’？难道自己的尊严不是吗？”

“是呀。”霍妍心想，看来余蓓蓓内心还有向善的一面。

“尊严？有钱才有尊严。一个清朝玉璧在海外拍卖市场竟拍出两千六百万美元。我对蓓蓓说，她要有了两千六百万美元，还愁什么？”

“你说的是玉璧？”霍妍突然警觉起来，“余蓓蓓跟你说起过什么玉璧吗？”

“嗯？”莫莉眼珠转了一圈，“当时蓓蓓无意中说到古玩，我就联想到了‘价值连城’这个成语，不是说，秦国国王愿用十五座城池来换和氏玉璧吗？蓓蓓却说，换什么呀？后来还不是完璧归赵嘛。”

“完璧归赵？”霍妍思忖着余蓓蓓说这话的意思。

“这你就有所不知了，据说这块和氏玉璧最终还是到了秦国。秦始皇把它做成玉玺，这就是中国历史上第一个皇帝的玉玺。”莫莉得意地笑着。

“玉玺？现在也换不来十五座城池了。”霍妍突然有些反感莫莉的得意，也许是这个女人把余蓓蓓教唆坏了。也许，余蓓蓓就是为了那个璇玑玉璧去的西安。总之，要搞清楚这些问题。于是进一步追问，“余蓓蓓跟你说过汤新生有个古玉璧吗？”

“汤新生的古玉璧？”莫莉摇头，“没有。就我所知，蓓蓓是看重汤新生这个大客户，抓住他，又何止一个玉璧？”

“你可以这样说，可是眼下，余蓓蓓的失踪似乎跟一块古玉有着密切关系。”霍妍像是对莫莉说，又像是在自言自语。

“跟古玉有关系？”莫莉疑惑地瞪大了双眼，目光飘在空中。

她们相对无语，沉默了好一会儿。

“你了解余蓓蓓的过去吗？”还是霍妍再次提出问题。

“是来成都之前吗？”

霍妍点头。

“听她说，过去家里的日子过得很苦。父亲被人害死了，母亲有病，弟弟要上学，为了生活，蓓蓓投靠她爸爸家的一个远亲，在阆中打工，后来老板出事了，蓓蓓一度流落街头。”

“余蓓蓓在阆中打工？”霍妍心里一震，“知道她在阆中干什么吗？”

“在古玩店里看摊吧。”

“这就对了。”霍妍激动地脱口而出。

“什么对了？”莫莉看着她。

“没什么。刚才你说她父亲被人害死了，她的老板出事了，蓓蓓一度流落街头？”霍妍又恢复了常态。

“她父亲的事情具体我也不清楚。只是听蓓蓓说，她的老板遇到了麻烦，还牵连了她。”

“什么事情？”

“不知道具体什么事情。总之她那时很孤独，无论走到哪里，总有人对她指指点点，还有人当面奚落、羞辱她，一些不怀好意的男人趁机调戏、挑逗……她想死的念头都有。阆中是个风光秀美的古城，可她在那里吃尽了苦头。”

“为什么会这样？”

“唉！因为在古玩店关门后，蓓蓓去了一家夫妻开的小餐馆。老板娘眼光很毒，从上到下几乎把她看化了，拿着她的身份证左看右看，步步紧逼地盘问……”

“老板娘不就是招小工吗？”

“没错。餐厅服务的活儿都是蓓蓓干，洗碗、洗菜、端饭、打扫卫生，里里外外跑腿，一人干了两人的活儿，晚上就在餐厅里支张床。薪水低，干活多，她不怕，蓓蓓就为了能有个住的地方。老板娘只管收钱，她老公是大厨。可是，蓓蓓刚刚干了三天，就被赶出来了，还遭到了老板娘的一顿毒打。”莫莉开始滔滔不绝。

“为什么？”

“那个大厨是个色狼，表面上沉默寡言，实际上不怀好意。那天晚上，睡梦中一双粗大的手在蓓蓓身上摸索。蓓蓓被弄醒了，她惊恐地喊起来。突然被沉重的身躯压住，那双手试图捂她的嘴，在她扭动的头上身上乱抓……餐厅里突然如白昼般闪亮。”

莫莉喘了口气继续说：“蓓蓓从床上掉在地上，却看到了老板娘，穿着裤衩背心，手里提一根长长的面杖，站在餐厅门口。‘好你个骚货，’老板娘怒气冲冲地奔过来。

“她还没明白怎么回事，她想躲避，一转身，看见床的另一头站着老板娘的丈夫，只穿一件大裤衩儿，赤裸着上身。她想申辩，张开嘴，话还没出口，势不可当的棍棒已经劈头盖脸地打在她的身上……

“那个‘孙二娘’不问青红皂白，挥舞着面杖，真能把蓓蓓剁了。她老公可倒会躲清闲，缩着头早跑了。蓓蓓抓起衣物，逃出店去。那个寂静的夜晚，只有她修长的身影，像魂似的跟着她在街头游荡。她游荡到车站，在长条椅上坐到天亮。”

莫莉描述得绘声绘色。

“唉！真够可怜的。”霍妍被这情绪感染了。

第 10 章

谁是余蓓蓓

1.

他真是一个很有魅力的男人。俊朗的外表，挺拔的身材，长得像电影明星。第一眼看见他，霍妍心里想，他一定会被那些爱追星的女孩追逐的，因为他太像明星了，完全可以去模仿秀什么的。没准儿还是个很会讨小女人欢心的男人。

与他眼睛相遇的那一刻，霍妍明显感到了他瞬间的惊异。直到陈翔开始发话，他才把眼睛转向旁边。

陈翔依照惯例向他亮明身份，胡铭戈似乎处在懵懵懂懂中，“你们是警察？找我什么事？”他看上去精神有些疲惫，可依然很帅气。

“你曾跟余蓓蓓在一起工作？”陈翔一副严肃的面孔。

“是的。我们曾在一个单位，她后来去西安了。”胡铭戈露出一些不安。

“你最近跟余蓓蓓有过联系或者见过面吗？

“联系过，但是没见到。蓓蓓出什么事了？为什么连你们警察也介入了？”胡铭戈的声音里带有焦虑。

“联系过？”陈翔与坐在一边的霍妍对视了一眼，胡铭戈的坦率，有些出乎他们的意料。于是陈翔也坦率地要求胡铭戈说出几月几日跟余蓓蓓联系过，为了什么事联系，在什么地方与她有过联系。

“蓓蓓究竟怎么了？”这时胡铭戈却固执地想要探个究竟。

于是陈翔说：“有人报案，说余蓓蓓被害了。但是在案发现场我们没有找到她，所有认识她的人也不知她的去向。一个女孩失踪了，作为警方总要有个交代，为了尽快找到余蓓蓓，所以请你协助警方，提供一些证据。”

“原来是这样。有人报案说蓓蓓失踪了？是什么人报的案？我怎么就没想到啊！莫非……蓓蓓真是遇到……这到底是怎么回事？”胡铭戈像是询问又像是自言自语，他的表情很复杂。

“现在我们也在收集信息，请把你知道的情况详细说出来。”陈翔冷冷地观察着他的表情。

现场的气氛渐渐缓和些了，胡铭戈慢慢恢复了平静，他思忖片刻后便开始轻声叙述。

那是在10月底，10月26日下午四五点吧。余蓓蓓突然给胡铭戈打来电话，说有急事可能要回成都，让胡铭戈做好准备去接她。什么事情让她那么着急呢？胡铭戈当时也有些纳闷。蓓蓓还说因为情况紧急，她可以在西安打出租车，这是为了节约时间，这样胡铭戈半路上就能接到她。

蓓蓓还说从西安出发可能要到晚上了，她尽量赶早，因为担心路上不顺。胡铭戈很爽快地答应了。放下电话时，已经到了下班时间，本来那天胡铭戈事先答应了人家吃饭的，一下子又推不掉，只好先去应酬，吃了一半就说有事提前出来了……

思绪穿越了另一个时空。时间回到10月26日半夜。

黑暗笼罩着山峦。

胡铭戈焦虑地把车停在一段错车道上，蓓蓓的手机关机了，联系不上。

大约晚上十点，他曾与蓓蓓通过一次电话：

“喂，我已经上路了，正往汉中方向走，到汉中大约要三个小时。”余蓓蓓的声音听上去有些急促。

“蓓蓓，我也正往你那边赶，估计在广元和宁强的交界处能迎上你，到时你注意看着我的车。”

“就在交界地的那座桥边等吧，免得走岔了。”余蓓蓓说。

“那好吧，我先到了就等着你。”

临出发前，胡铭戈带了些烤肉和饮料之类的，以备路上用，他计算从成都沿着川陕公路到广元市，大约三百二十公里，时间很富余。

在这条有名的剑门蜀道上，胡铭戈专注地开着车。要是白天可能会堵车，晚上一般不会。不过白天还能看看路边的风景，此时他也顾不上观景，想要见到蓓蓓的心情压倒一切。

已经是 27 日凌晨一点多了。其间蓓蓓来过一次电话，说已经过了汉中，到了宁强，正向广元方向赶。看来是一路顺风，没有堵车。

“山神被咱们感动了。”胡铭戈听出蓓蓓的声音是欢快的。

却不料，这是他们最后的通话。

那时胡铭戈已出了广元市，把车开到千佛崖时，他特意放慢了速度。

黑暗中观赏千佛崖，有种神秘的感觉。

凌峻的峭壁上，山雾笼罩，重重叠叠的造像龛窟，密如蜂房。已经一千五百多年了，北魏时期开始建造，据说曾有一万七千余造像，层叠达十三层。千佛崖临江而凿，耸立在剑门蜀道上，巍巍壮观。

山、路、江、佛……

胡铭戈感叹：“有这么多佛祖保佑，能不平安吗？”

过了千佛崖，又走了一段，就看见了那座桥，再往前走，就是宁强县了。胡铭戈把车停在一段错车道上，拨通了蓓蓓的手机。

“您所拨打的电话已关机……”

“关机？这个时候怎么能关机？”胡铭戈咕哝着。

他不得不耐心等待。几次拨打蓓蓓的手机，总是听到那句话。“也许手机没电了？”他在心里安慰着自己。

为了消磨时间，胡铭戈打开了车内的收音机，收听音乐。

已经过了凌晨三点了。胡铭戈焦虑起来，是堵车了？对面开来的车不时地一闪而过，不像是前方堵车。

于是他开动了车缓缓而行。每一辆对面开来的车他都认真查看。

不知不觉，车已开到了宁强县，曙光微显。

“蓓蓓真是死脑筋，也许是手机没电了？”胡铭戈自言自语地开始掉转车头朝回开，“她怎么就不知道借司机的手机用用啊？”他想起来余蓓蓓曾说她坐的是出租车。

天渐亮，胡铭戈还是没见到蓓蓓的踪影，他心里开始窝火，又有些担心。往回走的路上，胡铭戈期待着，在那座桥上，蓓蓓也许正焦虑地等候在那里。

太阳出来了，还是不见蓓蓓的身影。

也许真的错过了。胡铭戈于是决定驾车返回成都。路上他反复琢磨，说不定，蓓蓓已经回到成都了。

这时，收音机里播出的一则早间新闻引起了他的注意——

“据外电报道，六十多岁的美国冒险大亨乔恩独自驾驶着单引擎飞机，从内华达州的一个农场起飞，之后失踪。有人怀疑他是为了包二奶，以及躲避债务和离婚费。此前，他骗取了两千五百万英镑的高额保险费。”

真是一个天大的奇闻逸事。一个比明星滥情那些个糗事还要刺激人的风流韵事。

胡铭戈先是想笑，却突然间被一种飘然而至的莫名感受紧紧地包裹。“蓓蓓不会是跟那个老家伙走了吧？还假装给我打来电话让我接她。也许，蓓蓓根本就没有到宁强，甚至没有到汉中，甚至没有朝四川方向，而是完全背道而驰地向另一个方向去了。最后一次通话时，蓓蓓的声音是欢快的。该不会是在那个老头的怀里？现在的女人什么事都能做得出。”

随后他自我否定地摇了摇头，想：“蓓蓓可不是那种浅薄的女人。再说了，老家伙绝对没有那种情商。如今全中国也找不到私奔那种浪漫的事了，似乎与现实离得太远了。他也还不至于浪漫到不顾自己的万贯家财。而且，没有听说那老家伙遇到了债务危机。何必庸人自扰？”

“要是真的一时错过也就罢了，回到成都见了面，一切抱怨自然消失。可谁能想到竟是无法挽回的错过，这一错过，让蓓蓓的信息彻底消失了。”

胡铭戈说这话时像是非常惋惜。

“胡铭戈，刚才你在叙述过程的时候有一句话……”这回霍妍忍不住要提问了，可是她问了一半又故意停顿下来。

“什么话？”

“你刚才听到‘有人报案说蓓蓓失踪了？’随后就说，‘我怎么就没想到啊！莫非……’那个‘莫非’是什么意思？你当时想说什么？你是不是已经认为余蓓蓓会出什么事？”霍妍曾经在那段记录上打了个问号。

“我是想，莫非那天晚上蓓蓓在路上遇上劫匪了？”

“那你为什么没有报案？”

“这……”

“你跟余蓓蓓是什么关系？”

“同事啊。”

“恐怕是比同事更亲近吧。是恋人？不然，余蓓蓓怎么会深更半夜的让你去接她。”

“恋人？”胡铭戈苦笑了一下，“要说是恋人嘛，我倒是想这样，可惜还没有确认。不过……我不想否认，我们之间的关系比一般同事要好。”

“就算是你想做余蓓蓓的恋人，为什么在她失踪这么多天里，一直没有报案？”

“我一直在想办法找她。”

“你是怎样想办法找余蓓蓓的？具体做了什么？”

“我先去了西安。”

“你去过余蓓蓓住的地方？”霍妍想到艾美丽曾向她报告，有个帅小伙来找蓓蓓。

“是的。我去过蓓蓓的住地，她邻居是个老太太，还对我进行了一番盘问。要不是因为我们经理打来电话，我急忙赶回了成都，我原本还准备去蓓蓓的公司找她。”

“你公司的经理给你打电话？什么事情？”

“说有急事。我回到公司，只见经理满脸的怒气，责怪我出去也不打个招呼，说临时要召集中层开个会，就缺我一个人。”

“你赶回去就能赶上开会吗？”

“还是没赶上开会。我一个劲儿地给经理说‘对不起。偶尔一次，偶尔有急事，没能按时赶回来。今后一定不会再出现类似的问题。哥，原谅我一次吧。’”胡铭戈压低了声音。

“你为什么称呼经理为哥？”

“我们是远亲，平时在公司里，都叫经理，没人时称呼哥。”

“你们经理到底找你什么事情？”

“经理说，不能因为咱们是亲戚，你就可以不遵守纪律，越是亲戚，越要严格要求自己。不过经理立刻改变了口气，说谁叫咱是亲戚呢。说正事吧，北京有个大客户的生意，他想让我去……从老总办公室出来，我匆匆忙忙去了北京。原想继续寻找蓓蓓的念头暂时被搁置下来。”

“可是，你从北京回来也有七八天了吧？”

“是呀。我从北京回来，很快给领导汇报后，就开始安排时间找蓓蓓。”

“从北京回来后，你又到什么地方找了余蓓蓓？”

“我去蓓蓓的老家了。你们上次来找我，经理说我请假了，对吧？实际上，我请假就是为了去蓓蓓老家。”

“你去了余蓓蓓的老家？”霍妍心里一阵警觉，“见到她了吗？”

“没有。”胡铭戈丧气地摇头。

“她老家在什么地方？是余蓓蓓告诉你的吗？”霍妍要进一步落实这个疑问。

“在巴东。我开车去的。”

“余蓓蓓什么时候告诉过你她的老家？”

“没有。我是在公司的登记表里查了她的身份证登记。”

“哦。”霍妍想到也许是自己曾经看到的那个假身份证。

“从北京回来，心里总是沉甸甸的，我就按照蓓蓓的身份证上的地址去了仪陇县。”

“你看到了什么？”

“另一个余蓓蓓。”胡铭戈想起当时的自己傻傻地僵在那里，一时竟说不出话来。

“另一个余蓓蓓？她长得什么样？”尽管早已知道了这个结论，霍妍还是不免要问。

“那女孩，是女人，二十多岁，长相一般，身材瘦弱、娇小，已经身怀六甲了。”

胡铭戈当时就傻了，问那女人：“你怎么叫余蓓蓓？你们村里是不是还有个叫余蓓蓓的？同名同姓？”

不料那女人抿嘴一笑说：“没得。”

“你的名字怎么写？你会写吧？”胡铭戈仍不死心，从提包里取出小本，翻开，“你把你的名字写出来。”

女人接过纸笔，歪歪扭扭地写下“余蓓蓓”三个字。

“我认识的余蓓蓓跟你的身份证名字、地址都一模一样。”胡铭戈还是不解。

“哎呀……”女人像是想起什么，“对了，我的身份证早就卖给旁人了。上次公安局来人还问过的。”

“什么？你把身份证卖给别人了？”

“是的。早就卖给别人了。”那女人确定地说。

“你还问她把身份证卖给了什么人了，是吗？”霍妍凝视着胡铭戈。

“是呀，我问了。那女人说是个中年男人，好像有四十多岁，中等个子，人很壮实，脸上有横肉的那种。”

“请你把那个男人的样子说详细些。”霍妍突然想到了艾美丽也曾说起过一个人的特征：四十多岁，中等个子，人很壮实，脸上有横肉……于是问胡铭戈，“这个人，在你身边出现过吗？”

“没有。我身边好像没有这样的人。”

“是本地人还是外地人？什么口音？你问了吗？”

“问了。那个女人说好像不是本地人，口音不是。真是搞不明白，怎么会这样？”胡铭戈伸出双手抱住头。

2.

询问胡铭戈的事情不得不暂时搁置下来。

此前，陈翔向各公安局发出协查通知，要求查证近期是否有无名女尸，这一情况有了回应，南充公安局报告说有一具无名女尸至今没有破案。霍妍和陈翔立即赶到了南充公安局。

事情是这样的：10 月 28 日上午，公路维修工人在嘉陵江边发现一具无名女尸。刑警赶到现场时，尸体已经被工人打捞上来了，法医进行了现场初步检查，发现死者系死后入水的，但是，体表没有中毒迹象，也没有明显外伤。死亡性质未定。

在进一步的尸体解剖中，确认死者年龄在二十三岁左右，身高一米六五，体重四十八公斤，皮肤白皙，血型 A 型。死亡时间是 27 日凌晨二时左右。法医同时发现了要害问题，死者生前曾受到性侵害，体内留有精液。颈前部皮下有很宽的、不易察觉的压痕。法医认定，是用粗壮的手臂勒住脖子造成的。由此可以确定，死亡性质是他杀。警方向周边地区发出查寻失踪女孩的通知，很长时间都没有得到回应。

走进停尸房时，霍妍突然觉得自己的心脏突突地跳得很快。

死者早已被水泡得面目全非，很难辨认。

看着尸体，霍妍满脸阴云，像是一场暴风雨即将来临。

"我说，你一定是确认了这个死者的身份。"陈翔跟在霍妍的身后，无意间瞟了她一眼说。

"什么叫我确认？"霍妍几乎在咆哮，这具尸体几乎彻底颠覆了她一直以来对案件的推理和判断，可是她心里仍有不甘，"干我们这一行的，靠的是科学。"

"你怎么了？这么暴躁？"陈翔大步向前，跟着霍妍走出来，莫名其妙地看着她，恍悟道，"这么说，你认为她就是那个余蓓蓓了。是吗？"

"唔——"霍妍这才稍微冷静些，"还不能确定。可是，死亡时间太接近了，与余蓓蓓失踪的时间非常吻合。又是一个 A 型血。不会有这么多的偶然吧？这是我曾经的担忧，如果真的成为现实，怎么说呢，太悲剧了。"

"要我说，不但死亡时间吻合，地点也很吻合。"陈翔联想到胡铭戈的证词，胡铭戈正是那个时间到达那个地点的，在那里害死余蓓蓓，再把尸体抛入嘉陵江，从江水的流速来看，尸体被冲向中流发现的地方，也是有根据的。

“不过这些都是推测而已。”霍妍说，“尸体一旦从水里打捞上来，很快便腐烂了，那张脸和鼻子、嘴都被泡得涨起来了，即使专家也很难辨认，只能靠技术鉴定。”

一直以来，霍妍都不相信余蓓蓓已经死了，可是当这具尸体展现在她面前时，她的判断不能不发生转变。毕竟，陈翔的分析还是有一定道理的。

其实霍妍自己也有些说不清楚，在心里她总是存有一些侥幸，不希望那女孩死去。至于这具尸体是不是“余蓓蓓”，还有待于进一步鉴定，需要做 DNA 检测。

“其实就连这个余蓓蓓究竟是谁还是个谜呀。”陈翔不自觉地把嘴角微微翘起，“你是怎么看待胡铭戈这个人的？”

“胡铭戈吗？”霍妍从鼻子里发出声音，很难分辨出是什么态度。随后又说，“莫莉对他的印象很不好，从她的话里感觉胡铭戈似乎很花，对女人很随便，不负责任。可是有一点似乎可以印证：胡铭戈说 10 月 27 日凌晨到川陕公路等待余蓓蓓，却没有接到余蓓蓓，这应该是真的。这一点与莫莉的证言相吻合，莫莉说，27 日上午胡铭戈曾到莫莉的住处去问余蓓蓓是否回来。”

“从电话记录也可以印证。”陈翔说，“胡铭戈最后与余蓓蓓通话的时间是 27 日凌晨一点多这一点也不假，据胡铭戈自己说，那时蓓蓓说她已经过了汉中，到了宁强，正向广元方向赶。这一点现在无法证实。我们暂且相信胡铭戈的话，也就是说，余蓓蓓是在宁强至广元这一段发生了问题。”

尽管听上去胡铭戈的话很坦率，似乎余蓓蓓的失踪或者说死亡似乎与他没有关系。可是仔细分析，这其中仍然有可疑之处。陈翔手握着方向盘，转过头看向霍妍，说：“我想，在这个问题上，我们应该是有相同的判断。”此时他正准备着发动汽车。

霍妍没有看陈翔，她的眼睛看向前方，像是在思忖。

陈翔耐心看着她，在等待她的决定。

终于，霍妍慢慢缓过神来，把头转向陈翔：“你是说目前还不能排除胡铭戈？”看到陈翔肯定的眼神后，霍妍点头，“没错，在这个问题上，我们的判断一致。那么细节呢？”

“通过胡铭戈的陈述，可以作出三种判断。”陈翔的嘴角翘起，“第一，胡铭戈说的是真的。余蓓蓓的确在那个时间那个地段出了其他问题。第二，胡铭戈提出的猜想不是不可能，胡铭戈说‘也许，蓓蓓根本就没有到宁强，甚至没有到汉中，甚至没有朝四川方向，而是完全背道而驰地向另一个方向去了。’虽然胡铭戈在那一刻对自己的所谓胡思乱想作了否定，但是，这种否定，也许是胡铭戈故意作出的一种暗示，也许他的猜想灵验了。那么，眼前的这具尸体又该如何解释？有些矛盾。第三嘛，就是胡铭戈在那个地方见到了余蓓蓓，并害死了她。至于他 27 日上午到莫莉的住处去找余蓓蓓，只不过是为了掩人耳目。”

“分析得好。”霍妍笑着说，“不愧是阿良，不过嘛……”

“不过什么？我知道你是要问动机的。”陈翔得意地挥手在半空里画了一下，“既然是阿良，就一定有动机判断了。对吧？胡铭戈为什么要害死余蓓蓓？”

霍妍微笑不语，等待着他的回答。

“这世间所有熟人之间的杀人不是感情便是利益或者激情。”陈翔说，“能采取这种手段，胡铭戈应该不会是一时的激愤吧。要说感情嘛，胡铭戈在说到余蓓蓓有可能跟汤新生在一起时，似乎比较平淡。当然了，表情是靠不住的，也是最能误导人的。既然是余蓓蓓主动找他，他们之间也一直有电话联系，似乎不像是为了感情，倒很有可能是为了重大的利益。什么利益呢？这个嘛，我暂时还不能下判断，也许就是那个玉璧。”

“这胡铭戈不但是个很帅的男人，还是个冷静而智商极高的男人。这是我对他的感觉。”霍妍心里其实也不知道这种感觉是否能帮助自己作出准确的判断，“问题是还有一个汤新生。这就使问题更复杂了，是吗？”

“这个问题你比我更有发言权，陕西的情况是你亲自调查的。”

“目前汤新生也是不能排除的，有作案的时间，26 日晚他一直跟余蓓蓓在一起。”霍妍说，“虽然第二天上午他在西安，还出席了一个捐赠会，但是，不能排除在头一天晚上开车送余蓓蓓回四川，或在途中杀害她，然后将尸体抛入江中，再从容地返回西安。现在高速公路的发达，也为异地作案提供了便利。”

“好吧，我们也可以暂时认定汤新生有作案嫌疑，但是动机呢？”陈翔模仿着霍妍的口气，“动机又是什么？”

“这正是本案的关键。”这回霍妍没有犹豫。仅仅从汤新生—余蓓蓓—胡铭戈他们三人之间的关系分析，也许会引出男女情事的猜测。但是，在西安还有另一个女人死了。如果不是从她的遗物里发现了那张照片，很难与余蓓蓓的案件联系在一起。两个女人持有同样的照片，一个死亡了，另一个失踪或者也死亡了。即使一个外行，也会作出判断。

“问题是这张照片上的古玉器现在在何处？”陈翔快言快语。

“玉器在什么地方？要是知道了，也许案件就破了。现在汤新生外逃不知去向，只有眼前这个胡铭戈，我们能相信他吗？”霍妍说着蹙起了眉头。

“我们应该尽快调取川陕公路26日晚至27日的录像资料。”陈翔说着发动了汽车，“同时去阆中了解假余蓓蓓的情况。”

霍妍挥挥手说：“快走吧。”

第 11 章

阆中寻访

1.

汽车在高速公路上奔驰。车窗外的路标牌指示：阆中 200 米。

车里回响着音乐声——

……

菊花残，满地伤，你的笑容已泛黄，
花落人断肠，我心事静静淌。
北风乱，夜未央，你的影子剪不断，
徒留我孤单，在湖面成双。

……

随着音乐的节奏，陈翔手握方向盘微微晃着头。

副驾驶位上的霍妍则闭目在打瞌睡。入川后马不停蹄的奔跑调查让她疲惫不堪，每天的睡眠时间几乎只有三四个小时。

“醒醒吧，到阆中了。还指望你当导游呢，一路上也不介绍。”陈翔开始减速。

“到阆中了？”霍妍伸个懒腰，望着车窗外感叹，“我这是三进古城啊。”

“还真能睡啊，也该放松放松，不如当导游？”

“当导游肯定没问题。”霍妍很快又自我否定地说，“不过嘛，都已经四年了，这地方的变化一定很大。我想，咱们应该直接去状元街，那街上有个玉石店。”她脑海里浮现出四年前那个玉石店。据莫莉说店老板出事了，可霍妍仍抱着一丝侥幸心理。

汽车停在状元街口，他们一起下了车，在街上转了一圈也没找到那个玉石店。

霍妍停住脚步，在一家服装店前看了又看，说：“好像是这个地方，又不像，这条街全变样了，看样子是找不到了。”

陈翔挠了挠头，自言自语地说：“怎么办？”

“到工商所，或者到派出所去查？”霍妍询问地看向陈翔。

陈翔耸耸肩说：“还是到工商所去查吧。所有商户都得在工商所登记，可不一定在派出所登记。没错吧？”霍妍立刻表示同意。

幸好，工商所的档案给了他们一份喜悦，四年前经营玉石店的老板是阆中市一个富商的二公子，叫狄小龙。

问起狄小龙，工商所有个五十来岁姓宋的工作人员说：“两年前狄小龙牵扯一起经济案件中，商店就关门了。后来狄家整个搬走了，据说到重庆发展去了。”

“牵扯一起经济案件？具体是什么案件？”霍妍心里有些凉了。

“一个银行行长涉嫌贪污，被检察院逮捕，在追查赃款时，发现行长的小舅子在狄小龙的玉石店里买了不少古玉器，经鉴定，全部是高仿品。”老宋当年经手这起案件，还记忆犹新。

陈翔快速反应说：“那小子想用假古玩替代赃款，这是洗钱嘛。”

“可不是嘛。被检察院发现了，进一步查狄小龙商店的所有发票，竟然又发现了税务的问题。”老宋一副认真样。

“税上的问题？是偷漏税吗？”陈翔追问。

“狄小龙帮着一个大企业逃税，还有增值税的问题。”

“逃税、增值税？又是怎么回事？这古玩店里的猫腻可真多。”陈翔似乎想要搞明白。

“那就复杂了，涉及税的知识。”老宋于是认真讲解了有关偷、漏税的问题，也就是用买古玩的发票，作为冲抵销货营业税的进项部分，又不把这些东西列入公司财产或者商品存货。将这些东西列入“固定资产”报表，根据税法：单位价值超过两千元并且使用年限超过两年的，应当作为固定资产。五年内不将它们折现，就可以当成固定资产冲减企业利润。之后，每年按百分之二十在企业所得税税前成本中扣除。在之后年度中，因为额外增加了固定资产投资而可以减少纳税。五年后，这些东西在会计账面上就已经是零资产而能随意处置了。

霍妍碰了一下陈翔的胳膊肘，小声说：“那些税的问题先不要问了。”

“你们要想搞清楚整个案情，最好到检察院去。”老宋倒是很热情。

“老宋，你既然对狄小龙的商店了解得这么多，可知道他商店里有个女孩？姓金的。”这才是霍妍此时最想要了解的问题。

“那女孩呀，知道知道，叫金……金秀娟。是的，是叫金秀娟。”

“金秀娟？！”

霍妍和陈翔不约而同地发出声来，又不约而同地看向对方。

还是霍妍先冷静下来，从挎包里拿出余蓓蓓的照片，问：“请你看看，是这个人吗？”

老宋接过照片，认真看了看，连连点头，“是的，是她。”又抬起头，看着霍妍，“那个金秀娟长得有些像你。”说着咧嘴笑了。

“长得像你？”陈翔好奇地看向霍妍。

霍妍白了他一眼，又转向老宋问：“这个金秀娟是不是也牵扯案件中了？”

“她呀，是公司的员工，也不承担什么责任，不过嘛，在案件中是个证人。那些古玩什么的，是经她的手出去的。”

“这个金秀娟，她家在什么地方？后来去了哪里？”陈翔似乎更关心她的去向。

“狄家人生意做大了，据说搬到重庆去了，全家人都走了。金秀娟后来也不见了，从人们的视线里消失了。”

“哦！那么，金秀娟是不是跟狄小龙一起走了？”陈翔追问。

“不会的。据我所知，狄家人早就想把他家公子跟这个女孩分开了。”

“是狄小龙跟金秀娟好吗？”

“有这样的议论。县上许多人都知道，狄小龙经常带小美女去吃饭应酬。”

从工商所出来，陈翔发动汽车后一直默不作声。

“我说，刚才听到金秀娟的名字时，你那表情可够吓人的。”霍妍半开玩笑着说，“不会是你的熟人吧？或者是初恋？还是个小美女，你老家好像离川东不远吧？”

“熟人？”陈翔阴着脸说，“要说这名字实在是太熟悉了。要说初恋嘛，我倒是想找个美女，可要是遇上这样的美女，也真够让人揪心的了。”他说着扭过脸认真看了一眼霍妍，又把脸转向前方，突然说，“不过嘛，那个工商所的老宋说金秀娟长得像你。”

“别转移方向了。”每次听到别人说金秀娟长得像自己，霍妍心里一直有些说不清的反感，四年前第一次见到她时还没有这种感觉，那时的金秀娟还是个十分清纯的女孩。自从这次案发后，不断听到这种说法，尤其那个文化局的胖男人周若愚，说到这女孩时，似乎隐含着一丝淫邪，顿时让她反胃。于是她对陈翔说：“反正我看出来了，你对金秀娟这个名字很惊讶，她跟你一定有什么关系？”

“你不是也同样的惊讶吗？我也看出来了。”陈翔很快回了她一句，“还长得很像。”

“我不是跟你说过了吗？四年前我跟她有过一面之交。你呢？不会是一面之交吧？”

“你算是说对了。”陈翔得意地扬了扬头说，“我和她还真不是一面之交，是多面之交。我就知道你想说什么，你想说‘别卖关子了’，我可不是故意要吊你的胃口，可以确定地告诉你，我和她虽然有多面之交，但是，始终都没见过这个金秀娟。”

“一句话的事情到了你这儿就这么复杂。”霍妍这时真的有些心急，“我怎么没听明白？多面之交却没见过面，文理不通、自相矛盾嘛。除非，是在网上？是网恋吧？”

“网恋？我还真够时尚浪漫的。”陈翔瞥了霍妍一眼，说，“电话你不会不知道吧？金秀娟多次给我打过电话。是因为她爸爸的案子，她爸爸被人杀害了。”

“这么说就是你办的案子了？”霍妍先是吃惊，但很快镇定下来，平静地看了一眼陈翔，她记得莫莉曾说过，余蓓蓓的父亲被人害死了。接着追问，“你曾办过她爸爸的案子？”

陈翔叹了口气说：“这女孩挺可怜的。她爸爸五年前死于非命，在川西，也就是广汉和彭州交界的一个工地上，被人打死了。”

“金秀娟的爸爸？死于工地？是被人打死的？”霍妍很快又说，“可是五年前，你还在上大学呀。”

“没错。案发时我还不是警察。我是后来接手这起案件的，我的老师赵大江临退休时把案件交给了我。那时我是个新兵。赵老师说案发的那天晚上下了一场大雨，第二天早上有人报案，老师赶到工地时，现场围了许多人。”陈翔声音低沉下来，“现场被破坏了，金福倒在工地的一个土坑边，头上身上有很多血。法医鉴定是：头部被钝器打击，当场死亡。”

“一场大雨？这么说现场的物证也被雨水给毁了？”霍妍瞪圆了双眼。

“雨水把脚印都冲了，无法提取，也没找到作案工具。”陈翔无奈地耸耸肩，“赵老师说他们在工地进行了很长时间的排查，只是发现另一个陕西籍的民工，大家叫他老弁，也在案发的当晚失踪了，其他信息全无。当时分析，可能是老弁把金福打死之后逃跑了。”

“民工把民工打死了？动机呢？”霍妍不解，“后来呢？你是怎么认识金秀娟的？”

“是有些蹊跷。不知道作案的人，也无法探询动机。”陈翔说，“我刚接手案件不久，就接到一个女孩的电话，她说她叫金秀娟，是被害人金福的女儿，询问他爸爸的案件有什么进展。当时我很惭愧，只能安慰她，请她相信，我们一定会抓住凶手的。可之后一直没有找到有力的线索。”

见霍妍沉思不语，陈翔又说：“后来我又找过当时在工地上的一个民工，他叫谢强，曾跟那个老弁在一起干活。我询问谢强事先发现什么苗头没有，谢强说，老弁好像是跟金福有经济纠葛，具体什么纠葛，他也说不清。”

“也许是为了工钱或是赌债？据说民工们常在一起打牌。”霍妍提醒。

“不是。我的老师说，当时他们在工地住了半个月，有个民工悄悄告诉老师，说金福他们大概是在工地干活时发现了什么。”

“发现了什么？”

“有可能是文物。”

“分赃不均？”霍妍很快提醒说，“应该继续问那个谢强，他可能也参与了。”

陈翔点了点头，说：“有可能是这样。案件查到这份上，其他线索都断了。我们再回头找谢强，他一口咬定什么都不知道。因为没有证据，也不好对他采取措施。现在回头再看，真是太复杂了。后来我也调走了，案件就移交给别的人了。可是我一直关注着这起案件。金秀娟后来还跟我联系了两次，再后来就没有消息了。直到刚才，我听到金秀娟这个名字，心头突然一震，太意外了。更让人意外的是金秀娟就是余蓓蓓。这女孩为什么要改名字呢？”

这时霍妍把头转向窗外，脑海里闪现出那个清纯的女孩。“金秀娟”，她咀嚼着这个名字，自言自语：“她后来去了成都，改名叫余蓓蓓。再后来，去了西安，被牵连进一起案件，这女孩真够倒霉的，不知怎么搞的，总是被牵连到案件中。”

“这么说，这些事情绝不是偶然的。”陈翔咬着牙。

“我也在想，怎么会有这么多偶然。”霍妍思索片刻后说，“应该去金秀娟的家乡看看，我们还需要证实金福的确是她爸爸。要真是这样的话，这个女孩就更值得我们关注了。”

在办案中去探查当事人的心路历程，他们的出生、家庭背景、童年、梦想、希望、恐惧，还有他们身边的人，父母、兄弟姐妹……全面了解一个人，是霍妍一贯的办案方式，她认为这样会更有利于准确判断案件的性质。再说了，根据犯罪心理的理论，办案时从心理分析入手，层层深入，就会把那个真实的人挤到墙角里。

“这回，咱们真的要联合办案，可不是协助了。”陈翔突然高兴起来，“跟美女一起办案可真叫爽。不过，眼前我们不但要去金秀娟的家，还需要调取108国道的录像资料，还有那个狄小龙，也需要跟他会一会。”

“那就分头行动吧。”霍妍的话一出口，便遭到陈翔的强烈反对，“还是一起行动吧，男女搭配，干活不累嘛。”说出这话时，陈翔咧嘴一笑，又自我圆场说，“时间不等人，我们还是分头去查吧，要抓紧啊。”

2.

“你找谁？”女人拉开门后露出惊异的眼神。

“您是金秀娟的妈妈吗？”霍妍微笑着站在门口。

“是的。你是——？”女人看上去有六十多岁了，其实她不过五十多岁，满面沧桑让她显得苍老。

“我是金秀娟的朋友，从阆中来的，路过这里，顺便来看看她，好久不见她了。”

“唔。是娟娟的朋友，快进屋里坐。”女人说着后退一步，一瘸一拐地朝里面走。

那是小儿麻痹的后遗症。霍妍看着她的后背，跟着走进屋里。

“家里乱得很，你坐。”女人端起一个小板凳放在霍妍脚下，“你坐。你跟娟娟是在阆中的朋友？你叫什么？”

“啊，我叫小芳。娟娟没跟您说过吗？”霍妍依然站着，迅速扫视了室内，一眼看到墙上的镜框，里面镶着全家人的照片。“秀娟她不在家吗？”

“唔。”女人站在一边，“娟娟有好长时间没回来了。”

“是吗？秀娟去了成都，我就一直没见到她。要说成都可比阆中要远了，肯定回来得就少了。”来之前霍妍还抱有一丝幻想，也许金秀娟在家里。

“娟娟不在成都了，你不知道啊？她去西安了。听说比成都还要远好多好多呢。”

“哎呀，怪不得跟她联系不上。她上一次回来是什么时候啊？”

“上一次……是去年吧，那时她还在成都，后来就去了西安，以后就没有回来，有一年多了。”

“那，她给您打电话了吧？她在那边好吗？”霍妍扫视了一下室内，这家里没有电话，看来也不会有的。

“电话也很少打。不方便，要打到小卖部，让人家叫。你喝口茶吧。”她走到小方桌前倒茶。

霍妍朝着墙上的镜框走去，边走边说：“我在阆中跟娟娟的那个商店是隔壁，我们都是给人家打工的。好久没见她了，本来想顺便来看看她的，真是不巧。”

镜框边缝里插着金秀娟的近照，看上去时尚性感，已经完全没有了四年前的清纯，唯有那双眼睛，还闪着小鹿般的温存和明亮。霍妍记得四年前柏松走出那个玉石店时就对她说过，她和金秀娟的眼睛长得真像。

“是她！就是她！”霍妍在心里默念着，禁不住把照片从镜框上拿下来，“大妈，这是娟娟到成都拍的照片吧？真漂亮啊。”

“我家娟娟长得像她爸爸。”女人声音里有种掩饰不住的喜悦。

“长得像她爸？”霍妍一手举着照片，一手指向镜框，“这个是她爸爸吗？”

镜框里的全家福显然是多年前的，那时金秀娟看上去只有八九岁。

“是的是的。”

“啊，大叔也很帅呀。大妈，您和大叔还有一儿一女，真是福气啊。大叔呢？不在家吗？”

“你叔他……不在了，死了好几年了。”

“大妈，对不起。让您伤心了。”

“唉——没什么。”

“大叔他，是有病吗？”

“没得病，是在工地上被人打死了。”

“在工地上被人打死了？”霍妍心里哆嗦了一下：这女人的丈夫果真是金福？

“都五年多了，那时娟娟才十六岁啊，她弟弟才十二岁。”

“在工地上发生的？是在哪里的工地呀？后来处理了吗？”

“在广汉还是彭州，我没有去过。那时，那边有人打来电话，是娟娟接的电话，当时她没告诉我，只说是她爸爸让她过去找个工作，她一个人去的，其实她是怕我腿不方便，不让我去。都五年了。到现在也没人管，说是那个案子还没有破……唉！后来，我才知道，他爸爸死得好惨哟。”

“大妈，秀娟她爸爸叫什么名字？你们没找过办案的人吗？”

“娟娟找过公安局的人，人家说没啥子……没线索。”

“大叔他叫什么名字，以后我帮您问问。”

“她爸爸叫金福。你能帮我们问到吗？太谢谢你了。”

“不用谢。”霍妍在心里默念：果然是金福。

“那，秀娟最近还去找过吗？”

“不晓得。都快一年了，娟娟也没再说起。”

“大妈，您别着急，相信公安一定会查清楚的。”

“谁知道呢！”

“大妈，娟娟最近来电话了吗？”

“没有。”

“您有她的手机号码吗？我给她拨一下，你也可以跟她说几句话。”霍妍拿出自己的手机。

女人一瘸一拐地走到一张破旧的桌子边，从抽屉里翻出一张纸，递给霍妍，“这是娟娟留的，说是她的电话，我也没打过。没什么事情，不想麻烦邻居。你看能打通吗？”

霍妍接过纸，看了上面的一串数字，确定是“余蓓蓓”的电话。“我给她拨一下吧。”说着拨了号码。

“……您所拨打的电话已关机……”

“哎呀，大妈，娟娟的电话怎么打不通呀？她是不是换了电话号码？还有别的电话号码吗？”

“打不通？那就不知道了。我没给她打过电话，都是她打到小卖部，人家叫我去听的。”女人这时也有些扫兴，“这娟娟咋搞的嘛。”

“大妈，看您这生活好像不太好，娟娟给您寄钱吗？”

“去年她回来给了钱，现在够用了。她弟弟上学的学费也是她给的，我们生活好多了。”女人从床头拉过一件衣服，“衣服也是她给我买的，我舍不得穿，娟娟不让我去捡废品了，可我闲不住，在家没得啥子事情嘛。”

“秀娟也真不容易啊，她小小的年纪就要养活一家人。”霍妍感慨，“她很早就不上学了吧？”

“她爸爸在的时候，她一直在读书，后来她爸爸不在了，娟娟在学校又被人欺负了，她回来就死也不上学了，说是要出去打工挣钱。”

“大妈，你说娟娟在学校被人欺负了，是怎么回事啊？”霍妍想搞清楚“被欺负”是不是那个意思。

“唉！人穷被人欺，人倒霉了也被人欺啊。”女人眯起眼看向窗外。

那天，金秀娟和几个同学打扫完卫生，班主任来教室检查卫生，同桌那个骄横的女孩对女老师说：“老师，你给我调个座位吧。”

“怎么了？”女老师平时很宠这女生。据说她爸爸是个老板，经常给老师送红包。

“金秀娟她不讲卫生，身上臭得很。”女生捂着鼻子，用手指着金秀娟，一副盛气凌人的模样。她常在私下里对班里的同学宣扬金秀娟是捡破烂的。

老师从前台走过来，站在金秀娟身边，吸了两下鼻子说：“要注意个人卫生，知道吗？女孩子家怎么这么不注意！”老师其实很势利，偏袒富家子女。

“昨天才洗过的衣服，哪里有味吗？”小秀娟哭着伸出胳膊，拽着袖子伸到自己的鼻前嗅了嗅，“根本就没有味道嘛。”

“好了好了，你还觉得委屈了是不是？还说昨天洗的衣服呢，连指甲也没洗，看看你，指甲里都是黑的，谁冤枉你了？讲究个人卫生，也是对别人的尊重。”女老师板起脸训斥。

金秀娟低头看着自己的指甲，默默地独自流泪。指甲里的确是黑的，那是今天早上帮妈妈捆废报纸留下的油墨，她把废报纸捆好，装进小推车里，等放了学才能赶去废品站，如果不抓紧时间，废品站就下班没人了。

晚上回到家，金秀娟盛了满满一盆水，使劲儿搓洗双手。

秀娟的妈妈人虽残疾，可心细如丝，早就看出金秀娟心里有事，从放学回到家就没说过一句话。在她一再追问下，秀娟诉说了自己的委屈，说着说着就流出了眼泪。妈妈把她揽在怀里，“都怨妈，拖累了你。”

童年时第一次被人羞辱，也许让金秀娟刻骨铭心。

“原来是这样啊。”霍妍松了一口气，可是心里仍然沉甸甸的。

“女娃子家大了，连件像样的衣服都没有，会被人看不起的。”女人说着用手背擦去脸上的泪水。

“大妈，喝口水吧。”霍妍把茶碗递过去。

这会儿金秀娟的妈似乎已经把霍妍当熟人了，絮絮叨叨地说起了往事。她说：“那时家里穷，没钱买衣服。一次在幸福小区门口收废品，一个女人拿出几件衣服，说是他们家人不能穿了，扔了可惜。我接过衣服，见有一身衣服是女娃穿的，拿回家，让娟娟一试，还挺合适。”

“唔。”霍妍默默听着，不知该说什么。

“那是件红色小花裙装，我拿着镜子给娟娟照着，娟娟在家里转着圈地笑。长那么大，那是她穿过的最好看的衣服。后来娟娟一到天热了就穿那身衣服，穿了好几年呢。可惜娟娟她连高中也没上，都是因为我这腿脚不利落，从小得的小儿麻痹，只能靠捡破烂养活娟娟和她弟弟。娟娟倒是个懂事的娃儿，每天放学后，帮着我捡破烂，把那些破烂整理、捆绑，再拿去卖……还帮我做饭、洗衣，照顾弟弟。那些年日子过得很紧。卖破烂的钱，只能用来买些米，我在菜市场捡些菜叶子，每天都吃咸菜伴菜煮饭，全家人的衣服都靠好心人的施舍。那次在学校被老师欺负后，娟娟就死也不去上学了。她说只要弟弟能上学就行，就这样，她去阆中打工了。”金秀娟的妈不停地用手背抹去脸上的泪水。

总算说到了正题，霍妍连忙问：“娟娟去阆中打工？是第一次离开家吧？大妈，您放心吗？那时她几岁呀？”

“到阆中去那年，娟娟十七岁。那边有他爸家的一个远亲。就是那个远亲帮娟娟找的工作。其实娟娟她爸爸去外地打工，也是那个亲戚介绍的。那个亲戚姓狄，他儿子叫狄小龙，在阆中开一家商店，是玉石店。”

“狄小龙？玉石店？”霍妍心想，原来真是这样。想到案件中又一个环节有了着落，她顿时觉得轻松了许多。这时手机响起，霍妍打开接听。

“我拿到了 108 国道的录像资料。不过……”先是陈翔得意的声音，紧接着留下了一串悬念，见霍妍并不急于询问，陈翔便只得迫不及待地说出，“不过……狄小龙已经出国了。”

第 12 章

爱做梦的鱼

1.

“有些事实需要重新核对一下。”这是第二次询问了。霍妍扫了一眼胡铭戈，只见他精神委靡，似乎没那么帅气了。

“还有什么事情？我不是都说过了吗？”胡铭戈的目光暗淡。

“10 月 26 日晚上，请把你那天的事情重新叙述一遍。”霍妍冷静地看着他。

“26 日晚上？”胡铭戈的目光在霍妍和陈翔间游移，似乎很茫然。

“你是什么时候接到余蓓蓓电话的，接到电话后做了哪些事情？什么时候出发，一路的情况一直到第二天返回的经过，请详细地陈述一遍。”霍妍想要的是细节。

“你们应该尽快去找余蓓蓓。”胡铭戈突然烦躁起来，“总是这样没完没了地说，有什么用？”

“正是为了余蓓蓓，希望你配合我们的工作，再说一遍。我们需要细节。”霍妍不由得也提高了声音。

“既然这样，我再说一遍吧。”胡铭戈仍有些不情愿，“10 月 26 日的下午四五点吧，蓓蓓突然打来电话，说她有急事可能要回成都，让我做好准备等她的电话或者短信，晚上去路上接她……”

“等等。余蓓蓓是说可能要回成都，同时也没有确定去接她的具体时间，只是让你做好准备。是这样吗？”霍妍快速与陈翔交换了眼神。

“是的。晚上九点左右她又打来了电话，让我出发，说她也很快就出发了。”

“当时余蓓蓓在电话里的情绪如何？她在电话里有没有说她为什么突然要回四川？”

“头一次打电话时，我觉得她说话还是比较轻松的。晚上再打过来时，似乎很急促，没有多说。”胡铭戈努力在回忆。

“这么说，你接到电话就出发了？”霍妍同时用心快速计算着时间。

“路上还算顺利。到川陕交界的那座桥边时，正好是凌晨二时左右，已经是 27 日了。”

“凌晨二时左右？据我们推算，余蓓蓓在此前已经赶到了这个地方。”霍妍凝视着对方。其实这个时间是根据那具女尸的死亡时间推定的，在使用了疑问的口气后，她却用了肯定的眼神。

“不是的。蓓蓓没有到。我在桥边等了很长时间，不见她，于是又继续向前开。一直……”

“其实，余蓓蓓在凌晨二时左右已经到了那个地方。”这时霍妍死死地盯住他。

“什么？”胡铭戈疑惑地瞪着双眼，“你是说——”

“余蓓蓓几乎是与你同时到达那个地方的。你应该看到她了。”在和他的眼光相遇的刹那间，霍妍竭力想要分辨出这个帅气男人的眼神里流露出的是怎样的情绪，她紧紧地盯住他的双眼。

“我不明白……”

“你真的不明白吗？”

“不……”胡铭戈摇头。

“28 日上午，有人在嘉陵江里发现了一具女尸，经法医鉴定，死者是27 日凌晨二时左右被人勒死后抛入江里的。按照江水的流动速度，可以推测出尸体抛入江中的时间和地点，正是你们约定的时间和地点。”

胡铭戈顿时目瞪口呆。

霍妍冷冷地看着他。

“蓓蓓死了？”胡铭戈突然放声喊道，“这究竟是怎么回事？”

霍妍依然冷冷地看着他。

“蓓蓓是被人害死的？被什么人害死的？查到了吗？”胡铭戈焦灼地蹙起眉头。

“这要问你。这个时间段正好是你到达川陕边境的时间。”霍妍平静地看着他。

“问我？”胡铭戈愕然，旋即露出异常吃惊的神情，“正好是我到达川陕边境的时间？这……到底是怎么回事啊？”

室内突然异常的安静。

“你们是在怀疑我吗？你们凭什么？”胡铭戈突然提高嗓音打破了安静。

霍妍说：“首先，你和余蓓蓓的电话记录证实了你们在那个时间段多次通过电话。这些不会都是巧合吧？”

“……要真是我的话，怎么会向你们讲述我到了那里？”

“这也正是我要告诉你的，因为你无法回避那个时间和地点。录像里都有记载。”

“回避？我真是说不清楚了。我为什么要回避？也许，也许那个时间正好发生了交通事故或者抢劫什么的。”

“我们已经注意到了，你在第一次陈述事实的时候就说‘莫非那天晚上蓓蓓在路上遇上劫匪了？’但是，根据当晚的车流量以及录像分析，目前还不能证明发生了交通事故或者抢劫案件。而那具女尸颈部的勒痕则可以证明，只有近距离才能做到。在那个漆黑的夜晚，什么人才能靠近她的身边呢？显然是熟悉的人。”其实，霍妍和陈翔只是在录像里看到了胡铭戈的车的确在那个时段出现在 108 国道上，更多的细节便无法知道。

“可是，那天晚上，我根本就没有见到蓓蓓。蓓蓓跟我约好在交界的那座桥上等，但是我的车一直开到陕西了，也没有见到她的人影，那时，我真的害怕路上发生了什么事情。毕竟是夜晚嘛。可我一直在路边等，等到天亮，始终没见她人影，就只好回来了。往回走的路上，我还觉得挺窝火的……”

“你觉得挺窝火的？是什么意思？”霍妍感觉这话里似乎有种含义。

“……反正我没见到蓓蓓。”胡铭戈显然回避了提问。

“你以为坚决回避见到余蓓蓓的事实，就能洗脱自己吗？”

“我为什么要害死蓓蓓？”胡铭戈的眼光直射向霍妍。

“余蓓蓓为什么要突然在半夜赶回四川？又为什么要你去接她？”霍妍步步紧逼。

“为什么？我也搞不清楚。”

“你是在故意回避事实。”

“我没想回避。蓓蓓真的不是我杀的。”胡铭戈看上去心情沮丧，“请相信我。”

“怎么相信你？手机信号、时间、地点……难道都是巧合？”

“看来，我真是说不清楚了。我也觉得蓓蓓那天回来得挺突然的，我只是想，大概是蓓蓓突然遇到什么紧急情况……”胡铭戈似在寻找合适的理由。

“那么，余蓓蓓可能遇到了什么样的紧急情况呢？你作为她的好朋友，请帮我们分析一下。”

“是呀，那天，蓓蓓说，她租了一辆车。我想，晚上已经没有大巴了，只能是租车。”胡铭戈显得烦躁不安，“请给我一支烟。”

陈翔递给他一支烟。

霍妍接着给了他一些提示：“人命关天。你现在已经被牵扯到案件中来了，你必须要把事情说清楚，这也是对你自己负责。比如你和余蓓蓓的关系，你是怎么认识她的？怎样产生感情的？不然，余蓓蓓在情况紧急的时刻，怎么没有找别人？说出你们之间的事情，有助于案件的侦破。”

室内被烟雾笼罩了。

胡铭戈把一支快吸完的烟掐灭了。他缓缓地说：“我和蓓蓓半年多没见面了，我接到她的电话时，立刻想到，在她需要我的时候，我应该帮助她。可是，就在我想要帮助她的时候，她却……她怎么会死了……”胡铭戈哽咽着，泪水涌出他的眼眶。

泪水模糊的视野里，浮现出那个清纯的女孩。

2.

胡铭戈第一次见到蓓蓓，是在那次拍卖会上。拍卖会刚结束，公司里几个女孩围着他撒嗲，他一扭头，却看见一个清纯女孩独自站在一旁，那神态令他心动。

他撇开了一群女孩，毅然走向她……

蓓蓓脸红了，连说话都颠三倒四的，说自己的名字时，竟说“蓓蕾的蕾。”看来是真的清纯。他一下子就喜欢上她了。

却不料，一连几次请她吃饭都被拒绝。

胡铭戈本以为凭着帅气的外形和拍卖场上的风光，不知有多少女孩会主动往他身上贴呢，不料却遭到眼前这个女孩的拒绝，不但一次拒绝，而是随后的连续三次都被拒绝。

这让胡铭戈觉得自尊心受到了打击，让他耿耿于怀。

那天，他正挖空心思想着怎样能让余蓓蓓上钩时，却见她朝自己走过来。

“胡哥，有件事想求你帮忙。”余蓓蓓显出几分矜持，甚至还有几分严肃。

胡铭戈心中窃喜，表面上却一本正经地说：“你找我？帮忙？”那双眼分明在说：“你也有求着我的时候。”

蓓蓓撇了撇嘴说：“胡哥，我真的有事求你，肯不肯帮忙？”她眉毛抬得高高的，像是在询问。

“美女有事，求之不得。说吧，什么事？”

“那好，晚上我请你吃饭，咱们饭桌上说。”蓓蓓抛出一个微笑。

“美女请我吃饭？那一定要去的。”胡铭戈会心一笑。

“一言为定啊！晚上我等你。”她走出门时回头特意叮咛，脸上露出娇媚的笑。

“放心吧，一定去。”望着她的背影，回味着她的笑，像块奶糖，黏黏的、甜甜的，可是，什么时候才能放到嘴里呢？

约定了晚上七点。在成都最火的一家海鲜楼。

胡铭戈走进包间时，看到余蓓蓓和一个上了年纪的老板正坐在那里。

“我是循着光芒走进来的，果然这蓬荜生辉的地方，就有美女。”胡铭戈不失时机地发表溢美之词。

“胡哥是说反话吧？”余蓓蓓笑时挑起眉毛，“是俊男走进来让这里熠熠生辉呀，我眼睛都快睁不开了。”

胡铭戈心里美滋滋的，他也认为自己算得上是标准的俊男。今夜，他刻意刮了胡子，喷了香水，穿着光鲜。灯光下，与蓓蓓的眼光相遇时，他眸子里微微发黄的瞳人，闪着琥珀般的亮光。

“俊男美女，岂不是天生一对？”胡铭戈认为自己占了上风，惬意地笑着说。

“跟俊男美女在一起，真是我的福气。”一直立在一旁的上了年纪的老板，不知如何是好。他的一句话，引起两人的注目。

余蓓蓓连忙介绍说：“这是汤总。”又伸出手臂做出优美手势说，“这是我们公司的大拍卖师，人称‘胡一拍’。”

胡铭戈戏谑一笑说：“人称‘胡拍’。”

“我叫汤新生，已经观赏了大拍卖师的风光表演。”汤新生说着递上名片。

“谢谢。”胡铭戈接过名片潇洒入座，说，“对不起，我以为今天是美女单独约我，所以没带名片。”说着朝余蓓蓓抛去一个媚笑。

只听到汤新生在一旁说：“胡大师这样的名人不需要名片。”胡铭戈于是转过头对着汤新生微微一笑说：“汤总过奖了。”

“胡大师的拍卖真是一流的水平啊。”汤新生摇晃着脑壳兴奋地吹捧起来，“大师在台上挥挥手，就像乐队指挥，好精彩啊，你看那么多的乐器，啥子大提琴、小提琴，啥子长笛、小号、钢琴……管他啥子乐器都要听你的指挥。只要胡大师把小槌轻轻地一敲，这会儿，你又像是个法官，手起槌落，‘嘭’的一声，一槌定乾坤啊。”

“可不嘛。胡哥够神气的。”余蓓蓓也在一旁随声附和。胡铭戈摆了摆手说：“美女开口如金玉良言，可让我昏了脑壳啊。”又高兴地对汤新生说，“汤总可真会形容啊。”

那时胡铭戈真有些飘飘然了，也许是拍卖师的职业习惯，他常常有种主宰一切的飘然感，他喜欢在众人面前炫耀，更喜欢在美女面前表现得风光。

饭桌上的气氛渐渐活跃起来。

余蓓蓓也渐渐摆脱了矜持。像胡铭戈这样的俊男，其实她心里也是喜欢的，看他今夜谈吐风雅，还有几分风趣。特别是胡铭戈说的“俊男美女”，让她心里微微一颤。长这么大，还是第一次遇到这样风流倜傥的男人。

等酒下到一半时，余蓓蓓说：“汤总有几件古玩，想在咱们公司拍卖。”

“哦，搞了半天，是为了勾兑才请我喝酒的。”胡铭戈笑着瞟了一眼余蓓蓓，“还找人来帮着吹捧。”

“什么吹捧，是说真话的。”余蓓蓓把目光投向汤新生。

汤新生连连点头，说：“我今天有机会认识美女俊男，真是我的幸运，和美女俊男谈事情，也会觉得心情舒畅。”

“我是跟蓓蓓开玩笑的。”胡铭戈转向汤新生，“汤总才真是懂得商场秘诀的，让美女来公关，我还有什么可说的，是吧？其实拍卖公司就是专门做拍卖的，来者不拒，像汤总这样的大古玩商，我们就是欢迎还怕怠慢了呢。”

“我最近收到几件小玩意儿，想到找蓓蓓给拍卖，可是蓓蓓说她来的时间短，业务不太熟悉，要找你，所以嘛，我们才有缘相会。”汤新生说着拿出几张图片，是一些高古玉龟、刚卯、翁仲之类的玉器。

胡铭戈拿起照片，认真看了看，说：“别看这些玉龟、刚卯看上去很小，可是造型生动，雕工精细，有的透出鸡油黄，有的是土沁，都能卖上个好价。只是，要找专家出个鉴定，汤总要付些鉴定费。”

汤新生说：“这些我知道。请你跟鉴定师通融一下，这些可是高古的。”其实他拿出这些小玩意儿，本来只是想要借此结识余蓓蓓的。不想余蓓蓓拉出了胡铭戈，心想这胡铭戈可不比那小女孩，对古玩场里的那些猫腻一清二楚，有些话也是要对他点明的。

“嗯，没问题。就给你出个高古的鉴定书。”胡铭戈已经明白了对方的用意。

汤新生点头微笑，又把目光瞄向了余蓓蓓。

余蓓蓓先是愣了片刻，但很快就说：“汤总认为这些古玉应该卖个好价钱，特意请你这个拍卖师到时候激情澎湃，飞花添彩的。”

胡铭戈睁大了眼睛说：“蓓蓓，你又不是不知道，这价钱不是拍卖师定的，是按照专家的意见决定的。再好的东西，拍卖师也只是按程序进行。”

“胡哥，汤总不是外人，他人很好的，做事情一定会关照大家的，是吧，汤总？”余蓓蓓又把话递给了汤新生。

汤新生自然明白，虽然拍卖师需要按程序办事，可是，这拍卖上的事，少不了人气，专家确定个底价，就看现场发挥了。谁都知道，现场发挥是个弹性很大的事，要靠拍卖师的现场调动。

于是，他说：“蓓蓓跟我说了，您胡大拍卖师的个人魅力可是没人能比的。这不，我就是特意来请胡大师多多关照的。我是一定会报答的，我这个人做事向来对得起朋友。”他在后面的话上特意加重了语气。

胡铭戈扭过头看着蓓蓓笑，“蓓蓓真是这样抬举我的？其实我没那么大的能量。哈哈……”

余蓓蓓笑了笑，说：“胡哥别谦虚嘛。我听说拍卖品的附加值中，有一个重要因素就是潜在买家的购买欲望。如果有几个买家都志在必得，价钱就可能抬得很高。这是不是叫商战心理呀？”

“刚才还说自己是新来的，业务不太熟悉，这会儿露馅了吧？”胡铭戈啧啧嘴，“说得好听点儿，文物的价值，除了‘物’本身的价值，还包括种种附加的价值，是市场的期许，不过你是想说‘托儿’吧？拍卖场里的‘纤手’。”

说起拍卖场里的“托儿”，这些人嗅觉特别灵，能透过收藏家的眼睛和表情看到他们心灵的秘密。发现一些收藏家看中的宝物，“托儿”之间就互递眼色，抬高价钱。

如今的“托儿”们，花样翻新，手段巧妙，还有高科技。炒作的技术含量增加了，就像是炒股票、炒楼，那些所谓的股评家，利用人们的贪婪心理，把并不怎么值钱的东西炒到了天价，当人们蜂拥而入的时候，他们早已经获取丰厚的利润逃之夭夭。拍卖活动中总是少不了这样的“托儿”。就像元青花被炒到天价，赝品便乘虚而入一样。

胡铭戈从鼻子里发出笑声，说：“美女不是让我犯错吗？”

“我可什么也没说，人家不过是想了解了解这市场里的规则，是你跟汤总的交易。”余蓓蓓连忙解释。

汤新生端起酒杯，说：“喝酒喝酒。咱们做的是合法生意，再说了，有美女和俊男相伴，也是物超所值，我敬你们一杯。”

胡铭戈举起酒杯，却看向蓓蓓，说：“美女呢？这一杯要干的。”

余蓓蓓端着酒杯站起身，附和说：“我也一起敬胡哥。”

胡铭戈和汤新生也一起站起身。胡铭戈把身体靠近蓓蓓身边，俯在她耳朵边轻声说：“下次我请你喝酒。”

这时余蓓蓓的心狂跳了几下，脸上泛起红晕，侧过身看着他，说：“好哇。”

汤新生在一旁看得清楚，却满脸堆笑地说：“你们不要在别人跟前咬耳朵嘛，整得人家心里直痒痒。”

胡铭戈把酒杯举高，于是三人一起干了杯，又重新坐下。

余蓓蓓不敢确定那是不是胡铭戈的暧昧暗示，她只觉得，这种场合，这种语调，不免让人认为是逢场作戏，甚至是那种轻佻的挑逗，她心里犹豫着，一时分辨不清，便身不由己地应承了。

与汤新生喝酒后的第二天，快下班时，胡铭戈来到余蓓蓓身旁，邀请道：“走吧，美女。”

“干吗？”余蓓蓓不知道他要干什么。

“昨天晚上不是说过吗？我请你喝酒。”

“是吗？”余蓓蓓故作不解。其实在那样的场合，她知道人们总是逢场作戏的，“你不是说的醉话吧？”

“你怎么……”胡铭戈想了想，“那我现在正式邀请。就是现在，可以吗？”

余蓓蓓知道无法拒绝了，却仍在迟疑，“原来想加班把手头的事情办完，不然……”她故意压低声音，“我们那个刘副经理很厉害的。”

胡铭戈不以为然地说：“以后他对你不客气，告诉我。走吧，我的美女。”说着不由分说地拉住她的胳膊。

胡铭戈开着他的白色宝马把蓓蓓带到一个酒吧。

“Bloody Mary 还是 Jack Rose Cocktail？”胡铭戈说出一串酒名，问余蓓蓓要喝哪一种。

余蓓蓓抿嘴一笑说：“我不喝酒，来杯果汁吧。”其实她是因为不知道这些个洋酒都是什么来头，不便于随便应承。

胡铭戈像是很懂女孩的心，他耐心地解释说：“Bloody Mary——血腥玛丽，是用番茄汁和伏特加混合在一起的鸡尾酒，在外国少女中很受欢迎。这酒代表了一个美艳的鬼魂名字，鲜红的汁液像少女的鲜血，令人毛骨悚然，是那些爱寻求刺激的潮女孩喝的。不过你这样清纯的女孩一般不会喝，还是喝 Jack Rose Cocktail——杰克玫瑰。听上去美丽温柔，适合蓓蓓你这样文静的女孩喝。”

余蓓蓓一时不知说什么好，她还是坚持要喝果汁。

胡铭戈于是说：“‘杰克玫瑰’是白兰地和果汁调制的，跟果汁差不多。”

看着面前这个男人极富关爱的样子，余蓓蓓心里早已经醉了，不由自主地点了点头。她甚至不知道自己是怎样端起酒杯的。透过酒杯，她看见胡铭戈在灯光下更是帅气，他轻松自如潇洒大方，形象和气质非常动人，都够得上是标准的白马王子。

胡铭戈深情地看着她，视线的碰撞带给她强烈的冲击。

胡铭戈由衷地赞美：“今夜酒吧里你是最光彩耀人的一颗天然翡翠。”

女人在赞美面前往往会飘飘然，余蓓蓓想到曾有人也这样把她比作翡翠。可是，同样的话，出自不同的人，让她感受也不一样。这句话从胡铭戈嘴里说出，让她觉得就像这杯酒一样，具有浓烈亢奋和激情的味道。

他们之间很快进入无所不谈的境地。大概到了深夜，酒精燃烧着他们的身体，余蓓蓓觉得头重脚轻，可是仍有意识，“该回家了。”说出这句话时，她心里仍有种意犹未尽的感觉。

没想到胡铭戈顺势说了一句：“走吧。”他晃晃悠悠地搀着蓓蓓走出酒吧。也不知道他是怎样开动汽车的，幸好没碰上警察，否则他们会受到重罚。

余蓓蓓迷迷糊糊跟着胡铭戈来到一个住处，她说：“这不是我家。”胡铭戈说："这是我家。"

余蓓蓓摇晃着身体，想要走，却被胡铭戈拉住，"别担心，这是我一个人的家，进去喝杯果汁。"

余蓓蓓正在犹豫时，被胡铭戈拉进了屋。

关上门，胡铭戈突然紧紧地抱住了余蓓蓓。

两个激情燃烧的年轻人，如瞬间爆发的火山，融入奔涌炽烈的熔岩中。

3.

第二天清晨，余蓓蓓睁开眼，胡铭戈正站在床边。他轻轻抱住她，吻了她，在她耳边说："早点好了，吃了去上班。"

"唔……"余蓓蓓似乎有些被动地接受了他的吻。之后胡乱地洗漱了就去了餐厅。

饭间，胡铭戈不经意地说："你不是第一次？"

"这很重要吗？"余蓓蓓突然感觉到他的惊异。

"哦，不。只是与我原先的想象不同。"胡铭戈微微一笑，想掩饰过去。

"你觉得失望吗？"余蓓蓓心里像是很在意胡铭戈的态度。她已经开始喜欢这个男人了，他文雅俊朗，有些幽默感，尤其对他说的"俊男美女天生一对"，难以忘怀。

"没有，没有。别胡思乱想。"胡铭戈走过来，抱了抱她，"快吃吧。"

余蓓蓓一边默默地吃早点，一边悄悄地观察胡铭戈。她猜测，这个男人第一天见到她时，许是看上了她的淳朴自然，把她想象成一个小山镇里来的不谙世事的稚嫩女孩。现实却不是那样的。想到这些，她心里有些懊悔，可是不一会儿又想，随他怎么想吧。

胡铭戈像是什么也没说过似的，还是热情依旧。

其实他心里早就有了想法。第一次见到她时，想象她是一朵含苞未放的花，曾有过许多幻想、意淫。唯一让他没有想到的是，一个从小县城里来的，看上去淳朴自然的女孩已经不是处女了。他在心里提醒自己，这本是应该想到的，像蓓蓓这样美丽的女孩，怎么能不被男人追求？

就连胡铭戈自己也没有想到，冷淡的情绪来得如此之快。

那天以后，胡铭戈竟没有主动约过她，只是见面时看上去很热情，跟对其他女孩没有什么两样，他身边总有热情的女孩腻着，其实，像他那样俊朗而多情的男人在职场里也不多见，因此，只要一出现，总有女孩像彩蝶般飞过去，不离不弃。

倒是余蓓蓓心里涩涩的，情绪明显低落了。

直到汤新生的那些高古玉器以高价拍卖后，再一次请胡铭戈和余蓓蓓喝酒，余蓓蓓这才有了机会。

酒桌上，汤新生给胡铭戈和余蓓蓓每人一个大红包。

汤新生先是给了余蓓蓓一个红包，余蓓蓓没敢接，因为她觉得在公司已经拿过业务提成了。

汤新生接着又拿出一个红包递给了胡铭戈，胡铭戈二话没说，接了过去，举着红包对余蓓蓓挤了挤眼："汤总发红包还能不要？没人跟钱过不去。拿着吧，蓓蓓。"

余蓓蓓见状也放下心来，接过汤新生一直举着的红包。

"对头，这是你应该得的。"汤新生送出红包，满心欢喜。

看见胡铭戈高兴的样子，余蓓蓓想，都说男人贪财好色，果然没有例外的。至于汤新生给红包的动机，余蓓蓓也是后来过了很长时间才知道的，原来汤新生的那些个"高古玉"都是高仿品，是胡铭戈给他帮了忙，全当作真的高古玉出手了。难怪胡铭戈拿红包时那么理直气壮呢，原来是他出了大力了。

汤新生举杯敬胡铭戈："合作愉快，再接再厉。"

胡铭戈也端起杯："都是蓓蓓的功劳，从中牵线搭桥。"一手端起蓓蓓的酒杯送到她手中，"一起喝。"

胡铭戈总是善于调动情绪，还是那样风趣，正像余蓓蓓说的，他像个指挥家似的，把整个场面搞得热情奔放。

趁汤新生中途出去方便，胡铭戈突然抱住余蓓蓓深情一吻。

余蓓蓓被这突如其来的热情感染，顿时忘了曾经的情绪失落。

"你醉酒的样子比贵妃还美。"

"你在看人家的笑话吧？"余蓓蓓嗔怪着。

"真的，'昔我往矣，杨柳依依'，美得无法形容。"胡铭戈知道对于女人来说，任何赞美都不过分，他牢牢地握着这把钥匙。

“胡哥最近忙得不见人。”余蓓蓓话里有几分讥讽。

“我该死，真是不应该冷落了美女，真的太忙了，对不起。”胡铭戈说话总显得很真诚。

余蓓蓓有些不相信地说：“是身边美女如云，应接不暇吧？”但她心里却一直在想：“这样酷的男人，不知有多少女孩会一见倾心呢！”

“美女是不少，都比不过你，我心里只有你，真的，月亮代表我的心。”胡铭戈一手抓住蓓蓓的手，捂在自己的胸口，“你摸摸，为你跳动着。”他做出一副无辜而诚挚的样子。

“真贫！”余蓓蓓咯咯地笑出声。

“你不笑时很美，笑起来更美。”胡铭戈深情地注视着，瞳人里闪出琥珀似的光。

瞬间，余蓓蓓被那眼光所征服，一切抱怨和郁闷在那一刻烟消云散了。

那天晚上，余蓓蓓扭不过他的热情，又上了他的床。

此后，不时有女孩献上芳心，胡铭戈又总是不自觉地忽略了余蓓蓓。

也难怪，他本是个多情种，身边从没断过漂亮女孩，他也从来没有认真爱过一个女孩。许是看花眼了，或是生理惯性，总之，他还没有想过要认真对待。男孩自身条件好，对女孩的要求自然也高，尤其是在社会上打拼一阵后，对生存、竞争、金钱的残酷和魅力，有了深刻的认识，选择女孩的标准也就更加实惠，既要身材好、漂亮、带得出去，还要有钱、聪慧。

直到得知余蓓蓓要走的那一刻，胡铭戈才突然心生爱怜，有种失去时方觉可惜的感觉。

那天晚上他特意请余蓓蓓喝酒。胡铭戈疑惑地问：“听说美女要走了？”

“没人在乎我走不走。”余蓓蓓不知胡铭戈什么态度。

“怎么没人在乎？我就很在乎。”胡铭戈拉住她的手，“我觉得你在这里干得不错，还有比这儿更好的吗？”

此前，胡铭戈在心里细细品味了很久，蓓蓓是他见过的女孩中，各方面都非常优秀的，也值得爱的女孩。她清纯得像青海湖里湛蓝的湖水，让人依恋，与那些高傲而盛气凌人的女白领完全是两个世界的人。其实她业务上也很强，尤其对玉石有着与生俱来的灵感，就连她那明亮的眼睛，也透出玉的温润。他甚至想过，把这样的女孩放过，岂不是白痴……

“真的要走吗？在这里不是很好吗？”

“我要去西安了。听说是中国最古老的都城，对我的业务发展更有利。”余蓓蓓说这话时有点儿心酸，却装出一副笑脸。听到胡铭戈问喝什么酒时，她突发奇想地说出“Bloody Mary”。

胡铭戈当时用惊异的目光看着她，说：“蓓蓓你怎么了？”

余蓓蓓说：“不怎么，就是想喝。别的女孩能喝。我为什么不能喝？”

胡铭戈说：“也好，蓓蓓今天也热情奔放一回！”说着果真向服务生要了 Bloody Mary。端起酒杯又说，“蓓蓓真是跟别的女孩不一样，总让人有新鲜的感觉。”

“是吗？”余蓓蓓挑起眼角睨视着说，“胡哥只喜欢新鲜。”

胡铭戈连忙解释说：“蓓蓓你理解错了，我真的是觉得你跟其他女孩不一样，从第一天就是这样，今天更坚定了这个想法。”

余蓓蓓说：“胡哥可真会当面讨女孩的好，过后就不认识了。”

“唔！”胡铭戈笑着点头说，“看来蓓蓓还是很在意我的，既然在意我就不要走了，留下吧。”

蓓蓓说：“已经决定了，不好改变了。”

“到西安做什么？”胡铭戈突然感觉涩涩的。

“你真的很关心吗？”

“快告诉我。”

“在经营古玩的商贸公司，当经理，比现在当业务员上了一个台阶。”

“西安的商贸公司？老总是谁？不会是汤新生吧？”

“就是汤新生的公司。他现在要开拓业务，缺人手。”

“那个老家伙？”胡铭戈有些惊异，“我看他对你不安好心，还是别去，留下吧。走那么远，人生地不熟的，那老家伙太不让人放心。”胡铭戈认真地看着她。

“你是吃醋了还是真的在意我？”余蓓蓓心里忐忑。

胡铭戈突然提高了声音，说：“我在意你，关心你，至于说吃醋，我很自信，他一个老家伙怎么能竞争过我？要是……你是为了他的钱，那我可就不好说了。”他显然生气了。

余蓓蓓心里有几分感动，继续试探地问：“可是，我已经给公司交了报告，恐怕是收不回来了。”

胡铭戈一拍桌子，说：“谁说收不回来？我去找老总，这么优秀的人才。”他把余蓓蓓搂在怀里，“重要的是，我离不开你。”

“胡哥，你这话真让我感动。”余蓓蓓眼睛湿润了。

“别走了，我不让你走。”胡铭戈把她揽得更紧，“你是颗纯天然的翡翠，我要把你永远贴在心口上。”

倏地，余蓓蓓像是被一股暖流湮没了。

这暖流来得如此突然、如此热烈、如此真诚，又如此不可预料。那一刻，余蓓蓓完全转变了对胡铭戈的看法。他把她比作纯天然的翡翠，永不舍弃。还有什么比这更珍贵？泪水模糊了她的视线，恍似看见胡铭戈捧着鲜花，为她戴上结婚戒指。

那晚，他们在激情过后，又聊了很长时间。

余蓓蓓突然想起先前帮汤新生拍卖古玉的事情，便问：“上次汤新生的那些‘高古玉’都是高仿品呀？”

“这有什么稀奇的？”胡铭戈不以为然。

“那你给他帮忙，还找人鉴定，就不怕出事？”

“别瞎操心了。我又没干违法的事情，怕什么？《拍卖法》第六十一条规定，拍卖人只要在拍前声明不保证拍品真伪，便不承担瑕疵担保责任。何况我又没给他鉴定，只不过是介绍了鉴定人。”

“请教一个问题。”余蓓蓓突然问，“拍卖公司能拍文物吗？”

“按规定是不能拍的，可是，现在大多数拍卖公司是不追究来源的，‘英雄不论出身，古董不问出处’，这是行里规矩。其实准确地说，文物就是地下出土的，依照法律规定只能捐给国家或捐给国家的博物馆，可是现在出土的东西不计其数，既没有详细的发掘地，没有出土的记录，也没有人报案，又凭什么确定是文物呢？”

余蓓蓓说：“若是汤新生送来公司拍的……是文物呢？”

“你以为汤新生跟你一样幼稚？人家早就洗白了。编个故事，我爷爷的爷爷留下的，古玩市场淘来的，再去某些鉴宝活动转一圈，发个证，不就等于贴上了标签？或者在正式出版物上登出照片……公之于世，办法多了，文物的性质也就变了。”

“哦。”余蓓蓓若有所思，“难怪现在社会上那么多宝。”

“好了好了，咱们不说他汤新生了，行吗？”

“我是在想，要给汤新生干活，看来得小心才是。”

“那倒是真的。你要好好学习啊。我这儿有本书，你拿去看看，能提高对玉石的识别。”

余蓓蓓接过书，随意翻开，问：“古人上朝为什么佩玉？胸前挂的多累赘。”

“因为佩玉，行走出声，出声势必就要举止文雅……”胡铭戈搂住她的肩，“你看上朝时朝拜，步伐不快不慢，富有节奏，佩玉发出的声音，如同悦耳的韵律。这让为官者集中精力，同时也告诉旁人，君子来去光明正大。君子必佩玉，右徵角，左宫羽，趋人采齐，行以肆夏，周正中规，折还中矩，进则揖之，退则扬之。然后玉锻鸣世。故君子在车则闻鸾管家声，行则鸣佩玉，是以引群之心，无自入也。”

他摇头晃脑的样子，惹得蓓蓓咯咯地笑。

余蓓蓓指着他，说：“要说行则鸣佩玉，倒让我想起一个段子。”

“什么段子？”胡铭戈坐起身。

“原来这佩玉就是让人中规中矩的。段子说，领导下乡，见驴带着铃铛拉磨，遂问农妇：铃声何用？答：无声便知驴偷懒。领导点头又摇头：若驴只摇头不走路，奈何？农妇笑曰：世界上哪有像领导这样聪明的驴。哈哈……”余蓓蓓笑着倒在胡铭戈怀里。

“哈哈……”他们拥在一起笑着，笑得前仰后合。

可是胡铭戈还是没能留住余蓓蓓。

离开成都时余蓓蓓对他说：“你要是真的对我有情，就算是一次考验吧。等我回来。”

“一言为定。我可是要等你回来的。”胡铭戈又说，“到时候，汤新生入股咱们拍卖公司，成为股东了，蓓蓓你再回来，就有可能成为股东代理了，到时该看不上我这拍卖师了。”

“怎么会呢。”余蓓蓓紧紧地抱住他。

4.

“我是真心喜欢蓓蓓的。”胡铭戈用手背蹭去脸上的泪水，“如果说过去我曾经对感情不专一，是有那么回事。可是后来，等蓓蓓走后，我真后悔。26日那天，蓓蓓突然给我打电话，说可能要回成都来。我顿时高兴起来，一口答应去接她，那时，我突然觉得迫切地想见到她。”

“可是，你现在连自己做过的事情都说不清，那个时间、地点，你的出现与余蓓蓓的死难道是偶然？”面对这个天生一副极酷形象的男人，霍妍努力想要透视这个男人的心灵，不知他内心是否也同样的阳光？

“出租车司机，你们应该找他问问！”

“现在是说你的问题。出租车司机我们警察还不知道查吗？”陈翔忍不住呵斥。

“还是把你自己说清吧。”霍妍说这话时心里多少有些窝火，因为那晚陕西段的录像资料出了问题，至今还没有找到那个出租车司机。

“汤新生，你们问他了吗？”胡铭戈突然提高嗓门。

“汤新生？你对他有什么话要说吗？”霍妍终于听到这个问题由胡铭戈的嘴里吐出，她一直在试着理清这两个人之间的纠葛。

“你们应该去问汤新生呀，他是蓓蓓的老总，蓓蓓死了，看他是怎么说的。他应该……”

“他应该什么？”陈翔似乎有些着急。

“那天我到了蓓蓓的住处，本来准备再去蓓蓓她公司的，可是，正跟邻居大妈说话时，我们老板电话让火速赶回。往回赶的路上，我给汤新生的公司打了个电话，说找汤新生，是个女孩接的电话，说是汤总外出了。我问什么时候走的，她说二十六七日吧。”

“你给汤新生的公司打电话？这个情节，上次你没有说。”霍妍提高了声调。

“嗯……”胡铭戈似乎在迟疑，“我当时有些，怎么说呢？小肚鸡肠，以为蓓蓓跟汤新生……”

“你是怀疑余蓓蓓和汤新生之间有不正当的关系吗？还是你有什么证据？”陈翔认为有必要把问题问得更准确。

“没有。我不过是一时的胡思乱想。”

“真是胡思乱想？还是闻到了什么气味？”霍妍追问。

“现在这世道，只要说老板和女秘书就够抢眼的。”胡铭戈嘴上这样说，心里却在想着那天晚上，因为等不上蓓蓓，一时焦虑而突发的无端猜测。这种猜测又怎么能说出口呢？

“余蓓蓓跟你提起过璇玑玉璧的事情吗？”霍妍认为这个问题是该提出的时候了。

“什么？”

“璇玑玉璧。”

“没有。”

“跟你说起过汤新生公司里的有关业务吗？”

“有时在电话里说几句，也没什么实质性的。只是有一次，蓓蓓在电话里感叹说，她在玉石店里经手过许多玉器，却没看出汤新生的那些高仿品，可见汤新生仿制的工艺极好。他是兜售仿品的高手，在制作和推销高仿古玉器方面，有足够的经验。”

“你见过这个玉璧吗？”霍妍的话音刚落，陈翔便拿着照片走到胡铭戈身边。

胡铭戈仔细看了看照片，摇着头说：“没见过。怎么？它跟蓓蓓有什么关系吗？”

“这照片是在余蓓蓓的居室里发现的。同时在另一个被害女人的提包里也发现了同样的照片。”霍妍说话时紧紧盯住了胡铭戈的脸。

“另一个女人也被害了？这东西……不会跟汤新生有什么关系吧？他是古玩商，他手里有……”

胡铭戈仿佛看着远方似的喃喃自语，说到半截时一下子停顿了下来。在和霍妍的目光相遇的刹那间，霍妍从他眼睛的深处悟出一种极度悲伤的神色。

“我们依据法律对你的居住进行监视，在规定的期限内你不得离开住所。如果要外出，请向公安机关汇报。”陈翔态度严肃地宣读法律文书。

“你们凭什么限制我的自由？”胡铭戈气愤地瞪圆了眼睛。

“我们对你的传讯虽然结束了，但是，你涉嫌余蓓蓓被害案的嫌疑人身份还没有改变。我们认为只有对你的居住进行监视，才不至于对社会造成危险。但是你要记住，如果外出，必须向公安机关报告。就这样，有什么问题你可以依法提出。”陈翔耐心解释完转身走出门去，他似乎认为没有必要给胡铭戈留下申辩的余地。

胡铭戈随手抓住一个茶杯朝陈翔走出去的门使劲儿甩去。

“嘭！”的一声响。

已经走到门外的陈翔回头看了看，转过头继续向外走去。

“我是嫌疑人？我怎么就成了嫌疑人了？”胡铭戈一屁股坐进沙发里。

在他歇斯底里地号叫之后，无力地闭上双眼，想要让自己的情绪安定下来，可是却做不到。甚至连闭眼的一瞬间也无法安静，又很快睁开了眼睛。他突然从沙发里蹿起，奔到书房，打开电脑，开始搜索……

“监视居住是对被拘留的人……需要逮捕而证据尚不符合逮捕条件的……”

“监视居住，还要逮捕？这帮浑蛋、白痴！”胡铭戈一拳砸在桌上，之后他走出书房，拿出了家里存放的一瓶五粮液，自斟自饮起来。

“蓓蓓，你怎么回事？是在惩罚我吗？”胡铭戈自言自语着，他从没有对女孩认真过。这是第一次。第一次喜欢上一个女孩，第一次想要认真对待的时候，却遭受到如此沉重的打击。不想认真时那些女孩总围在身边，想要认真对待时，却失去了她。第一次真心想爱的时候，却发现女孩原来并不清纯。

“她不叫余蓓蓓。她为什么要用别人的身份证？她竟然连名字都是假的。女警察说她的真名叫金秀娟。金秀娟，其实这个名字更适合她清纯的气质。她曾经在玉石店里做过销售，难怪她对玉石的业务那么精通，一个聪明美丽的女孩，却有着那么复杂的人生。人心才是一座迷宫。”

胡铭戈终于把自己灌醉了，倒在沙发上昏睡过去。

也不知过了多长时间，他醒了。从沙发里爬起来，抓起一瓶矿泉水仰头灌下，又抓起酒瓶灌下半瓶子酒，不一会儿便又昏昏沉沉地倒在沙发边的地上。

不知过了多久，他从地上爬起来后，摇摇晃晃地走进卫生间，看见镜子里的男人蜡黄的脸，像是得了不治之症。

"这是我吗？"

一个曾经魅力十足而又俊朗的男人，现在变得如此龌龊不堪。

他凝视着镜子里那张脸，伸手摸了一把胡子，这张面孔简直让他无法忍受。

"这到底是为了什么？难道我就要这样浑浑噩噩地打发时光？"

突然他被一抹亮色吸引了目光，向梳洗台看去——

那上面放着蓓蓓的一只发卡，让他想起那天蓓蓓洗澡前用这只发卡卡住她的长发，发梢像朵盛开的菊花般盘在她的头上。他捧起她的脸，亲吻她的红唇，向下，滑落到颈部，柔软的肌肤与唇的摩擦，让他体内的荷尔蒙迅速膨胀。

蓓蓓仰起头，像美丽的白天鹅，那修长的脖子——

他仿佛看见蓓蓓扬起脖子轻声叫着他：胡哥！

"对了，我应该上网看看。"

胡铭戈跑到电脑前，打开了QQ，却没有找到他想要看到的。那个"白花蝴蝶兰"是蓓蓓的QQ号，似乎一直沉默着没有出现，也没有给自己留下什么话。他懊恼地将身体靠在椅子里。

"白花蝴蝶兰。你在哪里？是谁害了你？"

他还记得那天晚上，他亲手把那个白花蝴蝶兰的胸花戴在了蓓蓓的胸前。

"送你一件小礼物。"说出这话时，蓓蓓认真地看着他，像是很期待。

"这是我在菲律宾买的，知道吗？这种花原名叫林登蝴蝶兰，很珍贵的，原产地在菲律宾，你看它白色的花瓣，淡淡的紫色花蕊，有人说它象征爱做梦的鱼，也有人说它包含的意思是我爱你。上次我在你的寝室里看见你的花瓶里插着这种花，所以我就买了送你。"

"谢谢！"蓓蓓仰起脖子亲了他一口，"看来你还是有心的，知道我喜欢白色的蝴蝶兰。那么，你期望我是爱做梦的鱼？还是在表达你爱我？"

"你猜呢？"

"我猜不出来。"

"当然是我爱你。"胡铭戈知道，蓓蓓想要听到的就是这句话，因为蓓蓓绝对不会希望他们之间是一场梦。

可是此时，他觉得自己倒像是做了一个长长的噩梦。想到这些，胡铭戈悲恸欲绝。

他走出卫生间，来到卧室、书房、客厅，像只没头没脑的苍蝇，下意识地在室内转悠。

“汤新生？还有那个玉璧……”

他突然停住，木然呆立。

“我竟然还怀疑过蓓蓓！”胡铭戈突然张大了嘴，像只焦虑的野狼般，伸直了脖子大声哀号——“啊！”

号过之后，他又长长地舒了一口气，这才觉得发泄出了心中的郁闷，这才感到自己的情绪稍微放松了一些。他重新坐到沙发里，静静地思考了一会儿。刚才那声呐喊，似乎出了口气，大脑也渐渐清晰。

“我怎么会有这些个乱七八糟的想法？”胡铭戈自言自语。

“难道我就这样待在这里等死？”他突然振作起来，拿出剃须刀，刮了胡子，洗脸，然后举起香水瓶，是蓓蓓喜欢的香味，朝身上喷了喷，穿戴整齐，毅然走出门去。

他上了汽车，把导航仪设定到了“西安”，便驶向高速公路。一路上他尽量把车速放平缓，不时地在用心计算时间。

“从西安到汉中大约三个小时，从汉中再到广元……蓓蓓似乎是在这一段路程失去信息的。蓓蓓究竟去了哪里？”在此之前，他一直抱有幻想，他甚至怀疑蓓蓓不过是玩了一个消失的游戏。

“可是，那个女警察说发现了一具女尸。不！我不相信。我怎么变得这样顾虑重重？”

胡铭戈把车停在川陕交界处的那座桥边。他走出汽车，向远处观望。

已是 11 月了，是个金色的季节。秦岭山上绿色的松，红色的枫，黄色的秸秆，在阳光下熠熠耀人。

此时胡铭戈完全没有心情看景，在他眼里一切都是灰色的，像是一片阴霾在胸腔里慢慢扩散。一连串的疑问、困惑……支配并占据着他的大脑。

蓓蓓是 27 日凌晨一点多与他通了最后一次电话，他还记得蓓蓓说“我已经过了汉中，到了宁强，正往广元赶。”现在他车尾的方向就是宁强。

看着来往的车流，他在心里计算着……时间、距离、车速，他都亲自仔细地实践了一回。唯一不足的是那天是晚上，而现在是白天。公路上的车流量大概不同，而路况基本没有什么变化的，没有山石滑坡等道路损害的情况，也没有风霜雪雨的侵袭。

也许，蓓蓓是在这里出了意外。

在桥边，胡铭戈停下车，走出车外。在路边走了一会儿，却什么也没发现。

胡铭戈重新发动了汽车，继续向西安方向前进。

路上看见了两辆报废的车倒在路边。

“莫非，是交通事故？”胡铭戈不由得联想。很快又自我否定，“不会的。如果有交通事故，交通台会广播的。”胡铭戈在安慰自己。

不一会儿，一丝恐惧的念头又突然袭来，这些天来，自己并没有坚持如一地接收广播信号。何况道路上即使发生了事故，也不一定会播报，只有严重的事故才会惊动媒体。

“汤新生，那个老巴子，莫非真的跟他有什么关系？”

第 13 章

教堂着火后

1.

“他是向彭州方向开的。”陈翔目视前方，紧盯着那辆长安面包车。

“不要跟得太紧了。”坐在副驾驶位上的霍妍说。此时，霍妍和陈翔正是跟踪着谢林的汽车。

对汤新生的通缉发出后，警方收集到了多份信息。霍妍和陈翔从中筛选出两个有价值的信息：

第一，金沙浴宫有人报告，28 日傍晚，一个六十岁左右的男人曾在那里洗浴，服务生发现他脊背上有数条指痕。辨认照片后，服务生确认那个男人就是汤新生。

这条信息让他们确认汤新生还在成都。

第二，汤新生姐姐的儿子谢林在杜甫草堂边的古玩市场有个古玩店，过去汤新生到成都来常与谢林联系。陈翔曾经装扮成游客，到古玩店里转了一圈。

谢林的汽车驶出成都后向西北方向开去，这会儿，突然拐进岔道向村庄驶去。

陈翔也把车开入岔道。

“谢林去的地方，有可能就是汤新生藏身的地方吧。”霍妍望着车窗外一闪而过的村庄和茂密的林木，似乎有些担忧。

“不管怎么说，我想，谢林一定能带给我们有用的线索。”陈翔习惯性地翘了翘嘴角。

“有辆黑色丰田越野车跟在咱们后面。”霍妍警觉地朝车后窗看去。

“正好给咱们帮忙了。不然只有我们一辆车，谢林也许会起疑心呢。”陈翔更加得意了。

只见谢林的车停在了离公路不远的一所农家小院前。

陈翔来不及刹车，又怕暴露行动，于是把车继续朝前开，开过了农家小院才停下。

陈翔和霍妍同时走出汽车。那辆黑色丰田越野车从他们身后驶过，霍妍无意识地扫了一眼，看到车后左尾灯罩破裂。再看一眼车的牌号，是个白牌。车尾在公路上扬起灰尘。

陈翔在一边说：“看样子这院子好像没有后门。”

霍妍把视线转向小院。

这是一所普普通通的农家小院。小院被高大的翠竹和一些绿色树木包围。汤新生该不会藏在里面吧？陈翔和霍妍决定进去探探虚实。

走进院子迎面被刘妈挡住，问：“你们找谁？”

霍妍抢先说：“大妈，我们路过这里，想喝口水。”

刘妈看了看他们，犹豫之后还是把他们让进门房，说：“你们先在这里坐会儿，我提水去。”

趁刘妈不注意，陈翔闪身进了院子。

院子里有三间房，房里传出机器的声音，陈翔走到一个门口，看见里面摆着三个长方形的工作台，有书桌那么大，几个工人在忙碌。陈翔猜想，这工作台大概就是玉雕机。这时一个黑脸工人上前堵住陈翔问：“你是干什么的？随便跑进来……”与陈翔对上眼，对方突然愣住了，张开的嘴一时合不上。

陈翔也突然惊异，记忆在脑中快速闪回，很快镇定下来，说：“谢强？你怎么在这里？”

“我……我在这里打工……”被叫作谢强的男人结结巴巴，脸上的肌肉惊挛似的跳动了一下。

这时谢林从后院走出来，“强子，还不快干活去！你是干什么的？”他看见陈翔也愣住了，“你，你好面熟，在什么地方见过？”

陈翔笑着说：“谢老板，真是有缘呀，我到你商店里去过。今天路过这里想讨口水喝，没想到又遇见谢老板了。”

谢林张开双臂挡住陈翔，说：“有什么事情到屋里坐吧。”

“谢强，你别走。”陈翔一把抓住想要趁机溜走的谢强。

谢林纳闷：“怎么？你们认识？”

陈翔说：“认识。不过现在我猜想，你们是哥俩儿。”

“他是我堂弟。既然认识，咱们还是到前面屋里坐吧。”谢林说着上来欲拉陈翔的胳膊，见谢强低头站在那里不动，“强子，走哇。”谢强看着陈翔依然没敢动。

这时霍妍走过来，身后跟着的刘妈喊：“女娃子，不能进去。”

“谢老板陪你在前院坐坐，我跟这个谢强进去看看。”陈翔立即给霍妍使个眼色，又对谢强说，“怎么没告诉你哥，咱们是怎么认识的？”

霍妍明白了话中的意思，说：“请吧，谢老板。”

谢林这时似乎猜出了陈翔和霍妍的身份：“你们是？”

谢强小声说：“陈警官，让我做什么？”

“你们是公安？”

谢林还在惊慌中，陈翔已经拉着谢强快速走向后院。霍妍堵住了谢林，同时也堵住了大门。

陈翔一边朝后走，一边问谢强：“汤新生住在后院？”

“我……不太清楚。”

“少废话。汤新生是你舅舅吧？”这时他们走进了后院，陈翔一眼看到了一辆黑色的越野车停在院子里。

“他已经走了，前天就住在那个屋子里。”谢强也同时看到了车，不得不指向后院的一扇门。

陈翔推门进去，只见室内空无一人，被褥整齐，窗明桌净。

“他在这儿住了多长时间？”陈翔边在屋里搜索边问。

“有十多天吧。”谢强站在一旁怯怯地看着陈翔。

猛地看到陈翔瞪着眼睛问他：“汤新生什么时候走的？”

谢强这才改口说“走了有一两天了，是前天走的，前天下午。”

“到什么地方去了？别说你不知道。”陈翔声音严厉。

“真的不知道。”谢强小声嗫嚅。

陈翔把屋里看了一遍，带着谢强来到前院。这时霍妍在前院也同样讯问了谢林。

从谢林、谢强的口中，他们得知，汤新生自从离开西安后就一直住在这儿。其间有几次去过成都，当天就回来了。平时多是谢林隔三五日给送些吃的和用的。问起汤新生现在的去向，他们两人均说不知道。在陈翔的一再追问下，谢林说：“可能……可能是回陕西了。”

陈翔再问：“他为什么突然走了？”

谢林说：“不知道。大概是有什么事情吧。”

这时刑警队已经迅速派人前来支援。陈翔说：“也许汤新生没走远，他的汽车还停在院子里。我们在这里守株待兔。”他的建议得到霍妍的支持。

霍妍与陈翔认真商议后决定：为了防止谢林和谢强的口供有假，或者与汤新生串供，眼下必须先封锁这里的一切。

夜幕笼罩大地。视线的远处，是那个农家小院，黑沉沉的院落，周围是成片的树林。

这院子是村头的第一家，瓦房和围墙都比别人家的高。霍妍和陈翔隐蔽在院外高处的树林里，能看到整个院子的情况。

想到白天搜查时的情境，霍妍说：“这么说，谢强就是金福案子里的当事人？”

“这可真是越来越复杂了。”陈翔似乎在思索什么。

“看来，汤新生与金福的案子……”霍妍突然止住。

“我也是这样想的。”陈翔说着抬起头，“看，今晚的月亮好亮啊，朦胧而充满诗意。”

“看不出来，你还挺浪漫？”霍妍瞥了他一眼，心想：“我都快急死了，他还有心情看月亮，还说什么充满诗意。”

“真的。这月亮能让人产生许多遐想。”陈翔并不理会霍妍话里的嘲讽，他只顾望着天空，自言自语说这月亮让他想到了花前月下，想到了情人幽会……还说这会儿，他才真的理解了古人的心境。过去他就怎么也不明白，那些老朽们，没事总说月亮，原来都是月亮惹的祸。

“看你陶醉的，大概忘了今晚到这里是干什么了吧？”霍妍双眼紧盯着前方的院子。

“我说‘探长同志’，必要的放松是为了更好的战斗。今天可是我有生以来跟一个美女共同度过的最美好的夜晚。过了今天，也许我们都天各一方了。”陈翔翘起嘴角，轻轻地唱了一句：“在这冷漠的夜里，等你等到我心痛，星星今晚伴我醉，就像同情我的空虚……”

“嘘！别自作多情了。”霍妍依然紧盯着前方。

“唉！真没劲儿。这该死的地里好像是刚刚浇过水。我觉得肚子不舒服。你怎么样？”陈翔站起身，向树林深处走去。

空旷的田野里寂静无声。

霍妍陷入沉思。

陈翔重新回来坐下，说：“好像没情况嘛？”

“蹲坑就是这么枯燥。”

“太不幽默了。”陈翔一边无奈地摇头，一边窃笑着，“你是担心汤新生像猹一样从我们眼皮下逃走吧？”

“汤新生早晚会被抓住的。我是在想余蓓蓓。”

“听说这些年你在犯罪心理分析方面很有成果。”陈翔认真地看向她。

“也没什么。”霍妍谦虚着，“只是爱好。”

“你分析一下余蓓蓓跟汤新生在一起，是什么心理？”陈翔明亮的眸子闪着光。

霍妍转过头看着陈翔，说：“一直以来，我就有种直觉，这女孩不会单纯为了钱。现在的事实进一步证明了我的猜测，女孩和汤新生的关系似乎有一根看不见的线在牵连着，就是她的父亲。真是越来越扑朔迷离了。

需要全面掌握事实，才能进一步作出推测。”

“可是，这个余蓓蓓，应当说是金秀娟，她是怎么跟汤新生有了关系的？这中间似乎还有一条看不见的线。不会是命运之线吧？那也太戏剧化了。”陈翔睨视着。

“这就需要我们剥茧抽丝，理出头绪。不管怎么说，有一点是可以确定的，汤新生是闻腥而来的。他是否知道余蓓蓓就是金福的女儿，还是个未知数。”

“瞧你说的，‘闻腥而来’，也许那老头对余蓓蓓有感情？”陈翔说着坏坏的一笑，“有时距离也是助燃剂。”

霍妍疑惑地看他一眼。

陈翔故意把目光转向前方，悠悠地说：“没准现在就擦出火花了。”声音轻得像自语，“这荒郊野外孤男寡女的在一起，除了谈情说爱，还能干什么？”

“你这坏小子。”霍妍一把推倒了陈翔，说，“难怪在学校时，有人说你是好色的阿良。”回头看被她推到在地的陈翔时，突然发现这个男生脸上依然挂着往日那个大男孩的青涩。

“我是阿良。”陈翔从地上爬起，拍了拍手说，“不就是那个寒羽良吗？过奖了。那个《城市猎人》的主人翁够帅气也够神探的。你是不是也喜欢日本漫画？喜欢寒羽良？”

“别在这儿卖萌了。快说说，当年你接手的案件好像就发生在川西？应该是离这儿不远吧？”霍妍终于把自己心里一直想的问题提了出来。

陈翔看着霍妍的脸，想要从她的话语和表情里揣摩到什么，却又无奈地摇了摇头。他正要把头转向前方时突然又急刹车似的掉转头说：“你是想陪我旧地重游吧？”

“说什么呢？”霍妍白了陈翔一眼，“你跟谁旧地重游我不知道，我可是从未去过那个地方。怎么样，带我去看看？”

“看看，当然好了，权当咱俩浪漫一游。”陈翔说着做了个鬼脸。

2.

汽车在高速公路上奔驰，阳光透过车窗，直晃人眼。

陈翔把车速放慢，从蒙阳镇的出口下了高速公路，把车停在公路边，他指着车身后的公路说："我老师说这地方曾经是个养鸡场，因为修路被征用了。现在除了公路和路边的树木、风景，其他的什么也看不到了。"

霍妍推开车门走下车，站在路边看了看周围，自言自语地说："养鸡场这地方在过去是做什么的？这地下不会藏着金蛋吧？"

陈翔也下了车，从车的另一面走过来说："你在说什么呢？莫不是独自在酝酿感情准备写首情诗吧？"

"这么说你也没见过当年的养鸡场？"霍妍像是没听见陈翔的话，只顾沿着自己的思路前行。突然转向陈翔，"还能找到当年养鸡场的主人吗？"

陈翔愣了片刻说："也许能找到，咱们到村里找找吧。"说着两人同时上了车，朝路边不远的村庄驶去。

养鸡场的男主人五十多岁了，个子不高，人长得很精干。得知一男一女两个年轻警察想要了解当年养鸡场的情况时，突然来了火，说："当年政府征地修公路，可把我们农民坑苦了。那些政府的干部跟乡里的干部还有村长串通一气，吃了黑钱，层层克扣，到了农民手里，一亩地就给补偿一万元。我那个养鸡场当年是村里按照自留地分给我的，我没有种粮食，就利用原来的破房子，盖起了养鸡场。分到手的那点儿钱，根本就不够再盖个养鸡场，一下子让我好几年都翻不过身来。"

"你是说你用了过去的老房子盖起的养鸡场？"霍妍终于抓住了他话里的这个关键点，想要弄清楚过去的老房子是怎么回事。

男主人说："这老房子过去是一个教堂，新中国成立前突然着火了，被烧得成了一片废墟，就剩下一个尖尖的屋顶。后来曾经有人把这里当砖厂，挖土烧砖，把这一片挖得更不像样了，可是没多久，砖厂也停下了，说是这个地方的土质不好，不能烧砖。后来就一直荒着。"

"你的养鸡场是建在教堂的废墟上？"霍妍心里的结还是无法解开。

"我也就是看那里还有些废旧的砖，能省一些钱。"男主人说，"养鸡场也不需要什么太好的地方，能把这些个旧砖利用上，凑合盖起来就行了。当时没人愿意要这个地方，村里开始不答应，后来我说从我家的自留地里扣，这样才算同意了。”

“你说的那个教堂，当时是什么样子的？”陈翔让男主人回想一下，最好能描述出来。

霍妍说：“要是能有当年的照片就好了。”

男主人挠了挠头，说：“盖养鸡场时把那个尖尖的屋顶给拆了。”

从养鸡场出来，霍妍咕哝了一句：“尖尖的屋顶？”她一直在脑子里想象那该是怎样的一种场景。

陈翔说：“不就是教堂嘛，西方人盖的教堂，好像都是那种尖尖的屋顶，那叫哥特式建筑吧。没准在县志里可以找到点儿什么。”

霍妍顿时醒悟，“这回你可是说对了。”又说，“既然来了，干脆见见赵大江老师吧，没准能给我们提供更多的信息。”

陈翔立刻咧开嘴笑着说：“我也正好去看看我的老师。”

六十多岁的赵大江看上去还是那么精神抖擞，与陈翔他们寒暄了一阵后，便说起了当年的案子。原来他人虽退休了，心里却还在操心着那起案件，赵大江说：“这退下来了人都空虚了。不干点事情难受呀。”他查了县志，还找到县文保所一个老研究员田同志，向他了解了教堂过去的情况。

“老师你查过县志了？”陈翔欣喜地说，“有没有关于教堂的记载？”

赵大江说：“县志里有一张教堂的老照片，还附有两句话，当年英国传教士斯蒂文在这里传教时，盖了教堂，吸收了一些当地的孩子到教堂里学习文化，还经常给附近穷苦的村民布施。”

“看来这个传教士还不错嘛。”陈翔调侃了一句，“可是教堂怎么会起火的？还烧得很厉害，那个传教士后来怎么样了？”

“县志里没记载这些。”赵大江说，“我曾经找到一些村里的老人，有一位老人就在教堂里上过几天课。据他说，教堂着火的前一天，又来了一个外国人，那个外国人一来就跟斯蒂文争吵，好像在找什么玉石，两人还动手打起来了。第二天晚上就着火了，火势很猛，教堂离村子较远，村民赶到时已经烧得差不多了。”

“两个洋人动手打起来了？”陈翔“哼”了一声，“一定是有缘由的，是为了那件什么玉石吧？后来又着了火，那两个洋人后来呢？赵老师，快说说，究竟为什么？”

“大火熄灭后，村民在教堂里发现了斯蒂文的尸体。另一个洋人去向不明。”赵大江连连叹息，“这个谜一直没人能破。不过嘛……”

“不过什么呀？老师，你快说嘛。”陈翔着急地想要问个究竟，霍妍悄悄拉了一把他的胳膊，说：“别着急，听赵老师慢慢说。”

“这件事情实在无法查证，时间太久了。”赵大江这时转了一个话题，说他最近没事开始研究文物历史什么的，跟县文保所的那个研究员老田交上了好朋友，从老田那里学到了不少东西。

霍妍饶有兴致地跟赵大江谈起文物和历史，问起这个地方历史上是否流传过什么关于玉璧的故事。

赵大江顿时兴奋起来，说他曾经跟老田在一起摆龙门阵，还真了解到一些情况。

“赵老师，快给我们也讲讲。”霍妍急切地想要知道那些故事。

“是呀，我也没听过。”陈翔也来了兴致。

“要说起这些故事，那可是能摆好几天龙门阵啊。”赵大江笑着说，为了深入了解当年那些事情，他可是下了大本钱，不但看了不少历史书，还查了大量的历史资料。

听着赵大江的讲述，霍妍不由得心生崇敬，一个老警察，已经退休多年了，还念念不忘曾经经手而没有办结的案件，甚至坚持不懈地寻找历史根源，这该是一种怎样的境界啊！

“要听玉璧的故事，还是先给你们讲讲三星堆吧。”赵大江端起茶碗喝了一口，便开始讲述：

“那是 1929 年清明时节，广汉县南兴镇一户姓燕的人家，在自家田里发现了几百件奇怪的玉器，因为这燕老爷子常乘车到成都去听川戏，见多识广，加之有一定文化，猜想这些玉器可能价值不菲，于是不动声色地把玉器埋在自家牲口圈里，一年之后才悄悄拿出几件到市场上投石问路。成都的古董商们得知燕家发现了价值连城的玉器，纷纷前来寻宝，当地军阀甚至动用军队前来挖宝，当时真是各路人马云集，好不热闹。这个地方在后来被称为三星堆最早的考古发现。

“此后不断有玉器和青铜器在社会上流传。这些文物的发现，也惊动了中外考古界学者，当时比较有影响的《说文月刊》、《史学季刊》都发表了一批文章，对四川古文化史研究百家争鸣。

“后来，听说坊间发现了一块奇特的玉璧，那古玉圆如璧，又不是完整的圆，边缘部带有三个刻齿，古玉表面上刻有七个圆点，呈北斗七星之象，玉面上堆塑着一条蜿蜒爬行的动物，那动物像是蜥蜴类的。有人把它称为璇玑玉璧，也有人反对。不过有人推测，斯蒂文拿到了那个玉璧。

“后来有一个叫约瑟夫的外国人，据说是犹太人，专程来到四川，说是要找到这个玉璧，还说这块玉璧能证明一个重大的考古发现，也就是个别外国考古学者的说法，说三星堆有可能曾经有外星人，或者有犹太人的一支存在。因为三星堆发现的文物与中国所有的文物都不相同。

“传说犹太人的祖先名字叫雅各，雅各生有十二个儿子，形成古代十二支派，后来失去踪迹的有十支派，其中一个‘但家族’的图腾是龙，到了中国，其实就是‘周公旦’。”

“这也太离奇了吧？”陈翔忍不住脱口而出。

这时霍妍拿出照片递给赵大江，问：“是这个吗？”

赵大江接过照片看了看，疑惑地看向霍妍说：“现在都是传说，真的东西我也没见过。不过嘛，从照片上看，这些特征都符合传说中的形状，似乎与传说还比较吻合。

“你们看，这形状，按照约瑟夫的理论，他是这样认为的。”赵大江指着照片继续说，“玉璧的圆形象征太阳，边缘突出的部分象征太阳的光芒。这玉璧上蜿蜒爬行的蜥蜴也许是蛇或者是龙。至于这玉璧上的七个圆点嘛，象征七枝烛台的台座。

“关于‘七枝烛台’的传说，历史非常悠久。在出土的公元前 1 世纪的铜币上就已铸有七枝烛台。在以色列国徽上以及在以色列所有官方文件的印章上都有七枝烛台。无论在世界的什么地方，绘有七枝烛台的建筑物肯定是犹太教堂。

“要说起烛台的寓意，犹太人说它代表光明并由此衍生出神圣。那么烛台的枝数为什么是七，而不是其他的数字呢？这源自《托拉》。在《托拉》的第一章，即《旧约》的第一章《创世纪》中说，世界原本一片黑暗，什么都没有。上帝在六天的时间内创造了光明和万物，在第七天说，‘黛!（足够了）’上帝对自己创造的完美的世界非常满意。他沉浸在喜悦之中，并要求人们每七天休息一次，尽情享受欢乐和幸福。由此数字七在犹太传统概念中有了‘全’和‘满’的含义，并演绎出‘欢乐’和‘幸福’的含义。

“直到现在，还有美国历史学家认为，人类最早的自然迁徙总是向着东方，即太阳升起的地方，并形成了太阳崇拜。一支消失了的古犹太人很可能去了中国。”

赵大江又喝了一口茶，说：“其实这些完全是他们的主观想象。我们已经有大量的历史和出土文物证明，三星堆是中国长江文明的一个发源地。”

“赵老师，你简直都成了历史学家了。”

“哪里哪里，这些都是县文保所的研究员老田给我讲的，你们要是有时间去见见他，比我讲得更好些。”赵大江还说，“希望这些故事能对你们有所启发。”

“太好了。”霍妍说，“这故事，有着深刻的寓意啊。”

赵大江点点头没有再说什么。

可是霍妍在昏暗的夜色中，似乎看到了赵大江平静的表情深处含着一丝不易察觉的笑意。

从茶座出来时，一辆黑色丰田越野车从路边驶过，霍妍无意地扫了一眼，看到车后左尾灯罩破裂，再看一眼车的牌号，是个白牌。“这车曾在什么地方见过？”霍妍咕哝了一句。

3.

汤新生此时正在甘肃。

那个陕北包工头老弁辗转给他传来消息：他目前到了甘肃武威一个建筑工地，这工地上发现了西汉时期的文物。汤新生得知消息后立即决定前往。就这样偶然逃过了霍妍和陈翔的追捕。

武威地处河西走廊，从西汉到十六国时期的文化沉积丰富，历史上曾有过许多重大的考古发现。“马踏飞燕”就是在此地发掘的。

在山里养好了身体，汤新生也实在住不下去了。平常在四处跑惯了，闲下来会生病。何况每天都有许多宝贝出土，有那么多令人心动的东西吸引着他。

他是乘大巴到武威的，直接找到工地上去了。老弁在这个工地上当了个小工头。

“哎呀，你来得不巧，工地已经被文物部门封了。”老弁一副认真的模样，声音低沉，“先是发现了两个陶器，后来又挖出几件铜的。”

“没关系，就当我来转转。走，咱们一起喝酒去。”汤新生拉着老弁就走。

“哎呀，汤总，让你白跑一趟，这可是……还是我请你喝吧。”老弁心里本是不情愿掏钱的，嘴上说说是为了顾及面子。

“不能说白跑，我来看看朋友，出来走走也散散心。”要说散心汤新生也实在是无奈的。

老弁也就不再推辞，还带了他的两个手下小李和小刘。他们一起在镇上一个饭馆吃了晚饭，又走进一家歌厅唱歌。汤新生点了小姐陪唱。

老弁说：“那个余小姐怎么没跟你一起来？”

“人家走了，不在我这儿干了。”汤新生心里不悦，“这个老弁也真是的，偏偏哪壶不开提哪壶。“

“哎呀，那个余小姐可真是个天仙啊。”老弁倒是来劲儿了。

他怀里的小姐在他脸上拧了一把，说：“哥哥，可不能吃着碗里的还想着锅里的哟。”

“嘿嘿！我怎么敢想人家天仙呀，也就能跟你这样的玩玩。”老弁说着抱住小姐的脸使劲儿啃。

“去去去。”小姐生气了，从老弁怀里挣出，凑到小李身边去。

“看看，自找没趣吧？什么样的女人还不都一样。”汤新生拍拍老弁的肩，“总比没有好。”

“不对。汤总，我看你今天就跟那天不一样。那天有余小姐在身边，你可是精神头十足，今天倒像是蔫了的茄子。”老弁怎么知道，其实那天汤新生才真是蔫了的茄子。

汤新生听了老弁的一番话反而情绪更坏了，不由得想起蓓蓓。

上次在靖边，蓓蓓让老弁他们几个陕北人灌得晕乎乎的，有些失态了。

但即使失态了汤新生也没能得手。

“哼！蔫了的茄子。”汤新生无奈地想：“老弁这话虽难听，倒是很形象。”

“汤总，那个余小姐我怎么看着有些面熟啊？”老弁好像故意似的，没完没了地纠缠一个话题。

“你看所有的女人都一样，只看下面。”汤新生没好气地回了一句。

“嘿嘿，汤总，那个余小姐真的有些面熟。那天你们走后，我也就忘了，今天你来了，一喝酒，我又想起来了。那脸型，那眼睛，真像一个人……”老弁故意停顿，看着汤新生的脸。

“像谁？”汤新生开始并没在意老弁的胡说八道，看着他神秘的表情又忍不住想问。

“在川西工地上的一个人。”老弁压低了声音。

“工地上的人多了，是你的部下？”汤新生心里对“川西”二字敏感，表面上仍装作不在意。

“有个叫金福的人。”老弁扒在他耳边，悄悄地说。

汤新生顿时大惊失色，从沙发靠背上直起身来，很快又环顾了四周，竭力让自己冷静下来，装作什么也不明白的样子，“你说的是什么人？我可不认识他。你不会是看错了吧？这世界上长得像的人多了。”

“当年金福跟我住一个屋子，床头总摆着一张全家福，他也常常指着照片，向大家夸奖他的女儿。”

“那是照片呀。再说了，女大十八变，照片上的女孩还小吧，你怎么可能记得？”

“那女孩跟金福长得太像了，尤其是那双眼睛。那天跟她喝酒时，一看见那眼睛，就觉得好像在什么地方见过，这会儿才想起来，像是照片上的女孩。”老弁说着又自我否定地摇了摇头，“也许看错了，哪儿有这么寸的事儿呀。”

“肯定错了。不说那些事了，管她什么人呢，跟咱们没关系。”汤新生抓起酒瓶给老弁的杯子倒满，“喝酒喝酒。”

汤新生勉强又跟老弁他们喝了几杯，便借故身体不适要回宾馆休息。老弁把他送到门口，他对老弁说：“酒钱都结过了，你们只管开心耍吧。”

回到宾馆他觉得自己像是虚脱了，浑身无力，倒在床上。

五年前的那一幕缓缓浮现在眼前。

漆黑的夜晚，汤新生乘谢林开的车来到工地旁，谢林下了车，去接应谢强去了。他在车里静静地等待着。

一个电闪在夜空里划过，接着是一声沉闷的雷声。“要下雨了。”汤新生看着车窗外自言自语，窗外黑压压的一片什么也看不清。“谢林也该回来了。”他焦虑地看了看手表，已是凌晨三点十五分。

又一个电闪闪过，只见谢林从远处跑来，后面跟着谢强，手里捧着什么东西，他们正向汽车跑来。

汤新生立即推开车门下了车，这时谢林已跑到了车前，他拉开驾驶位的门钻了进去，谢强也到了汤新生面前，捧着东西大口大口地喘气。汤新生接过谢强手中的东西，是个木盒。

“快上车。”谢林已经开始发动汽车。

汤新生捧着小木盒坐进后座，谢强也坐进了副驾驶位上，只听汽车忽地一下启动了。

“东西都在那里面。”谢强回头朝汤新生手里的木盒努了努嘴。

“有几件？”汤新生一边慢慢地打开小木盒。

“有六七件吧，没来得及数。”谢强仍回头看着。

“都是玉器。”汤新生轻轻地捧起上面的一件玉器，觉得手里黏黏的，似乎还是温热的，这时谢林打开了车厢里的灯，借着微弱的车灯，他看见一块怪异的玉石。

“这上面怎么黏糊糊的？还有些温度。”汤新生看向前座的谢强。

“老家伙不放手，我一扳手下去，他头上都冒血了，还死死抓住不放，我只好又给他一下。”

“是血？”汤新生这才明白玉石上黏糊糊的是血。

车窗外突然响起一声闷雷，接着是闪电，一道亮光透过车窗照在玉石上，瞬间发出红色的光，强光刺得他眨了眨眼，只见光闪中一条光束，朦朦胧胧散发出一片淡淡的红色，像是一片血雾。

“啊！”汤新生惊讶地张大了嘴，他捧着玉石，想要看个明白，这时亮光突然又消失了，车厢里一片黑暗。

“怎么搞的？”谢林用力拍了一下开关，这时车灯又亮了。

“你们看见了吗？”汤新生捧着那玉石，“是块神器，刚才发光了。”

“我看见了。”谢强兴奋地看了一眼谢林，“是一片光。”

“红色的。”汤新生加重了语气。

“我没看见。”谢林有些惋惜，“舅舅，暴雨要来了。咱们得赶快走。”

车内的灯熄了。汽车在黑暗中奔驰。

汤新生忍不住想借着窗外的光再看一眼玉石，可是光线太暗，有些看不清，他只觉得这神器影影绰绰的外形有些不伦不类。汽车颠簸起来，车速太快了，他害怕东西损坏，于是小心谨慎地把它抱在怀里。

大雨突然倾泻而下，车窗外像被围上了一堵白色的墙，流着雨水的玻璃窗完全被隔离，什么也看不见了。

谢林的车速放慢了，几乎是在慢慢地爬行。车行到一个小镇边，谢林回头看着汤新生问：“要不要找个地方休息一下？”

“这么大的雨，怎么出去？就是出去了，浑身也湿透了。还是在车里躲会儿吧。”汤新生靠在后座里，依然抱着那玉石。

不知过了多久，雨势渐渐缓下来，听不见雷声了。

谢林和谢强都忍不住好奇心，说：“不如趁现在看看咱们的东西。”谢林打开了车灯。

汤新生把那东西从怀里捧出，对着车灯仔细端详，只见玉石虽然圆如璧，但又不是完整的圆，边缘部带有三个刻齿，古玉表面上刻有七个圆点，呈北斗七星之象，玉面上堆塑着一条蜿蜒爬行的动物，那动物像是蜥蜴类的。

“这是什么东西呀？”谢强好奇地眨着眼。

“这东西形制奇特，你说它是玉璧吧，又不圆。这玉石看上去有年头了，舅舅，你看它是什么？”谢林说着把目光看向汤新生。

“也许就是历史上曾经消失了的那个璇玑玉璧吧。”汤新生此时几乎已经在心里断定这就是他多年来费尽心机想要得到而没有得到的宝物。但是真的将它捧在手心里时，他似乎又不敢相信。

“难道这宝物真的被我拿到了吗？难道这就是斯蒂文曾经用生命护佑的那块宝物吗？”

他捧着玉石看了好一阵，直到确信眼前的是事实，不是幻觉，才恋恋不舍地放在身边，又拿出了其他几件玉石一一细细端详。他低声说："这些……应该都是三星堆时代的。"

"是……三星堆时代的？那可是无价之宝啊。"谢林顿时激动得说不出话来。

"一共是七件。"汤新生问谢强，"你说是老弁发现的？"

"不是。老弁和金福住一个工棚，老弁发现他鬼鬼祟祟的，猜测他肯定是在工地上挖出了什么。我对老弁说，一定要把金福盯紧了，只要发现他有异动，立即告诉我。其他的事情他就不要管了。"谢强如实地回答。

"你刚才行动的时候，老弁跟你在一起吗？"汤新生警觉起来。

"是呀，那个老弁是个软蛋。当时腿软得都站不住了。"谢强扬扬得意地说，"本来老弁只是负责监视金福。他向我报告金福白天接了什么人的电话，没准晚上要行动了。我就赶快告诉了谢林。果然，金福晚上鬼鬼祟祟地出去了。我和老弁立即就跟去了，金福到了离工地很远的荒野处，等他挖出东西了，我上去就用扳手撂倒了金福，当时老弁就吓傻了。我说'你小子真是个㞞人。不如赶快跑吧，要不然你跟金福住一个屋，到时候你也说不清。'老弁听了这话撒腿就跑，比兔子还快。"

"等等，你干这事还有什么人看见了吗？"汤新生这会儿异常冷静。

"没有。除了老弁没人知道。"谢强盯着汤新生。

"真是天公作美，今天这场大雨把所有痕迹都消灭了。谢强，你必须回去，否则明天你就会暴露。趁着大雨你悄悄回到床上，明天就是有人发现了金福的尸体，也只能怀疑老弁。你必须回去，确定老弁已经跑了，只有这样，别人才不会怀疑到你。"

"是呀。你要是不在，人家肯定怀疑你。"谢林说着重新发动汽车，"是不是把谢强送回去？"

"立即送他回去。"汤新生果断地挥了挥手，"趁现在下雨，已经下得小了。"

送走谢强往回走的时候，谢林试探地问："这东西恐怕是不能留下吧？"

"按老规矩出去，越快越好。"汤新生表情凝重。

“铃铃……”床头的电话响了。

电话打断了他的思绪，汤新生看着电话心里发懵，公安不会这么快就来宾馆吧？他想不接电话，又想了想，迟疑地拿起话筒。

“先生，要按摩服务吗？”一个女人嗲嗲的声音。

汤新生什么也没说，扣上了电话。

这时他开始重新思考，老弁说余蓓蓓像是金福的女儿，这个新情况让他心里发懵。他自然想到了那个玉璧，这东西可谓价值连城，却不能揽在自己手里。出土的文物，最好的途径就是出境。出境对于汤新生来说，本来是很顺手的事情，可是不料想境外突然发生了不测，这玉璧在他手里一放就是五年。

五年的时间雪藏一块价值连城的高古玉璧，本来也不算时间长，问题是这玉璧搞不好会给他带来麻烦，因此常常让他提心吊胆。幸好，这玉璧的出土一直未被官方发现。金福的命案也一直未破，这也是唯一让他安心的地方。

直到那个操着广东普通话的女人突然出现，他的潜意识才突然活跃起来，也许出手的机会就要来了，谁知那女人却……

想到这些，汤新生突然心头发紧，坐立不安。

第 14 章

证爱

1.

“贵客光临，不胜荣幸。”他的笑眼像一轮弯月，“你先参观一下，我这积香茗苑可是很有特色的，也许能酿出一种情趣来。”

“不错不错。”胡铭戈跟在郁昊的身边，心不在焉地四处看了一番，对那些庭院的介绍词他几乎没听进去。

“怎么样？是不是赏心悦目呀？”

“真是不错。”胡铭戈此时毫无心情，随意敷衍着。

“现在咱们再来喝茶，这心境就大不一样了。”郁昊拍了几下巴掌。

女服务员走进来，摆上了青色的瓷器茶具，按部就班地开始表演茶艺。

胡铭戈见这架势，心里着急，“郁会长太客气了，这茶艺就免了吧。”

“你是贵客，不能慢待。”郁昊热情不减，指着青色的瓷器茶具，说，

“这是我专门从浙江余姚进的越瓷，我在你胡大师的面前可不敢显摆，你见过的古玩不计其数，不过嘛，今天我给你沏茶用的茶具，绝对是越瓷中最好的，你看它釉层均匀，手感浑厚滋润，隐露青光，如冰似玉。”

胡铭戈只是敷衍地点头，说：“郁会长的东西一定是最好的。”

郁昊这回可没有谦虚，他说：“我这东西不能说最好，也可以算得上前几名。虽说越瓷是中国最古老的，可我这套茶具，是现代高仿越瓷中璀璨的结晶。用唐朝文学家陆龟蒙的诗来形容，真是‘九秋风露越窑开，夺得千峰翠色来’。”

胡铭戈只是随意看了一眼，看似认真实则敷衍地说：“这越瓷泡出的茶，果然色泽泛绿，清香幽雅。”

郁昊似乎更加自我陶醉了，卖弄起他的文化，说什么唐朝诗人韩偓在《横塘诗》里写的“越瓯犀液发茶香”，记载的就是用越瓷泡茶的情景。说着他把茶杯端在胡铭戈面前，做出手势：“请品茶。”

胡铭戈心里有事，抿了一口茶说：“郁会长跟汤新生关系怎么样？”

“我们关系不错。你有什么事要找他吗？”郁昊很热情。

“能跟他联系上吗？”

郁昊二话不说，便拿出手机拨号——

“……您拨打的电话已关机……”

“这个汤总，怎么不开机？哦，对了，他前一段来过，说要到外地去。如果有事，跟他老婆或者柳阳联系。柳阳是他手下的一个经理。”

“你知道他手下还有一个女经理吗？”胡铭戈一门心思想的都是另一个人，于是脱口而出。

“啊，是个美女吧？听说汤总的公司里是有个女经理，还挺能干的。”

“是叫余蓓蓓吗？”

“叫什么我不太清楚。只是听有人跟汤总开玩笑，说他‘老牛喜欢啃嫩草’。”

“是说余蓓蓓吗？她比那老汤要小将近四十岁呀。”

“也就是有人跟汤总开玩笑而已。不过……捐赠会那天汤总在这里喝茶，像是非常疲劳的样子。”

“捐赠会？是哪一天？那是你最后一次见到汤新生吗？”胡铭戈焦急

地询问。

“我想想……是10月25日还是26日？是26日。”郁昊像是回想起那天的情景。

“怎么？遇到什么事了？看上去精力不济。”郁昊看着疲惫的汤新生。

汤新生表情僵硬，强打起精神，像是生怕别人看出他的心情：“没什么，就是有些累了。”

“我最近新买了两只黄鹂，养在我那房里，等春天时，体会‘黄鹂鸣翠柳’的意境，真绝了。”郁昊说话时像是很投入，整个人都沉浸在甜美的意境中。

汤新生强挤出一丝笑，“真叫绝了。即使没有黄鹂，这地方也够人留恋的。到春天时再来观赏，岂不是更新鲜奇妙？哈——”汤新生忍不住又打了个哈欠。

“也是，也是。你刚才说我这地方让人留恋，你算是说对了。凡是来过的人，都有这种感觉。其实就是……”郁昊还没说完，只见汤新生微微张开嘴又打了个哈欠，嘴还没合拢便说：“你去忙吧，不要陪我了。”

“昨晚去歌厅了吧？看你有些疲劳。”郁昊边说边观察汤新生的表情。

“歌厅？我去了吗？”汤新生努力回想着，“昨晚，我好像没有去歌厅吧？”

“怎么？连昨晚的事情都不记得了？不是喝醉了吧？”

“我就是想在这里独自清醒清醒，我也奇怪，怎么连昨晚的事情都想不起来了。”

“是吗？汤总可是一向精神十足，常年在外奔波从不知道累的人啊。”

“啊，我也奇怪，不知为什么突然想不起昨天的事情了，脑壳也一阵阵地发木。哈——”汤新生似乎支撑不住了，哈欠连连。

“汤总，看你脸色不太好，要注意身体哟。”郁昊盯着汤新生的脸，“听说，人要是发生短暂失忆的时候，可能是大脑缺血，像你这年龄，可不能麻痹大意，要及时看医生。你真的连昨晚在什么地方也想不起来了吗？”他再一次盯住汤新生的脸。

“嗯，我一直在想，隐隐约约的，不知昨晚什么时候、怎样回到家里的。会长你说得对，我是得注意了，看来，真是该去看医生了。”

“不过嘛，想不起来也就不要使劲儿去想，没准休息好了自然就想起来了。再说了，人常说‘难得糊涂’，什么事情都要想得明明白白，其实也很累人的。只要把身体保养好，比什么都重要。你说对不对？”

“对，对，不过，有些事情是必须想明白的。”汤新生嘴里打着哈哈，心里却在想，余蓓蓓的事情不能就这样放下不去想，即使你不想了，人家警察还在想呢。想到余蓓蓓，他的心似乎又紧缩起来，连脊背上的肌肉也受到牵连，一阵抽痛。

“不会是整日朝思暮想你那些宝贝吧？”郁昊开了句玩笑。

“不是不是。那些都是身外之物，就你说的，还是身体重要。”汤新生嘴上这样说，其实心里却在想着那件东西，要说不想，是不可能的。只不过这会儿最让他百思不得其解的是昨晚究竟发生了什么，余蓓蓓又是怎么回事。

“嘿嘿，这世上最是人的欲望无止境啊。不过，老子说，‘五色令人目盲’。其实，这世上一切都是过眼烟云，古玩、女人，有多少是个够？你说呢？”郁昊狡黠一笑。

“他……他听到什么了？”汤新生心里嘀咕，“莫非事情被人发现了？”

“哟哟，我得走了，不能影响你休息。任会长他们还等着我呢。”郁昊说着朝外走去。

“他听到什么消息了？”汤新生心里越发不安起来，“不会这么快吧？”

于是他试探着问：“最近有什么信息？”

“信息？你是想问古玩？”已经走到门口的郁昊转过身，说，“后边屋里，老牛、老钱他们在打牌，你要不要过去玩两圈？这也是一种交流。信息在牌桌上就交流了，比起你整天在外面奔跑要轻松得多。不过，我知道你有你的信息渠道。”见汤新生摇了摇头，郁昊轻轻拍了拍自己的头说，“看我这记性，你本是想在这儿小憩的。我走了。你有什么心事，就独自去想吧。凡事想开点儿。心情不好的时候，来我这儿喝茶，听听音乐。”郁昊正要走出去时，任会长和煤老板段建辉他们来了。

胡铭戈实在没心思听郁昊继续再说什么了，于是打断郁昊的话说：“汤新生的公司在什么地方？我想去看看。”

“是看古玩还是看美女？”郁昊笑着调侃。

“郁会长，那个余蓓蓓是我们四川老乡，有人托我给她捎个信。我也是顺便。”

“汤总也是四川人呀，你们都是老乡。”郁昊笑着点头，模仿四川口音，“要得要得。”

胡铭戈眼巴巴地等着下文。

“哎呀……”郁昊突然又犹豫，“不知道她是不是跟汤总一起出去了……”说话时观察胡铭戈的脸色，“要不，我把地址告诉你？就在大唐西市……你先去。有什么事情再来找我。”郁昊详细告诉了胡铭戈玉晟商贸公司的地址和公司下属两个门面的地址。

胡铭戈立即站起身要走。

郁昊见留不住客人，也跟着站起身，一边送胡铭戈朝外走一边说：“有什么需要我帮忙的，一定别客气。这里给你准备点儿土特产，走时带上。上次在成都，全仗了你的帮助，那个战国白玉谷纹系璧将会在我的私人博物馆里展放。以后再来……”

“什么？”胡铭戈开始没听明白，很快反应过来，“你说上次拍卖会？那个东西不错吧？有人给公司老总提意见，说是有猫腻。”

那天拍卖会上无人举牌，于是胡铭戈突然宣布二百万元成交。手起槌落，震得会场一片哗然。谁买走了？人们议论纷纷，百般猜疑。

“真是不好意思。”郁昊歉意地点头。

“没什么。”胡铭戈已经走出门，回头说，“要是有什么事，我会找你的。”

2.

胡铭戈先去了大唐西市国际古玩城。见玉缘古玩店外挂着玉晟商贸公司的牌子，店内有一年轻女孩和一个老女人。他走进去先问女孩：“汤总在吗？”女孩微笑说：“汤总不在。您有什么事？”胡铭戈犹豫了一下，“能跟他联系上吗？”

这时老女人走过来：“是找汤总吗？”

女孩说："有什么事情跟我们老板娘说吧。"

胡铭戈其实早就在留意这老女人了，他是故意先不答理她的。等老女人关注地走过来，才瞩目细看，只见她脸上拍着厚厚的一层脂粉，仍掩不住满脸的皱褶。便顺口招呼一声："您好。"

"汤总他到外地去了，这几天都联系不上。你有什么事，可以跟我说。"柳惠玉摆出一副内当家的架势。

"也没什么事情，我跟汤总是好朋友，路过西安，来看看他。顺便——"胡铭戈故意停顿。

柳惠玉听说他与汤新生是朋友，态度变得热情些，试探着询问对方是哪儿来的？找汤新生有什么事情，如果可以的话，留下联络方式回头让汤新生跟他联系。

"我是从四川来的，我们是老乡。汤总曾经在我们公司拍卖过古玩，有一笔款要给汤总……"胡铭戈故意犹豫。

"是要给我们老汤钱吗？要不，你在什么地方住，留个电话？我很快跟老汤联系，尽快给你回话。"看样子柳惠玉很在意"那笔款"。

胡铭戈见老女人很关注钱的事情，故意不直接回答，却说："听说你们公司还有个四川来的女经理……是叫余蓓蓓吧？不知她在不在？"

"走了。"柳惠玉突然变得警觉起来，说，"她现在不是我们公司的人了，你有什么业务千万别找她。有关钱的事情，最好跟汤总直接谈。"

"她走了？什么时候走的？"胡铭戈明知这个女人不会告诉自己什么情况，仍然坚持要问个究竟，他心里其实还抱有一丝幻想，想要弄清楚余蓓蓓是不是跟汤新生一起到外地去了，或者可以知道她到什么地方去了。

"前几天走的。那女孩已经离开公司了。"一说到余蓓蓓，柳惠玉像是懒得提起她。也许她更关注胡铭戈说的那笔款。

"既然汤总不在，我还是另找时间跟他联系吧。"胡铭戈说着朝门外走去，又作出犹豫不决的样子。

"请问你贵姓？要不，你先坐下喝口茶，我想办法跟他联系？"看来柳惠玉真的很在意那笔款。

"不了，我还有事。你尽快跟汤总联系，我再来。"胡铭戈暂时不想暴露自己的身份。走出门去，只听到身后老女人的抱怨："这老汤也是的，怎么总是关机？”他猜想那老女人一定会跟汤新生联系的。

胡铭戈很快到了书院门，找到了柳阳经管的那家玉石店。

书院门玉缘工艺品店里，柳阳在忙着招呼客人。胡铭戈跟随其他的顾客在商店里转了一圈，没有与柳阳正面交谈，便走出店去。

直等到打烊关门，柳阳走出店门，胡铭戈尾随其后。

柳阳约了女朋友去酒吧。

酒吧门外挂着蔚蓝色的灯箱，似海一样的梦幻，灯箱里跳跃着蓝色妖姬——玫瑰开得分外妖娆。

胡铭戈跟进了酒吧，他站在门口迅速扫视了一下厅堂，在南墙角，柳阳正和那个女孩腻着。

他走向墙角，在离柳阳不远的地方坐下。他在等待时机。

不知为什么，柳阳跟女孩发生了争执，女孩甩手走了。柳阳跟出酒吧，服务员也跟了出去。

胡铭戈意识到他还没结账，于是不慌不忙地等着。不一会儿，柳阳又回来了，抓起剩下的酒灌进嘴里，接着又要了一瓶酒。

“有人吗？”胡铭戈一手扶在旁边的靠背椅上，看着垂头喝闷酒的柳阳。

柳阳抬起头，茫然地摇头：“没人。”

于是胡铭戈坐下，没话找话地搭讪：“女朋友跑了？”

柳阳盯着对方的脸：“我不认识你。”

“女人都好使小性子。你要真心在乎她，就给她赔礼道歉，死缠烂磨也要把她留住。你要是还在犹豫，就不要着急，没准过几天她会来找你。”

“你倒是有经验？怎么也一个人在这儿喝闷酒？”柳阳的口气显然已经开始缓和。

“我的女朋友也走了，我郁闷。这人啊，在身边的时候往往不知道珍惜，走了才觉得伤心。所以我想劝你，要真的在乎，就要好好珍惜。”胡铭戈说着想哭，却还是忍住了。

一个妖艳女人走过来，“帅哥要陪酒吗？”随意把手臂搭在胡铭戈肩上，手腕上晃动着厚重的紫色玉手镯。

坐在对面的柳阳扫了她一眼，又看向胡铭戈。

胡铭戈一把抓住女人的手腕，仔细看起手镯来。

“这可是极品蓝田玉，紫罗兰冰花芙蓉玉。”女人趁势把整个身体都伏在胡铭戈身上，“帅哥喜欢玉？”

“哪里是蓝田玉，玻璃的。”胡铭戈拨开女人手的同时顺势推开她的身体，“去那边去。”

女人莫名其妙地看向那边，见还有两个男人在喝酒，“Bye-Bye 帅哥”，说着知趣地离开了。

“是个行家。”柳阳在一旁赞叹。在行家面前，他一向谦虚。

“略知一二。兄弟才是个行家。”胡铭戈端起酒杯敬对方。

柳阳与他碰了杯，“听口音，是四川人？有兴趣的话，到书院门看看，有极品的蓝田玉。”

“兄弟对四川话熟悉？是做玉石生意的？”胡铭戈心想总算说到正题了。

“我们老板就是四川人。”

“我有个朋友，是四川老乡，也在你们西安做玉石的，很有名气的。不知你认识他吗？他叫汤新生。”

“真邪了，陕西这地方就是邪。”柳阳瞪起一双眼睛，“你是汤总的老乡？”话刚出口，忽地起了疑心，端详着胡铭戈的脸问，“你从四川来？怎么会有闲心到酒吧来喝酒？那你是干什么的？”

胡铭戈故作神秘地压低声音，说：“我约了网友，今天在这玫瑰酒吧见面，到现在也没见到，没想到遇见了汤总的部下，没准你就是我约的网友？”

“啊，”柳阳觉得挺好玩，说，“你约的应该是女网友吧？真够浪漫的。还专门从四川跑来，小心上当。四川的美女不是很多吗？辣妹子多好哇。我们公司也有个川妹，正经美女，可惜走了。”柳阳声音里夹着惋惜。

胡铭戈料定对方说的就是余蓓蓓，故意说：“看样子，你对她很好，是喜欢她吧？”

“人家是老板的人，怎么敢？”柳阳已经喝得有些醉了。

听到这话胡铭戈恨得直咬牙，说：“你们老板我认识，都多大年纪了，他怎么能跟你比？”

“现在的女孩，宁愿给八十岁的人当三奶、四奶，也不会爱年轻的穷光蛋。”柳阳说着趴在桌上，声音越来越低，“不过，她们心里也挺苦的。她跟我在这儿喝过酒。”

“什么？你们在这儿喝过酒？”胡铭戈虽然心里着急，嘴上却说，“你可真行，把老板的女人都约出来了，还跟人家美女喝酒。”

柳阳抬起头说：“是她约的我，让我帮个忙。好像那天是为了躲避什么人。那天她情绪不好，不说话，一个劲儿地喝闷酒。咱总不能乘人之危吧？蓓蓓是个好女孩。”

“你是说她叫蓓蓓吗？”胡铭戈这时心急如焚，又说，“这名字真好听，那你现在能再把她约出来吗？让我也认认老乡呀。”

“她走了，不会回来了。”柳阳趴在桌上，声音含混不清。

“她到哪儿去了？”

“不……知道。”声音越来越小。

“她到哪儿去了？”胡铭戈大声追问。

柳阳趴在桌上睡着了。

胡铭戈像泄了气的皮球，沮丧地抓起酒杯喝了一大口。

“铃铃……”是柳阳的手机响了。

胡铭戈突然兴奋起来，使劲儿摇着柳阳的肩膀，“快接电话。醒醒，接电话。”

柳阳被摇醒了，打开手机：“……姑妈，什么？你明天要出门？……我没醉，不用我开车？……行吗？知道，公司里的事，我知道……”

胡铭戈在一边听得真切，柳阳叫对方姑妈，应该是那个老女人，也就是汤新生的老婆。她明天要出门，还说不用柳阳开车送她。看来白天对老女人说的一番话奏效了。

“我得走了。”柳阳举起手，“小姐，结账。”

女服务员走来，胡铭戈抢先付了钱。“兄弟，我送你回家吧。”见柳阳站起身时摇晃不定，他伸手搀着柳阳走出酒吧，招手要了出租。

“谢谢你。不用……送，我自己……能回去。”凉风吹过，柳阳似乎清醒了一些。

“你能行吗？是回你姑妈家吗？刚才给你打电话，是她让你回去吧？”

“不是。我在外面租了房子。”

“那你要小心啊。”又对司机说，“麻烦你把他送到家。”

看着出租车疾驶而去，胡铭戈突然想起柳阳这会儿清醒些了，却没来得及问他蓓蓓去哪里了。很快又摇头，“他说蓓蓓走了，不会回来了。是什么意思……”他喃喃自语。

此时他并不知道，他的一切行动，都在警方的视线中。

第 15 章

惊魂

1.

街道、高楼、过街天桥……在她的眼前一闪而过。出租车的速度表盘指针指向了 60，超过了城市车速的限制。

还是嫌车速有些慢，柳惠玉不时望着车窗外的反光镜。这把岁数已经不是玩心跳的时候了，她却按捺不住内心的焦躁。“往绕城高速走。”她像命令下属一样对司机发号施令。

已经换了三辆出租车，她甚至觉得自己有些过分谨慎。在城里绕了几个圈，现在从绕城高速再绕回城里，然后直奔兴平，到了一个单位的家属院。

她先确信没有被人跟踪，才走上楼去。

年龄让她不能从容地攀爬，她不时停下喘气，身后似乎有动静，她谨慎地回头张望。终于站在了五层，按响了503房间的门铃。

门被拉开，她看到了那张熟悉的脸。

两个人僵硬地对视着。

终于，还是里面的人伸出手，把她拉进门去，又伸头朝门外看了看，关上门。

她被拉到客厅中间，转过身，两只眼像射灯似的，狠狠地盯着他，由于气愤，她脸上的肌肉严重扭曲了。

“惠玉，听我解释……”他上前扶住她的胳膊，“你坐下。”

柳惠玉愤怒地甩开他的手，“你该去公安局解释，只怕是解释也没用了。”说着，她解开大衣。

他注意到那件黑色的羊绒大衣，是去年他从成都给她买回来的。他上前接过大衣，近距离地看到她脸上的淡妆，像往常出去做生意一样，显出老来的风韵，这风韵是用金钱装饰的，尽管她每次出门都刻意装饰，总堵不住有人说，她看上去比他显得老态。

他竭力避开那双锐利的眼睛，已猜测到她的心思——为那个女孩子。

“说吧，你跟那个余蓓蓓是怎么回事？”果然，她愤愤地直奔主题。

“我……不过是为了生意。”他一脸沮丧，“没想过要把她怎样。不是都跟你说过吗？公司要发展，对外的业务需要年轻人，那女孩业务能力很强，是个做生意的料，谁知道……”

“汤新生，都什么时候了，你还在编故事。你给她租房，上她的床，都是为了生意？你把我当什么了？你个没良心的东西，当初我爸怎么就收留你这种白眼狼……呜……”柳惠玉抽泣起来。

汤新生坐到她身边，伸手搂住她的肩，说：“老婆你别生气嘛，这男人在外有几个不闻腥的？再说了，我也不过就是想找个能做生意的，给公司撑个门面，可是，那女孩硬要往你身上贴，有时候，男人也是挡不住诱惑的。”汤新生明知道事情本来不是那样的，而且惠玉也许不相信他的话，可还是要装出一副被动的样子，不管怎么说，老婆还是自己的，她也不过是埋怨几句，而心里却更加憎恨那个想要抢夺她丈夫的女人。汤新生于是做出一副虔诚的样子说，“我对你，对这个家是负责的。”

这时柳惠玉侧过身盯住汤新生的眼睛，“你都多大年纪了，玩玩也就算了，值得把老命也搭上吗？你……还杀了她？”

“没有，我没杀人，我发誓。”举起右手发誓表白的汤新生露出一脸坦诚。

“那你为什么跑？警察都找到家里了。”

“说不清楚，开始我有些失忆了，那段过程怎么也回想不起来，我没办法跟警察解释……”

“怎么会失忆？”柳惠玉眼神里露出明显的不信任。

“不知道。当时的情景，我完全想不起来了。”汤新生此时脑海里回忆起那天的情景，他懵懵懂懂睁开眼睛时，看见了一线光……好像是紫色的光……他趴在床上，应该是余蓓蓓的床。

“要让她知道自己趴在那女孩的床上，自己那还不被撕了？”在柳惠玉面前，他说不出口。

“说呀，你怎么会失忆的？现在能想起来吗？都这么长时间了，应该能想起来了吧？”柳惠玉不依不饶又备感纠结，怨恨中夹杂着关心、焦虑。

“我醒来时，发现躺在咱家的沙发上。”汤新生急中生智转了一个大弯，只能用谎话安慰她。

“趁我不在，你把余蓓蓓勾引到家里了？你这老东西。故意把我支回咸阳，就为了跟她鬼混。”柳惠玉说着抡起双拳，在汤新生的身上捶打，“你让她上我的床了？真恶心。”还觉得不解气，又是掐又是拧的。

说到上床，汤新生的脑海里突然浮现出那天的情景，顾不上对柳惠玉还手，汤新生要抓住这一瞬间，继续回想，任凭她在自己身上又掐又拧。

柳惠玉觉得累了，打不动了，举起的手放在他肩上。

“好了好了，”汤新生抓住柳惠玉的双手，把她按在沙发里，“余蓓蓓没到咱家去。是我去看她的。”见柳惠玉怒视着自己，意识到说漏了嘴，于是改口说，“不是不是，是我去见那个广东来的女人……”

“什么？又出来一个女人。人家警察就问过这件事。你到底是怎么回事？”柳惠玉气愤得不知说什么好。

“中间的过程我都想不起来了。”汤新生知道不能再说下去了，惠玉没完没了地追问，只好继续编谎话，“我醒来时在咱家的沙发上。”

其实，那天他醒来时，真的是在余蓓蓓的床上。就在刚才，他回想起了那段过程。可是，这种事情是不能如实告诉惠玉的。

是紫色的光，唤起了他的记忆。

一阵冷风袭来，他吃惊地发现自己赤身裸体趴在床上，他用力支起身体，缓慢而又艰难地穿上衣裤……

空旷的房间，冰冷的气息，他跌跌撞撞地走到客厅，寂静一片，“蓓蓓呢？她去哪里了？”只有自己虚弱的气息，借着客厅里微弱的光，他走出门去……楼道里死一样的黑暗，他不知自己是怎么走出黑暗的，似乎走到了街道上，有路灯闪烁，他招手要了出租……整个过程很可能是下意识的。

坚持到家中时，他感到无力支撑，顺势倒在沙发里。

“当时我醒来后什么也想不起来了。”汤新生这时对柳惠玉说，“我只觉得脑壳特别痛，我叫你，你也不在家里。我打了蓓蓓的电话，她手机关机了。大概……也许是吧。”他一边想理清自己的思路，一边还要编些谎话对付柳惠玉。

“瞧瞧，叫得多亲切，蓓蓓……”柳惠玉突然觉得不对劲儿，“可是警察怎么说女孩被人杀了？是哪个女孩被杀了？不会是人家趁你不注意，把你打昏了吧？”她凭着自己的想象作出分析。

“我也奇怪，我醒后，发现那块玉璧不见了。”汤新生此时想到的是那块玉璧，曾放在蓓蓓居室那个沙发边的茶几上了，“是的，玉璧不见了。”

“是余蓓蓓把玉璧偷走了。肯定是的。”柳惠玉咬着牙，对那女孩，她心里不知有多恨。转念间眼神里透出疑惑，“是你送给她了吧？你就编故事吧，警察又说女孩死了，这到底是怎么……”

“连你都不相信，我怎么跟警察说？我就知道说不清，所以，只能走。”汤新生摆出一副苦脸。

“好哇，这就是你寻欢作乐的代价。”柳惠玉的脸更加扭曲，“这可好了，玉璧丢了，人也丢了。你真是丢人啊。到头来还说不清。你到底做了什么事情不敢说出来？”

“我没做什么。”

“没做什么你怕什么呀？你好好再想想。”柳惠玉气恨交加。

“大概是因为失忆，以为是自己失手，把蓓蓓打死了，一时想不清……没敢再回家，直接从积香茗苑去了汉中。”

“以为失手？把她打死了？这么说，你还是去了她那儿？”

“不是的，我当时脑子里乱得很。”

“你想想，余蓓蓓跟什么人有来往？”柳惠玉突然想到一个问题。

“在西安她人生地不熟的，没见她有什么朋友。不过，咱也不能整天跟着人家。”汤新生叹了口气，“唉，要说在成都，蓓蓓好像跟那个拍卖师有一腿——”

“拍卖师？又是个什么人？”柳惠玉好奇。

“他叫胡铭戈，人长得挺英俊，三十来岁。我在成都看见他了，想跟他打听一下蓓蓓，突然他人又不见了。”

“看你蓓蓓、蓓蓓的叫得多亲热。人家不是跟拍卖师有一腿吗？”柳惠玉警觉起来，“你说的那个拍卖师，他人长得很英俊？三十来岁？我猜呀，不会是那个拍卖师跟余蓓蓓合伙……”柳惠玉充分调动起想象力，说着说着突然张开嘴，“人长得英俊，三十来岁？”

“是的。”汤新生看着她奇怪的表情有些莫名其妙。

“都被你气糊涂了。昨天有个年轻人来找我，说是成都拍卖公司的，还说有一笔钱要给你，说你曾经在他们公司拍卖过古玩。还说是四川老乡，顺便来看你，还问到余蓓蓓。”柳惠玉又像是自语，“我怎么就没想到是他？”

“你说的年轻人，问他姓名了吗？他说拍卖公司给我钱？”汤新生警觉起来。

“问他贵姓，他没说。不过，他人长得挺英俊，看上去不到三十岁。没错。你是不是把钱在外面藏着为了养小女人？”柳惠玉越发气愤。

“没有的事。我是在拍卖公司卖过几件古玩，可都给钱了。人家不欠我的钱。确定是成都拍卖公司来的人？长得什么样？”

“我刚才不是说了吗？人长得英俊，也就三十岁左右。”

“是胡铭戈？”

“胡铭戈？就是跟余蓓蓓有一腿的那个人吗？没准儿……可能是他。”

“他是昨天找到你的？”汤新生越发疑惑。

“是呀。说不定就是他跟余蓓蓓串通偷走了玉璧。”柳惠玉充分调动起自己的想象力。

汤新生摇头，“是有些怪。”转念又想，“也许……惠玉说得有道理。”

“公安局的人到家里找过你？他们问到玉璧了？”汤新生突然问。

“问过了。”柳惠玉诉说了那天的情景。

汤新生紧锁眉头，“这么说，警察已经知道那块玉璧了？还拿着照片？”他不敢直视柳惠玉，因为曾对她隐瞒了五年前得到那块玉璧的经过，那次在成都时经历的风险，说出来会让惠玉揪心，此时他心里隐隐作痛，他不能把已经发生的危险和可能带来的后果告诉她。

“现在可好，让那个小妖精串通情人把玉璧偷走了。”柳惠玉边责怪边站起身。

“东西丢了也就算了，只要人在。人在不比什么都好吗？什么都会有的。”汤新生按住她的肩，同时坐进沙发里，心里却急得火烧火燎的。

“你说得倒轻松。她是你小妈？什么都拿去孝敬。那可是一笔不少的钱呀。”柳惠玉气不打一处来。

“呀……呀……老婆，别说了。”汤新生已经无法掩饰心里的焦灼。

“你把玉璧送给你小情人了，还装大方。”柳惠玉想大发雷霆，转念又压住心里的气，“怎么不把你汤家祖传的玉璧也送给她。”

“说什么呀，是咱们家的，没有你柳家，怎么能有我汤家。我可不是那种忘恩负义的人。咱们汤家、柳家是几辈人的渊源。”汤新生说着把柳惠玉揽进怀里。

柳惠玉突然涌出两行泪，轻声哭泣起来。

被眼前的情景感染了，汤新生鼻子发酸，愧疚的感觉涌上心头……

“还有那个女人，又是怎么回事？”柳惠玉停止抽泣又想起一事。

“是问闵彤？”汤新生尽量用轻描淡写的口吻，说，“她是香港泛亚公司的，应该是汤泓公司里的人。”提起闵彤，汤新生不由得又想起那句话“知道汤泓是怎么死的吗？”

这个谜团还没解开。

柳惠玉睨视着：“你是不是跟这个女人也有什么关系？”

“冤枉死了。我连她的面都没见过，怎么可能跟她有关系。我现在是任何事情都不敢对你隐瞒，这都什么时候了。”汤新生焦虑地站起身，在房间里踱步，他在心里想，这个女人要是能早联系上，那块璇玑玉璧没准儿早就出手了，也就不会有后面这些乱七八糟的事了。他记得那天他提前十分钟赶到茶秀，没见那个女人。他要了一壶茶。几次焦虑地看手机，他已经很久不用手表了，常在外跑，看手机方便。三点整的时候，仍不见人来。他拨通了对方的号码，传来无人接听的声音。

柳惠玉总是半信半疑的，还有几分担忧，“现在怎么办？不如回咸阳我娘家躲躲。”

“警察去过咸阳吗？”汤新生疑虑。他在甘肃见到老弁的那个晚上，就没敢在那个宾馆久留，当晚就赶到了这个家属院，是柳惠玉一个亲戚的房子，一直空着。

“好像没有。”柳惠玉想了想，“反正你没有杀人，有什么怕的？”

“有道理。有道理。要不，我回咸阳住几天？”汤新生反复思量，“在这儿也行。”

“嘭！嘭！”

有人敲门。

汤新生和柳惠玉神情紧张地四目对视。

“嘭！嘭！”

敲门声继续。

汤新生定了定神，自我安慰：“也许是你家亲戚回来了。”轻轻走去拉开门。

却见胡铭戈威严地立在门口。

2.

“是你？”汤新生满脸惊讶。

“汤总，没想到我会找到你吧？”胡铭戈一脸严肃，“不让我进去吗？”

“请进，请进。”汤新生退后一步，看着他走进门。心里却在嘀咕：“他怎么突然出现了？”他把头探出门看了看，然后关上门。

“做了什么好事，要东躲西藏的？这地方看来够隐蔽的。”胡铭戈站在客厅中央，朝柳惠玉看了一眼。

柳惠玉坐在沙发里没起身，她完全被眼前的情况整蒙了。她看着胡铭戈，“你……你不是昨天……从四川来的……”

“昨天才见过，不至于忘了吧？我说要给汤总一笔钱，不然，也来不了这个地方。”胡铭戈的眼神里有种鄙夷，“看来还是钱的威力大。”他转向身后的汤新生，指着沙发向他命令：“汤新生，坐下。你个龟儿子，为了钱你可以不顾一切。”

“你坐，你坐。”那天在成都想要见他却没有见到，此时他送上门来，汤新生倒觉得自己的心脏像发疯的兔子般狂乱地跳动。

“你坐下，”胡铭戈呵斥，“听见了吗？”

汤新生乖乖地坐到柳惠玉旁边，胆怯地看着胡铭戈，“什么事情，慢慢说。别发火。咱们还是老乡嘛。”

“少跟我套近乎。你把蓓蓓害死了，以为我不知道？你躲了今天能躲过明天吗？你个龟儿子。”胡铭戈上前一把抓住汤新生的衣领，抡起拳头，“格老子今天要给蓓蓓报仇。”

汤新生哧溜一下滑到地上，“胡哥，不是我……”

柳惠玉从沙发上蹿起，用双臂抱住了胡铭戈的一只胳膊，“有话慢慢说，干吗生这么大的气？先坐下，消消气。”

“一对狗男女。”胡铭戈一手抓着汤新生的衣领，另一手臂被柳惠玉抱住，他挥了挥手臂欲甩开柳惠玉。

柳惠玉死死地抱住央求他：“这位小哥哥，求你了，消消气，有什么话慢慢说。”

“跟他有什么说的，杀人犯。跟我去公安局。”胡铭戈想狠狠地揍汤新生，却腾不出手，于是先松了汤新生，这才腾出手去拽柳惠玉的手。

“把你的手拿开。”胡铭戈终于摆脱了柳惠玉，迅猛转身抡起拳头向汤新生身上、头上砸去。

汤新生在他脚下缩成一团，嘴里喊着：“胡大师，你听我说……”

柳惠玉奋力扑上来，紧紧抱住胡铭戈的一只手臂：“求你了，小哥哥，看在他这把年纪上。”她喘着粗气。

胡铭戈停住手，气呼呼地说："汤新生你老实交代，你害死了蓓蓓，把她扔到江里，想诬陷我？你个龟儿子。"说着又抡起拳头。

"扔到江里？"缩在地上的汤新生先是惊讶，他双手抱头连连说，"不是我。"

"不是你还能是谁？别以为我不知道。你真是人面兽心。你为什么要杀蓓蓓？是因为她拿了你的玉石吗？"

"你勾结余蓓蓓偷了我家的玉璧，反而恶人先告状。"柳惠玉在一旁忍不住了。

"我勾结余蓓蓓？哦。这就是你们想陷害我的理由。"胡铭戈喘着气，"你得知了我要在广元接蓓蓓，于是就设计陷害我。"

"你在广元接蓓蓓？"汤新生疑惑地重复。

"你这是不打自招，你跟余蓓蓓串通好了。"柳惠玉紧紧抱住胡铭戈的手臂。

"你在广元接蓓蓓？"汤新生瞪着双眼，"你们提前约好的？"

"浑蛋！你还想抓我的把柄。"胡铭戈弯下腰一手卡住了汤新生的脖子。

这时柳惠玉使出全身的力气，扑到胡铭戈的后背，用双臂勾住了胡铭戈的脖子。

汤新生趁势从地上跃起，两股力量把胡铭戈撂倒了。他骑到胡铭戈的身上，"原来你跟她约好的。"

胡铭戈躺在地上，伸手卡住了汤新生的脖子。汤新生也伸手卡住了他的脖子。双方对峙，势均力敌。

柳惠玉从一旁帮手，抓住了胡铭戈的手使劲儿想要掰开。胡铭戈则奋力挥动手臂想要重新卡住汤新生的喉咙。

就在这时，汤新生感觉他手下的脖子有些柔软，他仿佛骑在女人的身上。

记忆在那一刻突然唤醒了。

是蓓蓓在自己的胯下。

蓓蓓瞪着一双大眼睛，那双往日像鹿一般明亮温顺的眼睛，此刻像两把锋利的剑。那张美丽的脸平静得像一潭水，水面上浮现出阴影，阴影的深层似乎充满仇恨。

他的手正掐住蓓蓓的脖子。

就在他恍惚的瞬间，胡铭戈不知怎么搞的突然跃身而起，抱住了他，那双手紧紧地抱住他的背部，这让他感觉到了背部的疼痛。

疼痛，让他的记忆继续向纵深回顾。那天他想要征服那女孩时，遭到了强烈的反抗。他感觉先是余蓓蓓的双手抓伤了自己的脊背，就在他骑到她的身上时，他感到了来自脊背剧烈的疼痛，在一种本能下，他掐住了她的脖子。

他不知道自己是怎样被胡铭戈撂倒的，他只想着让记忆完全回到过去。就连柳惠玉在一旁声嘶力竭使出浑身的劲儿撕拉胡铭戈，他也竟然完全没感觉到。

“是的。那天我掐住了余蓓蓓的脖子。也许，真的是我掐死了她？”

汤新生不知自己是什么时候、怎样被胡铭戈压在身下的。已经确定是被他压住了。他想反抗，却感觉浑身无力，他伸出双臂，只觉得头部受到重重的一击。

他突然想起来了。当时自己骑在余蓓蓓身上时，头部受到了重重的一击。

汤新生顿时感觉浑身无力，像瘫痪了似的，手和脚都不听使唤了。只有大脑还算清醒，思绪重新回到现实里。

原来时空是可以这样交错的。

头脑中那些个残留的碎片，像万花筒似的拼成一幅图画。

此时，汤新生看到自己的裤带被解下了，已经绑住了自己的双手。柳惠玉倒在一旁，喘着气。

突然响起剧烈的敲门声。

“咚咚咚！咚咚咚！”

“开门，我们是警察！”

胡铭戈站直了身子，似乎想要分辨声音，不等他反应过来，

“嘭！”的一声，门被踹开了。

丁萌和霍妍他们已经冲进门来。

第 16 章

记忆重现

1.

“说吧。先说说你在余蓓蓓的住处都干了什么？你是怎样害死余蓓蓓的？”霍妍冷冷地看着他。

“余蓓蓓不是我害死的，我敢发誓。”汤新生抬起头，哭丧着脸说。

“那你为什么要逃跑？”

“我当时失忆了，以为是我害死了她。”

“你失忆了？以为是你害死了余蓓蓓？你不会说你现在还在失忆中吧？”霍妍突然停顿下来，凝视着汤新生说，“你不会说还需要做医学鉴定吧？你是在讲天书吗？这种自相矛盾的话也能证明余蓓蓓的死与你没有关系？”

汤新生脸上露出无奈和焦急，他想对自己刚才说的话进行解释，又怕更加说不清。

只听丁萌大声说："汤新生，你不要狡辩了。在余蓓蓓的住处有打斗的痕迹，花瓶被推倒了，酒水洒了一地，还有这只玉石手镯，你不会不知道吧？"丁萌说着把放有玉石手镯的托盘举起向汤新生出示，之后又宣读了成都洗浴中心服务员有关汤新生脊背上的抓痕的证词。这些都是余蓓蓓反抗时留下的证据。

听到这些，汤新生垂下了头，他知道，那个重要情节是无法隐瞒了，于是说："那天我去了蓓蓓住的地方，在楼下看见围了很多人，他们议论说警察在二楼，可能住在那里的女孩死了。我知道那里是蓓蓓的住处，这样才知道蓓蓓死了。当时我还有些不相信，以为是我害死了她，对于头一天的事情，我总是回忆不起来，自然就想到，也许是我失手打死了她，可是，我怎么也想不起来是怎么打的了，真的想不起来了。"

"你去了余蓓蓓的住处？"霍妍注意到这个细节，立即联想到罪犯总是会重新返回现场，以观察警方的反应。于是抓住这个细节，询问汤新生是什么时间到达的现场，到现场的目的是什么。

"我之所以去现场，真的是因为想不起头一天的事情。可是，就在刚才，我跟胡铭戈抱打在一起的时候，我突然想起来了。"

"你是说，你跟胡铭戈打起来的时候，才想起了当时的情景？"霍妍的口气里带着明显的质疑。

"是这样，一直以来，我总是想不清我是怎么从余蓓蓓的住处回到家里的，刚才突然想起来了。"

"少废话，快说。"丁萌在一边催促。

"那天，是蓓蓓给我打电话……"

记忆像流动的镜头，闪现、定格、再闪现、再定格……

汤新生在茶秀等闵彤的时候，蓓蓓打来了电话："汤总，我想请几天假回家看看。"

"你怎么突然要回家？刚才在一起吃饭你都没说。公司里还有一堆事情等你办。"汤新生等人等得正心烦，不料蓓蓓又提出意外的要求。他说公司里的事情不过是借口，他本来今天是想把余蓓蓓哄到家里去的。而且先把惠玉支走了，让她回娘家去，省得她疑心。

“我妈突然打来电话，说是病了。不好意思，汤总，要不，公司里的事情等我回来再处理？”

“这样吧，”汤新生想到不能就这样放走余蓓蓓，“我马上就去你那儿，你等着。”

中途又接了周若愚的电话，汤新生走出茶秀的时候还在心里琢磨，随身携带的这件宝物准能让蓓蓓高兴。

蓓蓓总在关键时刻躲着他。汤新生心里很明白，蓓蓓与那些一心傍大款的女人不一样，她骨子里有种清高，正是因了这清高，才更激起了他的欲望。上次在陕北有些狼狈，后来蓓蓓倒像是什么也没发生过似的，这让他的自信逐步恢复。他想要给她一个惊喜，搞古玩的人能有什么惊喜，除了那些玉石。他认为，女人骨子里天生就迷恋珠光宝气，就不信她余蓓蓓能抵挡住诱惑。

在路上，汤新生想起了那首唐诗：“一骑红尘妃子笑，无人知是荔枝来。”要想博得蓓蓓的高兴，也许他手中这些价值不菲的玉石，就是打开她心扉的钥匙。

那天蓓蓓好像心情不错。开门时，她穿着粉色的真丝睡衣。

他喜欢那件亮色的睡衣，衬着她娇媚的身材。

他跨步冲进门内，左手翻转关住门，右手顺势将她揽入怀中。拥着她走进客厅，倒在沙发里。

就在余蓓蓓推开他时，他捧出一个精致的礼盒，说：“蓓蓓，送给你的。”

“就是那只玉镯。”汤新生用手指了指刚才丁萌出示的证据，“可惜这玉镯被摔碎了。”语气里夹杂着惋惜。

“继续说吧。”霍妍似乎不给他喘息的机会，“还有那只玉璧呢？”

“什么？”汤新生抬起眼皮看了一眼霍妍，心想，看来是无法回避“那件东西”了。他本来想渲染玉镯，避开玉璧的。因为“那件东西”会牵连出更多的麻烦。

“那个璇玑玉璧。”霍妍盯住他的眼睛，“你用璇玑玉璧做诱饵，骗余蓓蓓上床，之后又杀害了她，夺走了玉璧。”

“不是的，不是这样。”汤新生还想申辩，“我是喜欢蓓蓓的，给她玉镯，也是我真心的。蓓蓓开始很高兴的。”他想继续回避那个玉璧。

“跟余蓓蓓上床，你是胁迫？”

“不——”汤新生突然住口。

“可是余蓓蓓的睡衣被撕破了。那件粉色的真丝睡衣。”霍妍咄咄逼人。

“是，那天蓓蓓穿的是粉色的真丝睡衣。抱住她时，碰翻了花瓶，那束白色的蝴蝶兰掉出花瓶，蓓蓓去扶花瓶时，我从身后紧紧抱住了她。蓓蓓开始反抗了，可是，我以为……是女孩不好意思，也就是半推半就吧。”

“你脊背上的抓痕又是为什么？那伤痕还没有完全消失吧？即使消失了，还有成都洗浴中心服务生的证词，那应该是余蓓蓓反抗的证据。你不会这么快就忘记吧？那些抓痕让你出血了，在余蓓蓓的床上留有血迹。还有，客厅里有被打碎的酒杯……”霍妍突然心生厌恶。

“这……”汤新生不由得垂下头，那天的情景再次浮现。

花瓶倒了，余蓓蓓挣出身去扶花瓶时，汤新生突然从后面抱住了她的腰。

她扭动身体，想要挣出身来，却扭不动。两种相反的力在对抗，只听“嘶”的一声，她的睡衣传来开裂的声音，她反转身体伸出双手用力去推他，推开他的那一刻，睡衣突然从身上脱落，她僵硬地站在那里，似一具穿着三点式的维纳斯活体。

余蓓蓓很快转身到衣柜去取衣服。汤新生则快速脱去自己的衣服，他不能放过这个机会。

不等余蓓蓓再穿好衣服，他已经从后面抱住了她。

瞬间，他不顾一切地抱住她，想要把她抱上床……

从陕北回来后，他悄悄去看了男科医生，他不相信自己会没有能力。

医生说他是偶发性的ED。原因大概是心理性的，比如在追求时产生的压力，特别看重女方对自己的态度，担心对方看不起自己，否认的态度，自卑等心理障碍，都会影响勃起。

“今天我可不能放过你。”汤新生一边在心里给自己鼓劲儿，一边想要制伏她。

汤新生用力将蓓蓓强压在床上，在压住蓓蓓的身体时，他喘着粗气，“蓓蓓，抱住我，抱紧。”他感觉到柔嫩的手，轻轻地抚摩，滑向他的背部，陷入他的皮肤……

瞬息之间，那双柔软的手就像锋利的钢针，刺入他的皮肤、肌肉，直达心脏，他突然感到了天崩地裂，竟不知发生了什么……他听到自己声嘶力竭的号叫。

顷刻间，一股剧烈的疼痛从背部穿透他的前胸，几乎同时，他的喉咙里发出惨厉的一声呼叫“哦！蓓蓓，你干什么！”

后背一定出血了。后背火辣辣的，钻心地痛。

他是在事后照镜子时才发现的，在金沙浴宫洗浴时，他看见了指痕，八条带血的指痕！清晰可见不容置疑地烙在汤新生的脊背上。

“你想干什么？想害死我吗？你安的什么心？不知好歹的东西，知道我多爱你吗……”他语无伦次，喋喋自语。“蓓蓓怎么就突然发作了，如倏然而过的电闪雷鸣，到底为了什么？女人的心难道真的如古玉的沁色，变幻无常？”想起这些他仍难免心惊。

他始终不明白情势是如何快速反转的。那双细嫩的手开始插入他的背部时，令人窒息的温柔，唤起他将要枯谢的激情，心中的火焰，灼热燎人。

总之，他一时搞不清蓓蓓怎么会突然恼了，发起狠来比母狼还厉害，无缘无故地发作，真叫人捉摸不透。

他在瞬间快速调整了身体，将蓓蓓压在胯下，同时用双手掐住了她的脖子。

完全是本能的动作，就像是快速转动身体一样，用双手掐住，也是一种本能……

卡住她脖子的那一刻，他觉得心在颤抖。

那双冷艳美丽的眼睛突然喷射出火焰，更像是两把锋利的剑。那时，恐惧几乎是同时袭击了他的大脑，在那种错综复杂的感觉里，似乎还夹杂着恻隐之心，在脑海的深处隐隐浮动……

他感觉自己的手在发抖，心也在抖，全身的汗毛孔都在抖……不由得稍微放松了手——

是的，那时他已经松开了右手。

突然，她呼喊起来，“啊！救命——”爆发式的喊声，如同寂静中突然射发的尖啸子弹，“砰”的一声炸响在耳畔。

他快速腾出一只手，捂住了她的嘴……

不由自主地又卡紧了她的脖子，是想阻止声音的喷发。

她开始挣扎……一只胳膊耷拉下去……“砰”的一声，有东西掉在了地上……

应该是那只玉镯。

就在那一刻，他头部受到重重的一击。他确认，是头部受到了打击。

突然间天旋地转……眼前一片黑暗。

“我醒来时，觉得脑壳痛，浑身无力。房间里只有我一人，蓓蓓不知去哪里了，当时我恍恍惚惚，也不知是怎么离开蓓蓓那里的。这段过程我在很长一段时间里都回想不清，我想我是失忆了。

“等我再次醒过来时，我躺在家里的沙发上，那时已经上午九点了，我听到客厅里挂钟的声音，我努力回想，还是怎么也想不起先前的事情。”汤新生松了一口气，“就是这些，我都说了。蓓蓓不是我打死的，其实，我是被他们打昏了。”

“你说的他们是谁？”

“我想是余蓓蓓和胡铭戈。”汤新生用手摸摸后脑勺，“是被他们打了。那天，肯定是有人打了我的脑壳。当时蓓蓓在我的身下，总不会是她吧？”

“胡铭戈是什么时候到余蓓蓓住处的？你见到他了吗？”霍妍反问。

“我没看见他。也许早就藏在她家里了。但是我可以肯定，我说的都是真的。”

“但是你一直在回避那个玉璧，你并没有如实供述。因为玉璧可以让事实完全相反。”

“玉璧？我不知道。”汤新生觉得自己的声音似乎不够坚定，于是强调说，“真的不知道。”

“照你所说，你和余蓓蓓、胡铭戈之间，似乎完全是一场风花雪月引发的血案。”

“我想是这样的。”

“那么，闵彤呢？你跟那个女人又是怎么回事？还有这件东西。”霍妍举起手中的照片，是璇玑玉璧的照片。

“这……”汤新生哑口无言。

“五年前的一个晚上，暴雨雷闪，在那个废弃的养鸡场即将要被开发成公路的地方，你得到了这件东西。”霍妍冷冷地看着他。

“那个曾经荒芜的教堂，新中国成立前，你叔叔汤姆的教父斯蒂文所在的教堂。斯蒂文曾经得到了一块价值连城的玉璧，但是，突然间，斯蒂文的教堂遭遇了一场大火，之后，那块玉璧也随之消失了。后来，你多次到过那里，甚至让人乔装成烧砖的，想要挖出玉璧。直到那个地方要开发公路时，你又再次把谢强派去混进施工队。你一直想要找到那个玉璧。

“真是世事难料，那个玉璧竟然被在工地上干活的金福发现了。金福就是余蓓蓓的父亲。那时她叫金秀娟，金秀娟也就是余蓓蓓。金秀娟发现你就是杀害她父亲的凶手，想要获取证据，却不料反被你利用并杀害。随后把她的尸体抛入嘉陵江。”霍妍说出这些话时，强压住心里的怒火。

“啊！”汤新生倏然一惊，同时瞪大了双眼。

2.

霍妍和丁萌带着人正在搜查汤新生的家。家居装饰得古香古色，墙上挂了一些名人字画，客厅的文博柜上摆了几件精美的古玩和艺术品。室内随处可见古朴的摆件、挂件，搞不清都是什么朝代的，反正有种厚重的历史感。

汤新生仍然拒不承认杀害余蓓蓓的犯罪事实，同时也否认璇玑玉璧的存在。也许他心里明白，那是一起更严重的杀人盗取文物的案件，便索性顽抗到底。

若是找到罪证，自然就不怕汤新生再顽抗了。

“真是古玩商的家。”一名年轻的警察看着满屋里的古董轻声感叹。

“是吗？生活中要是整天面对这些古玩，就好像整天在博物馆里遇见古人，会让人感到压抑的。”心情沉重的霍妍没好气地回了一句。

“整天都遇见古人？不是玩穿越吧？”那个警察显然想活跃一下气氛。

“那种穿越的游戏，纯粹是少年不知愁滋味，与我们警察可是毫不相干。还是回到现实来吧。”霍妍正为一件事焦虑着。

“汤新生的住宅里会有密室吗？”这个问题霍妍曾跟何长军队长和丁萌讨论得非常激烈。

“我对房屋的结构有独特的感觉。”当时丁萌显得很兴奋，“重要的是看房屋的结构。我小时候喜欢看侦探小说，对密室有猎奇心理。”丁萌一脸认真地说。

“是吗？说说你的独特感觉。”霍妍猜想丁萌的话是玩笑，说，“你不过是儿童时的想入非非罢了。”霍妍和何长军不约而同地笑出了声。

“科学还来自童话呢！”丁萌板着脸，“别笑，科幻其实是根据现在对未来的想象，往往最终都成为现实！从小时候起，我就注意房屋结构的观察。”

“那么，这回搜查汤新生的家就全看你的了！”何长军试探着激他，“完不成任务，拿你是问。”何长军严肃地板起脸，说，“找到璇玑玉璧这个重要证据，就能证实汤新生的一系列犯罪。”

“是。一定完成任务！”丁萌举手敬了一个不规范的军礼，又说，“谢谢队长的信任，我一定尽力。可是，完成任务是不是也要奖励？”

“嗬，还没干活就要奖赏？当然了，会给你们的。”何长军拍了拍丁萌的肩。

霍妍这会儿正走进汤新生家的书房，高大的文博柜占据了两面墙，上面摆着各种各样珍奇的古玩、书籍。此前柳惠玉打开了保险柜，里面除了一些金银首饰和少量现金，并没有玉璧和古玩。

丁萌在书房外转来转去地看，突然走到霍妍身边耳语：“书房和卧室中间的走廊，你注意了吗？”

霍妍又走出书房顺着丁萌的思路看了一会儿，迷茫地摇头，走廊空荡荡的，尽头挂着一幅画，心想：“难道在那幅画的后面？”

“我是说，走廊两侧的房子，空间比例不对称。”丁萌重新走进书房。

霍妍也跟进了书房。书房的空间小，也许是堆放的东西多，容易让人产生空间错觉。

丁萌在书房里转了几圈，便盯住了高大的文博柜，仿佛秘密就隐藏在这象征着厚重历史的文博柜里。

霍妍却轻松地坐到椅子上，眼睛向四周搜索。

只见柳惠玉心怀忐忑地站在书房的门口。

丁萌拿起文博柜里的一只羊脂玉盘。

“这玉盘能唤起人的想象，”霍妍忍不住上前观看，脱口说，“真是温润如脂，形、声、色绝佳。”

丁萌不明白：“形、声、色？这玉盘有声音吗？”

“看到这玉盘就仿佛听到清脆悦耳的声音。小时候，我妈给我讲过，可我理解不了。今天看见这玉盘，真是身临其境，触景生音。”

“应该是触景生情才对。”丁萌随意附和着，眼睛仍在仔细观察着。

霍妍说：“白居易的《琵琶行》，不是有一句‘大珠小珠落玉盘’吗？看见这温润洁白的玉盘，不就像听到珠落玉盘的声音吗？我说触景生音没有错吧？”她说这些是为了转移柳惠玉的注意，说着走到丁萌身边，她估计丁萌已经发现了重要的线索。

当她和丁萌两人的头凑到一起时，她惊异地发现玉盘后面的柜板上有一个小小的按钮，霍妍给丁萌递个眼色，似在问：“你看见了吗？”

丁萌悄悄地做了一个手势，指了指她的身后。

霍妍顺着他的手势回头望去，只见柳惠玉瞪着惶恐的眼睛，焦灼地站在门口。

霍妍与丁萌会意地对视一眼，微微点头，侧过身，给丁萌让开地方。

丁萌伸手把玉盘轻轻地放进柜子里，用另一只手按动了那个按钮。

玉盘后面的柜板神奇地转动开来……柜板后面露出一个深深的空间。

果然，密室就在这个文博柜的后面。文博柜相当于夹壁墙，后面有一间极小的密室，只能容一人转身。丁萌走了进去。

“照片。”丁萌走出密室时手里拿着照片，“照片放在一处空当里，没有东西。”

霍妍接过照片，是璇玑玉璧的照片。与闵彤和余蓓蓓持有的照片完全相同。

“这玉璧呢？”霍妍举起照片问柳惠玉。

“什么？”惊恐的表情还挂在柳惠玉的脸上。

“我问你，照片上的这个玉璧呢？”霍妍重复问道。

“不知道。老汤的东西我从来都不过问。平时我也不进那里的。”柳惠玉朝着密室努了努嘴。

“你有权利保持沉默，但是，你所说的话将作为证言记录在案，你要对你所说的话负法律责任。”丁萌憋住心里的火。

“走。”霍妍挥了挥手，转身向外走去。

霍妍和丁萌出了汤家，直接驱车赶往咸阳。

“柳老爷子，大名柳庶全。是我们村的三高老人，一是个子高，年轻时就很利落，到老了还是那么挺拔。二是高寿，快九十岁了，村里上九十岁的老人只有他一个男人，其他都是老太太。三是高深。”村长看上去三十多岁，正在介绍柳惠玉娘家的情况，他口才不错，说话总是一二三地扳着手指头，有条有理。

“高深？”霍妍忍不住问了一句。

“老汉有一手绝活，雕琢玉石，完全手工活。又住在深宅大院里，一般人进不去，年轻时就很神秘，跟村里人很少来往，现在各家都有自己的院子，就更难见面了。嘿嘿，也算是高深呀，远近闻名。”村长吸了吸鼻子，像是十分钦佩，“可惜啊，就要失传了。老汉两个儿子，没人学这手艺。”

“带我们去看看吧？”霍妍想要抓紧时间。

“可以。”村长边往外走边打手机，“惠民，你过来一下，带我去看看你家老爷子。”然后对霍妍说，“我把老爷子的大儿子叫来。”

柳庶全的大儿子叫柳惠民，在家加工辣子面，做小生意。二儿子曾经承包过一个砖瓦厂，后来搞建材，整天忙得不着家。

“老人自己住吗？”霍妍猜测着。

“独门独户，自己住。老汉已经半痴了，有时连儿子都不认识了。两个儿子轮流给送饭、照顾。他就是离不开他的那些玉石，整天在院子里叮叮当当地雕琢那些玉石。”村长带他们在一个院子门口站住，说，“等等吧。”

丁萌等得着急，就走到门口，用手轻轻推开那扇木门，探进头去朝院子里张望，“吱呀”的门声还未落尽，只见他突然用双手拉住门闩，一个急转身，忽地一下蹿出几米远。

他身后传来了凶猛的狗叫声。

霍妍下意识地拉着村长往后退了几步，她定睛看了看，并不见狗出来，便朝着丁萌喊：“狗又没出来。你跑什么？”

丁萌站定，喘着气，侧耳听狗吠声已停止，这才慢慢走过来，“头儿，要不是我反应快，咔！肯定被它咬住喉管。”他用手在脖子上比画了一下。

霍妍从鼻子里发出笑声，“脸都青了，逞什么能？”

“长这么大，没见过这么凶猛的狗，那起跑姿势……两只狗眼像灯泡。注意了吗？我跑了它才叫，不叫的狗会咬人，只要踏进大门，一定猛扑上来，咔！”他又用手在脖子上比画了一下。

“哈哈……哈哈……”霍妍大笑起来，看着丁萌模仿的姿势，她不停地笑，只见一个男人走过来，她突然止住了笑。

村长也止住笑，“惠民来了？这是文化局的同志，想来看看你家老爷子的手艺。”他按照霍妍事先要求的说。

“老爷子早就不干活了。”柳惠民看上去体格健壮，沉默寡言，有几分木讷。

“还是看看吧，老爷子的手艺绝活，没准儿还能评个非物质文化遗产。”村长笑哈哈地说。

“那……就进去吧。”柳惠民显出几分无奈，推开了黑漆大门。

这时丁萌抢在了霍妍的前面，大概是为了表现自己不是胆小鬼。霍妍暗自好笑。

柳惠民进门后用手摸了摸那只狗：“丑丑，去找爸爸。”

丑丑蹲在那儿没有动，两只灯泡般的眼睛警惕地看着来人。

霍妍回头看了一眼，见丁萌转过头故作四处张望，她也开始观察起这个院子来。

高高的院墙，前院堆了几块巨大的石头，一位老人坐在石头边，身穿黑色棉衣，黑色棉裤，头顶一个毛线织的圆帽。他看上去身板结实，坐在藤椅里，纹丝不动，像是一个枯树墩，黑黝黝、僵直地竖在那里。

藤椅看上去有年头了，扶手乌黑发亮，一些绷断的藤条，用细铁丝串起。

老人耷拉着眼皮，茫然地看着面前的一堆石头。

“人老了真可怜。”霍妍心里想。

她走上前，问：“大爷，您冷吗？”

老人连眼皮也没抬，依然看着石头。

“这是什么石头呀？”霍妍回头问柳惠民。伸手去摸石头，她注意到，老人的眼光转向她的手，暗淡无光的眼神。

“昆仑玉，在这儿放了多年了，我爸叫人从昆仑山采来的，他就喜欢这玩意儿，都老糊涂了，连孙子都不认识了，还是忘不了这破石头。”柳惠民满腹抱怨地说，“谁要想把这石头搬走，他就跟谁急。”

“可以卖给我们吗？把这石头卖给我们。”霍妍故意放大声音，她对着老人几乎是在高声喊，同时用双手试图去抬石头。

老人依然没有吭声，只是用呆滞的目光注视着她，霍妍看见了他宽宽的前额，突出的颧骨。

“爸，把这石头卖给他们吗？”柳惠民走上前，凑到老人的耳边大声说。

“玉……我……”老人口齿不清地呜呜着。

柳惠民直起腰，见丁萌正向屋里走，忙说：“家里脏，本来准备这两天打扫，老没时间。”

三间大瓦房虽陈旧，但看上去还是很气派的，是过去有钱人家才能盖得起的。

“能进去看看吗？”霍妍问道。

“随便看吧，进去看。”柳惠民跟在霍妍身后。

中间的堂屋摆设简洁，只一张方桌，两把高靠背的木椅，虽然陈旧，可看上去都是上好的木料。霍妍不懂什么木料，便从右边侧门进去，看到一张罗汉床，是老人的床，靠窗处有一条案，上面摆了两件精雕的玉石工艺品，一只是方形的，像个鼎，另一只像是玉雕的壶。

“这是你爸雕的吗？”霍妍问柳惠民。

“这是他年轻时雕的，就剩下这两件了，都让我姐拿走了。”

“这叫什么？”霍妍对玉不甚了解。

“这个叫白玉香鼎，仿清代的，那个叫碧玉壶，也是仿清代的。”

“看什么呢？”见丁萌俯在罗汉床边细看，霍妍也上前去看。

只见床头系着一只暗红色的小系璧，“这个，好像很古老了。”丁萌上前用手摸了摸。

霍妍惊异，把丁萌推开，“让我看看。”说着伸手把小系璧从床头摘下来，看着它直愣神，仿佛回到四年前，在阆中那个玉石店——

“这是一块仿古的枣皮红玉系璧，利用了它天生的材质，皮色好，是籽玉，价钱相对合适，造型是仿古的，玉质也不错。”

柏松在注目那玉系璧，霍妍却把眼睛转向其他。

女孩又说：“传说玉有灵性，还会选择主人，戴上它，不但显示了身份，还体现了精神追求。璧圆象天，天如父，地如母。这璧从古代以来都是礼器，它古朴沉稳，最适合给哥哥这样有学问又撇脱的人戴。”

丁萌碰碰霍妍的胳膊肘，“头儿，想什么呢？”

霍妍倏地回过神来，“这个枣皮红玉系璧，我看着眼熟，柏松也有一只，一模一样的。”

“该不是一对吧？”丁萌故作神秘，“你老公跟这个老头不会有什么关系吧？”

“当然不会的。”霍妍仍纳闷，“看上去是一对。”

她独自嘀咕：“可是，它们为什么又分开了？难道，汤新生跟余蓓蓓早在四年前就有联系？”

霍妍回身问柳惠民：“你爸床头挂的这个枣皮红玉系璧只有一个吗？”

“那小玩意儿，都是下脚料，我爸年轻时雕过不少，现在就剩下一只了。”

“其他的都卖出去了吗？”

“估计都卖出去了，经营的事情是我姐夫他们。”

霍妍说：“我家有一个枣皮红玉系璧跟你家的这个一模一样，看来，也是你家老爷子的手艺了。”

“有可能吧。”

“汤新生和余蓓蓓究竟是怎样的关系？”霍妍一边往外走一边想。左厢房久不住人，一张20世纪50年代的木床和桌椅，上面落满灰尘。

又来到后院，更是一副破败的景象。枯萎的无花果树，看上去不是因为寒冷，而是因为无人照料。院角落里低矮的柴房，几乎快塌了。

回到前院，霍妍再次走到老人身边，她觉得天气开始冷了，老人这样坐在院子里会着凉，“大爷，您冷吗？”她大声对着他喊。

这次老人似乎听到了动静，抬起头，茫然地看了一眼，自语着：“喔……玉……”

霍妍听不清他在说什么，隐隐听到似乎有“玉”的发音。老人又埋下头，摆弄着手里的东西，那双手骨干突出、苍劲，像锋利的鹰爪。

“他在摆弄什么，如此专注？”右手拿着一只小凿子，很精致的工具，左手握着一块玉石，“那是一块什么玉石啊？”霍妍朝他手里看去，倏地，她惊讶地瞪大了双眼。

“头儿，看完了。”丁萌从左厢房走出，来到院子，示意霍妍该走了。

霍妍从惊异中回过神来，她抬头朝丁萌望去，见他正心不在焉地看着堂屋门外挂着的一片龟甲。霍妍想示意他过来，却始终不见他朝自己看一眼。

索性，她蹲下身子，认真看着老汉手里的玉石，那是一块异形玉璧，与照片上的那块璇玑玉璧几乎一模一样。

她伸出手，问：“大爷，让我看看你手里的东西，好吗？”她想从他手里拿过玉璧来。

突然，老汉攥紧了手，身体前倾，原先自然下垂的双肩也耸起来，一副决斗的架势。

她抬头朝老汉望去，刹那间，那双老眼闪动了一下，一缕光从那里射出，稍纵即逝。眼光中有种锋利、刚毅，如同他面前坚硬的昆仑石。

这让霍妍始料未及。

柳惠民闻声走过来，对霍妍说：“你是拿不走的，他睡着了都捏得紧紧的。”

“他是在雕刻？”霍妍声音里带着惊异。

“这……”柳惠民眼里闪过一丝慌乱，有些不好意思，他曾告诉霍妍，老人早就不干活了。“我爸年轻时脑子特别好，不管什么玉器，只要看一眼，就记住了。我也不明白，现在他脑子虽然糊涂了，却还能记得他最后雕的一件玉璧。开始，我们想让他干点儿事，就算没事消磨时间，可想不到，他竟然能把玉璧一刀一刀地雕刻出来。”

“奇迹!”丁萌跑过来，已经看明白了。“真是奇迹，”他连连赞叹。

“可是，这件东西看样子已经快完工了。”霍妍好奇，“你爸他什么时候不清醒的？”

“有两年了吧，那年摔了一跤，从医院回来后就不清醒了。有时又清醒一阵。我也奇怪，什么都不记得了，连孙子都快想不起来了，这手艺却没忘。他就整天坐在院子里这样雕呀、凿呀，慢慢地竟然把东西雕出来了。”柳惠民看着老人，“爸，你喝水不？”

“喔……玉……”老人紧握着他手里的东西。

柳惠民把藤椅边的一只保温杯打开，小心地抿了一口，然后把杯子送到老人嘴边，给他喂了一些水。“你们看，他连喝水都不知道，我媳妇一天过来几次，给他喂吃喂喝。”

“大小便呢？”丁萌试探。

“有时清醒，有时糊涂，常常要给他洗裤子。”柳惠民用手指着旁边的尿盆，“这不，尿盆也在旁边放着。”

“他是怎么摔跤的？”霍妍有种惋惜。

柳惠民说：“他在院子里雕玉璧，坐了一个星期，除了吃饭、睡觉、拉屎、撒尿，其他概不起身。雕好的那天，他高兴得不得了，说是最完美的一件，要在院子里烧香祭拜，突然摔了一跤，不省人事，送到医院说中风了，人是抢救过来了，可睁开眼就闹，就要……”

“要什么？”霍妍急问。

“要他雕的那件东西。”柳惠民收起保温杯。又说道，“我姐顺手在家抓了一块玉石，塞到他手里，他就安静了。后来，他身体慢慢恢复了，就这样糊里糊涂的，可还是不停地雕呀、凿呀，工具都放在身边，竟然又整出个玩意儿来。”

“他原先雕的那件呢？”丁萌紧追。

“我姐拿走了。”

“也是一样的玉璧？”丁萌和霍妍不约而同地问。

“是同样的玉璧。”

“真是鬼斧神工!”离开咸阳后，丁萌在汽车里依然想着刚才的事，他无法抑制自己的惊讶，“一个大脑有病的人，可以说，中风病人的一些脑神经已经坏死，那个老爷子，竟然还能做出如此精致的工艺品！这也许会是医学史上的一个奇迹。”

“人类本身就是个奇迹。心理学认为，没有什么是完全不可能的，只有不太可能。”霍妍非但不惊讶反而很淡定。这时她心里已经在想着另一个问题了。

3.

窗外雨下得淅沥淅沥的，何长军站在窗前吸烟，他贪婪地吸了最后一口，在窗台前把烟头掐灭，就像是要做出重大决定似的，毅然离开窗口，回到办公桌前。霍妍和丁萌正坐在一边看着他，等待着他拿出决定性的意见。

“调查进行到现在，两个人都有嫌疑。”何长军的眼光从霍妍转向丁萌，“你是这样认为的，还是你先说吧。”

丁萌于是清了清嗓子，开始发表意见。他先是谦虚了几句“说得不对了请探长和队长指教”之类的客气话，很快进入正题：

“胡铭戈的嫌疑主要是到达川陕边境的时间和那具女尸也就是余蓓蓓死亡的时间十分吻合。从公路调取的录像看，胡铭戈的宝马车的确在案发时间到达了案发的地点。这个重要的嫌疑现在还不能完全从证据上排除。

“但是，汤新生的疑点更多。第一，他有作案的时间，从下午会见闵彤到第二天上午在积香茗苑出现，这么长的过程，只有其中一个小时有周若愚的证明，其他时间都说不清。第二，汤新生的口供说自己昏迷了，还有什么失忆了，纯粹是一派谎言。据调查，收藏协会的郁昊副会长说那天汤新生精神状态很不好，连连打哈欠。这是一个间接证据。可以从另一个方面证明汤新生头一天很劳累。为什么劳累？跑了那么多的路能不累吗？他×的，虽说咱们陕西段的公路录像设备那天失灵了，可我们对全市的出租车也进行了排查，至今没有找到有出租车在那天去了川陕公路。不过有可能是黑车。是有些遗憾。第三，作案手段相似。闵彤的死和四川发现的无名女尸的死，几乎都是先受到袭击而后被丢进河里的。显然是熟人作案，死者初见罪犯时毫无觉察，突然被袭击。不同的是闵彤还没死，就被抛入河里，也许，作案人以为闵彤已经死了，而后者是被勒死后抛入江里。总而言之，我认为汤新生恐怕是难辞其咎。要是连同查证落实他在四川盗掘国宝、杀人，他和谢林、谢强盗掘国宝的案子就够他受的，这些手段真够狠的，枪毙几回都不冤枉他。”

丁萌结束了自己的发言。

“行啊，丁萌大有长进了，分析起案件来头头是道。”何长军刚表扬了丁萌就接着问霍妍，“你今天有些反常，一直不说话。好像有不同意见？”

“我是这样想的。”霍妍的眼光看向何长军，“我认为胡铭戈也许可以排除在外了。”

“为什么？”这时丁萌忍不住反问。

何长军朝丁萌努了努嘴，说：“你着什么急？让霍妍说呀。”

霍妍这才不紧不慢地讲出了自己的看法：

“第一，胡铭戈说接到余蓓蓓的电话后就去路上接她，这些证词与余蓓蓓的手机信号是基本一致的。第二，没有接到余蓓蓓之后，胡铭戈一直在想方设法寻找。虽然他没有立即报案，只是因为他在心里对余蓓蓓和汤新生的关系有所怀疑，而他寻找余蓓蓓的目的，很大的比重是要证实自己的猜测。第三，当得知四川发现无名女尸后，他设计抓住了汤新生，是为了证明自己的清白。

“至于汤新生的供词，也许并非都是胡说八道。有一个重要的证据一直以来总是在我的脑子里闪回，就是余蓓蓓床头的那个小闹钟。”

“闹钟？”丁萌疑惑地瞪大了双眼。

霍妍继续分析，“那个闹钟停在了八点五十八分，我曾认为，时针指向八点五十八分或许有多种可能：第一，闹钟被作为工具使用，无意中停在了八点五十八分。第二，有人故意设置的道具，把时针拨到了八点五十八分。第三，这只闹钟早就停了。

“可是，现在有了新的发现。汤新生说他掐住余蓓蓓的脖子时，头部突然受到了打击。我想，这句话也许可以跟那个闹钟联系在一起。汤新生说余蓓蓓和胡铭戈串通一起，还说是胡铭戈从后面打击了他。这些是没有根据的，胡铭戈当晚开车和返回的时间从公路录像资料里可以测算出来。

“那么，极有可能的是，余蓓蓓在危难时刻抓住了闹钟，使劲儿砸向汤新生的后脑部。根据医学研究，脑后部的海马区遭受打击后，可能造成失忆，同时这种失忆有可能在某种条件下得到恢复，也就是重新找回记忆。”

丁萌忍不住发问：“我说头儿，可没听你说过那个闹钟啊？”他又补充说，“不过你现在一说，我还真想起来了，当时我看到你在现场拿着那个闹钟使劲儿看，我还感到不可理解，那时脑子里也曾有过一闪念，莫非这闹钟里有什么名堂？只可惜呀，没抓住。”说着他叹了口气，像是很懊悔。

“怎么说呢？这就叫区别，好好学着点儿。”何长军说，“从26日下午二时三十分到第二天上午，如果汤新生连杀了两个人，又来回奔波了几百公里，对他一个六十岁的人来说，如果没有帮手，不但时间上相当紧张，而且体力上也是够他受的。有人证明他很疲劳似乎也不无关连。”

“心理学认为没有什么是完全不可能的。霍妍不是这样说吗？”丁萌说着向霍妍努了努嘴。

“哈！你在这儿等着她呢。”何长军笑了笑，“是有几个证据可以反证的，一是郁昊证明他第二天十分疲劳，哈欠连连。二是谢林证明汤新生到四川后累倒了，病了多日。三是汤新生常年在外奔波，练就了一身好体力。”

“可不是吗？冉阿让那么大年纪了，还能抬起那么重的车，这才让沙威发现了他。”丁萌自鸣得意地撇了一下嘴。

“什么？你说什么？”何长军诧异地看着丁萌。

“沙威一直追查的囚犯冉阿让，是伟大的文学家雨果《悲惨世界》里的人物。队长你怎么连这么重要的书都没看过？”丁萌好不容易有了表现的机会。

“你们年轻人也看雨果的书？我以为你们只知道周杰伦和韩寒呢。”何长军像是嘲讽地说了一句。

“那也是经典的案例嘛。冉阿让力大无比、警察沙威忠于职守……搞侦查的就应该看。”这时丁萌一板一眼十分认真地说，“还有一个环节，我一直想不明白。金秀娟怎么会跟杀害她父亲的凶手混在一起的？她对汤新生的根底了解吗？是偶然还是一开始就带着明确的目的？”

“还有一个重要的问题。”何长军很快收敛了笑容，说，“最重要的是赃物还没找到，这可是本案的关键所在。”

霍妍立即说：“我也一直在想这个问题。现在，我们虽然抓住了汤新生，却没有抓住本案的赃物。就好比抓贼没抓住赃，只要汤新生一口否定，案件就无法了结了。无论是五年前四川的盗宝案和当时发生的金福被杀案，还是眼下闵彤、余蓓蓓两起案件，都有一个最终的目标所指——那个价值连城的古玉璧。找不到赃物，这一切都很有可能成为悬案。”

第 17 章

秦哥

1.

图书馆的报告大厅正在举行一场《玉石鉴赏报告会》。现在搞收藏的人越来越多，有全民收藏的趋势，各种鉴宝活动也随之兴盛起来。

报告会已经开始了。霍妍在报告厅最后一排的角落里坐下，她专程来此，是为了增加些办案的知识。

"……中华民族是一个酷爱玉器的古老民族，世界上没有任何一个民族能像中国人这样爱玉、赏玉、品玉、藏玉、养玉、敬玉。"

作报告的人是收藏协会副会长郁昊先生。他看上去有四十多岁，身穿黑色中式对襟便衣，天庭饱满，印堂发亮，一副拥抱天下的笑容。他的报告富有激情，颇有感染力。

"……玉不过是一种石头，普通的石头随处可见，人为什么要喜欢它？

我想，无非是玉石具有美的基因，神学的基因，让它与一般的石头不同，李时珍在《本草纲目》中称玉石亦名玄真。正是这种玄妙的美，吸引着人们的眼球，撞击着人们的心灵。随着市场经济的发展，人民生活水平的提高，玉器收藏成为热门，同时具有新的特征，艺术品投资蔚然成风……”

郁昊脸上泛着红光。

“……据东汉袁康《越绝书》记载：轩辕、神农、赫胥之时，以石为兵，断树木为宫室，死而龙臧……至黄帝时，以玉为兵，以伐树木为宫室凿地，夫王，神物也……死而龙臧……距今五千五百年前的黄帝时代，也就是新石器晚期，古人使用的工具大多是用玉石加工制成的，可以想象，在那个玉的时代，铿锵的治玉声，清脆的佩玉相撞声，玉光四溢，多么美妙诱人。”

他快乐地沉浸在自己的报告中。

这让霍妍突然想起在什么地方看到的一句歌德的至理名言：收藏家是幸福的人。

“……玉器的玄美，已经足以让人眼花缭乱，而玉器中玄而又玄的，则是璇玑玉璧，是人类至今尚未破解的玉器之谜。我的新书《璇玑迷踪》刚刚出版，这本书就讲述了璇玑这种神奇玉器的渊源、发展和人们对它的赏析。有兴趣的收藏者或者喜欢猎奇、探求奥秘的读者，希望你们喜欢我的新书。”

“嗬！莫非推销自己的新书才是报告的本意？不管怎么说，二者融合得十分巧妙。”霍妍不由得这样想，“一个小小的玉璧，竟能写出一本书来，一定有非同一般之处吧？”

她本来是不关心古玩的。自从投入余蓓蓓被害一案，她开始有机会接触古玩——特别是玉器。她也曾经查阅了大量相关书籍，还有网上的搜索，让她对这些弥足珍贵的古玩有了新的认识，她感到那些晶莹而圆润的玉器的确是充满玄机的。

讲台上的投影仪映出一张放大的图片，是一幅古天文图，上面标有南斗六星和北斗七星。

“……璇玑，北斗魁四星为璇玑。”郁昊继续侃侃而谈，“李政道博士就认为，异形玉璧是一种天文观测仪的一个部件。比如在成都出土的一件异形玉璧，是同一时期三星堆的，玉璧上刻有七个圆形点，像是北斗七星的排列阵式，似乎印证了这个说法。”

他的讲座博得了在座所有人的好感。投影仪上图文并茂，实物摆放养眼颐神，善于调动现场情绪，主讲人的激情恰到好处地释放，还有轻松诙谐的表达，无一不吸引着观众。

“……其实，大凡璇玑之使用，亦不可能超越古兵器范畴。”

这话吸引了霍妍的注意，她记得一份资料里有这样描述：玉璧源于瑗，瑗由兵器“环状石斧”演变而来。环状石斧，本是一种劳作工具，后发展为兵器，一种致命的武器，使它超越了装饰意义的美玉。此种兵器，非常见兵器可效颦。这兵器曾穿越千山万水，飞越到印度、埃及、非洲、地中海，“恰克拉”（Chankral，或 Chankra）成为它的掷器名。

“古人真是聪明。中国早期的原始部落已经有了寓兵于农、亦耕亦战的兵制核心思想，为将农耕工具发展为兵器打下了基础。”霍妍心里一阵激动，“看来，我们对祖先了解得越多，在他们的成就面前，我们就愈加肃然起敬。”

只见郁昊的手指向他背面的图像，他手臂忽地一闪，有条亮光，射进霍妍的瞳孔。她定睛想仔细看看，那亮光已经随着郁昊手臂的放下而消失了。

那亮光……

霍妍想要分辨清晰，不知为什么，她眼里的亮光变作异形玉璧，突然高速旋转起来。像是一只齿轮，呼啸着、飞旋着……掷向敌人的咽喉……

她竭力把自己的思绪拉回现实，现在正在办理的案件，都是由那个璇玑玉璧引出的，这让她不寒而栗。璇玑又何尝不是一个黑洞？如同史蒂芬·霍金的黑洞理论：时光在某一时刻旋转停滞，那个硕大无比的天体黑洞里有深不见底的旋涡。

无法抑制的幻觉，霍妍索性任其驰骋、飞翔。

她仿佛还看到了不明飞行物，却看不清轮廓，只觉得它向自己冲来。霍妍下意识地偏转头部，像是在躲闪。

会场里响起一片掌声，郁昊先生的课结束了，霍妍茫然地看着一切。

主持报告的人宣布郁昊先生在侧厅为玉石进行鉴定，事先预约过的人可以等候，其他人就可以离场了。

这时，郁昊走下讲台，频频地挥手，带着拥抱天下的笑容与可爱的听众道别，他身边聚拢着兴奋的粉丝，多少崇拜的眼睛在送别他！

看着他的笑容，霍妍想到心理学研究发现，一个长时间的微笑，比一个短时间的微笑显得更真诚且更有魅力。面前这个城府颇深的商人，总是用长时间的微笑吸引着他的粉丝，显得真诚而不那么张扬。“《璇玑迷踪》，他的新书一定能火。”

猛地抬头，被灯光刺了眼，这让霍妍突然想起什么。她紧跟在两个持宝人的身后混进了侧厅。

“……这玉上的沁色，应该是老的。”一个持宝人正坐在郁昊的对面，在据理反驳郁昊的结论。

郁昊依然微笑着说：“不错，玉是有生命的物质，被埋入土里后，一方面，它会吸收其他物质的特性，另一方面，它自身原有的物质也会起酸化作用。但是，你这块玉上的沁色显然是作伪的。对不起，下一个是哪位？”

霍妍快速跨步上前，“郁会长，请您帮我看看这个。”她把璇玑玉璧的照片递上。

看见霍妍，郁昊突然一怔，但很快微笑着说：“好像在哪里见过？”

“是吗？也许长得像谁？”霍妍莞尔一笑，又恭敬地说，“听了您生动的讲课，真是获益匪浅，所以特意向您请教，只是……我没有实物，只有照片。”

郁昊接过照片，脸上掠过一丝惊讶，很快又恢复了微笑，说：“这东西是哪里来的？”他举起照片的手臂内侧闪过一缕亮光，霍妍清楚地看到，那是几条明显的瘢痕。

“朋友的。”霍妍猛然一惊，又很快搪塞地说。

“朋友没告诉你他的东西怎么来的吗？”

“没有。”

“只有照片，不好说的。”

“如果从照片上看，应该是什么年代的？”霍妍的提问几近固执，“它跟您刚才讲的那个异形玉璧是同一时代的吗？”

“我们鉴宝从来都要看实物的。”郁昊微笑着从怀里掏出一块精致的怀表，看了看时间，看样子行程安排紧凑。他举起手中的照片又深情地看了一眼，然后要把照片还给霍妍，不紧不慢地问：“还有什么问题吗？”

“请您给估一下，什么年代的？就当它是真的。”霍妍没有伸手去接照片，而是再次看向他的手臂。

“不好意思。只看照片，这玉质和器型好像符合三星堆时代的。没有看到实物，我说了也不算。目前市场上仿高古的东西不少哇。”这回他换了另一只手，把照片再次推到霍妍的面前。

“三星堆？距现在有多少年？”霍妍接过照片时心里有种异样的颤动。

郁昊微笑说：“据目前已经公布的专家的意见，三星堆距现代有四千八百多年。不过，文化年代的判断，是随着考古发现和现代科技的发展而不断修正的。北京猿人头骨残片的年代，过去估计为二三十万年，现在至少要四十万年。埃及胡夫金字塔比以前假定的年代提早了四百多年。俗话说，‘神仙难断寸玉’。这玉璧的断代，尤其是三代以前的东西，还是有许多分歧的。就像瓷器里的密釉，因为出土的东西极少，见到的人也很少，分析判断也就比较困难。”

郁昊再次掏出怀表看了看，说：“三星堆本身是与中原文化不相同的一种文化，还有很多谜，至今无法揭开。”

“不好意思。那么，它的价值呢？”霍妍显得十分专注。

“从这张照片上看是一件异形玉璧，璧的边缘有几个刻齿，大概是古书里说的璇玑玉璧里的一种。”他在白纸上写下四个大字：璇玑玉璧。又说，“这玉璧上有七个点，排列形状像是北斗七星，也叫七星玉璧。我只能说，它具有很重要的学术价值、历史价值，市场价值也不菲。”

霍妍站起身，说：“真是不好意思，占用您这么长的时间。谢谢了！”她拿起郁昊写有璇玑玉璧四个字的纸，转身离开了。

郁昊微微欠身表示相送。

霍妍把那张纸放在副驾驶位上，呆呆地看着四个大字：璇玑玉璧。

她突然摸出手机，拨通了莫莉的电话，说：“关于余蓓蓓，我想，你还有重要的事情没告诉我。”

莫莉那时正睡眼惺松，听到这个声音突然清醒起来，忙问：“你是那个女警察？蓓蓓有消息了吗？”

“这要看你是否配合我们了。把你知道的全部说出来，也不枉余蓓蓓交你这个朋友。”

“哦？我不知道要说什么。”电话里沉寂了半分钟，莫莉说，“你想知道什么？”

“余蓓蓓是怎么从阆中到成都的？还有更多的……希望面谈。”霍妍声音急促。

“你在哪里？”莫莉仍在犹豫。

“我立即赶往咸阳机场，如果赶得上，两个小时后到成都。”

“好吧。我在雨淋咖啡等你。”

2.

她大步走进咖啡馆。

莫莉早已在角落里品着咖啡，见霍妍进来，摆了摆手，问：“喝点儿什么？”

“一杯咖啡吧。”服务员转身离去。

霍妍下意识地打了个哈欠，连日的奔忙，突然在这静谧的地方奔涌出困倦，她伸手在嘴上拍了拍，张圆了嘴，让哈欠文雅地舒展开来。

莫莉用小勺轻轻地搅着杯里的咖啡。

霍妍让自己的身体靠得舒服些后，向莫莉望去。

“你想问什么？”莫莉也把身子往后靠了靠，望着对面的霍妍。

“你最近跟余蓓蓓联系了吗？”霍妍按照自己的思路提问。

“打了很多次电话，总是关机。蓓蓓不会出什么事吧？”

“你觉得她会出事？”

“如果不是你们警察的出现，我也许不会这样想。”

“你觉得她会出什么事？”服务员端来咖啡。霍妍点点头，示意她离开。

“不知道，但愿她一切都好。”

“余蓓蓓可能已经死了。”霍妍直视着对方。

莫莉先是愣了片刻，张了张嘴，却没发出声音。停了好一会儿，才说：“你们大概搞错了。”她摊开双手。

“有人在嘉陵江里发现了一具女尸。”

“可是，蓓蓓根本就不在四川，她去西安了。”

“是的，余蓓蓓先是在西安失踪了，她租房的邻居报的案。我看了现场。上次来找你时，我一直认为她还没有死。”霍妍看着对方凝重的表情，“随后就在四川的江里发现了她的尸体。”

“抓住凶手了吗？”莫莉问得急切，“这可是你们警方的责任。”

“抓了嫌疑人……”霍妍收住了后半句话。

“是汤新生吗？那个老家伙。”

“你为什么猜测是汤新生？”

“唔，他是蓓蓓的老板，而且对蓓蓓有不轨之心。自然就首先想到他了。是这样吗？”

“余蓓蓓是怎样认识汤新生的？恐怕她去西安另有目的吧？”

莫莉的眼睛转了几圈，似乎遇到了难以回答的问题。

“你是知情的。余蓓蓓是否受到了什么人的委托，专门对她进行了某些训练？”霍妍冷冷地看着对方。

“你高估我了。我只不过是把自己对人生的一些认识传输给她。我们是好朋友。”

“你的好朋友被人害死了，你却在这里享受人生，你不觉得太残酷吗？”

“有些情况，我也拿不准……要说蓓蓓死了，这太意外了。我一时还不能接受，一个鲜活年轻的生命，就像一朵花过早凋零了。她的命太苦了。”莫莉垂下眼帘，看上去无比忧伤。

“她只有二十一岁，多么年轻，为了寻找杀害她父亲的凶手，不顾一切，甚至是自己的生命。”霍妍依依冷冷地看着对方。

“什么什么？蓓蓓是为了寻找杀害父亲的凶手？我怎么一点儿也不知道啊。我以为她去西安，是为了挣更多的钱……”莫莉像是突然坠入茫茫的云海，辨不清方向了。

“那就把你所知道的所有事情都说出来吧。为了友谊，为了良心，为了年轻的生命。”

“看来就是汤新生了。那个老家伙，抓住他了吗？”

“抓是抓住了。口供有些对不上。”

“难道老家伙不承认？你们不是有现场勘察吗？有痕迹吧？犯罪的人要承认自己的罪过，肯定不会像‘老王卖瓜’那样啊!”莫莉大概习惯了这种口气。

“这还用你说吗？汤新生背部有清晰的数条指痕，这总不会是 Sadism 吧？”霍妍看着对方。

“你是说性虐吗？女警官也够潮的。”莫莉挑起眉毛来，做出奇怪的表情，似笑非笑。

“男人脊背上有女人的抓痕，你怎么看？”霍妍把头转向窗口。

莫莉后悔刚才的嘲讽，“Sorry。”她思索了一会儿，“我想，女人的抓痕大概有两种情况，一是生死关头的反抗，二是性欲高潮。如果汤新生背上有抓痕，如果确定是蓓蓓所为，我想，应该是蓓蓓的反抗。我说过，蓓蓓不喜欢他，甚至很反感。如果……汤新生就是杀害蓓蓓父亲的凶手，那抓痕不是很正常吗？”

“这么多的如果，都是你的推测或者说是想象？”霍妍想用话激她。

“是有根据的推测。我想，每个人都有她的生活轨迹，不是吗？她的行为也往往沿袭着这个轨迹。”莫莉眼神里有种自信。

“是的，这符合心理学的规律，但是也不排除特殊情况。”霍妍又问，“除了汤新生，余蓓蓓身边还有什么人？情人、仇人、恩人或亲近的人？”

“没见到有什么人来找蓓蓓，她的朋友圈很小。”

“那个狄小龙呢？”霍妍说，“那个阆中古玩店的老板狄小龙，像是一个看不见的影子，总是出现在余蓓蓓生活的关键时刻。余蓓蓓难道没有跟你提起过他吗？”

霍妍还特意强调：“金福和金秀娟的工作都是他介绍的。哦，忘了告诉你，她的真名并不叫余蓓蓓，而是叫金秀娟。你知道吗？”

“金秀娟？也是不错的名字。可以理解，改名字也是可以理解的，一个要与自己的过去决裂的人。”莫莉似乎并不惊异。可是当霍妍问她是否早就知道时，她却没有正面回答。

“看来，你知道她的过去。”霍妍用了肯定的语气。

“不是很清楚。”

“那个叫狄小龙的男人，你知道多少？”

“不知道。蓓蓓没有提过这个人名。只是听蓓蓓说过她有个恩人，把她从小县城带到了大城市。其实，蓓蓓到西安去主要是为了他。”

“恩人？”霍妍心想，“狄小龙为金福介绍了工作，后来又给了金秀娟机会。余蓓蓓不会是把他当作恩人吧？”

“还把她从小县城带到了大城市？难道，到成都、西安，都是他的恩典？”霍妍既有疑问，又想确定这些令她惊讶的信息。

“从阆中到成都，后来又去了西安，都是他的功劳。对了，蓓蓓叫他秦哥。”莫莉终于开始下决心要和盘托出了。

“秦哥？上次你没有告诉我。”霍妍的眼睛充满疑问。

莫莉垂下眼帘，“上次有些情况我没告诉你，害怕你误解蓓蓓。认为她太工于心计。对不起，我喜欢蓓蓓，不愿意别人误解她。人们都喜欢清纯的女孩，可是这个社会充满污秽，女孩能永保清纯吗？蓓蓓是为了自己，为了她的家，为生活所迫。这也是奋斗，要奋斗就会有牺牲，可是，她绝对不会想到，牺牲了自己的身体，甚至生命。只能说，这个社会太残酷。”

莫莉流泪了。她一边用纸巾轻轻贴了贴眼帘，一边说：“我只是不知道，她付出了生命，是否达到了目的？抓住杀害她父亲的凶手了吗？这个代价也太大了。”

“一定会抓住的。我们不能让珍贵的生命就这样白白消失。”霍妍说，“看来，你是知道那个秦哥的，把你知道的全部说出来吧！”

“蓓蓓太可怜了。嘘——”莫莉从胸腔里出了一口气。

霍妍耐心等待着。

“蓓蓓说秦哥是个非常有气质，学养高深而又和蔼可亲的人，无论遇到什么事，总是笑容满面。自从遇见他，蓓蓓的生活完全改变了。”

“笑容满面？”霍妍咕哝了一句。

“要我分析，蓓蓓的秦哥一定是个非常自信的人，或者是不可捉摸的人。”

“为什么说不可捉摸？”霍妍追问。

重新恢复了淡然的莫莉说：“我们这个社会，能经常笑容满面的人，不是社会下层那些具有阿 Q 基因的人，就是非常虚假的人。想想看，只有面对银幕的人或是站在舞台上的主持人一类的才总是保持微笑的。那些在官场上、生意场上的人，有学问的人，那些头脑复杂，常常面对复杂局面也能保持笑容满面的人，那将是怎样的胸怀？令人不可捉摸。”

“嗯。”霍妍说，“倒不如说是城府极深，或者老谋深算。”

莫莉再次迟疑，自语道：“一个能支配别人心理的人，也可以说是城府极深了。”

“支配别人心理？是对余蓓蓓的支配吗？”霍妍不喜欢莫莉的故作深沉，“还是说说具体的事情吧。比如，他帮余蓓蓓做了什么。”

“蓓蓓好像是在阆中茶馆打工时认识他的。”莫莉说那还是在古玩店出事之后，蓓蓓遇见了他，一个令她意想不到的人物。

一天，茶馆进来个外地客人，看上去，富有而文雅，他饶有兴致地欣赏了茶馆的角角落落，老板亲自陪着他。

老板自豪地向客人介绍，“我这茶馆是仿清朝的装饰，茶馆里有唱川剧的，还有不少当地票友，清香茗茶，川味戏曲，古装侍女，一处绝妙的胜境。有古筝古乐相伴，在优雅的茶馆里，仿佛穿越时光的隧道，回到了古代。还有这些女服务员，身穿紧身旗袍，光那脸蛋和身姿就够迷人的。”

老板把客人引进包间，唤来服务员金秀娟，便走出门去。

给客人上茶时，金秀娟青春的脸上带着浅浅的微笑。“先生可知道，今天这上好的茶，还需有上好的水和适当的冲泡方法。这茶叶嫩了，水温也不能太高。我们阆中的水泡出的茶有种别样的清香。”

“小妹来茶馆多长时间了？”客人微笑着，看上去慈眉善目。

“时间不长，才三天。”金秀娟斟茶时动作优雅。

“哟，了不得，才干了三天，就像是经过专门培训的，对茶道的知识了解这么多，说起茶来头头是道。以前是干什么的？”听到女孩说在玉石店里干过，又问在哪家店。

“原来是狄小龙狄老板呀，我们可是老相识了。是个很好的人。”客人很快转了话题，跟她谈起茶道，还说用三天就能培养出这么好的服务员，不仅仅是老板学养高深，也还得学生自己的努力，夸奖她真是个优秀人才啊。

见客人把自己称作优秀的人才，金秀娟觉着很亲切，说：“我也不过是死记硬背的，年轻人记性好。”随后不知不觉地就与客人聊了起来。

很快，金秀娟讲述了自己的家境：因为家里穷，没上过几天学，高中都没上，十几岁就出来打工了。

客人似乎有些惋惜。“多年轻啊！你应该有美好的前程，你资质好，是大有潜力的绩优股啊!”

金秀娟听着这些话感觉有些飘，觉得这个男人看上去很和善友好。直到晚上快十一点了，已经是下班的时间了，这位客人雅兴极好，迟迟不去，突然说：“今晚我请小妹吃消夜，赏个面子吧。”客人眼睛里有种不容推脱的坚定。

金秀娟说：“您喜欢吃什么，就在我们茶馆吃吧，我们这里有特色小吃。”随手递上菜单。

“哦……不不。我请你下班后，找一家城里专门吃消夜的馆子，别看你在阆中工作，肯定没吃过这里的特色菜，就这样，一言为定。我在外面等你。”客人不容分说，站起身要走，“小妹，埋单。”

“可是……先生，我上班要到很晚……”其实金秀娟已经该下班了，她是故意推辞的。

“小妹，放心，我不是坏人，晚上吃了饭我开车送你回家。请你绝对放心。”

客人走后，金秀娟心里一直忐忑不安，心想：“该不会是个别有用心的人吧？”他看上去四十来岁，头发微稀，体态微胖，圆圆的脸，弯弯的眉，有些富贵之气。他眼光柔和，眼神里有种魔力，态度诚恳，笑起来暖暖的，有极强的亲和力。

她故意拖延了下班时间，走出去时已是近凌晨了，心想他也许不会等到这么晚。不料刚一出门，门外停着的宝马车里走出一人，那个男人推开车门走出来，冲着她摆手。

他竟然真的在这里等候。金秀娟心里嘀咕着，不知该如何婉言相拒。

“小妹，请。”男人弓腰为她拉开后车门。

金秀娟左顾右盼却没见到能帮自己解脱的人。她站在原地，不好意思地说：“我还有事，谢谢了。”

“小妹放心，吃完饭我送你回去。”男人不容分说把她拥上了宝马车。

似乎有种无法抗拒的力量，金秀娟在犹豫中坐进了宝马。汽车发动后，她看着男人的后背，心想，无论如何，她要对他高度防备，要是有不轨企图，她随时准备……

汽车始终行驶在城里热闹的街道上，这让她稍有放松。在阆中最豪华的饭店前，车停住了，也不知自己是怎么跟着他走进那个超大的包间里的。几个服务员看茶上座的忙前忙后，金秀娟忐忑的心却怎么也放不下来。

男人点了菜，那些菜名都十分好听，金秀娟因为心里有事，一个菜名也没记住。她猜想肯定价格不菲。

“为什么请我吃饭？我连您的姓名也不知道。”服务员退出后，金秀娟不想再掩饰疑惑。

“什么也不为，就是高兴。看见你高兴，知道吗？你身上有种吉祥的光，用你们阆中古城的风水说，能给人带来好运。你是大有前程的，你自己大概不觉得，一般人也看不出来，你不应该在茶馆当服务员。”

金秀娟瞪着大眼睛，“那我应该做什么？”

“你是干大事的，你身上有种天生的气质，只是还没有发挥出来。如果再提高些知识涵养，增强素质，那些白领、金领都不在话下。”

金秀娟受到了莫大的鼓舞，从来没有人这样赏识她。“可是我没有文凭，想找个像样的工作都很难。你说的那些白领，在写字楼里真的让人羡慕，更不要说什么金领了。可是，哪家公司会要我呢？”

“现在首要的是有人为你包装。你在古玩店里干过，有一定的基础，再拿到一个职业学院的文凭，然后设法到一个公司做营销，一步步提高自己的能力，相信你一定能成功，彻底脱胎换骨。”男人说话时似乎很坚定。

“你说我能去大公司吗？”金秀娟仍在怀疑，“其实在学校时，我的成绩也不错的。在古玩店，老板说我对玉石有独特的悟性，很快就学会鉴别了。”

男人微笑着说：“我的眼光没错。我一眼就看出你的能力了。一定是最优秀的白领，优秀的职业女经理，你的气质很能打动人。真的，你可以试试，让我来帮助你。”男人深沉地看着她。

“怎么试？”金秀娟心想，“这个人把我说得都不知道自己姓什么了，不是在做梦吧？可是，大哥，我怎么称呼你呀？”那时她心里抱着一丝侥幸，或许自己真的遇见了贵人。

“叫我秦哥吧，我是秦人，你是川妹。”

“亲哥？”

“是秦国的秦，秦朝秦始皇的秦，秦人和川人最早的沟通，就是从秦朝开始的，是从喝茶开始的，清朝顾炎武大学士的文章里说‘自秦入蜀而后，始有茗饮之事’（顾炎武《日知录》）。”

分手时，秦哥送她一部手机，说是方便联系。

秦哥走后，金秀娟一直处在彷徨和恍惚中。这个突然出现的秦哥为什么要帮助她？是因为她的气质或者美貌？还是别有企图？

每晚躺在床上，摆弄着秦哥送的手机，金秀娟脑海里总会浮出一些画面，高档写字楼，白领女职员、女经理……

“也许我真的遇上贵人了？”

一个星期后的下午，秦哥又来了，接到电话，金秀娟走出茶馆，宝马车里的他正对她微笑。

汽车里，秦哥说：“我给你联系了玉石鉴赏培训班，等拿到文凭，就可以到拍卖公司上班了。”

金秀娟疑惑不解，“真的吗？”

秦哥用手指着后排座位。

金秀娟看到那里放了一堆书。

“你把工作辞了，找个安静的地方住下，安心把这些书看完，拿到文凭，然后到成都一家公司上班。”

“谢谢秦哥！我能去成都的公司上班？”金秀娟仍有疑惑，“可是，我辞了工作，怎么生活……”她想到眼下的生活还无着落。

“钱你不用担心，所有费用我包了。”秦哥从皮夹里抽出一张卡，塞给金秀娟，“不够用你就说，给我打电话。”

“秦哥，我不能要你的。”金秀娟想把卡退给他。

“没多少，你先花。”

“那……以后我挣了钱还给你。”后来金秀娟到银行查看，发现卡里面有五万元。

那个秦哥还叮咛金秀娟尽快找个住处，辞了工作立即搬走。

“秦哥，谢谢你！以后我挣了钱一定还给你。”

“好哇。挣钱的机会很多，就看你能不能抓住机会，你现在好好学习，等我把成都的事情办妥，就来接你。”

再次见到秦哥时，他带来了玉石鉴赏培训班的结业证书和一张身份证。“以后就叫这个名字吧。”

“余蓓蓓？这是我的身份证？”她抬起头，“余蓓蓓，这名字挺好听的，可是……这不是把我的姓也改了？

“姓什么不重要，不过是个代号，你看现在的大明星、大美女，不都喜欢叫重音吗？晶晶、冰冰、甜甜……以后就叫你蓓蓓，以后你也会成大名人的。彻底忘掉过去吧。”

“忘掉过去？莫非他知道我的过去？”金秀娟想到受狄小龙案件影响给自己带来的痛苦，“改个名字也很好。”

“嗯。”秦哥微笑着看着她，“秀娟这名字虽然不错，不过听上去是个乡姑，蓓蓓就很时尚。”

“那就听秦哥的，我以后就叫蓓蓓了。余蓓蓓！”她反复看着身份证，心想，“挺好听的名字。”

猛地抬头，见秦哥看着自己发呆。

金秀娟脑子里突然冒出一个念头：“哪个女人要是有这样的丈夫，真是幸福死了，幸福得找不着北。怎么会冒出这个念头？”她突然觉得脸发烧，羞涩地低下头。可还是止不住那个念头，这个沉稳周全的男人，令她在心里敬佩、崇拜得五体投地。

“蓓蓓，我该走了。”秦哥恢复了常态，“过些天，来接你。”

“是叫我吗？这个名字太生疏。”

“慢慢就习惯了。”秦哥说着走向汽车。

“秦哥，你上次给我的卡里，那么多钱，我没敢多花，以后等我攒了钱还给你。”

“没多少钱，你花吧。租个像样点儿的房子，把身体养好，才能有精力学习，抽空回家看看，你妈他们也需要钱吧？”秦哥发动了汽车。

金秀娟有些不知所措，突然弯下腰深深地鞠了一个躬，“秦哥，谢谢你！我一定要挣大钱，回报你！”当她直起身子时，眼里闪烁着泪花。

“你真美，就连哭的时候都非常美。”秦哥赞赏地冲她微笑。

望着宝马车后扬起的微尘，泪水从余蓓蓓的眼里噗噗地涌出。那一刻，她在心里对自己说：“我不再是那个贫穷受人欺辱的村姑了。我叫余蓓蓓！从今后，我将彻底地脱胎换骨了！”

3.

“蓓蓓，这些破烂都不要了。你呀，干吗这么节省？钱就是用来消费的，不会消费，就不会挣钱。”秦哥突然来到阆中，说是要接她去成都。

“你是在批评我吗？”余蓓蓓露齿一笑，她已经安然接受了改名字的现实，也做好了准备，等秦哥随时接她去成都。这会儿，正大包小包地往外搬东西。

“这些被褥、用品和衣服都过时了，不要带走了，留给房东吧。”秦哥站在门口微笑。

“这些都是用你上次给我的钱买的，没用几天呀。”蓓蓓心里真有些舍不得。

“你现在要到大城市，去做大事情了，身份地位都变了，不能再用这些了。走吧。”秦哥不容她分辩，把她拉进汽车，直接开往成都市。

路上，秦哥对蓓蓓说：“后座里那些书和杂志以后抽空多看看，它会教你怎样消费，怎样才能让自己更时尚。”

余蓓蓓伸手从后座上拿过几本杂志，是《时尚》、《瑞丽》、《古玩鉴赏》一类的杂志。她偷偷看一眼秦哥，“这些书一看封面就知道档次不一样。”

“人的一生是不断学习的过程。”秦哥两眼直视前方，双手握着方向盘，“要不断提高自己的修养，女孩子的穿衣打扮也是一门学问。”

秦哥说着把车停在成都市最繁华的商业街，带着蓓蓓走进商场。

“这是伊势丹……这是德国的舒雅内衣，倩碧的化妆品……”秦哥让蓓蓓一遍又一遍地试穿、试戴……精心挑选了各式衣物，他手里拎的袋子越来越多了。

“秦哥，别买了，太奢侈了。”余蓓蓓于心不忍。

随后秦哥在一个豪华的宾馆开了两间房。拎着大包小包的东西把蓓蓓送进一间包房。

“休息休息，洗个澡，化上妆，穿上新衣，咱们出去吃饭。饿了吧？”秦哥说着朝外走，“我在你隔壁房间休息一会儿。”走到门口，他回头说，“一会儿我给你打电话。”

“秦哥，你太费心了，真让我过意不去。”看他无比细心、体贴入微的样子，余蓓蓓真不知该说什么好。

关上房门，余蓓蓓看着堆满一床的东西不知所措。

“秦哥他为什么这样为我花钱？他慈眉善目，十分富有，不但出手大方，还上档次。学识渊博，文质彬彬，自信优雅，待人细致体贴。

“重要的是他看上去不像是淫欲之徒，看女人的眼光很平和，总带着微微的笑意，让人觉得暖暖的，这个年龄的男人，应该有家室了，似乎是个守规矩的男人。做他的老婆一定非常幸福。他老婆长什么样？很美吗？也许，他老婆长得很丑，拿不出手，说不定他们之间不够和谐，要不，他怎么会对自己这么好？爱美之心人人皆有。爱美女之心，是男人皆有。”

余蓓蓓一时想不明白，就这样在心里安慰自己，何况此时也不容她多想。她只想等自己有了工作，挣了钱好好报答恩人。

于是她撕开包装，一件一件地欣赏那些润肤霜、唇彩、香水、内衣、套裙、皮靴、丝袜、拎包、腕表……真是应有尽有，高雅时尚。便一件件地开始享用。

看着镜子里的女孩，余蓓蓓恍如置身于另一个世界。她觉得自己实现了一次穿越，瞬间从灰姑娘变成了美丽的公主。

秦哥打来电话，要去吃饭，说他已经在大厅里等候了。

这时余蓓蓓早已穿戴打扮好，临出门又对着镜子转了几个圈。这才拎起那个时尚小包，款款而去。

秦哥坐在大厅里远远望着她。随着她脚步的逼近，原来靠在沙发上的身体渐渐挺直，他双眼睁睁。

蓓蓓脸上突然泛起红晕，微笑着站在沙发边。

时光静静地流淌。

秦哥重新把身体靠在沙发上，用一种远视的眼光端详，他嘴里发出啧喷声。

"天上掉下个林妹妹!"他模仿越剧的腔调说，突然站起身来，揽住她的腰向大厅外走去。

蓓蓓笑而不语。她第一次见识秦哥的诙谐，感受他身体的温度，心里暖融融的。

秦哥带蓓蓓进了西餐厅，说是要体验一种文化。

秦哥特意点了牛排，问道："喜欢吃嫩一点还是老一点的？"

蓓蓓说："我不知道，你随便。"

秦哥说："人家欧洲人喜欢吃带血丝的嫩牛排，不一定合咱们的口味，今天还是品品标准的牛排吧。"于是他又点了几个菜，要了一瓶洋酒，是那种橙色的看上去很清亮的酒。

余蓓蓓曾经陪着狄小龙喝过洋酒，略微知道一些酒的名称，什么威士忌、白兰地、杜松子酒、朗姆酒……看上去颜色美丽，其实有的比白酒还烈。

"好看吗？这橙色的酒看上去像果酒，实际上是烈性白酒。"秦哥起身给蓓蓓倒酒。

"我来吧，应该是我给秦哥倒酒的。"余蓓蓓不好意思地站起身，却被秦哥按住肩膀。

"这酒产自苏格兰，有五百多年的历史，是用大麦等谷物在木桶里酿制的，需三年以上，叫苏格兰威士忌。"他回到座位上轻声细语，像在讲故事，"在美国有种波本威士忌，是用玉米做原料，选用百分之五十一的玉米在白橡木桶里蕴藏两年以上。要连续两次蒸馏酿出。那种纯麦芽威士忌要蕴藏十二年以上，有的要二十多年，酒的价格与年份成正比……"

"听说现在很多人收藏酒，今天秦哥真让我长了知识。"余蓓蓓敬佩秦哥的才气，像个乖学生似的洗耳恭听，偶尔提问几句。

秦哥侃侃而谈，酒量奇好，酒上心头，愈加让他神采飞扬。

蓓蓓觉得自己有些不胜酒力了。她站起身，抓起酒瓶走到桌子对面秦哥的身旁，把他的酒杯斟满酒，她以为秦哥会像其他男人那样，伸手接过酒杯，顺势会抓住自己的手。

秦哥侧身微笑着看她，等酒杯满了，才轻声说："你应该学会享受男人为女人服务。快坐下去。我为你斟酒。”见蓓蓓有些不好意思地回到座位，他又说，“像你这样的美女，要培养在社交场合的高贵气质，比如，吃西餐有很多规矩，不能大声说话，不能……”

真是个谦谦君子。

那样的环境下，余蓓蓓觉得头有些晕，她说，“秦哥，要是两个情人在一起吃西餐，也要遵守那么多规矩吗？”

秦哥微笑着点头，她心想：“当白领也不容易，要懂得社交场合烦琐的礼节。”她拘谨一笑，“秦哥，跟你在一起，真是有学不完的知识，你的才学太高了，那句形容词是什么？好像是‘车载斗量’……秦哥别笑话我，你看，我是不是太土了，净给你丢份子。”

秦哥依然笑着：“你知道自己的潜力吗？”

“我能有什么样的潜力，跟你在一起，不管怎么努力也赶不上。”余蓓蓓不自觉地用了撒娇的语气。

“你美自天然，天生丽质，像一块天然的翡翠，通体温润，有种淳朴自然之美，无须雕琢，就会吸引无数眼球。要是再经过精雕细琢，更是熠熠生辉。”秦哥说话时眼里放出光。

余蓓蓓觉得那束光射向自己的心窝，搅起微微波澜。她激动得想哭，却露出丝丝微笑，痴痴地看着秦哥。

“翡翠是在自我完善中闪光的。”秦哥咧了一下很哲理的嘴。

“我该如何自我完善？”余蓓蓓真的想哭。

“真聪明。你有悟性，一点就通。翡翠之所以精美，是在一定气候、温度、土壤、水分、阳光条件下产生了裂变。人也要不断提高自己，完成自我雕琢的过程。”

余蓓蓓无语。她心里很茫然。

“明天你就可以去拍卖公司报到了。记住了，要谦虚，多向别人学习。”

“我可以到公司上班了吗？我一定虚心学习，不辜负秦哥的教诲。”余蓓蓓喜出望外，端起酒杯敬秦哥，“真不知该怎么谢哥哥。”她脖子一仰，喝干了杯中酒。

“要跟客户搞好关系，每一单生意都可以提成，这样你的收入很快就能提高。你在古玩店里做过的，不用我多说。”

“我一定按照秦哥说的去做。”余蓓蓓说着，情不自禁地想：“该不会是一个三级跳的机会吧？”她突然想起离开家时，妈妈曾对她说，人往高处走，走出去就有机会，果然是真的。

走出餐厅时，余蓓蓓觉得头重脚轻，一个趔趄，突然有些站不稳。

这时一只手臂揽住了她的腰，是秦哥。她觉得，那手臂坚实有力，她真想就这样顺势永远靠在他的臂弯里。

秦哥把余蓓蓓扶进了客房，扶她靠在床边，笑眯眯地看着她：“睡个好觉。”说完转身就走。

她一把拽住他的手腕，“哥，你要走了吗？”她想他会扑上来抱住她。她定定地看着他。

仿佛经过了漫长的等待。看不透那双眼后面的东西，只觉得它蒙蒙眬眬，柔情深深。

他在她的手背上轻轻拍了拍，慢慢地拨开她的手：“睡个好觉。”说完，毅然地转身离去。

余蓓蓓望着那扇关住的门，久久不能自持。

“如今这世界上还有如此高尚的男人？你相信吗？”莫莉端起酒杯一仰头，喝干了杯中的酒。

“听上去很浪漫，像是一个俗套的灰姑娘的故事，不会是学雷锋或是帮困扶贫的好人？”霍妍心里惊异自己竟说出了这么刻薄的话，她很快又补充道，“余蓓蓓真的就这么单纯吗？”

“要是你，身处贫穷的大山里，想要改变自己的命运，突然遇见了一个机会，能放弃吗？”莫莉眼里露出醉意。

“我们警察经常告诫市民：天上不会掉馅饼。”霍妍想了想提醒说，“也许，余蓓蓓想要走出去，是另有目的的。”

“哼！”莫莉鼻子里发出一声响，“反正我是没遇见过这么好的男人。我见过有艳压群芳的美女，引得男人为她一掷千金。那是因为钱太多了，歌厅、酒吧、洗浴、山珍海味……都玩腻了，于是大把大把地为美女花钱，为的是把她们弄上床，那钱可不是白花的。这世界上没有无缘无故的爱，也没有无缘无故的恨。”

莫莉招手再要酒，服务生走来。

“别喝了。”霍妍想要阻止，“接着说后面的，喝醉了就……”

“没事，我是越喝越清醒。”

“刚才你说那些话，莫非，那个秦哥也不是白给余蓓蓓花钱的？”

“知道蓓蓓为什么去西安吗？”莫莉没有直接回答。

“为什么？”霍妍心里是有想法的，但此时她想先听听莫莉的。

“为了报恩。”

4.

秦哥电话约蓓蓓去吃饭，说在老鸭汤饭店的一个包间里。

“秦哥来了？是从陕西过来的？”余蓓蓓格外高兴，眼角闪着晶莹的笑，“今天我请哥，我挣钱了，该谢谢哥。”

“哟，看样子，在公司干得不错嘛。”秦哥微笑着。

“秦哥，我在公司里还真学到不少东西呢。”余蓓蓓于是谈到了自己的一些感受，说，“过去在玉石店里，主要经营的是现代工艺品，现在常常能见识古玩，看那些专家的鉴定，也让我学到了许多知识。就说商玉器上特有的冰裂纹吧，其实那是它的沁色，看似裂，实不裂，真叫美。还有，商玉器的阴线双钩，中间阳纹，鸟纹，缘自‘鸟生商汤’……”

“还是蓓蓓聪明，到公司没几天，就成熟起来了。”

“谢谢哥，还不都是哥的鼓励吗？只顾说了，喝什么酒？”

“不用你管，我已经要了五粮液，有哥在，怎么能让女士埋单，你别跟哥争啊。”

“可是，你也得给我个感谢的机会吧？”

“机会有的是，别着急。”秦哥掏出怀表看了看，还不时地朝包间外看，又说，“要说古玩的知识，你是一辈子也学不完的，慢慢来，不要急。建议你有空看看《红楼梦》，那可是一本中国玉文化的小说。不过嘛，你现在主要的是搞好销售，拉住客源。”

“是呀。最近有不少客人拿着玉器来要让公司拍，他们说是三星堆的。可是专家鉴定出大多是仿的。我注意看了所有的东西，发现有些东西真是真假难辨。那些被专家否定的客人，很不满意，对专家持有怀疑。”余蓓蓓看着秦哥，似在讨教。

“玉器在商代时，是贵族的专享，象征着财富和权力。因为发掘得少，见得少，鉴定也就难。对古玉的鉴定分辨伪和断代，这是两个既有联系又有区别的方面，需要有专业知识和实践经验，更多的还是靠眼力。特别是三星堆出土的东西，与中原同一时期的玉器有很大的差别。”秦哥说着举起酒杯，“‘士别三日，当刮目相看’，蓓蓓有惊人的变化，真为你高兴。”

余蓓蓓与秦哥干了杯，又分别给斟上酒。她说：“进了公司，才觉得自己太无知，什么时候能像哥这样知识渊博，那才能算得上是合格的白领，是吧？”

“野心不小，还想超过哥？不过嘛，学生不想超过老师就不是好学生。”秦哥说着从座位上站起身，走到门前，关了门，向余蓓蓓招手，“来，来。”

余蓓蓓快步走过去。

秦哥把门拉开了一条缝站在门后，说：“那大厅沙发上坐着两个男人，你注意看那个年纪大的。”

余蓓蓓顺着秦哥说的方向从门缝里向外看去，在大厅的沙发上果然坐着两个男人，那个年纪大的人看上去也有六十多岁了。回过头她把自己所在的位置观察了一番，这才发现，坐在这个包间里，对大厅里的场景一览无余。她又一边向门缝外看去，一边轻声问：“是那个老头吗？黑黢黢的。”

“哦，可别小看，人家是个老总，很有实力的。看清楚了吗？”见余蓓蓓点头，秦哥反手把门推上，拉着她重新入座。

余蓓蓓心里不解：“你让我看那老头有啥事？”

“他常去你们公司，见过吗？”秦哥又张罗喝酒。

“没注意，也可能他去时正巧我不在。最近去过吗？”

“没关系。记住他就行了，以后他再去，跟他拉上关系，他可是大主顾，能给你带来财运。”秦哥夹起一只鸭翅，放进余蓓蓓的碗里，“吃呀。”

“谢谢秦哥，总是这样关照我！”余蓓蓓起身又给秦哥斟满了酒，“你认识那老头吗？”

“也算认识，不过……你千万不要在他面前提起我。”

“秦哥有什么事情需要我做吗？”余蓓蓓是个聪明女孩，她猜想秦哥让她看那老头儿，可能有什么事。她希望有为秦哥做事的机会。

“暂时没有，你注意他就是了，他到公司去的动向及时告诉我，你一定要跟他搞好关系。”秦哥又端起酒杯，“为蓓蓓的进步干杯!”

“谢谢秦哥，有什么事尽管吩咐。”蓓蓓放下酒杯时又想起了什么，“那老头叫什么？”

秦哥放下杯子时，嘴角抽动了几下，“他姓汤，就是老鸭汤的汤，叫汤新生。他也喜欢喝老鸭汤。”他戏谑地笑着。

“嗯!”霍妍似乎长长地呼出了心中的一口闷气，一个久久缠绕在心头的疑问就这样迎刃而解。“此前，你为什么不告诉我？”她抱怨着。

“我不想让你认为蓓蓓是那种工于心计的阴险女人。她也不是那种女人。”莫莉说，“作为好朋友，不能把人家作为知己的话都说出去。那样的话，我成了什么人了？何况，那时我并不了解你的意图，我不知道这些情况是否对蓓蓓不利，如果我说的话给蓓蓓带来相反的结果，那么，我心里会很不安，我是想保护蓓蓓的。现在想想，她一定是被人利用了。”莫莉招手叫来服务员，“再来一瓶红酒。”

霍妍厉声对服务员说：“给她来一杯茶水。”转而对莫莉说：“你不能再喝了。我需要你清醒地给我讲述，毫无保留地。”又对犹豫不决的服务员说：“就这样，你去吧。”服务员点头离去。

莫莉申辩：“我没有醉，我非常清醒，我想，你说的是对的。蓓蓓陷入了黑洞，成为了被人利用的工具。男人总是这样，不是把女人当商品，就是以各种手段利用女人。”

“蓓蓓今天真是美丽动人。”见余蓓蓓走进海鲜馆的包间，秦哥不由得赞叹。

“秦哥，怎么这么快就赶来了？我早上才给你打电话，下午就到了。”余蓓蓓关切地问，“路上辛苦了吧？”

“还好，看你气色很好嘛。”秦哥深情地望着她。

“托秦哥的福，能不好嘛。可是，秦哥干吗这么急着赶过来？”余蓓蓓满脸歉意。

“接到你的电话，我当然要尽快赶过来。”

“谢谢哥这么器重我。其实，我就是觉得有个问题不知该怎样处理，才在电话里向你请教的。”

“是呀，接到你电话时，我正忙着，一时没回复你，放下电话后，我想了想，这个事情不能耽误，所以赶来当面跟你说说。正好下午没什么事。”

“秦哥路上累了。”余蓓蓓说，“先不着急。咱们让他汤新生着急去，他想让我去西安，还要看我愿意不愿意呀。是吧？先吃饭。”余蓓蓓夹起一只大虾放到他碗里。

“蓓蓓是越来越自信了！好哇，看来，汤新生是真的请你去西安了？”

“是。都跟我说了几次了，还总打来电话。”

“他说让你去做什么？”秦哥许是明知故问。

“他说聘我做销售经理，主要负责公关事务。他还说最近又新开了一家店，人手不够。看样子，是真的想让我去。不停地吹捧我，挺肉麻的。”

“你是什么意见？这可是难得的机会呀，汤总给你的待遇一定很高吧？”秦哥先是询问的口气，很快又改了腔调。

“秦哥，我也不知该怎么办。”余蓓蓓说，“汤新生许诺的待遇是很高，古玩、房子、汽车……说实在的，我到拍卖公司虽然时间不太长，可是我已经适应了现在的工作，也干出些眉目了，有了几个可靠的客户，包括汤新生也是我的客户。就这样干下去，也可以有很好的收入啊。我相信，凭着自己的能力，这些物质的东西也会有的。到西安去，人生地不熟的，又要从头开始。再说了，那个汤新生的许诺，谁知道能不能兑现呢？”

余蓓蓓垂下头，她不敢看秦哥。从秦哥这样匆忙地赶来四川以及他的语气里，她似乎猜出了秦哥的意思。

“还有什么想法？都说出来，哥帮你分析分析。”秦哥说着轻轻拍了拍蓓蓓的手。

“秦哥，那你可别笑话我。”

“说吧！哥怎么能笑话你呢？”

“那个汤新生，我看他有点儿不怀好意的……”余蓓蓓声音低沉下来，“我担心对付不了。”

“哦？这又算什么。出来闯荡就要学会各种应对的方法。现在的社会价值，只是注重结果，不问过程，就看这件事情值不值。能在短时间里得到的，为什么还要费很长时间？要我看，这是你人生的关键一步，你会挣到一大笔钱。你需要钱，不是吗？你母亲、弟弟，想想他们，不想再回到阆中去吧？那个让你失去名声的地方。”秦哥说着激动起来。

“秦哥，你说什么？阆中？让我失去名声的地方？”余蓓蓓惊讶，心想，“难道秦哥他，知道我在阆中的遭遇？”

“我说什么了？别在意，我是无意的。你不会是还有其他想法吧？”秦哥敷衍着。

“没有没有。我只是不想离开成都。听说西安那地方是北方，生活不习惯……”余蓓蓓声音低得似在自语。

其实她心里的确还有一个重要的障碍，就是胡铭戈。

那时余蓓蓓与胡铭戈的关系刚刚有些眉目，就这样离开他，她担心会失去他。胡铭戈是标准的帅哥，他身边从来不缺少风情万种投怀送抱的女人。余蓓蓓常因此而忧虑。有那么多女孩都想要黏住他呢，她要是走了，不就等于疏远了胡铭戈，给别的女孩可乘之机吗?

但她与胡铭戈的关系一时还不能告诉秦哥，毕竟还没有确定下来。

对于秦哥的意图，她似乎已经有了了解。秦哥对自己有恩，不能不报，从他悄悄把汤新生这个客户介绍给自己以及他现在的态度，能看得出，秦哥对她去西安很在意，她猜测有可能是商业竞争的需要。

余蓓蓓很想立即答应秦哥去西安，转瞬间又想到了胡铭戈。权衡这中间的利弊，她觉得一个女人要找到一个爱的男人，是一件更加长远的终身大事。于是她说：“秦哥，我现在能挣钱了，多亏你的帮助，让我走出小县城，衣食无忧，我不会忘记这些的，今后一定要挣多多的钱，要回报你。”她不知该如何表白，心里很乱。

“蓓蓓，如果不去，你也许会后悔的。”秦哥似乎很惋惜。

“后悔？”余蓓蓓不解。

“唉！前功尽弃了——”秦哥突然止住，脸上的笑容也立刻消失了。

“什么意思？”余蓓蓓疑惑，“秦哥是说我吗？我知道，你对我帮助很大，人说大恩不言谢，我一定会报答你的。”她声音低得像是嗫嚅自语，

“我不需要你的报答。我只是想，这件事情对你的发展很有利。是个

不容错过的机会。”秦哥突然峰回路转地夹起一只大虾放到蓓蓓的碗里，“先吃饭吧！不说这些了。”

秦哥闷头喝了不少酒，蓓蓓心里有些过意不去，她抢过酒瓶，“秦哥，你生我气了？”

“没有。”秦哥挤出一丝笑，不是真笑也不是痴笑。

余蓓蓓心里很难过，给自己斟满酒，“秦哥，该罚我喝。”说完仰头喝干一杯酒，又给自己斟满，再仰头喝干……她一连喝了三杯酒，还要继续喝，被秦哥抓住了手，从她手中抢下酒瓶。

“蓓蓓，别这样，去不去是你的自由，咱们今天不提这件事了。聊点儿别的。”他给蓓蓓盛了一碗汤，“听过西施的故事吗？”

“西施，就是那个美人，中国古代四大美女之一。有个成语典故，人家西施因为心口痛，常捂着心口，有个叫东施的女孩，长得很丑，模仿西施，被称作‘东施效颦’。”余蓓蓓想活跃一下气氛。

“没错。你讲得很好。人们往往都记住了西施的美丽，却忘了西施救国的功勋。因为她是个女人。”

“因为男人象征力量，救国也是顺理成章的。是吗？”余蓓蓓怯怯地看着秦哥。

“天下柔弱莫过于水，而攻坚强者，莫之能胜，故，柔胜刚。”秦哥喝了一口酒接着讲起故事，“春秋时期，越国国家灭亡，国王做了俘虏，越王的谋士范蠡给越王献计，想用美人计瓦解吴王的斗志，离间吴国君臣的关系。还大义凛然地保举了自己的女人西施。西施是越国美女，为了救国，毅然到了吴国，以其美色赢得了吴王的宠爱，于是把越王勾践放回国，后来勾践终于打败了吴国。”

蓓蓓恍然大悟道：“秦哥也是做大事的人，莫非让我去完成什么大任？”此时，她还不知道秦哥有什么样的大任，但是她相信秦哥不是无缘无故让自己靠近汤新生的。她相信秦哥。

秦哥似乎很悲伤，“那都是过去的事了，不再提了。我其实舍不得你跟汤新生在一起，那样太委屈你了。你年轻美丽，他老朽丑陋。怎么能呢？不说那事，不说了。”

“不！秦哥，我愿意去。”余蓓蓓说出口时，连自己也愣住了。

秦哥愣了一会儿，却笑了，说："蓓蓓，我知道你是为了报答我。不要这样，不要这样。"说着他起身拉开包间的门，"服务员，埋单。"

余蓓蓓跟着秦哥上了汽车，一路上谁也没说话。

秦哥把车开到他住的宾馆，对蓓蓓说："明天我就走了，上去坐一会儿。"

"好的。"余蓓蓓心里闷闷的，她想到房间后再说服秦哥。

秦哥把客房里的两瓶啤酒打开，给蓓蓓一瓶，自己举着瓶子坐到沙发上，他把嘴对着瓶子啜了一大口，"我这一走，以后可能就来得少了，太忙，有很多事情要办，你已经成熟起来了，干得也不错，我就放心了，以后要自己保重。"他的话让人很伤感。

余蓓蓓鼻子酸酸的想哭，她走到沙发边，轻声说："秦哥，你太小看蓓蓓了，蓓蓓不是那种忘恩负义的人，我是诚心诚意要去西安，如果你走，明天我就跟你走，不是……"蓓蓓意识到自己说错了，"不是跟你走，明天我就跟汤新生走。"

秦哥仰头看着蓓蓓："我明白，明白你的心，只是，我觉得那样有些不太合适，想法改变了。"他说着，拉住蓓蓓的手。

余蓓蓓蹲在秦哥的沙发边，"无论你想做什么，我都愿意协助你，我相信，秦哥做的事绝不会错。"她眸子里闪着泪水。

秦哥定定地看着她，只见她睫毛一闪，一滴泪水流出眼眶，秦哥伸出手，抹去她脸上的泪水，触到她美丽而温润的脸庞，他的手微微颤动，他想缩回手，却把手停在她的脸上，他轻轻抹去她脸上的泪水，突然伸出双臂抱住了她。

像是掉进沸腾的熔炉里，两个胶着的躯体，紧紧相拥，融为一体，在熔炉里翻滚。炽热的熔液熔化了肌肤，熔化了骨骼，熔化了心，他们将身体与溶液同流，变成热浪，翻滚出滔滔的旋涡。

平静下来时，秦哥抱着余蓓蓓，在她耳畔细语："把这么娇艳欲滴的花朵送给那老家伙蹂躏，还不如哥先开了苞。"

余蓓蓓没想到，平日儒雅的秦哥，竟像只猛兽，在得到她的身体后，说话也变得粗俗了。

"这世界上的男人，表面上像模像样，实际上却充满欲望。无论是举止猥琐的还是风度翩翩的，都不过如此。”莫莉深深地吸了最后一口烟，把烟头弹进烟灰缸，此时她似有几分悲凉，几分失意。

“一个处心积虑、蓄谋已久的阴谋。”霍妍突然拍案而起，又强制自己恢复平静，“可惜啊，余蓓蓓到死可能也没看清秦哥的真面目。”

莫莉惊讶地看着她，说：“莫非，像西施那样，被范蠡装进麻袋沉入太湖？”她眼神里蓦地闪出仇恨。

“假如，金秀娟当初不想着到成都做白领呢？她在阆中时，还是个清纯的女孩。”霍妍像是在问自己。

“她不是那种爱慕虚荣的人。”莫莉盯着霍妍，“先是贫困，为了生活，她走出来了，想要圆自己的梦，后来又以自己的青春作回报，也许，她后来发现了什么，比如你说的关于她爸爸的事？可是她已经来不及了，她不会想到，自己竟一直在富人们的陷阱里挣扎……”

“谢谢你。”霍妍再不想听莫莉的那些近似于唠叨的所谓理论分析了，她大步向外走去。

第 18 章

山间密室

1.

“下雪了。”陈翔推开窗户满脸喜悦，“这么大的雪，在成都是很难见到的。”

霍妍的视线从电脑移向窗外，惊喜地说：“哟，真是的。”这雪已经酝酿多日了，天空中一片阴沉混浊令人压抑，突然间就倾泻下来了，令人备感清爽。

“象征案子就要云开雾散了。”陈翔回到霍妍办公桌的对面。

“这回你立了一大功，在甘肃抓住了老弁。”霍妍关了电脑，站起身说。

原来，陈翔在甘肃警方的协助下抓住了老弁，准备从甘肃借道西安，与霍妍交换案情后再返回四川。

老弁供认了五年前的事情。他是汤新生埋在工地的一个线人，汤新生根据一张文物普查图，重点关注那些有文物的地方，只要这些地方进行开发建设，他就会想办法把老弁安插进民工中，为他搜索信息、寻找文物。老弁到川西那个工地时，汤新生特意嘱咐他一定要睁大眼睛，不但自己寻找可能出现的文物，还要观察每一个民工，以防别人抢先一步。进入工地后，老弁恰好与金福住在同一个工棚里，有一天发现金福行为异常、神情紧张，根据以往的经验，老弁认为金福可能在工地发现了文物。于是把情况告诉了谢强，谢强也是汤新生派到工地上的。这个地方就是汤新生曾经一直关注的洋人教堂所在地，教堂下藏着宝，很长时间以来，有许多人都曾经关注过这个地方。这一回，就看谁能抢先得到了。

那个晚上，老弁和谢强悄悄跟随金福到了距离工地较远的一个地方后，看见金福从地下挖出几件玉器，谢强突然蹿到金福面前，将他打了个措手不及。见金福头上汩汩地往外冒血，老弁吓傻了，直到听谢强说让他赶快跑，他才醒过神来。

至于谢强拿到了几件文物，老弁说他没看清，当时只想着怎样逃跑了。

抓住了老弁，解决了案件的一个关键问题，陈翔很是得意，翘起嘴角，见霍妍要走，于是也站起身说："还有什么要做的，我跟你一起去。"

"你一路辛苦了，休息一下。我先去办个事。"霍妍已经走到门口。

"还不快抓人，等什么？"陈翔大声喊道。

"疑犯已经锁定了，我这就去换班守候。关键是证据，不能像抓汤新生那样。"霍妍回头耸了耸肩，转身离去。

汽车驶入南二环时，一辆黑色丰田越野车"嗖"地一下从自己的车边蹿过，车速很快。瞬间，霍妍发现那车左尾车灯罩破裂了。

"这车在什么地方见过？"她突然想起，在成都，她曾两次见过这辆车。

霍妍的心弦突然绷紧，立即跟住那辆黑色越野车。

雪花依旧漫天飞舞，时间已到了傍晚。能见度越来越低，从浓雾的裂隙中，霍妍紧盯着前方的黑色越野车。

道路上的雪开始堆积，车轮打滑，突然一辆高大的公交车出现在视野的前方，那是一辆双层的公交车，占据了很大的空间。眼看着那辆黑色越野车灵活地从空隙中穿梭，迅速钻到公交车的前头去了。她也想快速超越前边的大型公交车，可是那车就像故意跟她作对似的，堵在她的前方，她向左偏时，它也向左偏，她向右偏时，它也向右偏，直到它跨越车道向公交站旁停靠时，霍妍才趁机超越了这个障碍。

汽车驶出市区，直奔清冷的南山方向，乌云压在她的头顶紧紧相随，势不可当，前方能见度越来越低。田野里先前下的雪还没完全融化，就又蒙上了一层白色。

路上的车辆渐渐稀少，霍妍想到不能跟得太紧，于是与前边的车拉开了一定距离。她瞪大了眼睛，盯着灰蒙蒙的前方。很快，她又加速向前方驶去，那辆车再次回到她的视野。

突然越野车在她的视野中消失了，霍妍踩一脚油门，加快了速度。雾霾中露出一座别墅——白雪覆盖下的青砖黑瓦，典雅幽静。

黑色越野车显然是开进了别墅。

霍妍放慢速度，沿着公路缓缓前行。汽车驶入进山的路口，把那座别墅扔在了后面。她听到潺潺的流水声，陡峭的斜坡下有一道山泉流过。她本想登高俯瞰山脚下的院落，却不料山路向纵深延伸，愿望无法实现。

霍妍掉转车头，返回山下，沿着别墅外的路前行，路越来越窄，坎坷不平。透过傍晚的浓雾，霍妍看到了远处白雪覆盖下的村庄。

她把车停在村头一户人家的门外。走到门口，便听到院内的狗吠声。

“家里有人吗？”她为了避免被狗咬，先向院子里喊了一声。

“谁呀？黑子回来。”后半句话是叫那只狗。

霍妍从门缝里看到一个男人，便问：“大爷，跟你打听点儿事。”

老人拉开门，一只小黑狗先蹿了出来，霍妍惊恐地后退两步，看着那只小黑狗在车灯的光柱里跳跃。

“过来，黑子。”小黑狗听话地返回老人身边。老人的目光投向霍妍，“你找谁呢？”

“大爷，我从这儿路过，看见这儿风景好，想跟你打听一下，这儿附近有农家乐吗？”霍妍想到越来越多的城里人每逢周六周日都来这里的爬山，南山脚下因此建起了许多农家乐，于是借口要喝水，借机跟老人询问。只见大爷转身向院子里走去，冲着站在屋门口的老伴说：“这女子想喝水，给她倒碗水。”

趁大妈去倒水的工夫，霍妍又问，“村头那个院子是农家乐吗？”

“不是。”大爷啧啧嘴说，“那是有钱人家盖的院子。人家是城里人，搞不清是什么人，给村长塞了好处，村长就批了地。”老人显然不满，说，“将近五亩地呢！太‘黑’了。现在只要有钱，什么不能盖？城里人管这叫别墅。院墙高，还有电网呢，院里有一只大狼狗，村里人都没进去过。”见老伴端来一碗水，“你喝水吧。”

见霍妍喝水，大爷忍不住又说起来：“听说院子里住着一个大老板，我们都没见过，人家每次都是开车来，直接把车开进院子，那黑漆大门整天关得严严实实的。平时有个男人看门，看门的男人长得很凶，人家也不答理我们。”

大娘撇了一下嘴，说：“有什么了不起的，有钱我们也不稀罕。”

“知道那老板叫什么吗？是做什么生意的？”霍妍笑着问大爷。

“不知道。”大爷轻轻地摇头。

霍妍有些失望，站起身，“打扰你们了。”又端起碗喝了口水，“我去看看。”

大爷脸上突然露出惊恐的神色，说：“女子你可不要去，那院子里的狗可厉害了，不像我家黑子，黑子不咬人，那是只狼狗，咬人呢。以前村里有两个娃爬墙进去，就被狗咬了。”

“谢谢你，知道了。大爷、大娘再见。”

霍妍把车停在远离别墅的路边，她摇下车窗，目光越过高大的围墙，望向那个院落，除了青瓦，什么也看不见。院墙周围被柏树环绕，尖利的柏枝托着棉花般的白雪，她想，这会儿根本不能爬上柏树向院子里张望。

夜色笼罩着寂静的院落，霍妍走出汽车，呼吸着夜色中的冷空气，她迈开腿，踩着积雪，走向田间道埂。

脚下发出哗哗的声响，她顺着田埂继续前行，想要绕着院墙环行一周，她拉起白色羽绒服的帽子，这样既可以遮挡头上飘落的雪花，也可以让自己与周围的雪景融合在一起而不那么醒目。

前面是陡峭的山体，挡住了她的去路，她看到围墙与山连成了一体，山势十分陡峭，要想爬上山去，是万万不能的。

她重新回到车里，取出手机。

渐渐暗下来的空中飘落着星星点点的雪花，像无数只萤火虫在黑夜中闪烁。

陈翔赶到这里时，她觉得自己已经快要冻僵了。

大朵大朵的雪花魔术般地在空中飞舞，乘着呼呼的北风，降落在灰暗的地上。大地、房屋、车子……都已被白雪覆盖。

陈翔拉开霍妍的车门，“干吗不发动汽车，这样活受冻？”

“油快没了，得节约着用。”霍妍搓着红红的双手，把头缩在羽绒衣领里。

“到我车上去暖和。”陈翔拉住霍妍的胳膊。

坐进陈翔的车里，顿时觉得暖和起来。“就是这个院子，看清了吧？”她指着前方的院子，白雪覆盖在青砖上。

“你是说，那辆黑色丰田越野在院子里？那么，人也应该在。”陈翔说话时扫视着前方的院子，“这院子挺大。”

“我已经看了四周，只有前门能开车进出，后面就是山。也许人能爬上去，不过八成是爬不上去的。”霍妍把目光转向陈翔。

“趁下雪，我从墙上翻过去。”陈翔用目光丈量着高墙。

“不行，据说围墙上有电网，院子里有狼狗。”

“竟敢私拉电网？什么人呀？”陈翔鼻子里“哼”出一声，“那就从前门进，想好理由了？”说着做出准备出击的动作。

“嗯。”霍妍点头，同时推开车门。

他们走到院子门口，按响了门铃。

当开门人站在她面前时，霍妍倒吸了一口冷气，男人四十多岁，中等个子，人很壮实，脸上有横肉。她不由得暗自担忧，这个形象特征似乎早已在她的记忆中了，甚至比自己想象得还要夸张——他满脸横肉，面露凶相，还有着一副敦实健壮的身板。她下意识地把右手插进口袋里，握紧了手枪。

她在心里提醒自己：这个男人的形象已经几次出现在案件里，从他汽车的白牌、左尾车灯罩破裂的特征，几乎可以断定，他在四川曾几次跟踪过自己。看那块头，再加上陈翔也不是他的对手。

“公安局的。”她在瞬间稳定了自己的情绪，左手举着警官证。

“公安局？”男人双眼似牛，“什么事？”

“例行检查。”陈翔从霍妍身后凑过来，他担心那个威猛男人突然袭击。

男人退后一步，让陈翔和霍妍进了门，身后那条凶猛的狼狗正竖着耳朵，虎视眈眈。

陈翔心里有些发憷，看着那条狗，屏住呼吸，挺直腰。七岁那年，他被一条大狗咬过，一条悄悄从身后蹿出的大黄狗猛地一下咬住他的腿，又迅速逃走。鲜血从他的裤管里渗出，他“哇”的一声大哭起来。后来虽然打了狂犬疫苗和预防破伤风针，却抹不掉惨痛的记忆。童年时的遭遇，烙在心头，让他看见狗便发憷。尤其长大后，他知道即使家养的温顺小狗，也有野性突发的时候，没有被狗咬住喉咙，已是万幸。

“拴住你的狗。”陈翔呵斥。

男人拴狗时，霍妍迅速扫视了一下前院，一座仿汉朝的古典二层小楼，青砖黑瓦，素雅宁静，那辆黑色越野车停放在院子角落，已经披上一层薄薄的积雪。

“群众反映你家私设电网，我们例行检查。”她想这样也许能稳住那个男人。

“没有电网。”男人警惕地辩解。

“墙头上明明有电网。”陈翔手指墙头，目视那个男人。

“村里有小偷，也就为了吓唬吓唬，没通电。”男人的口气软下来。

“你是户主？请出示你的身份证或户口本。”霍妍始终保持着职业的警觉。

“不是，我不是户主，户主不在。我是看门的，身份证在我屋里，我去取。”男人转身向小楼右侧门走去。主人应该在正屋里住。

霍妍和陈翔紧随其后。

“主人叫什么？”霍妍在男人身后问。

“郁昊。”男人回头看了一眼。

“郁昊？”霍妍敏锐地与陈翔对视一眼，“是收藏协会的那个副会长吗？”

“没错。”男人又回头，“你们认识他？”语气里有几分称慕。

“哦！知道他。”霍妍意识到那男人有套近乎的意思，便不再多说。

男人推开门，转过身说：“平时我和我老婆给看门做个饭，郁会长和他的家人休息时常来。”他伸手请霍妍和陈翔进屋。

陈翔警惕地说：“你先进吧。”

屋里的女人惶恐地看着来人，男人进屋后，从抽屉里取出身份证递给陈翔，陈翔看了看又递给霍妍。

“宗跟上。”霍妍的眼光又看向男人。这身份证显示他现年四十三岁，家住在白鹿原。“真是踏破铁鞋无觅处”，今日得来竟在无意中。霍妍曾查过在白鹿原发生的一起案件，疑犯叫宗跟上。案情在她脑海中迅速闪过，那是一个未成年女尸案，后经尸检，发现是一个痴呆的女孩，被人推下山洞后死亡。女孩的父亲叫宗跟上，母亲叫楚小萍。两人在案发前早已离开家，据说到外地打工去了。

“你叫什么？有身份证吗？”霍妍看向那个惶恐的女人。

“她是我老婆。”宗跟上抢先回答。

“没问你。你说，叫什么名字？”霍妍盯住女人。

“我叫楚小萍。身份证不知放在哪里了，我找找。”女人神情慌乱。

倏地，霍妍恍似看见那个先天性痴呆的女孩在洞穴里拼力地攀缘，绝望地号叫……

“你们是郁昊雇来的？”霍妍竭力让自己平静下来。

“跟郁会长是远亲，本来在外地打工，是郁会长发善心，让我们在这儿给他看看门。”宗跟上的双眼在霍妍和陈翔间游离。

霍妍觉得必须控制住这个敦实的男人，防止意外。她给陈翔递个眼色，于是说：“跟我们到局里去一趟。”

“为啥到局里去？”看样子宗跟上有些怯。

陈翔已经站在他身后，“私设电网，走吧。”

“让我给郁会长打个电话，这院子是他的，你们最好跟他联系。”宗跟上显然不想走。

霍妍退到门外，“我们会通知郁昊到局里领你，走吧。”

宗跟上犹豫了一会儿，也许是看到一前一后夹击的两个警察，这才无奈地走向门外。

宗跟上走到门外时，突然侧身一脚将他身后的陈翔踹翻在地，又一个箭步冲上前将霍妍撂倒。

瞬间发生的突变令人措手不及。倒在地上的陈翔迅速爬起身，拔出手枪。

这时宗跟上已经窜出几米远，朝后院跑去。

“站住！”霍妍边喊边往起爬，她却没有发现身后那只凶猛的狼狗已经挣脱了绳索。

事后霍妍分析那只狼狗根本就没有拴住，当时宗跟上不过是拴了个活扣。现场勘察证明，绳索没有断裂的痕迹。

“狼狗！”陈翔大声提醒霍妍，他已经看清了眼前的危急情势，那只凶猛的狼狗已经在雪地里跳起，瞬间就会扑到霍妍的背后，咬住她的颈部。

夜色中那片快速移动的黑影给霍妍的生命带来了巨大威胁，它像一只令人恐怖的巨兽，杀气腾腾又迅猛威烈。

陈翔举起手枪的手臂突然颤抖起来，他想朝那狗射击，却担心伤及霍妍。毕竟，那条狗与霍妍在同一视线上。

巨大的压力几乎让他崩溃，他突然觉得自己竟是这样软弱无力。瞬间的危难不容他细想，他大步蹿上前，想要用自己的身体挡住那只猛兽。

“霍妍，让开！”他迈开大步的同时声嘶力竭地叫喊着。

就在陈翔疾步向前时，听到“叭”的一声枪响。

一股温热的液体喷向他正在惯性冲向前的脸上、手上，那条狼狗已经倒在他的前方。

此时，霍妍仍保持着射击的姿势，右手正举着手枪，枪口冒出微微的气体。她左腿弓起，右膝跪地，身体重心向左，侧身右转向后，一副优美的、后来被陈翔称作是“只识弯弓射大雕”的姿势。

陈翔冲到霍妍面前，却见她一脸惊惧，举止僵硬，夜色中隐隐看到黑红色的狗血喷在她雪白的羽绒衣上和脸上、手上。

陈翔欲上前扶起霍妍。

“快追！别让那家伙跑了！”霍妍倏地站起身，伸出手推了陈翔一把。

陈翔转身向后院追去，身后响起急促的脚步声，是霍妍紧随其后追来。

宗跟上早已消失在夜色中。

2.

后花园里假山林立，奇峰怪石突兀。复杂的地理环境令陈翔却步。

霍妍赶上来，迅速看了看，与她先前在高墙外的推测大体相当，她在心里为这座别墅的设计叫绝。别墅建在山脚下，外表露出粗犷、古朴和大气，与那些造型精细的江南园林截然不同。

依着山体自然走势，引来山泉环绕，山上奇松矗立，借用陡峭的山势为后山墙，绝壁下部分被劈出的山石，堆砌在异峰隆起的山尾，形成半自然半人工的假山，真是匠心独运。

大雪为他们提供了便利，雪地上的脚印向着假山左侧延伸。霍妍用手势暗示陈翔向左，她向右，包抄后花园的假山。

他们分开了，各自走向一方。

黑暗中，霍妍走到山墙下，忽见对面一个黑影闪动。

她停住脚步，把身体靠在石壁上，举枪瞄准前方，竟是陈翔。

他们在后山墙下会合了，被追踪的脚印也消失在这里。

望着高耸的断壁，陈翔说："那家伙能爬上去吗？"

于是他们仔细地在断壁边搜索。

"这儿有一根绳子。"陈翔首先发现一根绳索悬挂在断壁的一块大石上。

霍妍走过来，拉了拉绳索，又观察覆盖在山崖上的积雪，因为天色太黑，崖壁上的雪不像有人攀缘过，没有痕迹，她仰起头，再朝高处观望，黑暗遮住了视线。

她把绳索扔给陈翔，"试试看，能上去吗？"

陈翔接过绳索，使劲儿拉了一把，突然一个趔趄摔倒，紧接着头顶传来轰隆声。

霍妍听到响动，本能地侧过身，把整个身体趴在断壁上，同时惊呼"小心！"回头一看，只见陈翔倒在地上，一块巨大的石头正砸在他身旁。

真悬！霍妍惊恐地看着眼前的一切，出了一身冷汗。

"×，龟儿子。"倒在地上的陈翔嘴里骂了一声，仰起头朝山上望，看不见人的踪影。"想用石头砸老子！"他嘴里咕哝着。忽地一下从地上爬起来，"你看，山上没有踩踏的痕迹。"他指着山上，一手拉过霍妍。

霍妍顺着他的手势朝山上看去，刚才因为被黑暗遮挡而无法看清的山崖，此时却在天空中的一线亮光下露出了隐隐的轮廓，雪白的山崖反衬出整齐肃穆的景色。

“这绳子不过是用来迷惑人的。”陈翔踢了一脚地上的绳索，随口道，“他能飞到天上去？”

“也许钻到地下了。”霍妍挑起眉毛，对自己的话也感到惊异。

他们四目相视，又不约而同地看向假山。

“这座房子下应该有地下室。”霍妍肯定的语气，她想到那本书——《璇玑迷踪》。郁昊是个璇玑迷，做事处处好设迷宫，还有他的那些宝物，也需要安身之地。

“难道假山下有通道？”陈翔摇摇头有些不相信。

“那你说，他会跑到哪儿去？”霍妍反问。

陈翔不再吭声，在假山周围转悠。

霍妍说：“咱们相互沿着来时的路重走一趟，重点查看假山的周围。”

陈翔说：“好！”便朝着霍妍来时的路走去。

霍妍小心地摸索向前，仔细察看地上是否有脚印，或者石壁上的痕迹。

纷纷扬扬的雪越下越大，此时的大雪，非但不能为他们提供便利，反而在极短时间内掩盖了脚印。霍妍回头看远处自己的脚印，几乎快要被大雪遮盖了，这让她焦虑，先前已有的痕迹可能已经被这大雪掩盖。要尽快，赶在大雪的前面。

终于，她在两块巨石的中间，发现了脚印。因为头顶上的巨石挡住了大雪。

巨石的中间只能容一个人走过，头顶上一些藤类的植物上挂着棉花似的绒绒白雪，若不仔细看，很难发现这个通道。霍妍想：“若是晴天，这些藤条树叶正好遮掩了这个秘密的通道。”

她弯下腰，钻过藤条，往通道里走。

石壁上的雪有被人摩擦的痕迹，那个敦实的男人是侧着身体弓腿向里走的，有脚印佐证。

山体挡住了去路，却是一条死巷。脚印也在这里消失。

一块巨大的石壁上竟没有雪。霍妍用手摸着石壁，希望能找到隐秘的机关。

这时听到巷口有声音，她猛地回头看去，是陈翔。

“发现什么了？”陈翔轻声问着走过来。

“这石壁应该是扇伪装的门。”正说时，霍妍右手触到一块凹陷的石粒，用手指使劲儿按下，石壁慢慢移开，果真有一扇小门。里面是石洞。

石洞里漆黑一片。“让我来！”陈翔奋勇当先，欲冲进石洞。

“慢。”霍妍一把拉住陈翔，“打火机有吗？”

“没有。”陈翔故意停顿片刻，“我带着小手电呢。”说着，把手电朝霍妍脸上照了一下。

“刚才不拿出来，是为了表现你的勇敢？”霍妍眨了眨眼睛，似乎看到他得意的神情。

“嘿嘿！总不能让女人冲到男人前边去吧？”陈翔说着走进洞里。

霍妍挤上前，被陈翔伸出的手臂挡住，借着手电光，她看到陈翔脚前竟是一个直径三米、一人多深的天井。

“要不是我挡住你，没准儿早掉下去了。”霍妍伸头顺着手电的光观察天井。

“那儿有浮梯。”陈翔指着天井侧壁上悬挂的梯子，用手电照去。说完把手电递给霍妍，“我下去看看。”

陈翔下到天井里，看到一扇门，用手推，却推不开。“从里面插上了。”他仰起头对霍妍说。

“还是先上来吧，我们从前边堵住他。”霍妍出奇的冷静，待陈翔上来，霍妍说，“他给我们布下绳索迷魂阵，以为我们会上他的当，我们就给他个出其不意。”

他们重新回到宗跟上的屋里，女人神色慌乱，用眼睛搜索他们的身后，大概没看到宗跟上，放下心来。

霍妍命令女人：“打开正门。”并用手指着那扇门。

“我没钥匙。”女人避开霍妍的目光，低下头。

“那就踹开。”霍妍对陈翔使了个眼色。陈翔踢了踢腿，把身体退后几步，做出要冲上去的样子。

“等等。”女人突然从床边站起身，嗫嚅着，“我看看，看钥匙在不在抽屉里。”说着走到桌边，从抽屉里拿出一串钥匙，“我是怕主人不在，你们进去他会怪罪的。”

“快开门，我可不想等了。”陈翔在一边跃跃欲试。

女人拿着钥匙，迟疑地走到门边，打开门，开了灯。

霍妍和陈翔分头在楼下楼上各个房间查看了一遍，没发现什么，又分别回到客厅。

霍妍在客厅里的边边角角摸索着，心想："要是丁萌在就好了，他对住房结构有独特灵感。"

陈翔不语，一直在房屋的四周转悠琢磨，之后走向书房。

霍妍特别留意观察了一下那女人，见她依然惶恐不安地看着一切，还不时把眼睛看向大门外。

"找到了。"霍妍听到陈翔的声音，奔向书房。

密室的门隐藏在一幅巨大的太极图后面，太极图中还有一些圆点，圆点排列的位置让霍妍觉得似曾相识，她边看边琢磨，"陈翔，你看这上面的圆点。"

陈翔随意地看了一眼，然后指着通向地下的台阶，说："密室就在下面。"

时间不容霍妍细想，脱口而出："你先下去看看"。她一回头正看见倚在门口的那个女人，见她脸色惨白，双手用力扶住门框，像是支撑虚弱的身体。她显然没料到眼前的一切。

想到这个女人大概不会生出什么事来，霍妍便跟着陈翔下了台阶。

先下到密室的陈翔找到开关，"啪"的一声给密室带来了光明。霍妍走下台阶，见密室正中间的条案上放着一只罗盘，罗盘所指的东、南、西、北方向各有一扇门，门头上有青铜铸的青龙、白虎、朱雀、玄武四尊神兽。霍妍一时不知该进哪个门。

陈翔指着南边的一扇门对霍妍耳语："后花园在南方，这扇门也许通往那个秘密出口，我去看看。"说着就往里走。

霍妍一把拉住他，小声说："等等，你一个人对付那家伙要小心。"她看了看四周说，"不知宗跟上会藏在哪里？"

陈翔嘴角翘起，"我手里有枪，还怕他？你在这中间守住，我一个一个地进去搜索。万一有情况，我会叫你。"不等霍妍同意，他已闯入南门。

霍妍正想叮咛要小心，只听到"咣当"一声，一扇大门从上方自动垂落，陈翔被关在门里。

霍妍冲上前，想要推开门，却无能为力。她听到陈翔在门里拍了几下，发出嗡嗡的震响，门竟是厚厚的钢板做的，是那种卷闸门。

霍妍也在门上对应拍了几下，没听见陈翔的动静。

“但愿他能找到通往后花园的通道。”想到陈翔的机灵，霍妍有几分自信，紧张的心情随之得到了缓解。

可是，这门又是如何自动垂落的？

霍妍走到东门前，用手仔细在门框周围摸索。

毫无收获。一种莫名的慌乱让她忐忑不安，闯进这扇门？她有几分犹豫，若是走进去后，门再次垂落怎么办？

也许是声控装置？霍妍一时不知如何是好。她转回身巡视中央大厅，还有北门、西门仍然敞开着。

她决定冒险一试。

她深深吸了一口气，让心情稍稍平静些，然后抬起右脚向门里迈去，当身体重心落在右脚的瞬间，她突然改变力的方向，用极快的速度收回右腿，“咣当”一声，那扇铁门已经重重地砸在她的脚前。

她惊出一身冷汗。

还没等她回过神来，又听到身后传来“咣当”一声。

她迅速转过身体，只见台阶上通往地上的门已经被关住，黑暗笼罩在台阶的上方。

是人为操纵的。霍妍很快意识到了情况的危急。她抬头朝大厅的上方搜索——密室里一定有监视的探头。

回想曾经搜索过的房间，书房里那部电脑，也许就是整个住宅的控制中心。

“谁在操控？是那个女人？”霍妍轻轻地摇头，“是宗跟上？他有可能已经从密室走上去，隐藏在某个地方。探头隐藏在哪里？”

霍妍抬头四处张望。大厅顶部的灯光耀得她目眩，也许，就在灯罩的下方。

一束光刺向她的眼睑，令她心头一震。

郁昊！

宗跟上曾在临出门时告诫他的女人：有事给郁会长打电话。

当时霍妍没有制止。她正等着郁昊自己过来呢。

此时，霍妍的心在剧烈跳动，第六感觉告诉她，画皮将要被撕去，那个一直在暗中与自己较量的对手，那个博古通今总挂着一副拥抱天下笑容的神秘人物，将要登场了。

想到这里，霍妍反而平静下来。

她走到大厅中央的条案边，伸手拿起条案上的罗盘，做出要摔到地上的架势……

“不得无礼！什么人胆敢私闯民宅？”大厅西北角上方传出男人的声音。原来扩音喇叭隐藏在那个地方。

“男人的声音？”霍妍琢磨那声音，“是他吗？”或许是夹杂了愤怒的情绪，与那天讲课时有些不同。她希望再次听到那声音，以便确认。必须诱导他说话。她索性一屁股坐到条案上去，把罗盘在手中翻来覆去地看。“这是什么东西？破玩意儿，干吗放在这里？”她把罗盘举高，朝着监视探头的方向晃动，然后故意重重地砸在条案上，其实是虚张声势，她用自己的手指垫在下面，手指被砸得生疼。

“快放下我的罗盘！”上面的人显然无比心疼，“那是东晋时代的古玩，是训诂学家郭璞曾经用过的罗盘。那是你玩的吗？快放下！”男人愤恨中带有焦灼。

霍妍已经确认了声音，是他，百分之百是他。于是，她仍拿着罗盘，故意说：“这玩意儿叫罗盘？郭璞是什么人？要这罗盘有何用？”眼角余光扫视西门和北门，那里面闪着昏暗的灯光，室内整齐地排列着博古架，上面摆放着各式古玩。

“小伙子，你像只没头的苍蝇，不要乱动，你是出不去的。”男人的声音里露出得意。

“他在说什么？”霍妍很快意识到，上面的男人是在对陈翔说话。陈翔被关在闸门的另一面。“谢天谢地！”她舒了一口气，还要感谢说话的男人，是他把陈翔现在的情况间接告诉了自己。必须把男人的注意力吸引过来，让陈翔有机会出去。霍妍故意把注意力转向北屋，要把上面人的注意力转向相反的方向。她快速作出猜测：璇玑玉璧有可能放在北面。

她从条案上跳下来，在大厅里转悠，手握罗盘，做出十分随意的样子，嘴里念念有词：“这罗盘该不是测风水用的吧？”她打算利用郁昊喜欢炫耀自己学问的特点。

“算你说对了。第一个给风水下定义的是东晋著名的术师——郭璞，他是风水学的祖师爷，他说‘葬者，乘生气也，气乘风则散，界水则止。古人聚之使不散，行之使有止，故谓之风水。’风水学的祖师爷用来辨识方向的罗盘，可见有多么珍贵！”郁昊果然炫耀起来。

“你们也是用它盗宝的吧？”霍妍突然一个箭步冲入北门，北屋里的博古架上有各式各样的古玉石，田黄、鸡血、石章、古玉、刀币……还有各种玉璧。

突然，霍妍看到了那只璇玑玉璧。

玉璧被罩在透明的玻璃罩里，灯光和玻璃的反射光让玉璧熠熠生辉。她伸手欲掀起那玻璃罩，只听“零……零……”铃声大作。“搞得跟博物馆里一样。”霍妍缩回手，自言自语，“还有防控设施。”

“是防盗设施。你不觉得自己很蠢吗？这儿就是未来的璇玑博物馆，当然要有防盗设施。你擅自闯入，就要对你的行为负责。”上面的男人似在咬牙切齿。

“是郁昊先生的私人博物馆吗？”霍妍一边讥讽一边仔细查看，跟照片上的玉璧一模一样，就是那两个女孩分别持有的同样的照片上的玉璧。玉璧上排列着七个圆点，象征着北斗七星。霍妍突然想到，刚进门时看到的那幅太极图，也有同样的勺形圆点排列。

“在你的《璇玑迷踪》一书里，早已为这儿布下了迷宫。璇玑就是‘暗藏玄机’。”

“哦？小姐阅读过本人的著作？”郁昊在疑虑中有几分得意。

“是警察。本人是警察。”霍妍纠正他的称呼，“我们一直在关注璇玑玉璧，它应当放在国家的博物馆里，而不是这里。”

上面的人不说话了。

霍妍想了想又说：“奉劝你，立即放我上去，交出你的打手宗跟上。”

“嘿嘿！”郁昊阴郁地笑着，“小姐，这不过是年轻人的妄想而已，无论是谁，想要夺走璇玑玉璧，都将会神秘失踪，这是上天的意旨。”

“为了这块玉璧，你杀死了两个无辜的女孩！”霍妍胸腔里燃烧着怒火，她愤怒地抬头，盯住屋顶那只刺眼的灯泡，仿佛郁昊的眼睛就隐藏在那里。

“你在说什么？这种事情可不是随便乱说的！”

“当然。有证据的。”

“证据？”郁昊的声音似乎不像先前那样狂傲了，但仍在坚守着，“这种事情可不是你随便就能蒙人的。”

“不要太自以为是了。”霍妍坚定地说，“自以为通晓玄机之道，就可以做到天衣无缝？可是，你却恰恰违背了道家的玄机之道，玄机是道家用来解答天宇深奥玄妙的……”

“哼！”郁昊冷笑一声打断霍妍，“你也配给我讲玄机之道？”

“难道不可以吗？”霍妍抬起头，微笑着，徘徊在博古架和各种展品之间，她用手指着另一个玻璃罩里的一只边缘有三组九牙外旋状飞齿的异形玉璧大声说着，“这就是代表龙山文化的玉璇玑吧，也称三牙玉璧，这玉璧外形的齿牙向同一方向旋转，在人类的早期，大概是用来伐木的——圆形斧。后来演变成一种兵器，把手指放入璧的圆孔内摇动，当它飞速旋转起来后就突然掷出，直逼敌人的咽喉。”

“看来你还学了一点儿东西。”郁昊从鼻孔里发出轻蔑的声音。

“岂止学了一点儿，对付你这种貌似文雅的人，就一定要有比你更深更广的学问，”霍妍想要激怒他，开始发表大段的演讲——

“再说说这只边缘带有三个刻齿的异形玉璧吧，璧上钻有七个圆形的点，应该是从四川西部出土的，也是三星堆文化的见证。在你的《璇玑迷踪》一书中，有三种解说，第一种说法是，有人认为这是古人祭祀的一般物品，或者是一种装饰品。第二种说法是，有人认为它是一种天文观测仪器。因为物理学家李政道先生曾认为中国古代的玉璧、玉琮、璇玑是三种零件，组合起来可以观测星象。第三种说法是，有人认为它是外来品。你借用他人的猜想和研究，认为是古埃及或犹太人的一支来到古蜀之地，带来了天文观测仪，根据嘛，你说因为古埃及最早的天文学发明了太阳历。而中国发明太阳历时已经到了西汉时期，是巴蜀阆中人落下闳，创造了中国的太初历，同时创造了浑天仪。”

“看来还要谢谢你了，你显然是认真读了我的书。”郁昊声音里很得意。

“知己知彼嘛。”这时霍妍似乎听到了来自门外有非常轻的声音，像是密室通往地上的楼梯方向，尽管那声音十分轻微，她还是感觉到了，断断续续的窸窣声，让她提高了警惕。她继续说，“不过嘛，你的这种说法其实很不客观。”

“你不过是从我的著作里偷了一点儿知识，竟敢在大师面前班门弄斧。”郁昊仍在书房的监视仪器边。

“自认为大师的人，竟然忘了中国的历史，早在春秋时，古蜀人苌弘，就已是中国最早的天文学家了，连孔子都要向他专程请教天文知识。”霍妍要继续激怒郁昊。她说，“那个‘碧血丹心’的故事你竟然不知道？连中学生都知道。苌弘被逼死，三年后其血化为碧玉。一个自诩大师的人连这点儿常识都不知道，就不要太自负了。自以为掌握了玄机，妄想把天下的宝物都归己所有，真是‘驰骋田猎使人心发狂，难得之货使人之行妨。’因为你太想得到本不属于你的难得之物，竟生邪念，害人害己。”

“住嘴！”郁昊果然恼羞成怒，“还轮不到你这黄毛丫头来教训我，也不看看你现在的处境，恐怕已经是自身难保了。”

这时霍妍已经确认了自己的判断——来自台阶方向的声音，她估计，有人轻轻推开地下室的门，蹑手蹑脚走下台阶，借着黑暗掩护正向自己逼近。

脚步声越来越近了。她侧身靠在门边的墙壁上，双手举起手枪，瞄准了门外。

“一个女孩子竟然玩枪，这可不好，跟这里的环境太不协调了。你回头看看右边。”随着郁昊的声音，中厅里的灯光突然熄灭了。

霍妍意识到郁昊在给那个人暗示的同时把自己置于灯光下。没等她细想，只见“嗖”的一声一件器物从黑暗的门外甩进来，与此同时，一个敦实的男人手舞大刀，冲进屋来。

“砰！”一声枪响，霍妍跃身跳向一边的同时，意识到自己这一枪开早了。

“宗跟上，把刀放下！”她厉声呵斥。

宗跟上依仗着博古架的掩护，在寻找机会，他把牙齿咬得咯咯响。

霍妍快速闪身，躲到一个博古架的后面。“放下刀，不然我开枪了！”她大声呵斥。

房顶的灯突然间熄灭了，室内一片黑暗。

“嘿！女警察，怎么不说话了？”郁昊故意引诱。

黑暗中一缕寒光闪动，似刀光剑影。

霍妍慢慢向博古架的另一头移动，她屏住呼吸。

“你以为黑暗能保护你吗？”郁昊按捺不住冲动，“我的博物馆里有最先进的红外探测仪，你现在正向三号博古架的左边移动。哈！没想到吧？”

霍妍心里一惊，听到急促的呼吸声正向自己所在的方向移动，原来郁昊正在利用红外线给宗跟上指引方向。

“就凭你对璇玑秘密的一知半解，就想跟我斗？还要来教训我？璇玑是一部书，一个永远没有结局的谜，正是这个谜，才增加了古璇玑玉璧的魅力和价值，就像是人们玩股票，炒的是未知概念，朦胧概念。你想要戳破这个谜吗？岂不是乱了市场？哈哈，女警察，你走进这座迷宫，是不可能再退出的，你现在又向右边移动了。像这样躲猫猫可不好玩啊！”郁昊死死盯住了霍妍。

霍妍在黑暗中想象着所在位置与门的距离，又重新摸索着回到博古架的左侧，在心里估量了距离。

“怎么又回到左边来了？”郁昊抱怨起来，“这可不像是警察的作风，这样犹豫不决，躲是没有用的。”

黑暗中刀光在闪动，步步逼向霍妍。

霍妍故意弄出一些响声，吸引宗跟上过来，她已经能听到他的呼吸声，她看到黑暗中刀光的闪动，“砰！”她向刀光射出一枪。

“人民警察要保护人民的财产，奉劝你不要再开枪了。你的枪在黑暗中无能为力，你此时就如同瞎子一样。这又何必呢？”郁昊是在担心他的古玩。

霍妍倏地向右方奔去，又以极快的速度奔出门外。

“向右……出门了……”郁昊显然没想到霍妍会有如此快的速度，他甚至还来不及反应，只见霍妍已大步奔向通往地上的台阶旁。“快，她已经到大厅里了，正在向楼梯方向退步。”

霍妍已经退到楼梯边。“咣当”一声，她背后的卷闸门露出一线光，照在她的身上。她下意识地回头看了一眼。

只听郁昊说：“上来呀。”

黑暗中，宗跟上举着刀扑过来。

“砰！砰！”两声枪响。借着子弹射出的火花，霍妍回头看到宗跟上倒在地上。

“站住不要动！再动，我开枪了！”霍妍大声喊着，“你何必为郁昊去送命！”她双手举着枪。

“跟上，跟上，你怎么样了？”这回是郁昊在大声吼叫。

“举起手，不要动，郁昊先生。”陈翔突然出现在郁昊的身后。

霍妍激动地问：“陈翔，是你吗？”

咔嚓一声，陈翔把郁昊的右手铐在了椅子扶手上。“霍妍，你还好吧？”

接着他把照明灯的旋钮打开了。地下室被灯光照亮。宗跟上正倒在地上喘息。

“站起来！不能让一个女孩吓唬住！”郁昊已经疯狂至极。

宗跟上猛地站起身，举起手里的大刀，向着霍妍站立的方向扑去。

“砰”的一声枪响，宗跟上右腿突然失去了重心，站立不住，他倒在地上，鲜血从裤腿里流出。

“郁昊先生，别看你挂着太极图，苦心钻研璇玑秘籍，可你却根本不了解‘玄之又玄，众妙之门’的秘籍。这就是老子的教诲：‘天网恢恢，疏而不漏。’”

“想死？我可没想要你的命。你们等着接受法律的审判吧。”霍妍边说边走到宗跟上身边，宗跟上像一摊烂泥一样伏在地上。

陈翔走进地下室，铐住了宗跟上，接着用钥匙打开玻璃罩，取出了璇玑玉璧，他和霍妍重新回到书房。

郁昊僵硬地盯着陈翔手中的璇玑玉璧，声音苍白无力：“那是璇玑博物馆的镇宝之物，你们不能拿走！”

“法律规定，地下、内水、领海中遗存的一切文物都属于国家。”陈翔的话掷地有声。

“哈，你们大概搞错了，这璇玑玉璧可不属于文物哟！”郁昊狡黠地一笑。

“这是三星堆时期的古玉，在四川一个建筑工地出土的文物，你想把它窃为己有？”陈翔翘起傲慢的嘴角。

“年轻人，说话可要有证据。知之为知之，不知也不要乱说。”郁昊也傲慢地翘了翘嘴角。

“郁会长，不要自以为做得天衣无缝。”霍妍故意停顿片刻，她看着郁昊依然狂傲的脸轻声地说，“五年前，狄小龙把金福派到川西工地上，也就是那个废弃的养鸡场，为的是找到那件失踪已久的璇玑玉璧。幸运的是，金福果然在施工的时候，挖出了七件玉器，他悄悄将这些玉器藏匿起来并报告了狄小龙。在那个漆黑的夜晚，你和狄小龙一起赶到了川西，不料倾盆大雨之后，你们等到的只是金福的死讯，玉器也随着金福的死不翼而飞了。”

“给我讲故事吗？”郁昊的面部神经似在抽搐。

“很快，你就得知是汤新生劫走了这批‘货’。”霍妍双手捧起璇玑玉璧，“于是你怀恨在心，想要重新夺回那宝物。你先是通过海外的关系，在香港制造了一起车祸，把汤新生的表弟汤泓害死，这样就堵住了玉璧流向境外的通道。之前汤泓已经开始在香港炒作，将要高价出售璇玑玉璧，这些照片也是宣传炒作的证据。汤泓一死，炒作也就无声无息了。然后你便费尽心机，把金福的女儿金秀娟包装成余蓓蓓，想用美女抓住汤新生那个好色之徒的软肋。可惜啊，你终于夺回了你想要的宝物，却不料还没暖热乎，就被我们抓住了。你心里一定非常沮丧吧？多美的宝物啊！”

“什么金福？他的女儿，我不认识。那个余蓓蓓，是汤新生……”郁昊斜眼谨慎地瞟了霍妍一眼，嗫嚅着，“余蓓蓓？你……”

“我们长得很像，是吧？当你第一眼看见我时，你愣了一下，那一下虽然只是瞬间，可我在你的眼神里看到了惊异，还有恐惧。”霍妍轻轻地放下玉璧。

“你们搞错了吧？是汤新生和那个拍卖师胡铭戈争风吃醋。那女孩长得很美，像翡翠一样多情通透、洁美无暇、温文秀雅。可惜呀，真可惜，被他们打碎了，破碎的翡翠，唉——”郁昊故作惋惜地叹了一口气。

“是你，勒死了她。”霍妍字字如珠，落地有声。

“我？我不知你在说什么。”

“你大概也属于那种自以为是的人，总是忽略了别人的智慧。”霍妍说，你低估了年轻的余蓓蓓，你自以为她年轻无知，可以任人利用，甚至可以在利用她之后，又神不知鬼不觉地将她毁灭。然而，你绝对没有想到，她在生命的最后时刻，抓住了你的证据。”

霍妍说着用手指向郁昊的手臂，“看看你的手臂，那指痕还没有完全愈合吧？”

郁昊立即伸出左手去掩盖他的右手臂，“我不知道你说的什么。我是个合法的收藏家，我的收藏，也是为国藏宝，我自己投资，不过是想办个博物馆，这些都是为大众做好事，守护和弘扬民族文化。”

霍妍愤怒地逼视他，“你像个窃贼一样不择手段地攫取国家宝藏，甚至不惜毁掉两个年轻的生命，你竟敢标榜自己在守护和弘扬民族文化？”

3.

汽车在高速公路上疾驶。

陈翔朝身后看了一眼，躺在后座的霍妍已经发出了轻轻的鼾声。

“睡得真香！”陈翔自言自语。

一辆大货车迎面飞速而来，鸣叫着刺耳的喇叭——“呜！”

霍妍被喇叭声吵醒，腾地坐起身，问：“到哪儿了？”

“到成都了！你看前边欢迎的人群！”陈翔咧嘴一笑，说着放开了 CD 音乐。

霍妍朝窗外的山峰望去，问：“什么成都？刚过秦岭，你看山这边是青山绿水。刚才你说什么？欢迎的人群？”

“难道不是吗？”陈翔回头笑着，“璇玑玉璧荣归故里，四川文物部门还不夹道欢迎？”

“哈！到时候你就捧着玉璧，像傻帽儿一样让人观看去吧！”霍妍哧哧地笑起来。

陈翔说：“还是美女捧上吧，美女美玉，都让人养眼。”

霍妍的手机响起来，是队长打来的，“队长……我们正在路上……嗯……好的，事情办完立即就赶回，放心吧。”

“还没到目的地就让你赶回去？”陈翔懊恼，“你们队长把你当成永动机了！”

"队长心里着急，一起系列杀人案，长时间没线索，市局在催问。"霍妍转头朝窗外望去，"快到那个地方了吧？"

"快了，前面就是。"陈翔又好奇地问，"你是什么时候锁定郁昊的？"

"那次报告，郁昊的专题讲座——玉的迷宫。报告中，他为自己的新书做广告。后来，我专程去买了他的书。"

"没让他给你签名？"陈翔忍不住笑出声。

霍妍没有在意玩笑，她从提包里取出一本书：《璇玑迷踪——玉的迷宫》，翻开书的扉页，开始朗读：

璇玑乃玉器中难解之谜：其形制奇特，清吴大澄《古玉图考》定名为璇玑，并认为是浑天仪一类天文仪器的部件。璇玑一词似暗藏玄机。

"我怎么不明白呀，玄机难道藏在这本书里？"陈翔怀疑地向后视镜瞥了一眼。

"不。"霍妍放下书看向车窗外，"是那束光，像是一道瘢痕。他在讲课时挥了挥手臂，手臂上有一道光闪过。我想近距离接触他，就特意混进等待鉴宝的人群里。"

"手臂上的瘢痕？"

"很深的瘢痕。确切地说，是指痕，在手臂内侧。"

"指痕在手臂内侧，这正好与法医鉴定吻合，从死者——那个无名女尸脖子上的勒痕方向，有可能是粗壮的手臂从她身后所为。是这样吧？"

"不！确切地说不是无名女尸，而是金秀娟。"霍妍陷入沉思。

"这个郁昊真是诡计多端，把金福的女儿派到汤新生公司做卧底，这样就能对汤新生的一切了如指掌。而金秀娟一直还被蒙在鼓里，够阴的。"陈翔脸上掠过愤怒，随手拧动旋钮，把音乐声放到最小。

"本来，汤新生以为他得到玉璧后很快就能出手。汤氏家族在文物领域经营多年，从提前预约、提供前期劳务资金、盗窃古墓、复制文物、快速出境，再从境外回流，产、供、销一条龙。出境的文物一周便出现在香港或欧洲的古玩黑市。"霍妍说话时不停地看着车窗外。

陈翔点头表示赞同，"可不是嘛，近十几年来，全国各地的基建工地挖出的文物数以亿计，大多流向了民间，更多的流向了海外。中国出土的文物，一个星期就可以在海外黑市出现。有的国家因为没有参加联合国《关于禁止和防止非法进出口文化财产和非法转让其所有权的方法的公约》，便成为‘灰色文物’的集散地。”

“要是没有录音，我们也很难证实郁昊的罪行。”陈翔看了一眼远处的山，说，“应该快到了。”

霍妍连忙向车窗外张望，“郁昊真是机关算尽，还在余蓓蓓的手机里安放了窃听器。他从录音里得知闵彤的到来，担心汤新生把玉璧交给闵彤，就赶在汤新生之前下手，因此汤新生没有见到闵彤。

“当时，郁昊命令宗跟上用公用电话给闵彤所在的 308 室打电话，说门口有闵彤的快件。结果她匆匆忙忙赶到门口时，宗跟上将她挟持进汽车里，并用榔头将她击昏，后将她抛入渭河。”

“是呀。他也绝没有想到这些录音成为他的罪证。”陈翔一咧嘴，“郁昊得知余蓓蓓和胡铭戈要在川陕边境会面，就抢先一步，企图给胡铭戈栽赃。不过，这个录音还是把胡铭戈洗脱了，要不然，胡铭戈真是跳到嘉陵江里也说不清。”

“自以为玄机无人可识，可他绝对不会想到，录音磁带会落在我们手里。”霍妍说着急切地向车外张望，“就是这儿，停车。”

“呲”的一声，陈翔把汽车停在了路边。霍妍推开车门走下去，走到一座小桥边。她望着桥下滔滔的江水，不无惋惜。

陈翔也跟着走过来。

山里空气清新。清澈的江水在桥下奔涌，水流湍急，发出哗哗的响声。陈翔回头望了一眼，公路若隐若现，被路边的树木和灌木丛遮掩了。“难道，余蓓蓓是在这里被推下江的？”陈翔推断着。

“嘘……快看，那是什么？”

陈翔看见霍妍走向路边的草丛，那草丛里有什么东西闪着亮晶晶的光。只见霍妍弯下腰轻轻捡起那小东西，放在手心里，认真地端详着。

“发现什么了？”陈翔大步走过去。

“像是一枚胸针。”霍妍捧着它。

陈翔看到那是一枚白花胸针，在太阳下闪着光。“这是什么花？够雅致的。”

“好像是蝴蝶兰。”霍妍警觉的目光向周围搜索了一遍，喃喃地说，“应该是余蓓蓓的。有可能是她在危急时刻把它扔在这里的。”

随后，霍妍和陈翔在高高的江岸边搜索时，发现了一处可疑点，像是有巨石从山边滚落下去了。两人站在一旁默默地看了很长时间，陈翔突然抬起头说：“也许——”

这时霍妍也抬起头，只是默默地看着陈翔。

陈翔似乎从她眼睛深处看到了什么，终于忍不住说：“也许，你和我的看法一样。她是踩在这块巨石上……”

霍妍咧了一下嘴，却什么也没说，而是再次把目光看向巨石滚落的地方。

从山边退回到发现胸花的地方时，霍妍从胸腔里长长呼出一口气，她说：“在这山清水秀的地方，让我们重新播放那段录音，结合录音来还原现场的情景吧。”

那天夜晚，月光照着山间公路。

余蓓蓓在出租车后座上打盹儿。她已经疲惫不堪，从汤新生的魔爪里逃出后，她胃里像堵了一堆恶臭的猪油，馊腻味直往上翻，她蹲在路边大口大口地呕吐……之后，用双倍的高价，租了这辆车。

“小姐，醒醒。看那车上的人是不是在叫你？”司机用手指着车窗外。

余蓓蓓蒙蒙眬眬地睁开眼，“叫我？”她朝窗外望去。

一辆黑色越野车正与出租车并列前行，夜色中，蓓蓓隐隐看到对面车窗里有人把头伸出来。

蓓蓓摇下车窗，听到外面的声音。

“蓓蓓。”那声音在山野里摇曳。

“是秦哥。”她心里紧张起来，“他怎么会赶上来的？”短暂的时间不容她想出对策，只有硬着头皮临时应变。

出租车停下后，余蓓蓓几乎与秦哥同时走出各自的汽车。

（录音磁带里有断断续续的对话和夹杂其中的“……吡……吡……”的声音。）

“秦哥，我家里有急事，回去看看。”余蓓蓓抢先编出理由。

“咱们有车，送你回家，何必叫出租？”秦哥说着，拉住她的手，“你这手都冻成冰了，快上车暖和暖和。”又对宗跟上招了招手，“去把她的车钱结了。”

宗跟上从黑色越野车走出，给出租车付了钱，见出租车掉头离去了，这才跨上越野车。

“秦哥，你是怎么知道我在这儿的？还赶上了我的车？你怎么知道我坐的这辆出租车？”

“你的心思哥咋能不知？”

这时余蓓蓓迟疑了一会儿没有上车。

（录音磁带里再次传来“……呲……呲……”的声音。）

“哎呀！我有东西掉在出租车上了。”余蓓蓓惊慌地说。

“什么东西？你的提包不是在你手里提着吗？”郁昊的声音。

“啊……是提包里掉出了东西。”这时余蓓蓓欲朝车后跑去。

郁昊一把抓住她手腕上的提包，“蓓蓓，先看看有什么东西丢了。”郁昊用一只手把余蓓蓓的提包拉过来，递给宗跟上，另一只手揽住了蓓蓓的腰，连推带拉把她拉向路边隐蔽的地方。

“玉璧。”宗跟上从余蓓蓓的提包里拿出玉璧，让郁昊看。

“你是不打算回来了。”郁昊阴郁的声音。

“秦哥，你听我解释。我是想让人给鉴定一下，然后给你拿回来……”余蓓蓓无力地辩解。

“还用找人鉴定？我就是最好的鉴定专家。”郁昊的声音。

“秦哥，听我解释，我妈有病了，我得赶回去看看……你交代的事情，我一定会办好的……”余蓓蓓的声音闷闷的，那时她被秦哥揽在怀里，有些透不过气，“我很快就回来……”

“是吗？你妈什么时候病的？你怎么也不告诉哥一声？好送你回去。”郁昊用粗壮的手臂揽住余蓓蓓的脖子。

（也许正是那时，余蓓蓓快速拔下胸针扔在草丛里。）

“今天下午家里来电话，来不及告诉你。我想顺便把这玉璧拿去鉴定，事关人命啊，有可能涉及当年我爸爸被害的案子。我只是想证实……我的猜测……”余蓓蓓的声音越来越弱。

“别说了，哥给你暖暖。哥是相信你的。”郁昊的声音依然富有磁性。

（磁带里“……呲……呲……”的声音。）

这时，郁昊用强有力的右手臂把余蓓蓓揽在他的怀里。他伸出左手抚摩着余蓓蓓的脸，那只右臂慢慢伸向余蓓蓓的脖子，揽住了，慢慢地勒紧。

“啊！”余蓓蓓突然发出沉闷的声音。她用双手使劲儿去掰郁昊的手臂，她的指甲深深陷入了郁昊的皮肤。事后法医鉴定郁昊手臂上的瘢痕系指痕。

（磁带里“……呲……呲……的”声音）

郁昊用左手抓住自己的右手腕，加重了力量。“呼……”男人沉重的呼吸声……

“啊——”男人的喊声。

“轰”的一声巨响。

之后，磁带里“……呲……呲……”的声音停止了。

这时陈翔张开嘴向着嘉陵江大声喊：“都是为了它——要命的玉璧！”

霍妍站在他身旁悠悠地说：“‘天下皆知美之为美，斯恶已；皆知善之为善，斯不善已。’李耳老先生早就预知了，和氏璧人皆知其美，然而，正由此物引起残诈、伤性之不美。”

“哇，美女也成哲人了。李耳老先生好像还说过什么‘五色令人目盲……’”陈翔挠了挠头，努力想找到记忆。

霍妍接过他的话，说：“……五音令人耳聋；五味令人口爽；驰骋田猎令人心发狂；难得之货令人之行妨。”

“不要告诉我你四岁就读老子了。”陈翔幽默地翘起嘴角。

“当然。”霍妍拉开汽车门，回头向陈翔挥了挥手，“这四个月来，我一直在读。”

尾　声

返回西安时，霍妍独自开着车。队长何长军催促她尽快赶回去，因为案子多，人手不够。

前方一辆白色的宝马轿车似乎眼熟，霍妍放慢车速跟在后面。只见宝马车开过广元边界的那座桥，停在了路边。

是胡铭戈。

他走出汽车，手里捧着一束白色的鲜花，站在桥头，遥望着滔滔的江水。

霍妍也跟着下了车，走到他身边，近距离地看到那束鲜花，竟是蝴蝶兰。

胡铭戈已经感觉到有人走到他身边了，他用眼睛的余光可以看到身边的人，但却没有转过头来。他仍望着江水，像是在喃喃自语："蓓蓓太单纯了，像清澈的江水和美丽的花瓣，她不知道古玩圈里的险恶。"

霍妍没有打断他，默默地在一旁听着。

"我真傻。不知道蓓蓓她面对的是万丈深渊和一群虎视眈眈的恶人，还以为她跟那个老巴子……"胡铭戈眼里闪着晶莹的泪花，"在她最需要我的时候，我却没能帮助她。"泪水突然涌出他的眼眶。

“你已经尽力了。做了许多调查，还抓住了汤新生。不过，要是你及时报警也许会更快破案。”霍妍伸手抚摸那鲜花，“蓓蓓喜欢蝴蝶兰？”

他抹去泪水，低头看着花，“这是白花蝴蝶兰，也叫林登蝴蝶兰，原产自菲律宾，有人说它是‘爱做梦的鱼’，也有人说它象征着‘我爱你’。其实它象征着蓓蓓的清纯可爱，你看这白色的花瓣，多么纯洁，就像是蓓蓓的笑容，这淡淡的紫色花蕊，就像是蓓蓓深情的眼神，让人迷离。”

胡铭戈双手捧起花，轻轻地将它撒向嘉陵江，直到江水把花冲向远方，他才转过身，对着霍妍鞠了一个躬，“谢谢你！”

“应该的。”霍妍说话时伸出手掌，掌心里是一枚胸花。

“这……”胡铭戈惊异地看向霍妍的手心，慢慢伸手拿起胸花，仔细查看后说，“这是蓓蓓的，是我送给她的。你们是在哪里找到的？”

“就在这里发现的。”霍妍指着不远处的地面，“在草丛里。也许是蓓蓓留给你的，你们不是约好在这里见面吗？它叫白花蝴蝶兰，是吗？真好看。”

霍妍看着胡铭戈，只见他噙着泪水仍在痴痴地看那胸花，似乎完全没有听到霍妍说的话。等了好一会儿，她才轻声说：“四川警方已经查证落实了那具无名女尸。那其实是发生在川陕交界的另一起案件，一个发廊女向嫖客要钱时反被害死，尸体被抛在路边的地沟里了。由于当地警方的失误，草草看了现场。他们认为不像是刑事案件，以为是一具流浪女尸，于是让民政部门将尸体送了火葬场。没想到，那个临时雇的司机拿了钱，却把尸体拉到108国道后抛入江里。”

这时胡铭戈抬起头来，用茫然的眼睛看着霍妍嗫嚅着，“也就是说，那具尸体不是蓓蓓？”

“是这样。”霍妍用坚定的眼光看向他的同时，又说，“我们在网上发现了白花蝴蝶兰的QQ。你最近没上网？”

“真的？”只见胡铭戈眼中忽地闪过一束光，似琥珀般的亮光。

霍妍微微点头后转身走向她的汽车，她知道自己刚才的话虽然声音不大，却足以令他震撼，她已经看见了胡铭戈惊异而欣喜的目光，于是她头也没回地说了声“保重”，便拉开了车门。

她踩了油门，加速向前方驶去。

只听手机响起，是柏松。

“我要去新疆出差，等不上你回来了。冰箱里有饭，你回来自己热热吃。”

“老公，真想跟你一起去，看看大草原，还有，神秘的喀纳斯。”

“那你飞来吧。”

“我得到单位请假。”放下电话，霍妍按响了 CD。她需要放松，需要心灵的抚慰。

车里响起音乐声。